徳間文庫

スクランブル

亡命機ミグ29

夏見正隆

徳間書店

目次

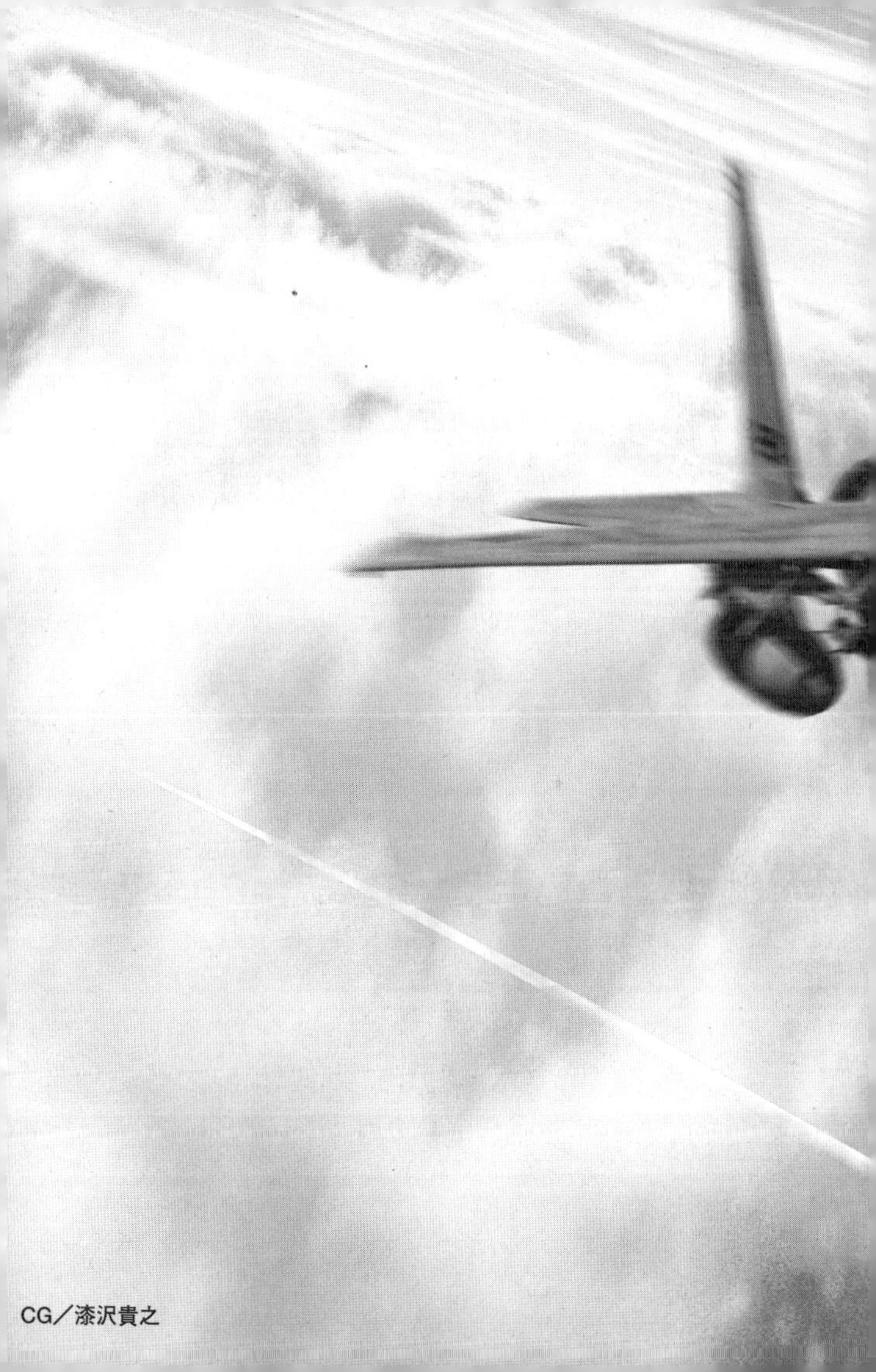

CG／漆沢貴之

登場人物

風谷《かぜたに》 修《おさむ》――第三〇七飛行隊・Ｆ15Ｊパイロット
矢島《やじま》明士《めいじ》――同・新人。一般幹部候補生出身
月刀《がとう》慧《けい》――同・飛行班長
火浦《ひうら》 暁一郎《きょういちろう》――同・飛行隊長
漆沢《うるしざわ》美砂生《みさお》――同・Ｆ15Ｊパイロット
鏡《かがみ》 黒羽《くろは》――同・Ｆ15Ｊパイロット
日比野《ひびの》克明《かつあき》――第六航空団・防衛部長
有守《ありもり》史男《ふみお》――小松救難隊副隊長・ＵＨ60Ｊ機長
雪見《ゆきみ》佳子《けいこ》――同・ＵＨ60Ｊ副操縦士
真田《さなだ》――防衛省技術研究本部・技術開発主任
江守《えもり》幸士郎《こうしろう》――航空総隊司令官。空将
葵《あおい》 一彦《かずひこ》――総隊司令部・先任指令官

和響《わきょう》一馬《かずま》——同

当坊《あてぼう》八十八郎《やそはちろう》——内閣安全保障室長

八巻《やまき》貴司《たかし》——大八洲ＴＶ報道部ディレクター

沢渡《さわたり》有里香《ゆりか》——同・報道部記者

道振《みちふり》哲朗《てつろう》——同・報道部カメラマン

山澄《やまずみ》玲子《れいこ》——日本海中央病院外科主任・医師

月夜野《つきよの》瞳《ひとみ》——風谷の高校時代の同級生

町田《まちだ》祐一《ゆういち》——同。商社員

神林《かんばやし》麻沙子《あさこ》——太平洋航空キャビンアテンダント

志水《しみず》美久《みく》——同

洪虎変《ホンコヘン》——北朝鮮空軍・ミグ29パイロット。上尉

〈牙〉——〈亜細亜《アジア》のあけぼの〉謎のパイロット

〈山猫大佐〉――同・指揮官
玲蜂――同・特務将校。〈大佐〉の妹
〈赤鮫〉――同・技術主任。中国からの派遣
作戦統括官――北朝鮮・平等党高級幹部

プロローグ

北陸沖・日本海上空

どこだ。どこへ行った――!?

風谷《かぜたに》修《おさむ》は、四〇度を超える急降下角でイーグルの機体を海面へ向け突っ込ませながら、遥《はる》か下方で身をひねった蒼白《あおじろ》い機影の行方を追おうとした。

風谷のF15は真っ逆さまに機首を下げ、一五〇〇〇フィートの高空から海面に見つけた敵を目がけ、一気に急降下で襲いかかろうとしていた。

機首下げ四〇度の降下姿勢では、目の前の視野はすべて海になる。ブォオオオッ、と風切り音がコクピットの前面風防に吹きつけ、鉛色の海面が震えながら迫って来た。無論、海が震えているのではない。急降下の速度増加で主翼の揚力《ようりょく》は加速度的に増え、機体を上方へ引きずり上げようとする。操縦桿をそれよりももっと強い力で前方へ押さえつけないと、機首の姿勢が保てない。精一杯の力を込めた風谷の腕の震えが、ガクガクとした視野の動きとなって現われるのだ。スロットルを絞るか機体背面のスピードブレーキを立てれば増速は防げるが、そんな知恵は今の風谷の頭には浮かばない。浮かぶ余裕などなかった。何しろ眼下の蒼白い機影——ロシア製と見られる正体不明の大型戦闘機は、海岸の原子力発電所まであとわずか三マイルに迫り、駆けつけた風谷が上方から覆《おお》いかぶさって威《い》嚇《かく》射撃をしなければ、十数秒で突入されるところだった。

「くそっ。機首の下へ隠れたっ」

風谷は酸素マスクの中で舌打ちした。

つい数秒前まで眼下の海面——白波の立つ鉛色の日本海の海面を這《は》うように飛んでいた蒼白い戦闘機は、上方から襲いかかった風谷のF15に気づくや、たちまち右ロールに入って針路を曲げ、フッと視界から姿を消した。こちらの機体の姿勢と速度を一瞬で読み取ったかのように、風谷の足の下——機首の下の死角へと入りこむ急旋回を行なったのだ。風谷は小さく見えていたその姿を見失った。これ以上無理に機首を下げても、足の下へ潜《もぐ》り込んだ機影は見えない。

くそっ。どうすればいい——？

震える海面が、望遠レンズを急激にズームアップするように迫る。対気速度六〇〇ノット。毎分二〇〇〇〇フィート超という凄《すさ》まじい降下率だ。ヘッドアップ・ディスプレー右側の高度スケールが吹っ飛ぶように減るが数字を読み取れない。反対側の速度スケールは際限なく増加して行く。いま高度はいくらだ？　一〇〇〇〇？　八〇〇〇⁉　速度は……？　やばい。音速を超えてしまったら引き起こしが間に合わなくなる――！


その日。

航空自衛隊・第六航空団に所属する戦闘機パイロット、風谷修はＦ15Ｊイーグルを駆って日本海の上空にいた。

彼が戦っているのは実戦だった。

その日。海の彼方から突如として襲来した謎《なぞ》の戦闘機編隊は、北陸の海岸に立つ日本最大の原子力発電所を目標に、大挙して襲いかかろうとしていた。編隊は秘密結社〈亜細亜《アジア》のあけぼの〉を名乗り、どこの国の軍隊でもないと宣言した。内閣の政治的判断で〈防衛出動〉の発令を見送られた航空自衛隊は、これに対して通常の〈対領空侵犯措置〉で立ち向かわなければならなかった。

たちまち十二機の空自Ｆ15が、何の抵抗も出来ないまま撃墜された。小松基地から発進した〈特別飛行班〉のイーグル七機はそれでも奮闘して八機のミグを追い散らしたが、燃料切れ。直後に基地は何者かによる爆弾テロで機能を喪失した。風谷修は、小松基地でたった三人、無事で残ったパイロットの一人だった。新人で二十四歳。この日は体調を崩《くず》して降ろされていた。訓練中の成績も、下から数えた方が早かった。それでも行かなければならなかった。

〈特別飛行班〉の撃《う》ち漏《も》らした二機の爆装したミグ19と、その直衛に当たる謎の新鋭戦闘機が、浜高原《はまたか》発突入まであとわずかに迫っていた。

そうだ、背面だ……！

風谷は気づき、バイザーの下で眼をしばたいた。ロールして引き起こし、後方へ向きを変え、やつを捜す……。スプリットSだ。くそっ、どうしてこんな簡単なことが思い付かない……！　二度舌打ちしながら、風谷は前方へ押さえつけていた操縦桿を緩《ゆる》めると右へ倒し、機体をロールさせた。ヘッドアップ・ディスプレーの向こうで海面の白波が回転し、頭の上に灰色の水平線が逆さまに現われた。同時に息を止め、操縦桿を手前へ引いた。

途端にバァンッ、と音を立てるようにして強烈なGが風谷の全身を座席へ下向きに叩《たた》き付けた。「うぐっ」うめきながら、さらに操縦桿を引きつけた。猛烈な勢いで景色が下へ流れる。宙返りの後半部分を行なって反対方向へ向きを変える機動だが、海面までの高度の余裕がない。最大のGで引き起こさなくては海に突っ込んでしまう。操縦桿を保持しながら歯を食いしばって岩のように重い頭を上げ、ヘルメットの眼庇《まびさし》の上方へ視線を上げて、流れる反対側の海面を捜した。

どこだ、どこにいる――やつはどこだ……？

風谷は、逃げようとする蒼白い戦闘機を眼で捜した。汗が目に入った。顔をしかめて前方を睨《にら》んだ。やつはどこへ行った？　畜生、Gで首の骨が折れそうだ……！

『フェアリ――漆沢《うるしざわ》三尉、早く撃て。ミグが突っ込む！』

『わ、分かってるっ……！』

ふいにヘルメット・イヤフォンに声が入った。海岸の原発へ突入しようとする旧式ミグの編隊を追う二人だ。風谷と同様、駆り出された新人の同僚パイロット二名が音声で通話している。

『フォ、フォックス・スリー！』

『フォックス・スリー！』

機関砲を発射する際のコールが聞こえた。やったのか……？　海岸の原発へ一直線に向かっていた、最後に残った二機の爆装ミグを。

風谷のイーグルは、急降下から背面になり、宙返りの後半部分のような機動をすると、海面すれすれの四〇〇フィートで引き起こし、反対方向へ向きを変えて水平飛行に戻った。目の下すべてが猛烈に流れる海面。スーパー・サーチモードにしたAPG63レーダーが、前方をスイープした。

いた――！

風谷は目を見開いた。手前へ吸い込まれるような白波の海面、震えて霞《かす》む水平線の上、前方二マイルほどの超低空を這って逃げようとする蒼白い戦闘機のテイルを捉《とら》えた。視野が上下にぶれて良く見えない。目をすがめて睨む。双発のエンジン。双尾翼の後姿……大きい。あれはミグじゃない。あの鮫《さめ》のようなシルエットは――スホーイ27……!?

「はぁっ、はぁっ。待てっ」

肺が重い。酸素がうまく吸えない。畜生、おちつけ。おちつけ。こいつを逃がしたら原発が危ない。こいつをやるんだ。風谷は左手でスロットルの兵装選択スイッチを〈短距離ミサイル〉に切り替えながら『こいつはいったいどこから来たのだ――？』と訝《いぶか》った。〈亜細亜のあけぼの〉を名乗ったという。どこの国の軍隊でもないなんて、そんな馬鹿な話があるのか……？　ヘッドアップ・ディスプレーに五〇〇円玉大のＦＯＶサークルが浮かび、双尾翼の後姿を囲んだ。操縦桿に込めた腕の力に反応し、水平線が上下にぶれる。おちつけ、機首の動きを止めろ。双尾翼が四角いコンテナで囲まれた。射撃管制レーダー、ロックオン。サイドワインダー《AIM9L》、残弾2。

やつらは何者なのだ？　この蒼白いスホーイ27は、やつらの指揮官機なのか？　こいつは、旧式ミグとは比べものにならない危険な敵だ。こいつを倒さなくては……。こいつ一機を取り逃がしただけで、原発は取り返しのつかない破壊を受けるだろう。こいつを倒さなくては……。

（……瞳《ひとみ》）

風谷は「はぁっ、はぁっ」と胸の筋肉を動かしてマスクの酸素をむさぼりながら、見開いた目を敵機から離さず心の中で『瞳……』とつぶやいた。アフターバーナーを全開に叩きこみ、双尾翼の後姿に肉薄した。

瞳。いま君と君の娘は、病院から動けない。原発がもしやられたら、君たちは避難ができない。だが待っていろ。俺がこいつを倒す。何が何でも倒して……。

ジィイイイッ、とＡＩＭ９Ｌの赤外線シーカーが敵の排気熱を捉《とら》えてシグナルトーンを発した。ヘッドアップ・ディスプレーに三角形のシュート・キューが表示される。よし、やれる……！　風谷は右の親指を、操縦桿の発射ボタンに掛けた。だがその時。

『――クク』

不意に、ヘルメット・イヤフォンに冷たい笑い声が響いた。

何――!?

風谷は目を見開く。

この笑い声は……。

『ククク。死ね』

風谷は、その罠に気づかなかった。

死神《しにがみ》のようなスホーイ27フランカーが、自分をわざと後尾に近寄せていたことを。

次の瞬間。

ヘッドアップ・ディスプレーの向こうに見えていた蒼白い戦闘機が、突如立ち上がるように機首を立てたと思うと、視界からシュッ、と消え失せた。

「――な!?」

風谷は目を見開いた。まるで瞬間移動をしたみたいに、機首を立てて背中を見せたスホーイ27の姿は眼前からかき消えたのだ。

本当は、機体を垂直に立てるような急激な機首上げで急減速したスホーイ27の真横すれすれを、最大加速のF15が追い越したのだ。だが視野の狭くなっていた風谷に、そんなことは分からない。視野の外へ吹っ飛んで行ったものを、消えたとしか感じなかった。何が起きたのか全く分からないまま、敵の真ん前につんのめり出てしまった。

「ど――どこへ行った……!?」

『クク。死ね』

背中がゾクッとした。

後ろ……? 馬鹿な。

だが気配に肩を回し、振り向いた時は遅かった。風谷のF15の二枚の垂直尾翼の間に挟まるようにして、真後ろ一〇〇メートルと離れていない空間に蒼白いフランカーが浮かんでいた。風防キャノピーの中にいる相手の顔が、見えるような気さえした。黒いバイザーがこちらを睨んでいた。

「……！」

やられる……！　風谷は息を詰めた。

小松基地

「死にそうな顔で、機体から降りてきたそうじゃないか。大丈夫かね？　風谷三尉」

三日後。

ブラインドから西日が縞《しま》になって差し込む一室で、風谷に面談したその男は言った。

第六航空団司令部の四階。普段は風谷のような下級の士官が足を踏み入れる区画ではなかった。だが風谷は、事件以来ずっと昼の時間をこの部屋で過ごしている。空戦の経過について質問をして来る相手は、三日間で八人にもなり、そのたびに同じことを説明しなくてはならなかった。

「ところで、奴はなぜ、君を殺さずに逃げたのだと思うね？　その死神のようなスホーイ27は」

「――分かりません」

離れて椅子に座った風谷は、くり返された聴取に疲れた声で、応《こた》えた。

「奴と初めて相まみえたエアバス撃墜事件の時ですが――」風谷は、思い出しながらゆっくりと答えた。「あの時は……奴は間に割り込んだ私を、容赦《ようしゃ》なく撃ちました。私は撃墜されました。ベイルアウトのタイミングが一瞬遅ければ、死んでいた……」

「奴は――あのスホーイは、すでに持ち弾が尽きていたのではないのか」当坊《あてぼう》と名乗ったスーツ姿の恰幅のいい男は、窓のブラインドに顔を向けたまま、背中で言った。「確かに奴は、我が方のF15を単独で六機も撃墜しているが……。熟達した戦闘機パイロットは、もう逃げるタイミングを逸《いっ》しないとも言う。奴は攻撃役のミグ二機が阻止《そし》された時点で、もう帰るつもりになっていたのではないのか。君の後ろを取ったのは、君を驚かして追撃をあきらめさせるのが目的でね。撃つべき弾丸はなかったのかも知れん」

制服ではないが、防衛省の内局官僚でもなかった。男はもっと違うところから来ていた。

「――――」

「ま。なんとも言えないが……生還《せいかん》出来たのは何よりだった。原発もすんでのところだったが、救われた。礼を言うよ。風谷三尉」

三日前、戦闘から戻った風谷は、そのまま小松基地の第六航空団司令部の中で軟禁《なんきん》状態にされ、外界との接触を一切絶たれた。

理由は『機密保持のため』だという。司令部の奥の個室に押し込められ、新聞もＴＶも、テロ犯に爆破された飛行隊オペレーションルームの復旧作業すら、その目で見ることは出来なかった。

待っていたのは長い事情聴取だった。原発上空へ駆けつけた、ほかの二名の新人パイロットも同様に聴取されていると言われたが、漆沢美砂生《みさお》とも鏡黒羽《かがみくろは》とも、顔を合わせて話すことは出来なかった。航空自衛隊幕僚監部《ばくりようかんぶ》、そして内閣安全保障室による数日に渡る〈戦闘経過の聴取〉は、一人一人個別に行われた。

「風谷三尉。実はな」

内閣安全保障室長を名乗った当坊八十八郎《やそはちろう》は、言いにくいことを説明する口調で続けた。

防衛省の上層部による聴取に続いて、内閣直属の安全保障室も現場パイロットから戦闘経過を聴取する、というのは異様に感じた。もっとも、あの〈亜細亜のあけぼの〉による一連の空襲事件全体が異様だったが。

「実はな。今度の原発空襲事件――これは『無い』ということになったんだ」

「……は？」

風谷は、疲労のせいもあったが、言われている内容がよく分からなくて、訊《き》き返した。

本当はこんな事情聴取よりも、小松市郊外の病院に収容されている高校時代の同級生・月《つき》夜野《よの》瞳──いや柴田《しばた》瞳を見舞いに行きたかった。彼女と直接話がしたかった。三週間ほど前に起きたエアバス撃墜事件──日本海で〈亜細亜のあけぼの〉戦闘機が韓国籍の旅客機を撃墜するという事件に乗客として乗り合わせた旧姓・月夜野瞳とその小さな娘は、夜の海面から救助され、病院でつい先頃意識を回復したと伝えられていた。

「……原発空襲事件が、『無い』とは……？」

「閣議で『無かったことにする』と決まったのだ。これは、日本政府の緊急方針だ」

「緊急方針……？」

「君にも想像は出来るだろう。日本の沿岸部に立つすべての原発が空襲に対してあのように無防備であり、原発の破壊を目論《もくろ》んでいる──日本を壊滅《かいめつ》に追いやろうと狙《ねら》っている軍事勢力がどこかに存在している。現在も活動を続けている……。そんなことを公《おおやけ》にしてみたまえ。たちまち日本の原子力政策全体が、頓挫《とんざ》する。続いて来月に迫った参院選では、何が起きるか分からない。

はっきり言って私は、選挙などはどうでもいい。私は警察庁から出向している官僚だ。内閣安全保障室長は国の公僕《こうぼく》であって、自由資本党の家来ではない。しかし原子力政策がいま頓挫すれば、すべての原発が危険だから止《や》めろということになれば──どうなる？この国はたちまちエネルギー危機に見舞われる。国が傾くよ」

「…………」

風谷は、高級官僚の講釈よりも、出動の前に電話で聞いた月夜野瞳の声が気になっていた。海面着水で夫が行方不明になり、娘は重体で動かせず、病院から風谷の携帯に掛けて来た声はかすれて憔悴《しょうすい》し切っていた。

だがそんな風谷に、当坊は続けた。

「風谷三尉。君は日本国憲法の前文を覚えているかね」ブラインドの隙間《すきま》から西日の航空基地のフィールドを見渡して、当坊は尋ねた。「憲法の前文には、何と書いてある？」

「……さぁ」

憲法の前文――？　どうだったか。

「覚えていません」

「前文には、我が国の周囲には『平和を愛する諸国民』しか存在しない、と書いてあるのだ。だから軍備は必要ない――そう書いてある。この憲法が存在するから自衛隊は正式には軍隊ではない。他の国の軍隊には普通にある交戦規定《ROE》は、自衛隊には存在しない。総理の召集する〈内閣安全保障会議〉が〈防衛出動〉を決定しない限り、君たち自衛隊は正当防衛の目的以外には弾丸一発も撃つことは出来ない」

「…………」

「良い悪いは別として、日本国憲法の精神に照らせば、あの〈亜細亜のあけぼの〉のような連中は存在してはならないということになる。だから、存在しないことにしなければならない。原発攻撃も、無かったことにしなければならない。複数の未確認軍用機による大規模な領空侵犯は、すでにTVなどで報道されてしまったから〈領空侵犯事件〉の存在はやむを得ない。しかし原発に対する直接攻撃だけは、無かったことにしないといけない。分かるかね」

五十代の男は、その禿《は》げ頭を振り向かせた。

「分かるかね？　風谷三尉」

「……僕は、むしろ憲法の方を──いえ」

風谷は口を開きかけ、ため息をついてやめた。

どうせ無理なことを、熱っぽく口にする元気は、今の風谷にはなかった。当坊の言う意味は分かるというふうに、無言でうなずいた。

「よし。では風谷三尉。君は今回の件につき、機密の保持に協力しなくてはならない。いいかね。これは国家からの命令だ。君は原発への直接攻撃がされたという事実を──攻撃がすんでのところで阻止されたという事実をも、誰にも話してはならない。たとえ空自をやめたとしても、元自衛官として一生君につきまとう義務となる。同意してくれるかね」

振り向いた当坊の顔は、権力代行者の目だった。お前には拒否など出来ないと伝えていた。

「同意すれば──」風谷は、数日に渡る軟禁と聴取で疲れた顔を上げ、窓際の男を見た。

「――同意したら、見舞いに行かせてもらえますか」

日本海中央病院

「遅かったわね」

女医は、白衣の腕を伸ばして、空《から》になった病室を示した。シーツを剝《は》がされたベッドに、西日が当たっていた。

「この通りよ。一昨日退院したわ。柴田瞳さんと、二歳の里恵《りえ》ちゃん。荷物をまとめて帰った――というより、引きずって連れて行かれたらしいわ」

「連れて行かれた、らしい――？」

風谷は、柴田瞳が入院していた六階の病室の入口に立って、女医の横顔を見た。

「私も当直明けで仮眠中だったから、その場にいなかったの。ごめんね」山澄玲子《やまずみれいこ》は、ため息をついた。風谷同様、疲れ切っているようだった。「着物姿の――あの人は瞳さんの義母に当たるのかしら。神戸のほうの、かかりつけの病院の関係者だという人たちを連れて来て、集中治療室から出されたばかりの里恵ちゃんを引き取ると、無理やりに連れて帰ったらしい。こっちサイドでは、一応止めたらしいんだけど」

「…………」

「親族が連れて帰るというのを、拒否《きょひ》出来なかったわ。瞳さん、まだ満足に歩けない状態だったのに、仕方なく一緒について帰ったらしいわ」

ごめんね、と玲子はくり返した。

「私がいたら、何かあなたにことづけることでもないかって、訊いておけたんだけど……」

「…………」

「彼女の連絡先とか、分かるの？」

訊かれると、風谷は黙って頭を振った。

「どうする」

「……僕は」風谷は、さっぱりと片づけられた病室を見ながら言った。「僕は、もともとあいつにとっては家族でも何でもない、部外者ですから」

「ねぇ。聞かせてくれる？　風谷君」

病院の屋上は、白いシーツが芸術の野外オブジェのように何枚も風にひるがえっていた。

白衣姿の女医は「また始めちゃったのよ」と苦笑しながら煙草をつけて、風谷に質問をした。

「何ですか」

風谷は、屋上の鉄柵《てっさく》にもたれて、日本海に面した田園の景色を眺めた。遠くの海に、日が沈んで行く。何の危険も感じさせない、穏やかな眺めだった。

「風谷君。こんなことを訊くのは、さしでがましいんだけど……でもあなたたちに手を焼かされた主治医として、訊かせてもらうわ。あの人が――救助されて運び込まれた瞳さんが、あなたのパートナーでなくて他の誰かの奥さんだったのは、どうしてなの」

「………………」

「あなたたち、同級生だったそうね。どうして」

「それは」

風谷は遠くの海を見やったまま、応えた。

「僕が、戦闘機パイロットなんか目指したから」

「どうして、そうなってしまうのかしら」

「仕方がないんです。高校を出て訓練に入ったら、何年も離れ離れだし。将来に何の保証もないし『待っていろ』なんて言えません」

「言えばいいわ」

「あいつの幸せを考えたら……。あいつは――高校ではアイドルだったし、都会でいい思いを一杯しているし。自衛隊員の妻になって一生田舎の官舎暮らしなんて……。『東京で商社マンと結婚したい』って言われたら、僕には何も言い返せません」

「イーグルなんて、憧《あこが》れだけにしておいて、普通に大学へ進んで彼女と一緒にいればよかったんじゃない?」

「そんなことが出来れば——」風谷は海からの風に前髪を吹かれ、目を閉じた。「——そんなことが出来れば、悩みはしません」

「ねえ風谷君。私は思うんだけど」女医は、風谷と並んで煙草の煙を吐《は》いた。「あなた、はっきり言ってあまり向いていないわ。線は細いし、そんなふうに相手の幸せなんか考えてしまうし……。あなたの神経は空中で誰かを殺すようには出来ていない。これからも飛べば飛ぶほど、今回のように苦しい思いをするんじゃないかしら」

「…………」

「私は、それが心配。転職する気はない——?」

「考えたこともありません」

風谷は、潮《しお》まじりの風に目をしばたかせた。

「辛《つら》いけど、よそへ行きたいと思ったことはありません。僕の仕事は、戦闘機パイロットです」

第一章　卒業写真とスクランブル

東京・日比谷

一年後のある日。

風谷修は、東京にいた。

空襲事件から一年近い月日が経《た》ったが、小松基地の飛行隊所属であることは、変わっていなかった。

事件以来、忙しい毎日が続いた後の、ひさしぶりの休暇だった。東京にいる旧友からの招待状が届いたのをきっかけに、休みを取った。

(遅れちまったな――)

風谷が階段を上がって、その建物の二階へ出ると、すでに披露宴は始まっているようだった。

脱いだコートを腕に掛け、赤い絨《じゅう》緞《たん》の上を風谷は急いだ。

天井が高い。お堀《ほり》端《はた》に古くから立つ、ここは有名な会館ビルだ。遠くの窓に皇居の緑が見えた。三月の下旬。東京は日本海側とは違って、すでに春めいてきていた。

ホールのように広い廊下には、左右に二組の披露宴会場の案内が立ててあり、右側の『町《まち》田《だ》家・秋《あき》吉《よし》家』と墨書された方が招《よ》ばれている場所だった。廊下をさらに右へ折れ、突き当たりの会場だった。

壁の向こうのどこかから、拍手のさざめきが聞こえて来た。風谷は手首の時刻をちらりと見て、早足で歩いた。案内状にあった午前十一時を、少し過ぎていた。

絨緞が深くて、つまずきそうになる。いつもは制靴か、飛行ブーツのまま通勤していたから、よそゆきの革靴は滅多に履《は》かなかった。よそゆきなんて子供みたいだが、靴もスーツもネクタイも、基地では普段身につける機会がないのだから仕方ない。まだ硬さの取れない新品のような靴の爪先《つまさき》が、絨緞の毛足に引っかかりそうだった。

友人の結婚式にも、数えるほども出たことがない。昨夜のうちに東京へ出て来ていられればよかったのだが、結局、今朝一番の便に乗ることになってしまった。

小松の滑走路が、除雪作業で塞《ふさ》がらなければな——そう思いながら急いでいると、横から「お客様」と呼び止められた。

「お客様。コートとお手荷物は、こちらへ」

黒服に蝶ネクタイの宴会場係らしい男が右の方を指さした。クロークのカウンターがあった。

そうか――風谷は思った。

別の宴会場へ行くらしい着物姿の女性客の後に並んで、風谷は黒いコートと、着替えを入れた小さなオーバーナイトバッグを預かってもらった。呼び止められなかったら、コートと荷物を抱えたままでテーブルにつくところだった。

地方から出て来て、こういう場所に慣れていないのが丸出しだな――と思った。無理もないさ。七年前に横浜の高校を出てから、東京近辺には数えるほどの日数しか戻って来ていないんだ……。都会の作法も常識も、あったものじゃない。クロークで番号札を受け取りながら、風谷はそう思った。

『町田家・秋吉家　結婚披露宴会場』

宴会場入口の受付には、白い布を掛けた机を前に、受付役の男女が二人で立っていた。新郎・新婦の友人らしいが、二人とも知らない顔だった。

招待客がほとんど入ってしまったせいか、受付の二人は暇そうに笑いながら立ち話をしていた。風谷と同年代の長身のスーツ姿は、今日の主役である町田祐一《ゆういち》の大学の同級生か、あるいは会社の同期だろう。ミントグリーンのスーツの胸に花をつけた女の子の方は、たぶん新婦の知り合いだろう。

知らない顔、か……。当たり前だけどな——と思った。今日の新郎の町田祐一とも、高校を出て以来、顔を合わせたのは一度きりだ。

「本日は、おめでとうございます」

風谷が挨拶《あいさつ》をすると、楽しそうに立ち話をしていた二人は、笑顔で会釈《えしゃく》を返した。

「ありがとうございます」

「ありがとうございます」

祝儀の入った袋を受け取りながら、長身のスーツの男はもの柔らかい笑顔で「どうぞ。そちらにご記帳を」とうながした。

出来た物腰だな……と感じながら、風谷は机上の筆ペンを取った。同じ年頃なのだろうが、その笑顔に、初対面の人間に対する余裕というものを感じた。

風谷の属する組織では、このように見知らぬ客を柔らかく応接するような行為を学ばない。挨拶といえば、背筋を伸ばしての敬礼だった。敬礼も最初は難しいのだが、慣れてしまうと誰に対してもそれで済んでしまう。長い期間、そういう組織にいると、たまに外の世界へ出た時に、初対面の人との交流が驚くほど下手《へた》になっている自分に気づく。

スーツの襟《えり》に社章は付けていないが、町田と同じ会社かも知れない。その長身の青年を、風谷は自分よりも遥《はる》かに歳上《としうえ》のように感じた。

「すみません。遅くなって」風谷は白い巻き紙に自分の名を書きながら、間《ま》を取るように言った。何か言わないと居心地が悪いような気がした。「――雪で、飛行機が遅れて」

すると、

「あら。北海道から？」

ミントグリーンのスーツの女の子が、笑顔のままで訊《き》いた。髪を、頭の後ろでシニヨンに結っている。白い耳が出ている。大きな目で、興味深そうに風谷を見た。友人の結婚式に来て、違う世界の男たちを色々と眺められるのが楽しい、という風情《ふぜい》だった。

「いえ。日本海側です」

「まぁ。遠くから」

耳の目立つ女の子は、『何をしている人だろう』という目で、記帳する風谷を見た。

「この会場へ、直接ですか。大変ですね」

「昨夜のうちに来れれば良かったけれど――休みが取れなくて」

「お仕事ですか？」

「あ、ええ」

風谷は堅くうなずき返すと、出席者と席順の印刷された案内を受け取って、入口へと向かった。受付の女の子は、風谷がみずからの素姓とか新郎との関係とか、もう少し会話をするのではないかと聞く姿勢だったのだが、無愛想に振り切るような形になってしまった。

望んでそうしたのではなく、何となく、何をどう話せばいいのか分からなかった。

歩きながら、自分のぎこちなさを少し恥じた。


風谷修が、高校時代の友人の結婚式に招ばれ、東京・日比谷にある帝都会館を訪れたのは三月も終わりにさしかかったある日曜日のことだった。

東京へ出て来るのが、実に四年ぶりであることに気づいたのは、石川県の小松空港から朝一番の羽田行きが三十分遅れで飛び立った後だ。座席の窓から、斜めに傾く白い大地を見下ろしながら、こんな穏やかな気持ちで空から下界を見たのはひさしぶりだ——と気づいた。乗客として飛行機に乗ることも、最近はほとんどなかった。訓練と、日々の任務に追われていた。

客として乗るのも、たまにはいいと風谷は思った。何もしないで座っていればいいし、コーヒーまで出してくれる。第一『死ぬ心配』がほとんど無い。


風谷が横浜市の海沿いにある私立高校を卒業し、現在の道に入ってからちょうど七年が経つ。

高校は進学校だったが、風谷はクラスのほかの生徒たちのように大学へは進まなかった。代わりに風谷は、自分が志望した職業に就《つ》くための、長く過酷《かこく》な訓練生活に飛びこんだ。

そのコースは航空学生制度と呼ばれ、毎年全国の高校卒業者から、七十六名のパイロット訓練生が航空自衛隊に採用される。採用試験の競争率は並の大学入試より高いが、将来には何の保証も無い道だった。

航空学生となった風谷は、段階を経るにしたがって全国の訓練拠点を転々とした。訓練期間は二年や三年では終わらず、能力の審査も頻繁《ひんぱん》に行われた。選別に容赦《ようしゃ》はなく、一緒にその道に入った七十六名の同期生からは、脱落者もぼろぼろ出た。努力だけでは十分でなく、運も必要だった。

二十五歳となった現在。風谷はようやく、この道でほぼ一人前、と目されるようになっている。少しだが責任も任されている。少年時代に望んだ仕事を、今自分はしている。しかし人生を賭《か》けた〈目標〉と引き替えに、捨てさせられたものも多い。

都会での生活――なども、その一つだろう。

「よう、風谷」

照明のおとされた暗い中を、遅れてテーブルにつくと、見覚えのある顔が風谷を見て笑った。

八人掛けの円形テーブルのほかの招待客たちは、ひな壇に並んだ新郎・新婦と、マイクの前でスポットライトを浴びている銀髪のモーニング姿の人物に視線を向け、拍手をしてった。

高校時代の同級生は、つき合いで拍手の形に手を動かしながら、風谷を懐かしそうに誘いた。

「有島《ありしま》」

「ひさしぶりだな」

「座れよ。どうしたんだ、飛行機が遅れたのか」

「急に雪が降って来てね」

風谷は小声で応《こた》え、席に着いた。周囲のみんなと同じように、ひな壇とスピーチを始める招待客に目を向けた。新人演歌歌手みたいだろ、有島という同級生がひな壇の新郎を指して、笑った。

「町田のやつ、少し太ったかな」

「そうかもな。やつは商社だから、酒のつき合いとか多いみたいだ」

「そうか」

「突然だったろ。やつからの式の招待状」

「俺は、東京を離れて長いから……。何にしても突然だよ」

「そうだったな」

有島という細面《ほそおもて》の同級生は、ひな壇に光る素材の晴れ着姿でおさまっているかつての同級生・町田祐一に顎《あご》をしゃくった。

「実は町田のやつな、海外赴任が決まったそうなんだ。先月、急に」

「そうか」

「任地は中東らしい。単身で行くのはきついから、急きょ嫁さんをもらうことにしたらしい。それで今日の結婚式さ」

「ふうん」

「ところが、実はな」礼服でなく、ダークスーツの襟に銀行のものらしい社章をつけた有島は、ぼそっと声を低めた。「やつには、大学時代からつき合っていた彼女がいたんだが——違うんだよ。あの嫁さん」

「え」

「町田のやつ、先月までずっとつき合っていた大学時代の彼女と別れることになって、大急ぎで見合いして決めたんだ」

「どうして」

「その彼女にな、『まだ結婚する時期じゃない』とか『自分の人生もあるから』とか、まぁ正確に言えば振られたらしいんだな。中東行きの話を出した時に。俺も知っている子だけれど、最近は自分の仕事を持って、一生ずっとやって行きたいっていう女の子、多いから」

「ふうん」

「でな。やつは急きょ、コンピュータで選ぶ〈お見合いクラブ〉の一つに入会したらしい。それがさ、色々あるだろ。〈お見合いクラブ〉にも」

「俺は……よく知らないけど」

「色々あるんだよ、東京には。大げさに宣伝している大手もあるけれど、やつが入ったのはK大のOBの親睦会《しんぼくかい》が母体となったっていう触れ込みの会社さ。お前知ってるか？　フエアチャイルド・クラブって」

「知らないよ」

「そこは登録出来る会員を、厳選しているらしい。男は大卒で、上場企業や中央省庁勤務や医者や弁護士。女の子は都内の自宅通勤のお嬢様限定なんだと」

「どうして、女の子は自宅通勤が条件なんだ」

「地方出の独り暮らしの女ってのは、結婚市場では『毛並みが悪い』んだと」

「ふうん」

「で、町田の場合、K大出で勤務先が大手だしな。あの通りのガタイで、お調子者だが性格も可愛《かわい》げあるし、四、五人会ってみたらすぐに決まったらしい。あの嫁さん、下からS心女学院で、親はメーカーの役員だと」

「ふうん」

「しかし人生、いつどうなるか分からないよな」

「――――」

会場の前方、スポットライトの円の中でスピーチをしている人物には、見覚えがあった。ライトを反射するような銀髪だ。年の頃は五十代だろう。

「――あの人、どこかで見たな」

風谷がつぶやくと、

「そうだろ」有島がうなずいた。「TVによく出ているよ。今度の内閣改造で外務大臣になった、木谷信一郎《きたにしんいちろう》だよ」

「――――」

風谷は絶句した。

「風谷。お前、航空自衛隊のパイロットなんだろう。自分の国の外務大臣くらい知らないで、どうするんだ」

「いや……。こんな場所で本物を見るなんて、思わなかった」凄《すご》いな……風谷はつぶやいた。かつて一緒に勉強していた同級生の男が、結婚式にあんな大物政治家を呼んでしまうなんて……。

有島が「ああ」とうなずいた。

「凄いよな。どうせ挨拶を済ませたら帰っちまうんだろうが、主賓《しゅひん》にあんな人が来るんだものな。もっとも嫁さんの方のってらしいが。町田のやつ、『逆玉』だよ」

見回すと、披露宴会場は大きかった。何百人来ているのだろう、盛大な結婚式だった。ひな壇の下の主賓テーブルには、銀髪やてかてかと艶《つや》のある頭がいくつも並んでいる。町田祐一が勤務する商社の幹部たちと、花嫁の父親の関係者かも知れない。

「あいつ、会社でもまあまあらしいし、このまま行けば役員になるかもな」

「そうか……」

有名な政治家から祝辞をもらった新郎は、ひな壇の上で、ライトに汗を光らせて緊張していた。少し顔が円《まる》くなったか……。

高校三年の時。あの新郎の男と一緒に、都内の私立大学を受験しに行ったことを風谷は思い出した。港区の三田にある古いキャンパスで、大きな石造りの講堂が試験会場だった。二人ともジーンズに似たようなジャケットを羽織《はお》り、白い息を吐きながら試験場への石段を登った。

四課目の試験が終わると「あそこは難しかった」とか、帰りの京浜東北線の車内で話し合った。吊り革につかまっていると、再開発を待っている汐留《しおどめ》の操車場跡が窓の外を流れて行った。町田は武者ぶるいのように肩を揺すっていた。翌日にも、同じ大学の別学部の試験が控えていた。

「なぁ風谷。入りてえなあ、K大。出来れば経済で入るのがいいんだけど、法学部でも十分いいよな」

「ああ」

「畜生、受かるといいなあ」

「でも俺、受かっても行かないかも知れないよ」

風谷が言うと、町田は珍しいものでも見るように、横顔をのぞき込んで来た。

「だってお前、国立は受けてないんだろう」

「うん」

「じゃあ、どこへ行くんだ。早稲田か?」

「いや、ちょっと——考えている事があるんだ」

「ちょっとって、何だよ」

「いや——まだ、言えないんだけど……」

その頃、風谷の受験していた航空学生採用試験は、三次試験のフライトチェック——飛行適性検査までが終了していて、適性があると判定されれば採用通知が出そうだった。

だが風谷は、正式に採用が決まるまでは「パイロットになる」とは誰にも言いたくなかった。十八といういい歳になって、子供みたいな夢を追いかけている——そう思われるのが嫌だった。

いや、それよりも、しゃべってしまうと実現しそうな夢がシャボン玉が弾《はじ》けるみたいに消えてしまうような、不安な感じを抱いていた。全くあの頃は、風谷は不安で一杯だった。三十倍強という競争率そのものが非現実的だったし、目指してはみたものの、自分にパイロットとしての適性が備わっているのか。果たして憧《あこが》れのF15Jイーグルまでたどり着ける潜在能力があるのか、精神力がもつのか……。全てが未知数だった。

「二次会、出るんだろう？　風谷」

隣から、有島が確認するように訊いた。

「今回はな、俺が幹事を任されているんだ。独身の男は多いほどいいからな。つき合えよ」

「あ……ああ」

俺は――東京から逃げ続けていたのかな……。

披露宴が盛大に締められ、新郎・新婦が挨拶する出口の列に並びながら、風谷はぼんやりとそう考えていた。

ひさしぶりに、高校時代の知り合いと顔を合わせ、言葉を交わした。受験のことだけでなく当時の様々な場面が、意識の底で目を覚ますようだった。

ここを離れていた長い時間が、心の中でぽっかりと空洞《くうどう》のようになっている気がした。

風谷は自分に問うてみた。

俺は、逃げていたんじゃないのか。

東京から逃げていたんじゃないのか。

この一年間。飛行隊の再建で忙殺《ぼうさつ》されていたとは言え、わずか一日の休暇も取れなかったような情況ではなかった。

もっと早く、こうして出て来るべきではなかったか。

旧友の結婚式の招待状が届いて、それに背中を押されるように、やっとのことで東京行きに乗り込んだのだ。

——『二人で暮らしています』

「よう、風谷」

衣裳替えで羽織《はおり》袴《はかま》姿になっていた町田祐一が、感激に紅潮したような顔で握手を求めて来た。

「——おめでとう」

風谷は、両手で強く握り返した。

「突然でびっくりしたけど、ひさしぶりに顔を見られて嬉《うれ》しいよ」

「そうだな、ひさしぶりだよな風谷。月夜野の結婚式の時以来だもんな」

月夜野。

思わず、声が詰まった。

──『娘と二人で暮らしています』

月夜野──その名が、風谷の心の空洞に沁《し》みた。

「あ──あぁ」

「二次会も出てくれよ。せっかく小松の田舎から出て来たんだ、彼女の一人も、作って帰れ」

「────」

風谷は面食らった顔で、やっとのことで「ああ」とうなずいた。

東横線・元住吉駅

風谷修が四年ぶりに東京へ戻って来たのは、町田祐一の結婚式に出席するためだけが目的ではなかった。

高校時代の友人の結婚式は、むしろ休暇を取るきっかけに過ぎなかった。しかし、もう一つの目的を、この日に果たすべきなのか——風谷は迷っていた。

披露宴の二次会を途中で辞去した風谷は、日比谷から東横線直通の横浜方面行き電車に乗った。

自由が丘、田園調布と走り抜けた銀色の電車が多摩川を渡り、川崎市に入って二つ目の停車駅が元住吉だ。初めて降りる駅だった。

駅前のロータリーに立って、バス停を捜した。

ここは川崎市の北側の外れになるらしい。駅前は狭い印象だった。歩道にずらりと並んだ自転車のハンドルの列の向こうを、銀色の車体のバスが擦《こす》りそうになりながら通過して行く。

「——」

風谷は、ロータリーに目指すバス停を見つけると、短い列の後尾に並んだ。

夕暮になろうとしていた。橙《だいだいいろ》色の空の下に、駅前のパチンコ店のネオンが滲《にじ》むようだ。

歩道に立てられた商店街の原色ののぼりが、並んではためいていた。

風に吹かれたまま、風谷は見回した。初めて来る場所だった。調べたところでは、目的の場所へは〈川崎12〉という系統のバスに乗ってしばらく走り、〈子母口《しぼくち》〉という停留所で降りることになるのだが、そこがどんな街なのかは分からなかった。最近はインターネットで、葉書に記された住所へ行く道順など簡単に検索できるのだが、街の空気までは調べられない。

俺は何をしている――ふと風谷は思った。

俺は呼ばれもしないのに、これからそこへ行こうとしている。今日そこへ行ってみたところで、あいつに逢《あ》えるとも限らない。あいつが、俺に会いたがっているとも限らない……いや、俺のことを現在どう思っているのかも分からないのに……。

バス停の列に並んでいると、次々に行動を躊躇《ちゅうちょ》させる考えが、風谷の意識に浮かんで来た。

あいつに会いに行ったところで、逢えたところで、何を話すんだ。今さら慰めか……？ 第一、こんな俺に、何がしてやれると言うんだ……。

（――――）

風谷は頭を振って、わき上がる弱気を押し止《とど》めた。まったく、一年前は謎のスホーイ27と命を賭けて空中戦をしたというのに、そういう体験は迷いがちな風谷の性格をちっとも矯正《きょうせい》してはいなかった。性格というものは、後天的な経験では変えられないものなのかも知れなかった。

俺は全然、強くなれていないと思った。

何を躊躇している。風谷は自問した。何のためにここまでやって来たんだ……？ 偶然だが、町田のやつが結婚式に招んでくれて、背中を押してくれたんじゃないか。今まで一年近く迷っていたのを、やっと東京へ出て来れたんじゃないか……。

風谷は、ため息をついて目を上げた。

頭上に、冬の名残《なごり》のある深い橙色の空があった。駅前広場の雑居ビル群や電信柱、街の構造物に視界の下半分を埋められ、夕暮の空は狭く見えた。風の吹き渡る小松基地の広いフィールドにばかり立っていた目には、窮屈な感じがした。普通の街の風景というのは、こういうものだったか……とあらためて思った。

すると、目に蘇《よみがえ》る光景があった。

過去の一シーンだ。

随分前――風谷が生まれた土地を離れ、明日をも知れぬ訓練ばかりの〈流浪《るろう》の生活〉に旅立つ前のこと――それは高校二年の頃の記憶だった。

この駅ではないが、冬の下校時の景色というものは色合いが似ている。

今から八年前のことだ。

横浜市内の根岸線の山手《やまて》という駅が、通っていた高校から一番近く、生徒たちの通学に使われていた。風谷は自転車通学だったが、横浜の中心街に用事がある時は放課後に電車に乗った。航空学生を受験するために使う試験問題集などは、大きな書店に行かないと手に入らなかった。

　風谷は、高校二年も終わりになる三月の中頃のその日、新しく出された問題集を求めに横浜へ行こうと、山手駅のホームに立っていた。学校は期末テストの試験期間に入っていたが、そっちにはあまり構っていられない。風谷にとっては、高二の秋から、すでにたった一人の受験の闘いが始まっていた。

　高台にあるホームから、深い橙色の夕空が見えた。電車通学の生徒たちがまばらに立っていた。テスト前なので、運動部は練習が休みだった。スポーツバッグを肩に掛けた、普段は見ない顔ぶれもいた。

　自分の将来は、これからどうなるのだろう……。風谷は、頭上に広がる夕空を眺めながら、ぼうっと考えていた。航空自衛隊のパイロット・コースを受験しよう――そう決めた時から、たった一人で望んだ道へ踏み出す孤独感が襲って来た。F15が単なる夢から〈目標〉になった時、将来への期待よりも不安の方が大きくなった。

（目指すと決心してはみたけれど……俺に出来るんだろうか、パイロットなんて……。みんなと同じように大学へ進む方が、相応だろうか――）

　その時。ホームに立って心の中でつぶやいていた風谷の、眼が止まった。

　線路を隔てて反対側のホーム。

　改札からの階段を駆け上がってきた少女が、まるで舞台の袖《そで》から走り出てきたように、ホームの上に現われた。長い髪にチェックのスカート。風谷と同じ星南高校の制服だ。

(――あいつ……？)

月夜野瞳は、髪をひるがえしてホームの真ん中で立ち止まり、紺色のハイソックスの脚で改札口からの階段をくるっと振り向くと、笑顔でおいでおいでをした。あとから、詰襟の学生服を着た長身の少年が上がってきて、笑いながら瞳と並んだ。隣の男子校の制服だった。Shaquille O'Nealとロゴの入ったスポーツバッグを肩に掛け、足元はバスケットシューズ。運動部だろう。

風谷は、なぜかどきっとして、反対側のホームに並んで立つ長い髪の少女と長身の男子生徒を見られなくなった。その〈衝撃〉は、胸の中の漠然とした不安とは違い、もっと強烈だった。頬が熱くなるのを覚えた。そんな風谷に気づきもせず、瞳は男子校の生徒と楽しそうにおしゃべりし始めた。

「――方向が、逆じゃないか。電車の」

思わず、つぶやいていた。瞳の家は、関内《かんない》だと聞いていた。いったいこれからあの男と、どこへ行くつもりなのだろう……。

いや、関係ない。風谷は小さく頭《かぶり》を振った。

風谷は、自分の頬がなぜ熱くなるのか分からなかった。不可解だった。

月夜野瞳が、放課後に岸壁に座って参考書を見ている自分の隣へやって来て、何度か意思表示をしたことがある。でも自分は、取り合わなかった。女の子を喜ばせたり笑わせたりすることなんか何も出来ない自分――あそこのホームに立っているあの男のように、女の子を巧《うま》くあしらうことなんか到底出来ない自分の横に、どうして学年中で騒がれているような美少女が来て座るのか、分からなかった。多分、何かの気まぐれだろうと思った。

それに……もしこのきれいな子と特別な仲になれたとしても、自分は航空自衛隊の採用試験に受かればここを離れて遠くへ行かなくてはならない。つき合い続けることなんか、出来はしない。

この子を不覚にも好きになったとしても……きっと後が辛《つら》いだけだろう。

だから風谷は、マイペースで放課後の時間を過ごす自分の隣に月夜野瞳がやって来ても、ろくに相手をせず、ほうって置くことが多かった。そのうち、来なくなるだろうと思っていた。明るくて嫌みはないけれど、自分のことを世界の主役みたいに考えているような美少女を、その時はそんなに好きだとも感じていなかった。

(俺は、どうしてショックなんだ。別にあいつと、つき合いたいと望んだことなんかない。いつかこうなるだろうと、分かっていたじゃないか……)あれだけ美しい女の子だ――と風谷は思った。学校の中でも通学の途中でも、きっと日頃から無数の誘いを受けているに違いないのだ。素《そ》っ気《け》ない俺に見切りをつけて、熱心に誘って来るほかの誰かのところへ行って仲良くなったとして、別にそれがどうしたって言うんだ？　あいつにとっては当然のことだ。俺がどうして、それを見てショックを受けるんだ。受けなくてはならないんだ……。

「俺には、関係ない……」

小さくつぶやいた。

楽しそうに話している瞳は、こちらのホームに気づかない様子だった。風谷は『関係ないさ』と心の中でくり返しながら、でも自分の胸がどうしてじりじりと熱くなるのか、分からないでいた。瞳が不意にこちらを見たような気がして、思わず顔を背《そむ》けようとした時、反対側のホームに大船《おおふな》行きの電車が入って来た。ステンレスの車体が、幕を引くように少女の姿を隠した。

あれからしばらく経った、晴れた日の放課後だった……。

バス停の列で、コートの襟を風に吹かれながら風谷は思い出していた。その時の胸の高なりが、蘇るような気がした。

学校帰りに岸壁に座っている俺の隣に、不意にあいつは戻って来たんだ……。

俺は――と風谷は思った。

(俺は、その時本当に嬉しくなって、この先どうなってもいいからこの子と一緒に居よう……そう思ったんだ)

コートのポケットに入れた手が、角ばった薄い何かに触れた。風谷はそれを取り出した。

一枚の葉書だった。

今朝、小松の独身幹部宿舎を出る時から、ポケットに入れていたものだ。

手に持って、眺めた。

——『事件の節は、大変お世話になりました。
ご挨拶が遅くなりましたが、ようやく新居に落ち着き、娘と二人で暮らしています。
お仕事、頑張って下さい。
あなた様のご多幸をお祈りしております。
風谷修　様
五月三日　　月夜野瞳』

すっかり落ち着いた二十五歳の瞳の声が、耳に蘇る気がした。

一年前、日本を襲った一連の空襲事件の時。偶然再会することになった瞳は、すでに他人の妻で一児の母親だった。

（何が……『ご多幸をお祈りしております』だ。ひどいじゃないか。別れはしたけれど、あまりに他人行儀じゃないか……）

風谷は、心の中でつぶやいた。

旧姓で表記された葉書を、もう一度見た。

原発上空へ出動する直前、自分を電話で励ましてくれた〈声〉を、頭の中で反芻《はんすう》した。

だが、事件で行方不明となった夫と正式に離婚したらしい月夜野瞳が、風谷のことを災《さい》厄《やく》を想い起こさせる疫病神《やくびょうがみ》のように感じている可能性も、否定は出来なかった。

その考えが、風谷に一年近くも、葉書の住所へ向かうことを躊躇させていた。葉書のおもてに記されているのが住所だけで、電話番号もメールアドレスもないことが、さらにその疑いを強くした。

しかし、完全に忘れ去りたいなら、わざわざ転居の挨拶状のようなものを寄越すだろうか……。そんなふうに、想像は同じところを巡り続けた。いつまでも自分一人であれこれ考えるのに風谷は飽きていた。

月夜野に会いに行こう、と思った。

あの空襲事件の後、俺は司令部に軟禁《なんきん》状態にされて、あいつと話す機会がなかった。たとえ『あなたになど二度と会いたくない、顔も見たくない』と言われても仕方ない……。

風谷は思った。

(あいつと、一度話そう。話さなくちゃ駄目だ)

バスがロータリーを回って、停留所へ入って来た。もう一か月も前に届いていた葉書をポケットにしまうと、風谷はバス停の列にしたがって前へ進んだ。

石川県・小松

三日後。

「風谷さん」

東京での休暇を終え、小松基地へ戻った風谷に、休む間もなくアラート待機のローテーションが回って来た。

休暇を取って東京へ帰っていたパイロットを、翌日からすぐにスクランブル要員として起用しなければならないところが、事件以来ずっと人手の足りない第六航空団の台所事情だった。今回風谷に当てられたのは、二機編隊の編隊長としての待機だ。

アラート待機は二十四時間三交替制だが、一六〇〇時から始まる『Sシフト』に就くパイロットは日中のデスクワークを免除され、午後三時までに出勤すればよかった。今朝は昼過ぎまで、独身幹部宿舎の個室で眠れないまま目をつぶっていた。午後一時頃に起き出して遅い食事をし、基地内の草っ原をジョギングした。日本海に面した基地の空は、雪の降り出しそうな灰色をしていた。

午後三時の十五分前に、飛行隊へ出勤した。ロッカールームで着替えて腰掛け、まず飛行ブーツを磨いた。深夜まで続く長い勤務の始まりだった。

靴を磨く手が、冷たかった。空気の冷たさは、このシーズン中、もう一度くらいは大きな降雪がありそうだと教えていた。東京と違って、北陸の春はまだ当分先だ。

「風谷さ――いえ風谷二尉。矢島《やじま》三尉です。本日、二番機としてアラート待機をご一緒します。よろしくお願いいたします」

長身の後輩パイロットがやって来ると、風谷の前に立って敬礼した。

最近は後輩も増えた。新人の頃は二番機ばかりだった風谷も、飛行隊経験満三年となって、アラートで編隊長を任される機会が少しずつ増えていた。

「――ああ」風谷は、靴を磨く手を休めずにうなずいた。「よろしく」


航空自衛隊には、日本の領土へ接近して来る国籍不明・正体不明の航空機に対して、領空を侵犯させないように出動する〈対領空侵犯措置〉の任務がある。いわゆる『スクランブル』である。

空自の各基地でのスクランブル態勢は、通常〈五分待機〉と呼ばれる即応態勢の戦闘機が二機、その予備として〈三十分待機〉の戦闘機が同じく二機、合計四機がアラートハンガーと呼ばれる緊急発進用の格納庫に置かれて待機する。搭乗するパイロットも、都合四名だ。

空自の戦闘機パイロットが、スクランブルに備えて待機する勤務を『アラート待機』と呼ぶ。二十四時間三交替で、一つのローテーションが八時間となる勘定だ。飛行隊のパイロットは五日から一週間に一度の割で、このアラート待機のローテーションを担当する。

アラート待機をするパイロットは、武装を施したF15J戦闘機が並ぶアラートハンガーの脇のスタンバイルームで、いつでも飛び立てるよう装具類を身につけ、『緊急発進』の指示に備える。

この日の風谷の勤務は、一六〇〇時から深夜〇〇〇〇時までの『Sシフト』と呼ばれる時間帯、先鋒の〈五分待機〉組の編隊長だった。日暮から始まる夜間待機だ。

日本へ接近するアンノン——国籍不明機は、時間帯にも天候にも関係なく出現する。その頻度は決して少なくはない。ロシアの軍事活動が低調となった近年でも、アンノンの出現回数は年間三百回を超えている。中国その他のアジア諸国の軍事活動が、逆に活発化しているためだ。国籍不明の航空機がレーダーサイトによって探知され、府中の総隊司令部中央指揮所から『緊急発進』の指示が下れば、アラート待機のパイロットはただちに洋上へ向けて離陸し、〈対領空侵犯措置〉——すなわち相手の正体の確認と、領空侵入防止のための警告を行わなくてはならない。

「どうしたんですか、風谷さん」

長身の後輩は、敬礼の姿勢を緩めると、風谷の顔を覗《のぞ》き込んだ。オリーブグリーンのフライトスーツの胸には、翼を広げた形の航空徽章《きしょう》の下に『M・YAJIMA』と縫いつけてある。訓練を終えて配属されたばかりの新人だったが、後輩といっても風谷と歳は同じだった。

「なんか今日は、暗いですよ」

「勤務中は、階級で呼べよ」

風谷はぼそっと応えた。

「いいじゃないですか。俺たちだけのときは」

矢島という新人は、一般大学の出身だ。『一般幹部候補生』と呼ばれる養成コースから上がって来た幹部パイロットだった。高卒で航空学生になった風谷よりも飛行経験はずっと少ないのだが、大学へ行ったぶん、世慣れているという感じがした。

「この基地で自衛隊臭くないの、はっきり言って風谷さんだけですよ。俺たちでつるんで、楽しくやりましょうよ」

「――――」

矢島は訓練課程での成績も良かったらしい。どこの世界にも『始めから向いている』という種類の人間がいる。能力への自信は、態度の余裕となって現われる。こいつもそういう一人なのだろう――と風谷は思う。自分は飛行隊の新人時代、こんなふうに先輩パイロットになれなれしく口をきくなんて想像も出来なかった。いつも緊張していた。フライトもうまく行かなかったし……。

いや、こいつの場合は……。歓迎会の席でK大の経済学部出身だと言っていた。俺が同じ大学に受かっていたけど行かなかったと話したら、勝手に『仲間』だと思ったらしい。参ったな……。

「自衛隊は、企業じゃない」風谷は立ち上がると、靴磨きの布をロッカーに放りこんだ。「矢島三尉。君は偉くなるんだろう。けじめをつけろよ」

「偉くなるまで、いるかどうか分かりませんよ」

長身の矢島明士《めいじ》三尉は、日に焼けた顔に白い歯をこぼした。空自のフライトスーツを着ていなければ、何の職業の人間か分からないだろう。さわやかな二枚目と表現できる風貌《ふうぼう》は、マスコミなど軟弱な業界の人間にも見えるが、ギョロリとした目がそれを否定するように鋭い。

「いるか分からないって――?」

「自衛隊が、人生の全てじゃないでしょう」

「勤務中にするなよ。そういう話」

風谷は「行くぞ」とうながして、ロッカー室を歩み出た。

風谷は、矢島三尉を伴って気象隊のオフィスへ移動すると、今夜の天候について予報幹部のブリーフィングを受けた。十五分ほど天気図の説明を聞くと、次に救命装具室へ向かって自分専用のヘルメット、酸素マスク、Gスーツなどの装具類を受け取った。Gスーツは、担当係官の三曹の手を借りてその場で身につけてしまった。腰回りと下半身に強力なサポーターをくくりつけたような格好で、隊のジープに乗せてもらってアラートハンガーへ移動した。

一連の準備の間、風谷は無口だった。

それは、ハンガーの中で今夜の乗機となるF15Jの機体を点検する最中でも同じだった。

「926号機は整備処置を完了しており、キャリーオーバー・スクォーク（不具合の持ち越し）はありません」

整備班長を務める年かさの一曹から、今日の乗機の整備ログを受けとって受領サインをする時も、短く「はい」と応えただけだった。

あとは、小型の体育館のようなカマボコ型耐爆構造の屋根の下で、全長一九メートル余りの淡いブルーグレーの流線型の周囲をめぐって外部点検をし、コクピットに上がって出来るだけのセットアップを済ませると、ハンガー脇に用意されたスタンバイルームへ入った。〈BEAGLE〉と風谷のTACネームをペイントした個人用のヘルメットは、イーグル926号機のコクピットの風防の枠に掛けたままにしておいた。

口数が少ないのは、気象隊の予報官から「前線が近づいており夜半から雪が予想されます」と言い渡されたので、降雪時の飛行手順をどうしようかと反芻しているせいだけではなかった。

ここ一年、風谷はフライトの時間が近づくと、話をしなくなるだけでなく、他人となるべく顔を合わせないようになっていた。自分の顔は蒼《あお》ざめているのではないか、と気になるからだった。

一年前、夜間の洋上で謎の国籍不明機に背後から機関砲を撃たれ、脱出した時のショックは強い恐怖として心に残った。それ以後、しばらくのあいだ風谷は、コクピットに座ろうとすると原因不明の吐《は》き気に襲われ身体がいうことを聞かなくなるという、心的外傷後《PT》ストレス障害《SD》に冒されていた。飛ぼうとしても身体が怖がって拒否するのだ。

あの〈亜細亜のあけぼの〉による原発空襲事件のさなか、風谷は、病院に収容されて動けないかつての同級生の女性とその娘を救おうと死ぬ思いで離陸をし、ＰＴＳＤの症状を振り切った。だが身体がいうことを聞くようになってからも、恐怖は消せない傷となって心の底に残り続けた。

現在では、撃墜《げきつい》された時の恐怖は鳴りを潜《ひそ》めている。しかしフライト中に急にまた怖くなるのではないか、突然ＰＴＳＤの症状が再発して身体を襲うのではないかという懸念《けねん》が、風谷を苦しめ続けていた。戦闘機パイロットをやめてしまえばいい、というのは簡単な答だ。飛行機を降りてしまえば、もう何の恐怖にもおびえずに済む。簡単なことだろう。実際、一連の空襲事件で同じように撃墜された若い同僚パイロットの中には、ＰＴＳＤを克服出来ずに降りてしまった者もいる。

「いいか風谷。自分の中の恐怖に打《う》ち克《か》つには、戦闘機に乗って飛ぶことだ。それしかない。同じことに挑戦し、恐怖と闘うんだ。草の生えた地面の上や、同情してくれる人間が大勢いるような世界でいくら悩んでも、どうなるものではないぞ」

そう言ってくれたのは、風谷の所属する飛行隊の隊長だった。三十五歳の二佐で、航空学生の先輩に当たる人物だ。その言葉がなかったら、風谷は半年くらい前に潰れていたかも知れなかった。飛行機を降りて、恐怖に襲われる心配がなくなる代わりに、人生に何の目的も持てない『抜け殻』のようになってしまったかも知れない。

十四歳の時から、戦闘機パイロットだけが夢だった。それ以外は何も考えずに生きて来たのだ。風谷は、どこまでもつか分からないが、出来るところまで空にしがみつこうと思った。

風谷は自分の中に巣くう〈恐怖〉を、持病を持った老人が己《おのれ》の病《やまい》とつき合うように『仕方なくそこにあるもの』として認めようと思った。その代わりに「飛ぶのが怖い」とは口が裂《さ》けても言えないと思った。二機編隊長の資格も取ったし、後輩もたくさん入って来ていた。指導をする立場の先輩パイロットが「怖い」では話にもならない。風谷は自分のそういうところを、なるべく他人に見せないように振る舞うことが多くなった。

「休暇から戻られてから、おかしいですよ風谷さん」

どこの航空自衛隊基地でも、アラートハンガーは最短時間で離陸出来るよう、滑走路の末端に近い場所に置かれている。小松では、基地の敷地の一番北の端、滑走路《ランウェイ》24へ斜めに滑り込めるような位置に、他の施設とは離して設置されている。

スタンバイルームで待機に入ると、何事もない間は、待つしかすることがない。隊の日常業務の喧騒《けんそう》もここにはない。パイロットは自分なりのやり方で時間を過ごす。TVを見ても雑誌を読んでもよかったが、風谷の場合はバインダーノートを開いて、自分が過去にスクランブルで出動した時の記録を読み返すことにしていた。

前回、前々回の出動がどうであったか。その時の気象は。スクランブルオーダーは。発進の手順でどういうミスをしたか。次はどうすればいいか？　上空で遭遇《そうぐう》した国籍不明機はどんな機体で、どこから来て、どう見えたか。その時に自分はどんな行動を取ったか……。

Ａ４判の白いページに、簡単な再現航跡図が鉛筆で描かれ、どこで何があって、自分がそこでどんな判断・操作をしたのかが記録されていた。それは風谷が一回出動するたびに、帰還してから二時間ほど掛けて思い出しながら綴《つづ》った記録であった。風谷はアラート待機中はそのノートを眺めて、今日スクランブルがかかったらどのようにしよう――などと考えるのだった。そうしていないと、いざベルが鳴り響いてコクピットへ駆け上がった時、何をどうすればいいのか訳が分からなくなってしまうような気がした。特に編隊長を任されるようになってからは、不安が大きくなった。

センスのある奴は凄い、と思う。風谷は、まだ二番機だけを務めていた頃、夜のスクランブルで月が出ていなくて国籍不明機が見えず、往生《おうじょう》したことがある。そうか、月がないと夜の闇はこんなに何も見えないほど暗いのか。夜のアラート待機につく時は、月齢をちゃんと調べて準備しなくてはいけないなと思い知らされたが、センスのあるパイロットは前の晩にいくら飲み屋で呑んだくれていても、自分のアラート待機の晩が新月か満月かなんてちゃんと掴《つか》んで知っているのだった。

風谷は、自分の先天的なセンスのなさはケーススタディーで補って行くしかないだろう、と思っていた。戦闘機パイロットであり続けるためには、人の倍も努力しなければならないだろう。だから才能のあるパイロットが隣のリラックス・チェアで漫画を読んでいる時も、自分は過去のケーススタディーのノートをめくった。今夜は特に、過去に降雪に遭《あ》った時のケースを読み返した。

「風谷さん。東京で何かあったんですか？」

そのバインダーをめくる風谷の横から、矢島明士が訊いて来た。矢島はスタンバイルーム備えつけのＴＶにポータブルのＤＶＤプレーヤーを繋《つな》いで、昔のＴＶドラマのディスクを掛けていた。たまっているＤＶＤを見るには、アラート待機はうってつけですねと笑ったばかりだった。

「別に。何もないよ」

風谷はノートから目を離さず、否定した。

「昔の彼女と、何かあったとか？」

「うるさいな」

風谷は、相変わらず白い歯をこぼす同い年の後輩パイロットを、横目で睨んだ。

「矢島三尉。君はいずれ俺を階級で抜かすんだろうが、今はまだこの飛行隊のＯＲ（出動要員）になったばかりで、二機編隊長資格も取っていないし、出動経験も少ない。うるさいことを言いたくないが、テクニカル・オーダーを開いてイーグルのウインター・オペレーションでも復習しておいたらどうなんだ」

「ああ、そうですね。雪が降り出すかも知れませんから。でも大丈夫ですよ。降雪時の操作要領なら全部暗記しましたし、僕は風谷さんについて行くだけですから」

「お前な」

「あ、待って下さいよ。僕は別に、風谷さんが先輩の中ではおとなしいから、へらへら笑って嘗《な》めているわけではありませんよ。誰に対しても、ついこうなっちゃうんです」矢島は、短く刈った頭を掻いて笑った。「この間も月刀《がとう》一尉に向かってタメぐちきいて、張り飛ばされましたから。でもね。何でも誰にでも本音を吐き出しちゃうから、へらへらしていられるんです」

「――」

「結構大変ですよ、怒られて喧嘩《けんか》とかになると。でも楽ですよ。新しいところへ入って、初めは大変だけど、『あいつだから仕方がない』ってみんなに思われるようになればしめたものです。後は好きなようにやれます」

「――」

「風谷さんみたいに、難しい顔して下向かなくても、世の中渡れますよ。案外これで、友達は多い方で」

「――そうだろうな」

風谷はため息をついた。確かにこいつには、何を言っても仕方がないかも知れない。

「ねぇ風谷さん」

矢島は、うるさそうにノートを見ている風谷の横顔に、懲《こ》りずに囁《ささや》きかけた。

「風谷さん、この世の半分はね、女なんですよ」

「――何が言いたいんだ」

「だから、いっぱいいるってことですよ」

「まるで俺が、休暇で東京へ帰って、昔の——」

風谷は口に出し掛けたが、すぐに唇を結んだ。

「だって、そういう顔していらっしゃいますよ。風谷さん」矢島は乗り出して続けた。

「東京で、学生時代の彼女とひさしぶりに逢って来たけれど、今や生活環境も考え方もがらっと違ってしまって、もうやり直しがきかなくて……」

「うるさいなっ」

風谷は小さく怒鳴った。

「勝手な詮索《せんさく》、するなよ」

「怒らないでくださいよ。そういうふうに、すぐ顔に出ちゃうところが、可愛いんですよ先輩」

「——」

——『脚がこんなだし』

風谷の脳裏に、ちらりと蘇《よみがえ》る声があった。

少し疲れた声。

――『わたし、脚がこんなだし』

「――――」

風谷は、それを振り切るように頭を振った。

その横顔に矢島は「ねぇ風谷さん」と誘った。

「ねぇ風谷さん、こんど合コンやりませんか？」

「合コン――？」

「いえね。今度大学時代の知り合いの子が――その子は太平洋航空で国内線のキャビンアテンダントをやってるんですけど、今度フライトで小松へ来るんですよ。明後日の午後の便なんですけど。ステイだって言うから『一緒に飯でもどう』って訊いたら、同期の子と二人一緒だから、こっちも二人で来たらいいって」

「俺はいい」

「そう言わないで下さいよ。ＣＡの子ですよ」

「いい。俺は嫌だ」

「そんなこと言わずにつき合ってくださいよ」

「ほかの奴を誘えよ」

「この基地で、自衛隊臭くないのは僕のほかは風谷さんだけなんですよ。お願いしますよ」

風谷は、いつも笑っているような目の後輩を無視して立ち上がった。

「あれ、怒っちゃいました？」

「トイレだよ」

洗面所へ行った。

用を足し、手を洗いながら窓を眺めると、かすかに赤い残照《ざんしょう》が日本海の空に広がっていた。外は間もなく、完全な夜になろうとしていた。

赤い残照を眺めながら、頭にもう一つの夕暮の光景が蘇った。

（…………）

風谷は、その記憶のプレイバックを止めようとしたが、意識から消し去ることは出来なかった。つい三日前の記憶だ。忘れるには生々《なまなま》し過ぎた。

――『わたし、脚がこんなだし』

風谷は目を閉じて、黙って記憶の再現を受け入れた。脳裏に蘇る月夜野瞳の声が、せめて緊急発進が命ぜられた時の自分に影響せぬように……とだけ願った。

三日前の、夕方の同じような時刻。

何が……『ご多幸をお祈りしております』だ……。葉書を手にした風谷が、そう心の中でつぶやいた時。銀色のバスがロータリーを回って、停留所へ入って来た。

それは、葉書の出された住所のある街へと向かう路線バスだった。

買い物帰りの主婦などに混じって、日曜日の夕刻のバスに二十分近く揺られ、〈子母口〉という停留所で降りた。

目の前が細い川だった。幅一〇メートルもない、住宅街をうねるように抜ける川の縁に沿って、柵と歩道が続いていた。

「――――」

風谷は、バスの後部の席で、もう一度葉書を取り出して眺めていた。短い文面は、瞳が当時二歳の小さな娘と一緒に新しい居所に越したというしらせだった。よくある『引っ越しました』の挨拶状ではなく、官製葉書に手書きで記したものだった。おもてには、葉書が差し出された場所――川崎市高津区子母口という住所が記されていた。番地の末尾に二〇三とあるのは、アパートかマンションだろう。電話番号は、書き入れられていなかった。

風谷は周囲を見回し、電柱の番地表示を頼りに歩き始めた。歩きながら、瞳が葉書に電話番号を書き入れなかった理由を『もう何度目だろう』と自嘲《じちょう》しながら考えた。

（俺は……）

自分は瞳の家庭を壊した張本人かも知れない、と風谷は思った。だが『そんな考えはよせ』と自分の中の声が言う。あの一年前の事件――夜の日本海の上空で〈亜細亜のあけぼの〉を名乗る謎の戦闘機が釜山行きのエアバスに襲いかかった時。スクランブルの編隊長として駆けつけた自分には、暴虐《ぼうぎゃく》を振るう国籍不明戦闘機に対し、武器を使用する権限が与えられていなかった。だから、お前に責任はないのだと自分の中の声は言う。お前は、最後まで旅客機を護《まも》ろうと必死になったではないか。航空自衛隊のパイロットとして、あれ以上に何が出来たというのだ……。

でも……。

風谷は、思い起こすたびに唇を噛《か》む。瞳の家族を、俺が護り切れなかったのは事実だ……。

月夜野瞳が、四年前に嫁いで行った男――当時商社に勤務していた三十代のどこかの御《おん》曹司《ぞうし》は、もうこの世にいない。

一連の事件が終息した後で、瞳が夫の実家とどのようなやり取りをして元の名字に戻ったのか、自分には想像すべくもないと風谷は思った。結局、事件の最後に原発を護るため出動した風谷は、『国の機密を漏らさぬため』という理由で基地に半ば軟禁され、瞳とじかに会って話すことは、とうとう出来なかった。外部との連絡も禁じられてしまった。

　空戦の詳細を聴取され、機密保持を誓約させられ解放されたのは、事件から三日も後のことだった。病院へ駆けつけてみると、瞳は恢復《かいふく》した小さな娘を連れて、すでに小松を去っていた。着物を着た義母らしき人が、引きずるように二人を連れて帰った——という担当医の話だけを聞くことが出来た。

（この辺りだ……）

　住宅街の角で立ち止まり、見回した。角に面して、白い二階建てのアパートがあった。ここかも知れない……。表示を見ると、葉書の出された住所だった。

　風谷は、街角に立ったままアパートを見上げ、少し躊躇した。西の空を覆《おお》っていた雲が切れ、風谷の背中から沈む太陽の最後の光が、その建物の外壁をオレンジ色に照らした。

　不意に眩《まぶ》しくなり、顔をしかめた時、

「——風谷、君？」

　背中で声がした。

（辛いな……）

　風谷は、ため息をついた。頭を振って記憶のプレイバックを打ち切った。ポケットに手を入れてアラートハンガーの洗面所を出た。

スタンバイルームへ戻る渡り廊下の窓から、日本海の残照が覗いていた。灰色の雲の下面が、微《かす》かに赤く染まっているだけの夕暮だった。空気は冷たかった。基地の頭上は分厚い雲に覆われ、今にも雪がちらつきそうな気配だった。

風谷はすぐにスタンバイルームへは戻らず、踵《きびす》を返すとハンガーへ向かった。耐爆ドアを開いて歩み入ると、飛行ブーツの靴音が響いた。

静かな空間で水銀灯に照らされ、イーグル926号機は待機していた。緩やかに尖《とが》った機首が、揺るぎなく前方を指していた。淡い青灰色の流れるようなシルエットは、機首から二枚の垂直尾翼まで一九メートル余りもあり、前縁が四五度の後退角を持つ高翼式の主翼は、近づくと風谷の背よりもずっと高いところにあった。

じっと姿勢を崩さず休息をする鳥のような、その機体の周囲をゆっくりと巡り、風谷はもう一度外部点検を行なった。すでに十分点検してあったので、異状はどこにも見つからなかった。二発のAIM9Lサイドワインダー空対空ミサイルは、すでに左右の主翼下二番と八番のパイロンに装着され、発進の際は赤い帯状布のついた安全ピンを引き抜けばよいだけにされていた。

風谷は、それでも何か気をつけておくことはないかと、機体の周囲を入念に見て回った。すると流線型の機首の側面に取りつけられた、ピトー管が目についた。前方を向いた小さな銀色のチューブは、飛行中に動圧——機体の速度を検出するセンサーだ。先端に小さな検出口の開いたチューブに手で触れてみると、表面は冷たかった。機体に電源が入っていないので、凍結防止のヒーターはまだ作動していない。ピトー管の後方の機首側面に円く小さな口を開けた、高度を測定するための静圧検出口も同じだった。

「心配かね。三尉」

整備班長の一曹が、後ろから声を掛けて来た。

「今夜は、天気が崩れるらしいな」

「はい班長。雪が急に降り出して、検出口が詰まったりすると大変です。今のうちから、外部センサー類を暖めておくことは出来ませんか」

風谷が頼むと、班長はうなずいた。

「分かった三尉。外部電源をつないで、ピトー・スタティック系統を全部、ヒーティングしておこう。あんたの相棒の機体もだ」

「よろしくお願いします」

一礼して、機体のそばを離れた。ほかにも降雪が強い時には、補助翼、方向舵、昇降舵、フラップなどの動翼のヒンジ部と、脚のステアリング機構のストラットなどにも雪が詰まって凍りつき、動かなくなるトラブルが考えられるのだが、それらは今心配しても仕方のないことだった。

「三尉」

ハンガーを出ようとすると、年かさの一曹は背中から声を掛けた。

「三尉。身体のほうは、もういいのかね」

「はい。すっかり大丈夫です」

「そうかい」定年近い一曹はうなずくと、後は何も訊かなかった。部下の整備隊員たちに大声で指図をして、電源車の準備を始めさせた。「いいか。電源車のほかにも、防除氷トラックを用意しておくんだ。夜中から雪になるかも知れん」


風谷は、ほかにも何かしておくことはないかと考えたが、三日前の東京での出来事を忘れさせるほど気持ちを集中出来る仕事は、もう見当たらなかった。

仕方なくスタンバイルームへ戻ると、ヘッドフォンでDVDを見ている矢島三尉の隣のリラックス・チェアで自分も仰向けになり、テクニカル・オーダー——F15Jの操縦マニュアルを広げて、降雪時の離陸操作についておさらいをした。しかしマニュアルの文章は硬く、記憶のプレイバックを押し止めることは難しかった。

再び、風谷の頭に三日前の夕暮の出来事が浮かんだ。


「風谷君……？」

呼ばれた声に振り向くと、ちょうど背後から沈む直前の夕日が差して、風谷の目を射た。

声の主は逆光の中で、こちらを見ていた。

橙色の逆光のきらめきは、風谷に幻を見させた。胸にエンブレムのついたブレザーの制服。夕暮の校庭で、こちらを振り向く少女。長い髪。だがそれは一瞬のことで、目をすがめた風谷の前に、その女性は姿を現わした。

柴田から姓は戻ったという、月夜野瞳だった。

「つ――」一瞬、どう呼んでいいのか迷い、風谷は言葉が出なかった。「――月夜野……？」

「来てくれたんだ。風谷君」

橙色の光の中から歩み出たその女は、昔よりも落ち着いた低い声で、微笑した。髪は肩よりも短く、記憶の中の少女とは違っていた。手にはスーパーの白い買い物袋を下げていた。

「あ……あぁ」すまない、と思わず風谷は口にしていた。

「どうして？」

「いや、いきなり、来らゃって」

「そんなことないよ。嬉しいよ」

「電話とか分かれば、前もってかけたんだけど」

「うん」

「町田の結婚式で、東京へ来たんだ。それで」

どうして俺は、言い訳ばかりするのだ……。俺は何を口にしているのだろう。瞳を訪ねるのが、今回の本当の目的だった。なのに、町田の結婚式のついでみたいに言ってしまった。

「寄っていく?」

「え」

「うち、そこなの」

二十五歳の瞳は、角に立つ白いアパートを指さした。

「いや、でも……」

「だって、そのために来たんでしょう」

瞳は笑った。笑うと、白い顔の目の端に、微かなしわのようなものが浮かぶ。それは苦労をくぐった末、顔に刻まれたもののように思えた。唇をきゅっと結んで笑うようなところも、昔の瞳にはなかった。意志の強さみたいなものを感じた。

「いやだ、あまり見ないで。ノーメイクなの」

「あ――」すまない、とまた風谷は詫《わ》びた。

「夕飯、まだでしょう」

「ああ」

「食べていきなさいよ」

「――ああ」

「あ、返事に間が空いた」

「だって――いいのか。娘さんには、何て……」

「あの子、今いないの」

「え」

「詳しいこと、中で話すから。こんなとこで立ち話してる方が、かえって近所に目立つよ」

瞳は、先に立ってアパートの外階段を上った。

風谷は無言で続いた。瞳の姿を、こうしてそばで見るのは何年ぶりだろうと思った。目の前を通り過ぎるウェディングドレス姿が最後だった――と思いかけて、考えるのをやめた。

淡いピンクのコートの後ろ姿が、階段を上りながら微かに脚を引きずるのに風谷は気づいた。

白いアパートの二階、突き当たりの角の部屋だった。『月夜野』と簡単なプレートがあった。

「座って」

瞳は、窓に面した奥の部屋の炬燵《こたつ》に風谷を座らせると、リビングダイニングの調理台に立ってケトルを火にかけた。

風谷は、部屋の中を見回した。リビングダイニングと和室の、二間のアパートだった。炬燵を置いた和室は、カバーをかけたパソコン机と、製図台のようなものが壁について並んでいるので、広くはなかった。

「仕事、どう?」

調理台に立ちながら、瞳は訊いて来た。

「ああ。何とか」

「そう」

小さく食器の音がした。

「凄いよね。風谷君。イーグルのパイロットなんだね」

「……ああ」

「いいなぁ。あの頃の目標、やり通したんだね」

「…………」

風谷は、瞳に詫びなくてはならないと思った。自分が命令違反でもあのスホーイを撃墜していれば、瞳はこんな境遇にはならなかった。あの事件からずっと、面と向かって話す機会がなかった。でも背中に向かって謝るのも変な気がして、落ち着かない気持ちで

「……あれから、ここへ移ったのか」などと訊いていた。

「前に住んでいた青葉台のマンション、夫の実家の会社の持ちものだったの。だから財産分与の対象にもならなくて。出て来ちゃった」

コーヒーを入れながら、瞳はピンク色のカーディガンの背中で言った。

「本当はオートロック付きのマンションがいいんだけど。マンションだと同じ家賃でワンルームになってしまうの。ワンルームにユニットバスじゃ、あの子が帰って来た時、可哀《かわい》想《そう》だし」

「帰って来た時……？」

風谷は、パソコン机の脇に置かれた写真立てを見た。額の中では、雛人形《ひなにんぎょう》の段飾りの前で小さな女の子が笑っている。さらさらの髪の毛は、母親似だろう。目鼻立ちも小さく整っている。

「大きな声では言えないんだけど」瞳は背中で言った。「あの子――里恵を前の夫の実家に取られちゃって。親権をめぐって、今係争中なの」

「え」

「何だか実家は、前の夫がああなったのも、わたしのせいだって思っているらしいの。特に義母の方が。あの事件の当日に、わたしに用事があって、乗る予定だった日本の航空会社の便に遅れて。それで韓国の旅客機で釜山へ行くことになったの。そのことを、わたしの顔を見るたびに――」

「そうなのか……」

「喧嘩になって、あんな家に居られないから、籍《せき》を抜いて里恵と出たの。でも夫は一人息子だったし、里恵は忘れ形見だから、寄越せって。義母が無理やりもぎ取るようにして、神戸の実家へ連れて帰ったの」

瞳は、盆を運んで来ると、風谷の前にカップを置いた。炬燵に座る時も、微かに脚が震えた。

「向こうは、わたしに扶養《ふよう》能力がないからって言うの」

「扶養って――保険とかは」

「夫の生命保険の受取人、義母になっていたの」

「…………」

「義母はわたしに『満足な学校にも行かせられないだろう』って言うの。確かにわたし、脚がこんなだし」

瞳は目を伏せ、横座りにした自分の脚を見た。

「……後遺症？」

「沈む飛行機から脱出する時に、やったらしいの。ようやく最近、普通に歩けるようになったの。でも脚を少し引きずるのは、残るだろうって」

　瞳は、唇をきゅっと結ぶようにした。

「でも、負けないの。自宅でも出来る仕事、友達が紹介してくれたし。泣かないで頑張るの」

「……瞳」

　風谷は、ようやく昔の呼び方で瞳を呼んだ。

「電話番号」

「え」

「電話番号、葉書に書いてなかったろう」

「うん」

「携帯も、変えちゃっただろう」

「うん」

「凄く大変だったんだろう？　あれから、今まで。どうして――」風谷は言葉に詰まった。

「――どうして電話、教えてくれなかったんだ」

「だって」

　瞳は、両手を炬燵掛けで拭くようにして、うつむいた。

「だって、そうじゃない？　わたし、ひどい女だもの。風谷君を裏切って、ほかの男の人と結婚したんだもの。それでも風谷君、あの事件では旅客機と国籍不明機の間に割りこんで、自分が撃たれてくれて……。死ぬような思いでわたしたちを助けてくれたのに、これ以上、風谷君に迷惑かけられないよ。これ以上、力になってなんて、わたし厚かましいことは言えないよ」

「それは……」

「ごめんね」

瞳は、さらに顔をうつむけると、風谷の方を見ていられないというように声を詰まらせた。

「ごめんなさい。風谷君。わたし、どう謝っていいか分からない。本当は葉書を出すのもよそうかと思った。でも、それじゃ御礼も言えないし。さんざん迷って、電話は書かないことにしたの」

「瞳」

風谷は、口を開きかけたが、何をどう言えばいいのか分からなくなってしまった。

東京・府中
航空自衛隊総隊司令部

「あと三週間か……」

休憩室のテーブルにコーヒーの紙コップを置いて、葵一彦《あおいかずひこ》はつぶやいた。

「何がだ？　葵」

　隣で振り向いた和響一馬《わきょうかずま》は、たったいま昼間のシフトの当直勤務を終え、地下の中央指揮所から上がって来たところだった。

「〈親父〉が、ここを去るまでさ」

　葵は、ソファの上で両腕を頭の後ろへ回し、伸びをした。制服の肩には二佐の階級章。

　葵一彦は、今年で三十五歳になる。総隊司令部の先任指令官の一人だ。

　葵と防大の同期の和響は「ああ、そうか」とうなずいた。

「そうか。江守《えもり》空将は――もう定年か」

「〈親父〉にいなくなられたら、俺はどうなるかな。また奥尻島《おくしりとう》かも知れない」

「元気出せよ、葵。一年前の事件では、お前の働きで原発空襲は防げたんじゃないか」

「だけど、あの事件では監理部長を殴って気絶させてしまった。俺をかばってくれているのは今のところ、江守総隊司令だけさ。今のところだけじゃなく、これからもだけど」

「今のうちに嫁さんもらえよ、葵」和響は元気づけるように言う。「奥尻島へ飛ばされてしまったら、ますます結婚出来る望みが――いや」

　途中で口ごもった。励ましになっていない。

「時間だ。行くよ」

　葵は時計を見て、立ち上がった。葵の先任指令官としての当直勤務が、始まろうとしていた。

「下では、何か変わったことは？」

「何もない」和響は頭《かぶり》を振った。「今のところ、ロシアも中国も、その他の国々もおとなしい」

立ち上がった葵の日の先に、休憩室のＴＶがあった。低い音量で、夕方のニュースが流されている。

『――さきの内閣改造で新しく就任した木谷信一郎外務大臣は、本日、クアラルンプールにて北朝鮮外相との会談に臨みました』

「――――」

葵は、足を止めた。

画面には、東南アジアのホテルで白布を掛けた椅子におさまり、外国の閣僚と会談する新しい外務大臣が映っていた。銀髪の光る五十代の男は、頬はそげていて贅肉《ぜいにく》もなく、媚《こ》びるような笑顔も見せない。短い映像だったが、これまでにない、ものに動じない雰囲気が伝わって来た。

葵は、その政治家というよりは古武士と言えるような風貌を見やり、ほう、という顔をした。

（前の大黒外務大臣《おおぐろ》は、中国や韓国などの閣僚と会うと、いつも卑屈に笑ってぺこぺこしていたが……。今度の人臣はなかなか堂々としているな）

ニュースの原稿は続けて読み上げられたが、もう時間だった。葵は休憩室を出ると、地下四階の中央指揮所へ降りる中央エレベーターへと向かった。

中央指揮所

「葵先任」

地下四階には、劇場のような大スクリーンを前に、階段状の管制卓が幾列も扇形に並んだ薄暗い空間がある。総隊司令部・中央指揮所である。

この劇場のような大空間——中央指揮所が、日本の防空システムの中枢《ちゅうすう》の働きをしている。

CGを駆使した前面スクリーンには、航空自衛隊が日本列島の周囲二十六か所に設置している全レーダーサイトと、滞空中の全早期警戒機からのレーダー監視情報が集中処理され、視覚映像として映し出される仕組みだ。日本の周囲に国籍不明の航空機が出現した際には、ここから各航空基地へ要撃の指示が出され、発進したスクランブル機もここの指揮下に入ってコントロールされる。

「先任。上から電話です」

葵が管制卓の列中ほどの先任指令官席につくなり、隣の主任管制官が赤い受話器を差し出した。

「〈親父〉からか?」

「はい。〈親父〉さんからです」

総隊司令部の現場管制官たちが〈親父〉と呼んで慕っているのは、総隊司令官の江守空将だ。葵は「何だろう」と受話器を受け取った。

「葵二佐です」

応えながら、葵は背後のトップダイアスをちらりと振り返った。指揮所の最後方・最上段の列はトップダイアスと呼ばれ、緊急事態が起きると総隊司令部の高級幹部である幕僚たちが上から降りて来て、ずらりと座る。その中央が総隊司令官席だ。何事も起きていない今は、無人だった。

『葵二佐、私だ。下では何か異常はないか?』

定年退官が間近いという江守空将は、司令部のオフィスから短く簡潔に訊いて来た。

葵たち先任指令官は、現場の指揮官ではあるがマニュアルを超えるような指示は一切出せない。国籍不明機が出現したような事態で、葵たちがいつもぶち当たるのは日本国憲法と自衛隊法の壁だった。日本の自衛隊は正式には軍隊ではない。内閣総理大臣が〈内閣安全保障会議〉を召集して〈防衛出動〉を発令しなければ、たとえ外敵が悪意を持って攻撃して来ようと、自衛隊は隊員自身が襲われて命が危ない時の正当防衛以外には、武器が使えない。過去に正体不明の軍用機が領空へ侵入して暴れた時、『撃墜すべき』と主張する葵を幕僚たちが規定を盾に押さえ込んで何もさせなかった。味方になってくれたのは、江守空将ただ一人だった。

「いえ」

葵は向き直ると、広大な前面スクリーンを仰いだ。黒を背景に、上体を起こした龍のような日本列島の姿が、ピンクのシルエットとなって浮かび上がっている。列島が背負う日本海は、黒い広大な空間だ。そこに異常を示すものは何も映っていない。

「現在のところ、監視情報は何もありません」

司令部内電話の向こうで、憂《うれ》いを含んだ声が『そうか』とうなずいた。

「司令、何か」

葵の目には時々、先任指令官席から見上げるスクリーンの列島シルエットが、噛みつけないように口枷《くちかせ》をかまされた龍のように映ることがある。背中をいくら突つかれようと、我慢することしか出来ない龍だ。

『うむ。たった今、市ヶ谷を経由して知らせて来た。実は隠岐島《おきのしま》の〈象の檻《おり》〉が、半島東側での軍事無線通信の急増を探知したらしい』

「軍事無線通信の急増……。朝鮮半島の東海岸で、ですか」葵は眉《まゆ》をひそめた。〈象の檻〉と呼ばれるのは、航空自衛隊が隠岐島に設置している特殊電波傍受施設のことだ。「北朝鮮の軍隊が、何か著しい動きを?」

『そのようだ。日本海では、何か動きはないか』

「今のところ探知出来ていません。しかし司令、日本海中部へE2Cを出せない現在の制約の下では、はっきり申し上げて日本海の西半分の情況は分からないとしか言えません」

葵が応えると、江守は電話の向こうで『ううむ』と唸った。

『私の在任中に、何とかしたかったのだが……。いまだに政府は、竹島《たけしま》をカバーするような早期警戒機の活動を、韓国に遠慮して許していない。現場の君たちには、すまないと思っている』

「はい。現状では我々は、沖合い二〇〇マイル——北陸・山陰の各沿岸レーダーサイトの電波が届く範囲でしか、日本海の監視が出来ません。超低空に至っては、場所によっては沖合三〇マイルまでしか見えません。この制約の下でという条件つきですが、今のところスクリーンには何も現われていません」

『そうか……』

「司令、北朝鮮に動きがあるということは、まさか——」葵はふと気づき、受話器を握りながら唾《つば》を呑み込んだ。「——まさか、また一年前の〈亜細亜のあけぼの〉が……」

『いや。それはどうかと思う。過去の三度の襲来を分析した結果、〈亜細亜のあけぼの〉攻撃機の飛来前に朝鮮半島の軍事無線通信が顕著に増大したという事実はない。これは、北朝鮮がいまだに「自分たちは〈亜細亜のあけぼの〉とは無関係」と強硬に主張し続ける根拠ともなっている。君もレポートは読んだだろう』

「はい。ですが油断は……」

『うむ。とりあえず警戒は続けてくれ。何かあったら、すぐ知らせろ。私は帰宅せず上にいる』

「分かりました」

だが、葵が受話器を置くのと、中部セクター担当の識別管制官が振り向いて告げるのとは、ほとんど同時だった。

「先任。西部第一セクター、未確認機《アンノン》を探知」

「何っ」

同時に、何も表示していなかった大スクリーンの黒い日本海に、オレンジ色の三角形シンボルが一つ、ぽつんと浮かび上がった。三角形の頂点は、斜め右下を向いていた。

その瞬間、静かだった中央指揮所の空気が音もなくざわっと波立った。

「位置は」

「隠岐島の北方三六〇度、一五〇マイルの日本海上。突然現われました。超低空より上昇して来る模様！」

「針路はっ？」

小松基地

「有守《ありもり》三佐」

小松基地のもう一方の端、南側の外れには、救難隊ランプがある。この基地に常駐する航空支援集団・小松救難隊のホームベースだ。

UH60J救難ヘリコプターと、双発ジェットのU125捜索救難指揮機が、いつでも発進出来る態勢でランプに並んでいる。小松は前面に日本海、背後に日本アルプスを抱えるので、海や山での遭難に対する救助要請が多い。ランプに接続する形で、救難隊の隊舎と格納庫がある。

今、前面扉を開いた格納庫に、一機の白いヘリコプターが収容されようとしている。よく見るとUH60Jに似てはいるが、塗装が違う。黄色が目立つ救難仕様ではなく、上半分が白、下面がグレーで、日の丸の描かれた側面には『海上自衛隊』と描き込まれている。海上自衛隊所属の対潜ヘリコプター・SH60Jだ。

「有守三佐。すみませんね。うちの機体を優先的に入れさせてもらって」

格納庫の横に立って見ている有守史男《ふみお》のところへ、スーツ姿の男が駆け寄って来て礼を言った。航空基地のランプに、平服の人間がうろついているのは珍しい。

「仕方がないよ。おたくの大事なテスト機を、雪まみれにさせるわけにも行かない」

有守は、すっかり暗くなった空を見上げた。

「雪になるのですか」

「多分ね」


「副隊長。どうも」

収容される機体につき添って格納庫へ歩み入ると、照明で明るい内部では、瘦身《そうしん》の目の鋭い男が有守に挨拶をした。やはり普通のダークスーツだ。

「有守副隊長。今回のテスト計画ではお世話になります。技術研究本部の真田《さなだ》です」

「どうも。アムラームのテストと聞いていますが。このヘリを使うのですか」

オレンジ色のフライトスーツの腕に三佐の階級章を縫いつけた有守は、トラクターに曳かれて格納ポジションへ納まる白い機体を見上げた。一枚の長さが八メートル余りある回転翼は、四枚とも後方へ束ねられ、スペースを取らないように畳まれている。空自の救難用UH60Jとの大きな外観上の違いは、塗装色だけでなく、機首に突き出す気象レーダーがないことだ。代わりに機首の左右には、斜め前方を向いた黒い皿型のレドームを二つ付けている。

「新型中距離ミサイル・AIM120の実射テストは、G空域においてF15から行います。こいつは海面上にホヴァリングして、レーダーによる追跡でデータを取ります。もともとSH60には、艦隊防空用のミサイル追跡レーダーが備わっていますからね」

真田と名乗った三十代の技術将校は、鋭い目線はそのままに、簡単に説明をした。

「本当は舞鶴《まいづる》のイージス艦〈みょうこう〉を出して観測したいのですが、目立つのでね。今回はこいつにデータ取得任務が任されました。ほかにも、こいつには色々と特別な仕事があるのですが、それはちょっと、秘《ひ》ということで」

よく見ると、シコルスキー社製対潜ヘリコプターの機首側面には、防水カバーを被せられたポッドが一つ、前向きに取りつけられていた。有守は、それについての説明は求めなかった。訊いてもこの男は、答えないだろう。

「いいでしょう」

しかし有守は、素直にうなずいた。一年前のあの事件では、目の前でF15Jがばたばたやられるのを目撃した。味方の戦力が上がるための研究なら、詳細は知らされなくとも異存はなかった。

「我が隊は、協力を惜しみませんよ」

格納作業に立ち会った有守が、救難隊のオペレーションルームへ戻ると、石油ストーブで暖められた室内では雪見佳子《ゆきみけいこ》がノートを広げていた。

雪見佳子は、今夜は有守とペアで夜間当直待機についている。フライトスーツ姿で机に向かう佳子は、後ろで束ねた髪の下の耳に、小さなイヤフォンを当てている。白い顔の切れ長の目を閉じ、気持ちを集中させた表情で聞きいっている。二十七歳の女性パイロットが聴いているのは音楽ではない。ポータブルのMDレコーダーから流れているのは、おそらく佳子自身の声だろう。

「あいかわらず、勉強熱心だな」

有守が声をかけると、二の腕に二尉の階級章を付けた佳子は目を開けた。

「あ。副隊長」

「昨日のフライトでの、交信かね」

「はい。昨日のフライトでは、帰投時の管制塔との交信で、聞き取れないところがあったので……おさらいです」

昨年配属されてきた副操縦士の雪見佳子が、任務中の無線交信をミニディスクに録音しておき、後で聞き返して勉強している様は、この部屋でよく見られた。無線交信の技量を上達させるのには効果的な勉強法だったが、毎回操縦席に録音機を持ちこんで繋ぐ手間がかかるので、余程まめな者しかやろうとしない。このやり方を一年以上も続けているのは、かなりの勉強家と言える。

「あまり、根を詰めるなよ。救難待機は夜中まで続くぞ」

「はい」

「雪が来そうだ」

有守は、コーヒーメーカーから自分用のマグカップに一杯注ぐと、オペレーションルームの窓を通して外の暗闇を見た。

「何ごとも、なければはいいがな……」

「有守三佐、失礼します」

そこへ、オレンジ色のドライスーツを身につけた救難員の一人が顔を出すと、敬礼した。

「三佐。本日付けで本隊へ配属されました、メディックの鮫島《さめじま》一曹です。早速今夜からご一緒に、救難待機に入らせて頂きます」

「おう」

有守は、二十代後半と見られる、目の鋭い若い救難員に答礼した。

「よろしく頼む。ここでは気を遣わずにやってくれ。俺は首の皮一枚でふらふらしている幹部だから、機嫌を取る必要は一切ないぞ。自分のペースで本業に邁進《まいしん》しろ」

「ありがとうございます。世界のトップレベルと言われる小松救難隊で任務につけるのは、今から楽しみです」

新しく赴任した救難員が礼をして下がると、有守はまた窓を見てため息をつき、「まったく」とつぶやいた。

「何かおっしゃいましたか？　副隊長」

雪見佳子が顔を上げた。

「いや。まったく不思議だな、と言ったんだ」

「何がです？」

「この俺が――いまだにこの隊の副隊長でいられるってことがさ」有守は頭を振った。「不思議だよ。あの楽縁台《らくえんだい》空将補が、査問委員会の召集を取り下げてくれるなんて……不思議で仕方がない。いったい誰が俺を助けてくれたんだろう」

小松基地
第六航空団司令部

「団司令」

司令部棟四階の第六航空団司令室。防衛部長の日比野克明《ひびのかつあき》二佐が入室して来ると、窓を背にしたデスクの前で一礼し、立ったまま一日の報告を始めた。

「司令。補充された新人パイロットの練成状況ですが、第三〇七・三〇八両飛行隊とも順調です。本日付けで七名の技量チェックが完了。他の人員も続々と仕上がっております。

ＯＲ（出動要員）の人数は、今月末には必要数に達し、全部隊がフル稼働出来るようになる見込みです」

「…………」

「よかったですね」

「…………」

「それから、明日より防衛省技術研究本部主導で行われる予定の、新型ミサイルのテストですが。技本からの要請で、テストベッドとして使用するＦ15のパイロットを、三〇七空から二名出しました。鷲頭《わしず》三佐と月刀一尉です。テスト全体の進行責任は、三〇七空の火《ひ》浦《うら》隊長に持ってもらいますが――このような形でよろしいでしょうか」

「…………」

「あの。団司令」

「……ん？」

仏像のような巨顔の楽縁台空将補は、やっと気づいたように顔を上げた。

「何だ……日比野。お前いつ来た？」

「団司令」日比野は、それでも我慢強く立ったまま同じ報告をくり返した。「――というわけで、よろしいでしょうか」

「……うん。それでいい。適当にやれ」

デスクの楽縁台は、力なく手を振った。

「はぁ」

日比野は、自分の上司の精彩のなさに、戸惑いを隠し切れない顔になった。

この一年間での、団司令の楽縁台空将補の変わりようは、日比野から見て可哀想なほどだった。以前は背中に定規でも入れているんじゃないかと思われた背筋が、しおれたように前屈《まえかが》みになり、艶《つや》のあるバリトンの声もかすれてしまっている。『第六航空団司令の楽縁台空将補は、航空自衛隊の出世頭で次期幕僚長候補だ』と謳《うた》われていた一年前と比べ、がっくり印象が変わってしまった。大仏のような大きな耳もすっかりしおれ、垂れ下がっているように見える。

「……適当にやってくれ。それでいいから」

「は、はぁ」


「失礼しました」

報告を終えた日比野克明は、一礼して団司令室を辞すと、司令部の廊下を歩いて戻りながらため息をついた。

「団司令にも、参ったなぁ……」

次期幕僚長の椅子を逃したのが、よほどショックだったのだろうか……。

本当ならば、〈特別飛行班〉を組織し、〈亜細亜のあけぼの〉の原発突入を阻止した楽縁台は、抜群の功績を上げたはずだったのだ。ところが第六航空団司令のままで、定年退官が決まってしまうとは……。

あの噂《うわさ》は、やはり本当なのだろうか――日比野は顔を曇らせる。楽縁台の失脚は、日比野自身の将来設計にも大きく影響している。だが今さら、派閥を乗り換えるわけにも行かない。

「参った……」

その噂――ごく一部の、司令部の上級士官しか知らない内容だが、楽縁台の失脚の原因について語られている噂がある。一年前の日本海エアバス撃墜事件に、端を発している。

噂によると、楽縁台は〈亜細亜のあけぼの〉に銃撃され日本海に着水した韓国旅客機の救難活動のさなか、生存者の捜索で忙しい救難ヘリの一機に『旅客機の機体の破片を持ち帰れ』と命じたという。

銃撃の跡が残る機体の一部を持ち帰らせ、TVを始めとするマスコミ各社に見せて、恩を売るつもりでいたらしい。楽縁台は、今から顔を繋いでおけば、定年後には軍事評論家としてマスコミへデビュー出来ると目論《もくろ》んだのだ。だから嫌がるヘリに、無理に回収を命じた。ところが小松所属の救難ヘリが海面からフラップを拾い上げて持ち帰ろうとしたのを、捜索に来ていた韓国軍のヘリに見つかり、トラブルになった。韓国国民の資産を盗もうとしたと、しまいには外務省を通じて韓国政府から抗議され、空幕が事実関係の調査に乗り出した。

焦《あせ》った楽縁台は、自分が『破片を持ち帰れ』と命じたことを隠し、現場の救難ヘリの機長が独断で勝手に持ち帰ろうとした、ということにしようとした。当該ヘリの指揮をとっていた小松救難隊の有守三佐に全てを押しつけ、逃げようとしたのだ。有守を犯人扱いし、空幕の査問委員会まで開かれるようにしむけた。

ところが、である。原発空襲事件が終息し、査問委員会の一団が小松基地を訪れて調査にかかってみると、何と司令部の通信セクションから『楽縁台空将補自身が破片持ち帰りを強要したという事実の動かぬ証拠』が出て来たと言うのだ。その〈証拠〉がどんなものなのかは、日比野にも具体的には分からない。持ち帰りを強要した時の交信テープでも残っていたのだろうか――？

動かぬ証拠と言えば、交信テープが真っ先に浮かぶのだが……しかしそれは考えにくい。楽縁台は、有守のせいにしようと決めた時、そのような証拠となる録音などは消去させているはずだからだ。管制塔の交信ならば、規定で二年間の保存が義務づけられるが、司令部から救難ヘリへ指示を出す時の無線交信には保存の義務などない。楽縁台は子飼いにしている通信セクションの幹部に働きかけ、真っ先に記録を消去させたはずだ。なのに査問委員会が調査に入ったら、〈証拠〉が残っていて発見されてしまった。

いったい誰が何をしたのか分からない。わけが分からないまま、有守三佐の査問は見送られた。代わりに楽縁台が疑われ、事情聴取を受けるはめになった。結果として、原発空襲を防いだ功績と韓国から抗議を受けた失態とは、相殺《そうさい》されることになった。それで楽縁台の来期の幕僚長昇格は、ふいにされてしまったらしい――という。もちろん隊員たちの士気にかかわるので、これらの事情は一切公表されなかったという。

「――噂がどこまで本当かは、分からんが……」

日比野はつぶやきながら、自分の防衛部のオフィスへと戻った。

何事も起きなければ、航空団司令部の毎日の運営をするのが日比野の仕事だった。ここしばらくは、〈亜細亜のあけぼの〉を名乗る謎の国籍不明機の襲来もなかった。基地のフィールドを見下ろす防衛部オフィスは、がらんとしていた。五時でおしまいの事務職の婦人自衛官などは、帰ってしまっていた。低い音量で、ソファの前のTVが点《つ》いていた。

『――これを受けて木谷外相は、日本政府が無制限に北朝鮮の要求に応じて賠償《ばいしょう》をする意志のないことを、はっきりと伝えました』

ニュースの声が、耳に入って来た。

「あ、防衛部長。ちょっと大変ですよ」

残業しながらTVを見ていた事務の三佐が、画面を指さして言った。

「何がだい」

「北朝鮮ですよ。今、クアラルンプールで国交正常化交渉へ向けての協議をやっているでしょう。ところが連中は、我が国の外相に向かって、とんでもない要求をして来たらしいですよ」

「とんでもない要求――？」

日比野も画面をのぞき込んだ。映像は、日本のマスコミ取材陣の前に現われた銀髪の政治家だ。厳しい表情をしている。アナウンサーの声が続く。

『先ほど会談を終えた木谷外相は、記者団からの質問に対し、北朝鮮側が〈過去の植民地支配に対する賠償〉として現金一五〇兆円の要求をして来たことを明らかにしました』

「――？」

日比野は、一瞬聞き違いかと首をかしげた。

「聞き違いじゃありませんよ、防衛部長」事務の三佐がその顔を見て教えた。「一五〇兆円ですよ。このニュースが本当ならば、北朝鮮は国交正常化に際し、我が国に対して一五〇兆円の〈賠償金〉を要求して来たんです」

「そりゃ……」

日比野が、つぶやきかけた時。

遠くで静寂が破られ、ベルが鳴った。同時に防衛部オフィスの情報表示ディスプレーの画面に、赤い表示が浮かんだ。

「……ん？　スクランブルか」

総隊司令部・中央指揮所

「小松にスクランブルを指示しました！」

赤い受話器を手にした担当管制官が振り向いて報告すると、葵は前面スクリーンを立って見上げたまま「よし」とうなずいた。

「よし。続いて築城《ついき》、百里《ひゃくり》にもホット・スクランブル。ただちに上げろ」

葵の視線の先では、指揮所の管制官たちの頭上へ覆いかぶさるように、オレンジ色の三角形が斜め下へ切っ先を向けてジリ、ジリと接近する。

隠岐島北方の洋上に突如出現した三角形は、北陸沖の領空線まであと一八〇マイル。オレンジ色は、探知された飛行物体の正体が不明であることを意味している。

「しかし先任。築城・百里のF《エフ》は、今から上げても領空線までに会敵は不可能です」

「かまわん。もしも小松の二機がやられてしまえば、我々には打つ手がない。ただちに上げろ」

「はっ」

「先任」主任管制官が、横から息を呑んだように葵を見上げた。「あそこに現われたあれは、まさか——」

　オレンジの三角形は、あたかも能登《のと》半島の首根っこに噛み付こうとするかのようにジリ、ジリと迫る。レーダーのアンテナがスイープするたびに、高速で位置を変えているのだ。表示された推定高度は三八〇〇〇フィート。対地速度五〇〇ノット。

「まだ、何も分からん」頭を振りながら、葵は着席する。「確かなことは、あれがあと二十二分で領空へ入るということだ。とにかく〈親父〉を呼んでくれ。緊急事態だ」

小松基地・アラートハンガー

　ベルが鳴った。

　その壁を震わせるジリリリリッ！　という響きは、風谷を瞬時に回想から引き戻した。

「……！」

　ホットだと……!?

　風谷は顔を上げる。赤が目に入った。スタンバイルーム大井の情況表示灯が赤かった。赤い『SC』——目の端に入ったその色が全身の皮膚をざわっと波立たせた。反射的に手にしたバインダーノートを放り出し、飛行ブーツで革張りのリラックス・チェアを蹴って立ち上がった。

ホット・スクランブルだ。

ジリリリリリリッ

アラートハンガーの耐爆構造全体に響き渡るベルは、耳で聞く音というより全身の皮膚を平手で打たれるような衝撃だ。その衝撃で跳ね起きるのはパイロットだけではない。あちこちで人々がどわっと動き出すのが肌で分かる。

「——か、風谷さん。赤じゃないですかっ」

隣で矢島明士がDVDのヘッドフォンをかなぐり捨て、立ち上がりながら情況表示灯を仰ぐ。

「行くぞ」

風谷は言うなり、スタンバイルームからハンガーへと続くドアへ駆け出した。頭上の時計をちらりと見たのは、これまでの職業経験によるものだ。あとは走った。

『ゼロワン・スクランブル！』

天井からスピーカーが怒鳴った。

『スクランブル！　スクランブル！』

声に押されるように走った。

待機に入って一時間と十五分。今日の日没時刻からは、すでに二十五分過ぎていた。

航空自衛隊のスクランブル――緊急発進態勢は、その事態の切迫度により、三つのフェーズ（段階）に分けられている。『ＳＴＢＹ（待機）』『ＢＳＴ（バトルステーション）』『ＳＣ（ホット・スクランブル）』の三段階だ。日本列島周囲の沿岸二十六か所のレーダーサイトが、どこかから日本領空へ接近して来る未確認の航空機《アンノウン》を探知すると、ただちに民間航空機のフライトプランとの照合が行われる。民間の飛行計画に該当がなく、接近する航空機の『正体が分からない』となったならば、最も早く未確認航空機に接触出来る基地の要撃機に、スクランブルが下令される。

「いきなりホットなんて――ありなんですか、こんなの!?」

「走りながらしゃべるな。舌を噛むぞ！」

　ただし緊急発進といっても、映画のように突然ベルが鳴り響き、パイロットや整備要員が跳ね起きて吹っ飛んで行くという光景は通常はあまり見ることがない。実際は、正体の怪しい未確認機が洋上を飛んでいると、レーダーサイトはかなり遠くからその存在をつかんでしまい、緊急発進命令の下りそうな基地のアラートハンガーには早めに『ＳＴＢＹ』と表示された緑のランプが点く。各パイロットは格納庫で待機している戦闘機のコクピットに搭乗してスタンバイし、その先の指示を待つことが出来る。

未確認機がさらに接近して来るようだと、次の段階として『BST』と表示された黄色いランプが点灯し、待機していた二機はエンジンを始動して滑走路の手前まで進出、バトルステーションと呼ばれる臨戦態勢で出動命令を待つ。だからこの夜のように、待機室にいきなりベルが鳴り響き、赤い『SC』――ホット・スクランブルのランプが点《つ》くというのは、余程の突発的事態と言うことが出来る。二番機を務める新人の矢島三尉が驚いて見せたのも、無理のないことだった。

スタンバイルームの扉は、パイロットが体当たりして開けても怪我《けが》をせぬよう、ゴム製の内張りを施してあった。風谷は構わず蹴《け》って開けると、右へ九〇度曲がってコンクリートの通路を駆けた。ターンする時下半身が重い。飛行服の腰に、Gスーツを巻きつけているからだ。通路の冷えた空気が、走る風谷の頬《ほお》に当たった。

ジリリリリリッ

『スクランブル！　スクランブル！』

走りながら、日が完全に没していること、今夜の月齢が二十八であることを思った。

（くそっ。闇夜か……）

心の中で舌打ちした。

ただならぬ、という予感がした。

雪の予報される、暗闇の空。いきなりのホット・スクランブル。何が起きたのだろう——？　だが要撃機の緊急発進に事前の説明などされはしない。上がるまでは何も分からない。

今は走れ。

風谷はみずからを叱咤《しった》する。

一秒でも早く上がるんだ——！

ジリリリリッ

風を切って走った。

コンクリートの通路から耐爆扉を蹴り、ハンガーの空間へと駆け込んだ。ベルの音が耳を圧するようだ。小さな体育館ほどもあるカマボコ型の空間は水銀灯に照らされ、正面の両開き扉が夜の外気へ向け開け放たれていく。水銀灯に光りながら、無数の白い粒が吹き込んで来る。

何だ、もう降り出したのか——!?

雪だった。

スタンバイルームで、月夜野瞳との会話を思い出していた十数分の間に、外では雪が降り始めていたのか……。何か不意をつかれた感じがした。験《げん》がよくないという思いを、振り払った。外の闇夜に横目をちらりとやり、風谷は横たわるライトグレーの流線型へと走った。走った。天井に届くような二枚の垂直尾翼。926という機首ナンバー。その後ろの小さな日の丸。

風谷は、全力疾走よりも気持ち二パーセントほど遅くした疾《はや》さで駆ける。最近会得《えとく》したコツだ。わずかに遅くセーブすることで、動作は柔らかくなり、柱やドア枠にぶつかることがなくなった。新米の頃は、整備員と正面衝突して二人とも転んだことだってある。この頃はそういうことがなくなった。まったく昔は、驚くほど視野が狭かった。帰投して飛行服を脱いでから、この手足のあざはいったいどこでぶつけたんだろう――？　と首をかしげることは毎回だった。

そうだ。自分は、向いていないわけではない。風谷は思った。自分には順応出来る力がある。それに少なくとも適性がなければ、イーグルドライバーとして訓練課程を卒業出来たわけがない。

そう自分に言い聞かせながら、機体に掛けられた搭乗用梯子《はしご》に取りついた。跳ぶように昇った。息は切れない。体力は完全に復調していた。コクピットの射出座席に跳び込んでも、嫌な悪寒に襲われることもなかった。一年前の『あの事件』でPTSDに冒された頃の自分が、嘘のようだ。おまけに着席の時に左手で風防をつかむと同時に右手を計器パネルの奥へ突っ込み、ジェットフューエル・スターターのレバーを引いてからヒラリと跳び乗る、という早業《はやわざ》まで覚えた。これは、機体に駆け寄る時と梯子を昇る時にエンジン空気取入口《インテーク》の前方に人や障害物がないことを瞬時に目でチェックしなくてはならないから、まっすぐ前しか見えない新人には出来ない芸当だ。

風谷の一番機は、たちまちフィイイイイという高圧コンプレッサーの駆動音を響かせ始める。

そうだ……。俺は一人前になったんだ。

梯子の上で待ち構えていた機付き整備員の助けを借り、ショルダーハーネスを装着しながら風谷は心の中でつぶやいた。

あの死神に、勝てなかったくらい何だ……。

蒼白いスホーイ27の影を、頭から振り払った。

発進準備。

ヘルメットを被《かぶ》り、ストラップを締め、酸素マスクを着ける。床の高圧空気系統のソケットに、Gスーツの加圧ホースを装着する。無駄のない動作で身支度を整えると、親指を立てて整備員にうなずく。二回りも年かさの一曹は、風谷の目を見てうなずき、梯子を降りて行く。

そうだ。

俺は、一人前の戦闘機パイロットだ。

自分を疑うんじゃない。ここまでやって来れたじゃないか。

（瞳……）

始動前チェック。風谷の左手は、慣れ親しんだダンスを踊るようにコクピットの左サイドのスイッチパネルを滑り始める。二本が一体となったスロットル・レバーが最後方〈クローズ〉位置にあるのを叩くように確かめ、燃料コントロールスイッチＯＦＦ、敵味方識別装置《ＩＦＦ》ＯＦＦ、ＶＨＦ航法装置ＯＦＦ、緊急用ＶｍａｘスイッチＯＦＦ、緊急制動フック〈上げ〉位置。左手がこれらをほとんど一挙動で確認し、次いで右手が正面のパネルへ伸びてチェック。着陸脚レバー〈下げ〉位置、兵装管制パネル、警告灯パネル、ヘッドアップ・ディスプレー、サーキットブレーカー・パネルをチェック。身体の筋肉が手順を完全に覚えている。自動機械のように、風谷の手は動く。イーグルの始動準備を流れるように進めて行く。

――『もう何も』

ふと、声が蘇った。

計器パネルをチェックする風谷の視野に、ふいに三日前のアパートの室内の光景が重なった。

窓のカーテンに滲《にじ》む淡い残照。

炬燵の向こうで、目を伏せる二十五歳の瞳。

記憶の中の少女よりも短い髪。ピンク色のカーディガンに包まれた肩がうなだれる。その後ろに本棚がある。瞳の顔から視線を外すと、棚に差し込まれた大判の角ばった背表紙が目に入る。茶色くくすんだ背表紙。西暦の年号と、〈私立星南高等学校〉のかすれた金文字。

瞳は――あんな古いものを、いつも手元に置いて眺めているのだろうか……。

――『わたしには、もう何も』

駄目だ。

風谷はヘルメットの頭を振る。今は余計なことを思い出している時ではない。集中するのだ。

エンジンスタート手順。緊急用ブレーキのハンドルは〈ＦＷＤ〉位置。もたもたせず慣性航法装置《ＩＮＳ》に現在位置を打ち込め。酸素系統は正常か？　防氷装置はエンジンをスタートしたらただちにＯＮだ。絶対に忘れるな。

しかし月夜野瞳のつぶやきは、風谷の脳裏をよぎって行く。「これから先、わたしにはあの子だけなの。ほかにはもう何もないの。わたしには、もう何も」その言葉は、ＩＨＩ

／プラットアンドホイットニーF100エンジンのクランキング・シャフトが規定点火回転数に達する唸りと重なって、風谷の耳に響いていた。スターターがグリーンのライトを点灯。エンジン始動準備完了。警告灯パネルに火災警報灯が点いていないことを確認。風谷は左手で右エンジンのスロットルに手を掛ける。フィンガーリフト・レバーに人差し指を掛け、右手を上げて指を二本立て、前方の整備員へ合図。ヒアリング・プロテクターを着けたメカニックが『右、始動了解』と手信号で応える。

「右、スタート」

人差し指でフィンガーリフト・レバーを引き上げる。背中の向こうでドンッ、という重い響き。燃焼室でＩＰ４燃料が着火する。途端にジェットエンジンの排気音がキュィィイイイイイインッ、と高まって、辺りを圧し始める。

キィイイイイインッ

（瞳……）

左エンジンにも同じスタート手順を繰り返しながら、風谷は脳裏に浮かんだピンク色のカーディガンの背に話しかけていた。

（瞳――あんなもの、見るな）

高校の卒業アルバムなんて、見るな。あんなものを眺めて、どうするんだ。二十五歳で、もう昔ばかり懐かしんで、どうするんだ。よかった時代が昔だけだなんて、そんなことを言うな。未来に何もないなんて、子供だけが生きがいだなんて、寂しいことを言うな……。

よかった頃を想い出して暮らすなんて――まだ二十五じゃないか……。

左右のエンジンのN2回転計の針が六三パーセント。排気温度計は左右とも四二〇度プラスマイナス数度。エンジンがアイドリングに安定した。空気取入口が自動的に離陸位置へと下がる。スターターが自動的にディスコネクトされ、ジェットフューエル・スターターのレバーが前方へ戻る。電圧、油圧の各警告灯が全て消灯する。慣性航法装置にグリーンのライトが点灯、細かく点滅を始める。ジャイロが自立したのだ。

「――ブロッケン・フライト、チェックイン」

風谷は酸素マスクのマイクに声を吹き込む。

『ツー』

すかさずヘルメット・イヤフォンに返答。

風谷はショルダーハーネスに拘束された肩を回し、右横を振り向く。二番機は、ようやく左エンジンを点火したところだ。キィイイインというジェット排気音は、今や三重奏から四重奏になりハンガーの壁を震わせている。機体を見上げる整備員たちが、ヒアリング・プロテクターの上から両手で耳を押さえる。数秒待って二番機のエンジンは安定する。

風谷は『いいか!?』と目で問う。二番機のキャノピーの中から矢島三尉のヘルメットがこちらを向き『いいです』と言うようにうなずく。風谷は正面を向き直り、UHF無線の送信チャンネルを小松管制塔に切り替える。

「小松タワー」

風谷は管制塔を呼び出す。

「小松タワー、ブロッケン・フライト、スクランブル。リクエスト・イミーディエイト・テイクオフ」

低く抑えた声で、風谷は離陸許可を要請する。ザッという短いノイズの後でタワーが応える。

『ブロッケン・フライト、タクシー・トゥ・ランウェイ24。イクスペクト、ワン・アライバル・ビフォー・ユア・ディパーチャー（滑走路24へ地上滑走せよ。ただしそちらの離陸前に着陸する機が一機ある）』

「ラジャー。タクシー・トゥ・ランウェイ24」

よし、出るぞ。

風谷は手信号で整備員に『車輪止め外せ』と合図すると、風防のキャノピーをクローズしてロック、パーキング・ブレーキをリリースした。

途端にガクン、とつんのめるようにF15Jの機体は前方へ進み始めた。両脇で整列して敬礼する整備員たちに挙手で答礼、あとは前方を見た。

ハンガーの出口に降りかかる雪は、水銀灯を反射し、闇の中で輝く白い滝のようだ。

闇夜に、いきなりのホット・スクランブル……。いったい何がやって来たんだ――？

風谷はヘルメットのヴァイザーの下で眉をひそめる。だが、今は考えるだけ無駄だった。

上空へ行ってみなければ何も分からないのがスクランブルだ。

風谷は、アイドリングでも強大な推力を発する二つのエンジンが機体を押すのに任せ、
雪の降りしきる暗闇の世界へと進み出て行った。

第二章　ナイトウォーカー

小松基地

だが風谷にとって、闇夜の中のスクランブルで一番機のポジションを取るのは、今回が初めての体験だった。

「――うっ」

機体がアラートハンガーから滑り出るなり、風谷はヘルメットの下で目をしばたいた。

何だ、この暗さは……！

目の前がいきなり真っ暗になった。

そうか、闇夜で一番機は初めてだった――と、その時になって気づいた。ハンガーの出口に降りかかっていた雪は水銀灯を反射して輝く滝のようだったが、そこをくぐり抜けると先は真っ暗闇だった。自分が急に宙に浮いたような錯覚《さっかく》を覚えた。

一秒でも早く離陸しなくてはならないのに――何も見えない。一メートル前方も見えない。明るいハンガーから外の闇夜へ飛び出したので、目がすぐには暗順応しないのだ。目を凝《こ》らすと闇の中に、横なぐりの黒い粒々が激しく流れるのだけ分かった。これが雪なのか？　闇夜の雪か。白くないじゃないか……。

だが困惑する風谷に関係なく、アイドリングでも二トン強の推力を出す二つのエンジンは、イーグルの機体を闇の奥へ推し進めた。風防の前面には雪の粒々が当たってはすぐに溶け、たちまち涙のように斜めの筋をつけた。キャノピーが電熱でヒーティングされているためだ。それがかえって前方を見難《みにく》くした。

くそっ……。風谷は眼球を動かし、左右を見回した。駄目だ、何も見えない。視界が全て闇だ。何てことだ……。呆然《ぼうぜん》とした。誘導路はどこだ。中心線を表示する路面のセンターライン・ライトは――？　雪に埋もれてしまったのか？　まさか。まだ降り始めて間もないはずだ……。

風谷は風防を通して、前方の路面とおぼしきあたりに目を凝らした。滑走路へ続いている誘導路に、自分はちゃんと乗っているのだろうか……？　分からない。目の前一面に、斜めに黒いまだら模様が流れている。予想以上の吹雪《ふぶき》だ。夜の底がぼうっと灰色になっている。目をしばたく。まだ闇に慣れない。機体は勢いがついて、滑走速度一〇ノットを超える。慣性航法装置のデジタル表示で実速は分かる。しかし速度感覚はない。まるで闇のプールの中に浮いているみたいだ。

（――誘導路のセンターラインは……どこだ？）

畜生。ラダーペダルに置いた両足を、不用意に動かさぬよう気をつけながら、風谷は心の中で悪態をついた。一応直進はしているが――ろくに前が見えない状態のまま、進むのは危険だ。矢島はついて来ているか――？　バックミラーに視線を上げる。右後方、一〇メートルほど後ろ、激しい雪の幕の中にもう一機のF15が見えた。赤と緑の翼端灯で存在が分かる。

（くそっ――）漆黒《しっこく》の闇に沈み込んだ前方の景色に視線を戻し、風谷は唇を噛《か》む。（――暗闇で先頭の一番機っていうのが、こんなに大変だったとは……知らなかった！）

前回、闇夜でスクランブル発進をした時、自分は二番機だった。編隊長を務める先輩の一番機がハンガーから飛び出して行くのを、自分はただ追いかけて行けばよかった。一番機の翼端航行灯を目印に、ついて行けばよかったのだ。闇の中に先頭を切って突っ込んで行くのが、こんなに大変だとは知らなかった。あの時の一番機の先輩は、どうやって走ったのだろう。今の俺と同じように、何も見えない状態のまま、滑走路とおぼしき方向へ『ブタ勘』で突っ走って行ったのか――？　それとも目が慣れないままで闇夜を走行する、何かいいコツでもあるのか……。畜生。俺はまだF15の操縦を、何も分かっちゃいない……！

どうする……。風谷は悩んだ。このまま走って、二機そろって誘導路をはみ出して擱座《かくざ》したら、笑いものにもなりはしない。情況はホット・スクランブルなのだ。何ものかが、洋上の彼方から近づいて来ているのだ。はみ出して発進不能になることだけは、どうしても避けなくては……。

（やっぱり止まろう）

止まろう、と思った。目の前が見えないのではどうしようもない。一度止まって、目を慣らして――そう考えて両足の爪先《つまさき》に力を加えようとした時。ふいに前方の暗闇の中に、緑色の光の点が一つ、ポツンと浮かび上がった。

それは断続的に点、点、点――と道筋を示すように次々と現われ、やがて一本の光の線となって前方の闇の奥へと続いた。誘導路のセンターライン・ライトだ。目が暗さに順応して来たのだ。

大丈夫だ……。風谷は酸素マスクの中で息をついた。機体は――自分は、ちゃんと誘導路の上を走っていた。よし、このまま行こう。

『ブロッケン・フライト、ホールド・ショート・オブ・ランウェイ。ウイ・ハブ・ワン・アライバル、ジャスト・ショート・ファイナル（ブロッケン編隊、着陸寸前の到着機があるので、滑走路手前で待機せよ）』

「――ラジャー」

風谷は無線に応える。

府中・総隊司令部
中央指揮所

「小松基地、雪が降り始めました」

西部セクターの担当管制官が、振り向いて報告した。

「沿岸上空に強い寒気があり、積乱雲《せきらんうん》が発達中。一時的にですが、降雪はかなりの強度になる予報です。雷も予想されます」

「何だと」

報告に、葵は眉《まゆ》をひそめる。中央指揮所の前面スクリーンには、集約処理された飛行物体のレーダー情報しか映らないので、気象状況は報告されないと分からない。

「まずいな……」

「まずいですね、先任」

主任管制官が、隣でうなずく。

「日本海沿岸が吹雪ということになると――もしもアンノンを誘導して強制着陸させるという事態になった場合、かなりの困難が予想されます」

「ああ。だがそれだけじゃない。小松の滑走路が一時的にでもクローズしたら、後続の

〈特別飛行班〉を上げられなくなる。あのアンノンがもしも――」

葵は唾《つば》を呑み込み、ジリッとまた一コマ北陸へ近づいたオレンジ色の三角形を見上げた。

「――もしもあれが、一年前の奴だったら……」

「先任」

「西部セクター担当」葵は担当管制官の背に命じた。「小松の第六航空団〈特別飛行班〉を、ただちに出動準備。最悪の事態に備えさせろ」

「はっ」

「先任。小松のほか、美保《みほ》、その他使えそうな飛行場の気象情況を、急ぎ調べさせます」

「頼む」

小松市内

日本海沿いの国道三一五号線、下り。

「急に降り出しやがったな……」

渋滞に捕まったホンダS2000の狭い運転席で、月刀慧《けい》は長身を持て余しながら舌打ちした。ワイパーを動かしても、滝のように降り注ぐ雪のために視界は効かなかった。前を進むトラックの赤いテールランプが見えるだけだ。ただでさえ夕方のラッシュの交通の流れは、さらにのろのろになっていた。

シャツの胸ポケットで携帯が鳴った。

『月刀一尉。司令部です。至急基地へ戻って下さい。〈宅急便〉の配達が来ました』

「何だと」

薄い携帯の受話器を耳に当てた月刀は、野生味のある彫りの深い顔の眉をひそめた。

「――〈宅急便〉、だと?」

『そうです。府中からです。急ぎです』

ここ一年間、決められてはいたものの一度も使われなかった符丁《ふちょう》を耳にして、今年三十歳になる戦闘機パイロットは唾を呑み込んだ。

一等空尉の制服の上に革のジャケットを羽織った月刀は、日中の勤務を終えて帰宅するところだった。『一尉。〈宅急便〉は、まもなく塀《へい》を越えます。伝票はまだ黄色ですが、全員で受け取りが必要です』

司令部のオペレーターが告げた符丁は、非常事態襲来の危険性を示唆《しさ》していた。

「――分かった。すぐに戻る」

なんてこった……。

何で、よりによってこんな夜に〈特別飛行班〉の呼集《こしゅう》がかかるんだ……! 月刀は悪態をつきたい気持ちをこらえて電話を切ると、右にウインカーを出して反対車線を確認し、メタリックシルバーのＳ２０００を雪の中でＵターンさせた。

小松基地

目は暗闇になじんだが、小松基地のフィールドは分厚く低い雪雲が頭上を覆《おお》い、星の明かりすら無い状態だ。おまけにひどく風が強かった。

（くそっ。まるで吹雪だ……）

風谷は、ラダーペダルのステアリングで軽く方向を修正しながら、雪の誘導路を進んだ。視界は横殴りの雪だ。路面の緑色のセンターライン・ライトが埋もれそうな勢いで降っていた。

直進を確保しながら、視線を素早く下へやり、離陸前チェックリストの確認を行なった。フラップが離陸位置にあること、各操縦舵面の動きが正常であること、全ての飛行計器に故障を示す赤いフラッグが出ていないこと。さらにエンジンの防氷装置が確実に作動していることを、チェックリストで確かめた。やがて前方に、黄色い灯火の列が斜め方向へ並んでいるのが見えて来た。高輝度滑走路灯《HIRL》だ。

あそこが滑走路だ。自分たちは滑走路24の手前の末端に、斜め四五度で滑り込む位置にいる。これだけ滑走路に近づいて、それがようやく分かるのだから、雪による視程《してい》の低下はかなり厳しい。滑走路視距離《RVR》は、おそらく六〇〇メートルに満たないだろう。カテゴリー・ワンのＩＬＳ（計器着陸装置）で着陸出来るギリギリの視程だ。民間旅客機の多くはそのレベルの装備だし、このＦ15も計器着陸能力は同程度だ。下手《へた》をすると、出動しても、小松へは帰って来れないかも知れない。

（もし小松へ戻れないとなると――帰りは代替《だいたい》飛行場へ行くことになるが……。どこなら降りられるだろう？　美保か。鳥取か。最悪日本海側が全部駄目ならば、山を越えて名古屋まで行かなくては。すると必要な燃料はいくらだろう？　アンノンへの要撃ミッションを終えた時点で、何ポンド残しておかなくてはならない……？）

考えるべきことがドッと頭に押し寄せ、風谷は危うく管制塔に言われていた『滑走路手前で着陸機を待て』という指示を忘れかけた。滑走路停止線の二本の白線が目の前に現われて、ハッと気づいてブレーキを踏んだ。急停止になった。しまった――！　反射的にバックミラーに目を上げる。矢島三尉の二番機が、すぐ後方でつんのめるように停止するのが見えた。ズズッ、と少し滑るようにして止まった。危うく追突は免れたが、後方のＦ15のレーダーの収められた機首が、風谷の機の右の水平尾翼に当たりそうに見えた。激しく降る雪のせいで、矢島のヘルメットの下の表情は見えなかった。目を見開いて驚いているかも知れない。

（危なかった……。あいつもやはり、俺の翼端灯だけ見ながら走っていたのか）

風谷は後ろを振り向いて「すまん」というように会釈《えしゃく》をした。二番機のコクピットから、それが見えたかは分からなかった。

その風谷の頭上に、巨大な黒い影がゴォオオオッ！　と唸《うな》りながら覆いかぶさって来た。目を上げると、塗りつぶされたような黒いシルエットの周囲で標識灯が存在を示している。赤と緑の翼端灯で、その機体の翼幅が分かる。四〇メートル以上はある。丸っこい葉巻型胴体に双発エンジン。ボーイング767だ。

ジェット旅客機は滑走路末端で待つ風谷の頭上を、尾部の白色閃光灯《せんこうとう》をチカッ、チカッとフラッシュさせながら飛び越した。頭上を通過する時に、ようやくロゴライトの照らす垂直尾翼の青色が見えた。太平洋航空機だ。舞い降りようとする767は、機体の軸線が滑走路の中心線に合っていない。横風が強いのだ。右側に機首を振った姿勢だ。滑走路に対して、右の海側から風が強く吹いている。雪の流れ方で分かる。

767は、接地寸前に垂直尾翼の方向舵で機軸を滑走路中心線に合わせると、五〇メートル近い主翼を風上側へ少し傾け、右の風上側主脚から滑走路面にタッチダウンした。パッ、と白い雪煙《ゆきけむり》。続いて左の主脚が接地。同時に主翼上面でスポイラーが一斉に立ち、両エンジンが逆噴射に入る。どわっと爆発的な雪煙が舞い上がった。

「――まずい！」

風谷は舌打ちした。路面に急速に積もりつつあった雪が、767の着陸で一斉に巻き上げられ、逆噴射の後流で引っ掻《か》き回されたのだ。たちまち滑走路上は真っ白いブリザードのようになった。白い煙で何も見えない。

「く、くそ」

『ブロッケン・フライト、クリア・フォー・テイクオフ。ウインド、スリースリーゼロ・ディグリーズ・アット・ツーファイブ・ノッツ（ブロッケン編隊、離陸を許可する。風は三三〇度方向から二五ノット）』

「ラ、ラジャー。クリア・フォー・テイクオフ」

風谷は管制塔の指示に応答するが、

（クリア・フォー・テイクオフって――いったいこの状態で、どうやって離陸するんだ……！）

総隊司令部

「小松のFは何をやっている」

葵は、前面スクリーンを見上げながら言った。

「スクランブルを命じてから、もう七分経《た》つぞ」

スクリーンには、要撃機《ようげき》が発進してレーダー管制下に入った時に現われる、緑色の三角形がなかなか出て来ない。通常はスクランブル発令から五分もあれば、飛び上がって来るはずだ。

「民間旅客機を、先に着陸させた模様です」担当管制官が、振り向いて応《こた》える。「国土交通省との内部の取り決めで、小松では民航機が最終進入に入っていた場合は、こちらがスクランブルといえど、進入復行させずに着陸させることになっています」

「今は緊急時だぞ」

葵は唸った。

「仕方ありません、政治です」

隣で主任管制官が言った。

「くそっ」

「アンノンさらに接近。領空線へ一一五マイル」

識別管制官が、迫り来る国籍不明機の位置をコールした。

「依然《いぜん》として、識別は出来ず」

「針路はっ」

「針路、変わりません。北陸沿岸へ一直線です。あと十四分で領空へ侵入します！」

小松基地

「──くそっ」

F15の操縦マニュアルであるテクニカル・オーダーには、〈雪氷滑走路における離着陸操作〉という項目がある。雪の降る中で離着陸をする場合の、操作の手順と注意点が記されている。イーグルのパイロットになる訓練生は、一人前になる前の技量審査の口頭試問《こうとうしもん》で、その知識を試される。暗記していないと、技量チェックを受けさせてもらえない。

「くそっ。見えない……！」

ところが操縦マニュアルには『降雪時の離陸に際しては、エンジン防氷装置の効力を確保するため待機中でも定期的にパワーを八〇パーセントまで入れろ』とか『誘導路に雪が積もっている時は、フラップを離陸位置へ下げるのは滑走路に入ってからにせよ』『離陸を中断した時に止まり切れないので、アフターバーナーは使用するな』などという操作上の注意点が記されているだけで、『雪の積もり始めた滑走路に大型機が着陸すると目の前が真っ白になるから気をつけろ』などとは書かれていない。経験の浅いパイロットには、目の前で経験するまで、そういうことは想像も出来ないのだった。

「これのどこが『クリア・フォー・テイクオフ』なんだ……！」

風谷は酸素マスクの中で悪態をつきながらも、爪先でパーキング・ブレーキをリリースすると、機体をゆっくりと前へ進めた。滑走路上はまるで雪嵐のようで、白く舞い立つ煙で何も見えない。その中を、両脇に並ぶ高輝度滑走路灯の黄色い光の列を参考にしながら、機体を左へターンさせて滑走路の中心線とおぼしき方向へフインナップさせた。二機で離陸する時の手順通り、編隊長の自分が中心線よりもやや左にずらした位置につき、いったん停止する。しかし機首方向を微調整しようと足でラダーを踏んでも、感触がふわふわで頼りない。路面の摩擦《まさつ》が、いつもより凄《すご》く少ないのが分かる。

（——こんな状態で、もし離陸中にどちらか片側のエンジンが故障したら……。片側の推力を失って、偏向し始めたら……）

風谷は眉をひそめた。今のように雪を吸い込んだエンジンは、ハイパワーにすればストールする危険があった。空気取入口内側の可変整流ベーンが、雪を被《かぶ》って動かなくなっている可能性があるのだ。実際にそうなった経験はないが、マニュアルには指摘されていた。

白い雪煙は、強烈な横風に押され、薄まり始めた。激しい横殴りの雪の向こうに、滑走路の路面がかすかに見え始める。これなら、どうにかすぐ離陸は出来そうに見えた。

しかし——

風谷は自問した。

どうする。このまま離陸するのか——？

エンジン計器に視線を走らせた。胸の鼓動が、急激に速くなるのを感じた。ホット・スクランブルではあるが、ずっとアイドリングで回していたエンジンの状態に、確信が持てない。ここでいきなり離陸推力など出したら、どちらか片側をストールさせて滑走路をはみ出し、最悪の場合、地面にひっくり返るかも知れない……。大丈夫かも知れないが、確信が持てない。

「──タワー」風谷は無線の送信ボタンを押し、管制塔に告げた。「リクエスト、ホールド・ワンミニッツ。デュー・トゥ・エンジンランナップ（エンジン調整のため、一分間滑走路上に留《とど》まりたい）」

風谷は、滑走路上に停止したままエンジンのパワーを上げて保持し、空気取入口内側に張り付いた雪を吹き飛ばしてきれいにしてから離陸開始したい旨《むね》を伝えた。しかしそう伝えた途端、背中から大勢の人々に『早く出ろ』『何をしている早く出ろ』と無言で責められるような気がした。

『ラジャー、アプルーブ（了解、許可する）』

管制塔の管制官は、編隊長の判断を尊重して許可して来た。だがその語調には『何だ、すぐに出ないのか──？』と責めているような空気があった。少なくとも風谷には、そう感じられた。スクランブルのベルが鳴った瞬間に、基地全体が『一秒を争う』空気になる。その場に留まってエンジン調整をすると宣言するのは、全体の空気に逆らう行為だった。

『風谷さん、ホットです』

そこへ二番機の位置から、矢島が呼んで来た。

「矢島、ランナップをやる。ブレーキを保持して、八〇パーセントN1だ」

『しかし』

この野郎、せっかく俺がプレッシャーに耐えて安全策を取ろうとしているのだから、二番機としてバックアップしろよ……！　風谷は怒鳴りたくなったが、無線で喧嘩《けんか》している余裕などない。

「ストールが心配だ。アンチ・アイス（防氷装置）を十分に効かせてから出る」

風谷は歯を食いしばって宣言した。


「スクランブルの編隊は、何をやっているんだ」

小松基地管制塔。

パノラミック・ウインドーに雪が横殴りに吹きつける管制室へ、防衛部長の日比野が駆け上がって来ると、怒鳴《どな》った。

「もう発令から八分も過ぎているぞ！」

「あ。防衛部長」

管制塔の主任管制官は、三十代の一尉だった。事実上の基地のナンバー2である日比野が怒鳴り込んで来たので、びっくりして敬礼した。

「ブロッケン・リーダーは、あそこで念のため、エンジン・ランナップをやる模様ですが
――」

「このくらいの雪、大丈夫だ！　ランナップなどやめさせ、ただちに離陸させせろ」

自身もパイロット資格を持つ日比野は、主任管制官に構わず、管制卓からマイクをひったくろうとした。だがその腕を、後ろから伸びて来たもう一つの手がつかんで止めた。

「待って下さい」

「――火浦二佐？」

日比野は、吊り上がった目で振り返り、いきなり現われた飛行服姿の長身を睨《にら》み返した。

日比野に続いて、スクランブル編隊の様子を見ようと駆け上がって来たらしい。口髭《くちひげ》に黒いサングラス、二の腕に二佐の階級章をつけたこの三十代の長身は、小松基地に所属する第三〇七飛行隊の飛行隊長だった。

「何をする火浦。放せ」

「待って下さい、防衛部長」火浦暁一郎《きょういちろう》は、我慢強く懇願《こんがん》するように、低い声で言った。

「急《せ》かすのはやめて下さい」

「何だと」

「今の編隊長は、風谷三尉です。あいつが判断して、ランナップをやると言っているんで

す」

「だが発進が遅れて、大事に至ったらどうする」

「では離陸に失敗したらどうなります？　全ておしまいです。今接近中のアンノンに、他の基地の要撃機では対処出来ません。間に合いません。そのうえ最悪ここの滑走路が塞《ふさ》がれたら、後続の〈特別飛行班〉も上がれなくなります」

「しかしだな」

「お願いします」

睨み合いになった。

「…………」日比野が唇を噛み締め、つかんだマイクを管制卓へ戻した。「……くそ」

「出過ぎたことをしました」

火浦暁一郎は「すみませんでした」と詫《わ》び、手を放した。火浦は年齢も、空自での経験も飛行歴も日比野より上だったが、航空学生出身なので、司令部での序列は防人卒の防衛部長の下になる。日比野に対しては、かつては先輩であっても、今は部下として振る舞わなくてはならなかった。

「防衛部長。天候が悪い時は、どうしようもないのです。F15だって、どうしようもないんだ」

「くそっ、どうしてよりによって、こんな時にアンノンが来るんだ……！」

日比野はうめいて管制卓を叩《たた》き、パノラミック・ウインドーから雪の降りしきる闇を睨んで「まさか」とつぶやいた。

「今夜が大雪になるだろうということは、二日も前から予報されていた。まさか……まさか奴らがこんな時を狙《ねら》って……」

「防衛部長。私もただちに出ます。〈特別飛行班〉にも出動命令が出ました」

火浦は、日比野の背に言い残すと、きびすを返して管制室出口の階段へ走って行った。

思い出せ。雪の中の離陸手順だ。

風谷は、シュッとマスクの酸素を吸い込むと、定められた手順通りにエンジンのランナップ操作を開始した。

まずブレーキを足でしっかり踏んで、機体を停《と》める。その上で、左右両方のスロットル・レバーを進めてエンジン出力を八〇パーセントへ。N1回転計、排気温度計を見ながら三十秒間保持。エンジン計器に異常がないかどうかを確かめる。

キィイイイイン――

背中で排気音が高まる。

風谷は、滑走路の離陸ポジションに機体をブレーキで停《と》めたまま、両のスロットルを注意深く進めてエンジン出力を半分ほどまで上げた。出力が七〇パーセントを超えると、コクピットがビリビリ震え始めた。飛び出そうとする全長一九メートルの機体を、主車輪ブレーキが路面に留めているのだ。出力が八〇パーセントに達する。左右二つの排気温度計の針が上がる。左エンジンは五八〇度付近で針が止まり、安定するが、右エンジンの針が不規則に上下する。燃焼が安定しない。やはり空気取入口の整流が良くない。整流ベーンの動きがスタック気味で、コンプレッサーに送り込む空気の流れが乱れ、圧力が不安定になっている。右エンジンは、滑走中、最も雪にさらされていた。かなり雪を吸い込んだのだろう。

（良かった——このままで離陸していたら、危ないところだった）

風谷は排気温度計の針の動きを睨みながら、そのままスロットルを保持した。空気取入口に張り付いた雪が吹き飛んできれいになり、排気温度が安定するまで三十秒間は保持するのだ。

「矢島、エンジンはどうだ」

『ツー、ノーマル。問題ありません』

矢島三尉は、こんなことしなくても大丈夫じゃないか、と言いたげな口調で応えた。だが後ろにいた二番機は、先頭の一番機が風除《かぜよ》けになる形だったから、あまり雪を吸い込まずに済んだのだ。二番機には編隊長の苦しさは分からない。編隊長になるまで、風谷にもそれは分からなかった。

風谷は、訓練中から成績は良い方ではなく、飛行隊に配属となってからも〈二機編隊長〉資格を取るまでにさんざん苦労した。早い者なら一年弱で取得してしまうものを、風谷の場合は二年余りもかかった。操縦技量よりも、主に精神面で教官役の先輩たちから心配されたというのが実情だ。つまり『線が細い』と言うのだ。

それは仕方のないことだった。昔から、どちらかといえば内向的な少年だった。そんな風谷にとって、周囲の——全体の空気に逆らうということは、とてつもない精神力を必要とした。だが滑走路上でひっくり返るわけには行かなかった。横殴りに吹きつける雪に、逆に『しっかりしろ』と叱咤《しった》されているみたいに感じた。

(よし——もう少しだ)

排気温度計の針の振れが、少しずつおちついていく。もう少し保持すれば、離陸出来る……。

だがその時。

エンジン計器を注視していた風谷は、ふいに身体が座席に押しつけられるのを感じた。

(何——!?)

同時に、身体がぐぐっと斜めに持っていかれるような横G。不安定に動く感じがした。

驚いて目を上げると、視界全体がズルズル動いている——いや、自分が動いている。しまった——! 風谷は目を見開いた。灰色の滑走路面が動いている。

「おい」

「おい——！」

管制塔では、滑走路を見ていた管制官たちが思わず腰を浮かせた。

白い幕のような雪を浴びながらエンジン・ランナップをしていた二機のF15が、いきなりズルズルと滑るように動き出したのだ。

「ブレーキが効いてない！」

「動き出したぞ。二番機もだ」

「ぶつかるぞ、危ない！」

ズズズズズッ

八割の出力を出していた風谷のF15は、ブレーキで路面に止まり切れなくなり、操縦者の意志に反して前方へ滑りながら動き出していた。激しい雪は滑走路に降り注ぎ続け、もう路面の摩擦は無いに等しかった。

「く——くそっ……！」

『ツー、ホールド出来ません！』

矢島が『止まっていられない』と告げて来た。

「――仕方ない、このまま出るぞっ」

ブレーキを踏み直そうとした風谷は、咄嗟《とっさ》に判断してやめた。背後で二番機も動き出した以上、下手に止まろうとすれば追突される……このまま離陸するしかない！　風谷は一瞬で決心し、踏もうとした爪先を逆に上げてブレーキをリリースすると、左手で両のスロットルをミリタリー・パワーまで進めた。同時に反応の頼りないラダーを踏み込み、機首方向を滑走路中心線に合わせようと努めた。

「ブロッケン・ワン、テイクオフ――！」

ドドドドッ――！

背中で双発エンジンのうなりが急激に高まり、加速Gが風谷の上半身を座席に押しつけた。

『――ツー、テイクオフ！』

矢島の声も入った。

（――雪の中で、危険な編隊離陸かっ。しかしこのまま行くしかない……！）

ドドドドドドッ！

風谷のイーグルは強大なエンジン推力に押され、雪の滑走路を驀進《ばくしん》し始めた。ブワーッ、という風切り音がキャノピーに吹きつけ、雪の粒がバラバラバラッと霰《あられ》のように風防を叩く。摩擦がなくてスカスカだったラダーは、速度がつくと気流によって効き始め、機体は方向コントロールを取り戻した。

風谷は歯を食いしばって目を上げた。灰色の滑走路が猛烈な勢いで、前方から足の下へ吸い込まれる。ヘッドアップ・ディスプレーで速度表示が上がって行く。六〇ノット、八〇ノット。

（まっすぐ行け、まっすぐ進め……！）

風谷は祈るような気持ちで、爪先でラダーをコントロールし続ける。エンジン計器に一瞬だけ目を走らせる。大丈夫か——大丈夫だ、何とか回っている。右手は操縦桿を横風の吹いて来る右側に傾け、機体が風にあおられてひっくり返らないよう保持する。両エンジン、通常最大出力。アフターバーナーを点火しなくても、イーグルはたちまち加速する。

一〇〇ノット、一二〇ノット。操縦桿を引く。

「——上がれっ」

小松上空

（よし、浮いた——！）

主車輪が滑走路を蹴《け》るまでは、どうにか順調だった。

操縦桿をそうっと引いていくと、前方から足元へ猛烈な勢いで流れ込んでいた灰色の路面が、フッと下方へ消え去った。あっけないほどの軽さだ。

雪の路面から舞い上がった。

右方向からの横風の中、一二〇ノットの速度で浮揚《ふよう》した風谷のイーグルは、たちまち風見《かざみ》効果で機首を右へ取られ、同時に主翼に生じた揚力差で右へロールしようとした。

それは予想出来た挙動なので、風谷は慌てずに対処した。逆らわずに機首が風上へ偏向するのに任せ、操縦桿を左へ押さえて機の姿勢を水平に保つ。浮いてしまえばこっちのものだ。もう地面の摩擦も関係ない。軽くふらつくが、F15は風上を向いて上昇を始める。操縦桿を中立に戻す。左手で主脚レバーを〈UP〉にする。主車輪が上がる。ぐんと機体抵抗が減ってイーグルは加速する。風防の目の前は、暗闇から押し寄せる雪のシャワーだ。

(矢島は――?)

バックミラーにちらと視線を上げる。白い幕の向こう、矢島三尉の二番機が続いて浮揚し、同じように風上へ機首を向けて姿勢を修正するのが見えた。軽くふらつくが、悪くない操縦だ。

「――よし」

風谷はうなずき、操縦桿をさらに引いて機首上げ姿勢三〇度へ。ヘッドアップ・ディスプレーの向こうで雪の奔流《ほんりゅう》が下へ流れる。イーグルの機首が上がる。上がって行く。前方を照らす着陸灯の光芒《こうぼう》の中は、白い煙の奔流だけになる。離陸と同時に雲に入ったのだ。

自分は雪を降らせる雲の中へえぐり込むように昇っている。

振り向く。右後方から二番機はついて来ている。その背後にもう地上は見えない。上昇率・毎分一〇〇〇〇フィート。完全に雲に入った。前方へ向き直り、フラップ・レバーを〈UP〉へ。フラップが収納され、機首が上がろうとする効果が働く。操縦桿で姿勢を保つ。トリムを取り直す。速度表示は二五〇ノットからさらに増えて行く。ここでエンジン計器群を一瞥《いちべつ》すると、右の排気温度がやや高めだ。しかし今のところは安定している。

そこへ、

『ブロッケン・フライト、ベクター・トゥ・ボギー。ライトターン、ヘディング三三〇、エンジェル四〇バイゲイト、フォロー・データリンク（ブロッケン編隊、国籍不明機へ誘導する。右旋回し機首方位三三〇度、高度四〇〇〇〇フィートへアフターバーナーを使用し上昇せよ。以後はデータリンクに従え）』

管制官の声がヘルメット・イヤフォンに入った。風谷は「ラジャー」と応えると、後方を映すバックミラーを視野に入れながらゆっくりと操縦桿を右へ倒した。同時に後方の矢島機が右へバンクを取るのが、翼端灯の動きで見えた。よし、ついて来ている。右上昇旋回。これから機首を洋上へ向け、やって来るアンノンに立ち向かうのだ。しかし雲中では視界が悪い。現在の間隔では、もう少し雲が濃くなったらお互いが見えなくなるだろう。

風谷は、この先の編隊行動をどうしようかと考え、エンジンのことは一時的に忘れた。

防氷装置は働いている。これ以上心配をしても仕方がない。それよりアフターバーナーを点火する前に、もう少し編隊の間隔を詰めようと思った。バーナーを焚《た》けば数十秒で雲の上へ出られるはずだが、その間にお互いを見失ってしまう。雲の上も闇夜だから、いったんはぐれたら編隊を組み直すのにレーダーを使わなければならなくなる。それでは編隊離陸をした意味がない。

風谷は「矢島、詰めろ」と無線に短く命じ、同時に左手で着陸灯のスイッチを切った。目の前が再び真っ暗になる。

ここからは隠密《おんみつ》行動だ。翼端灯と編隊灯は残しておくが、ここから先は余計な灯火は消し、出来るだけレーダーも無線も使わずに進む。

通常なら、夜のスクランブルでは要撃機は一切の灯火を消してしまう。こちらの存在を隠し、迫り来る国籍不明機へ忍び寄って行く。機上レーダーもぎりぎりまで使わない。相手が電子戦装備を持った軍用機の場合、こちらの出すレーダー電波を捉《とら》えられ、接近を察知されてしまうからだ。

国籍不明機が、どのような意図を抱いてやって来るのか分からない以上、要撃するこちら側も気配を悟られないよう接敵するのがセオリーだった。気づかれぬように忍び寄り、相手が『あっ』と気づいた時には背後に空自のイーグルが張り付いていて、何か悪さをしようとしても手も足も出ない——という形勢に持って行ければ理想的だった。相手に特段の害意がなくとも、それでこちらの力量が示されることになって、戦争行為の抑止に繋《つな》がるのだ。スクランブル――〈対領空侵犯措置〉では、相手に並走して警告を行う前に、すでに〈闘い〉は始まっている。

　ところが今夜のように雲中を編隊で上がる場合、灯火を完全に消すわけには行かない。お互いが見えなくなれば、僚機《りょうき》同士で衝突の危険もある。おまけに夜間では手信号も使えない。編隊の指揮は、短く無線で行うしかない。

　とにかく、編隊を崩《くず》すわけにはいかない……。風谷はエンジンの推力を心もち絞り、二番機の矢島がついて来やすいような、安定した上昇旋回を行うことに気持ちを集中させた。この時、もしエンジン計器が目に入っていれば、スロットルの動きに反応して右の排気温度計が不規則に上下するのが分かったかも知れない。だが風谷の目は、旋回方向を指示するヘッドアップ・ディスプレーのデータリンク表示と、二番機を映すバックミラーとに集中していた。

　ヘッドアップ・ディスプレーに浮かんだ円と矢印の表示は、進むべき方向と、維持すべき速度を指示していた。地上の中央指揮所から、音声通信の代わりにデータリンクで送られて来る指示だ。これに従えば、レーダーを使わず黙ったままで国籍不明機へ向かえる。方位は三三〇度、速度はもっと加速することを命じている。

（密集編隊を組むまで、アフターバーナーは点火出来ない。早く旋回を終えなくては）

風谷は、二番機の追従を確かめながら、我慢強く三〇度のバンクでゆっくり旋回した。この雲の中、新人の矢島三尉の技量では、それ以上に急旋回をしたらはぐれてしまうかも知れなかった。

やがて機首方位三三〇度——北西への旋回が終わると、風谷の指示に従って右の後方から矢島三尉のF15がゆっくりと追いついて来た。こちらの編隊灯を目印にしているのだろう、機首が上下に揺れながら、風谷の右肩の後ろに並ぶ。上昇姿勢はそのまま。二機はようやく密集編隊を組んで、雲の中を昇り始めた。ヘッドアップ・ディスプレーの高度スケールはスルスル上がって行くが、お互いの機体はほとんど止まっているように見える。

洋上へ向いて高度一〇〇〇〇フィートを超える。二番機との間隔は二〇フィートまで詰まった。気流で機体が上下にぶれる。これ以上近づくのは危ないだろう——風谷がそう感じるところで、二番機も接近をやめる。矢島三尉は経験は自分よりも少ないが、持っているセンスはいいようだ。

（よし）

これで加速出来る。バーナーを焚こう。

風谷はうなずいて、短く無線に「バーナー、ナウ」とコールしながらスロットル・レバーを最前方へ進めた。地上の指示通りアフターバーナーに点火し、さらに加速・急上昇するのだ。この先の北西方向の空から、国籍不明機がやって来る。どんな奴なのかはまだ分からないが……。雪のせいで発進がだいぶ遅れてしまった。自分が慎重策を取ったせいで、さらに遅れている。領空線の外側でアンノンに会合するには、一刻も早く四〇〇〇〇フィートまで昇らなくてはならない。

（急ごう）

急がなくては――というプレッシャーが、いつしか風谷の意識をせきたてていた。誰も風谷に、はっきり『急げ』と強要したわけではない。しかしそういう空気は感じていた。中央指揮所からゲイト上昇――アフターバーナー焚きっぱなしの上昇を命じられるのは、『急げ』と言われているのと同じだった。風谷はエンジンの不調を心配する気持ちを脇に置いてしまい、重たい一本のスロットルをフォワード・ストップまで一気に押し進めた。視線を前方へ上げて顎《あご》を引き、バーナーの着火するドンッ、という響きが背中を叩くのを待ち構えた。

だがその時。

ドカンッ

突然風谷の耳を襲ったのは、右エンジンからの異常燃焼音だった。

（な――!?）

加速の代わりに横Gが来た。

「うっ――」何だ――!?　風谷は不意に機首が右へ偏向するのを感じ、咄嗟に左ラダーを踏んだ。だが機体は強い横Gとともに右横へ滑り始めた。「――や、やばい。ストールしたかっ!」

右エンジンの推力がなくなった。やはり右エンジンのコンプレッサーは圧力不安定だったのだ。地上でのランナップが不十分だった。アフターバーナー点火と同時に、ストールしてしまった。

機体は横滑りと同時に、右へロールしようとする。反射的に風谷は操縦桿を左へ。同時に最前方へ出していたスロットルを戻す。

「く――くそっ」

ロール軸のバランスはかろうじて取り戻すが、上昇推力が急減し、身体が浮くようなマイナスGとともに機首が下がった。どうしようもなかった。風谷の機体は沈み込み、減速しながら右やや後ろに並んでいた矢島機の腹の下を擦《こす》るように交差して、反対側へ飛び抜けた。

「――うわっ」

風谷のヘルメットの頭を擦るように、F15の機体下面が頭上を右から左へ流れ去った。夜なのに表面のビス一本一本まで見えた気がした。

『わ、わっ――!』

頭上で矢島が、声にならぬ悲鳴を上げた。

総隊司令部・中央指揮所

「小松のＦは何をやっている――!?」

葵は唸った。

前面スクリーンに、ようやく発進した要撃機の緑色のシンボルが二つ表示された。しかし今度は高度がなかなか上がらない。

「ゲイト上昇を指示したはずだぞ」

葵は、スクリーンを仰ぎながらいらいらした。

本当は、このような場面で先任指令官がいらいらして見せれば、部下たちをも焦《あせ》らせてしまうので良くない。指揮官の空気は伝染するからだ。だが葵には一年前の事件の記憶が蘇《よみがえ》っていた。まずいと思っても、焦りがつい仕草や言動に現われた。

「なぜ早く上昇しない!?　間に合わなくなるぞ」

静かにざわめく中央指揮所の空間には、地上の外の天候を想像させるものが少ない。雪雲も雷雲も、日本の防衛には関係ないので、あったとしても前面スクリーンには映らない。

「アンノン、さらに接近」

迫り来る国籍不明機の動きを監視する識別担当管制官も、葵の『一年前の奴だとしたら』というつぶやきに緊張したのか、自分の管制卓に気象レーダーの合成画像を呼び出して要撃経路と重ねて見る作業を忘れてしまった。

「領空線へ七二マイル。九分で侵入します」

「奴のコースは変わらないのかっ？」

「変わりません。依然北陸沿岸へ一直線です」

「小松のFを、最短経路で指向しろ」

「はっ。最短コースでアンノンに向けます」

小松基地

「どうなっている」

第六航空団司令部地下・要撃管制室。

小松基地の司令部地下四階には、府中の中央指揮所を小規模にしたような要撃管制室がある。

高校の教室ほどの空間に、やはり日本海を拡大した前面スクリーンと管制卓があり、常駐の要撃管制官数名が空域監視を行なっている。普段は演習空域の監視が任務だが、いざという時にはこの管制室でも日本海における要撃オペレーションの指揮が取れる。

「あ。防衛部長」

日比野が階段を駆け降りて管制室の暗がりへ駆け込んで来ると、当直の主任管制官が振り向いて迎えた。防衛部長の役職は、この要撃管制室の責任者を兼ねていた。

「どうなっている。アンノンに向かっているか」

日比野は駆け寄ると、左右に並ぶ管制席の頭越しに、ピンク色に北陸地方が拡大された情況表示スクリーンを見上げた。

「は。たった今ブロッケン編隊は、府中・中央指揮所の指揮下に入りました」

オレンジ色の三角形は、斜め下へ尖端《せんたん》を向け、まっすぐに近づいて来る。緑の二つの三角形が、迎え撃つような角度でそれに向かっている。

「このアンノンの近づき方は……」

日比野は眉をひそめ、つぶやいた。

「はい。いつものロシア偵察機とは違います」主任管制官がうなずいた。「〈赤熊〉なら、接線でかすめるように領空へ近づきますが、こいつは違います。一直線にこちらへ突っ込んで来ます」

「〈特別飛行班〉は？」

日比野が訊《き》くと、それに応えるように天井スピーカーに声が入った。

『小松タワー、こちらドラゴン・ワン。雪がひどくなった。滑走路へ進めない。誘導路上で一時停止し待機する』

　野太い、低い声だ。

「一番にランプアウトした、〈特別飛行班〉鷲頭三佐です」

「貸せ」日比野は管制卓のマイクを取り、管制塔の周波数に割りこんだ。「鷲頭三佐。日比野ですが——何とか出られないのですか？」

『無理を言うな、阿呆《あほう》』

　いらだった熊が吠《ほ》えるように、地上で足止めのF15からベテラン戦闘機パイロットが応えた。

『勇気と無謀《むぼう》は違うんだ。急に雪が激しくなった。滑走路視距離《RVR》は二〇〇メートルを割ってる。何も見えねえ。降りが弱まるまで離陸は無理だっ』

「く……」

「防衛部長」

　マイクを手に固まる日比野の横顔に、次席管制官が報告した。

「ただ今、洋上から寒冷前線のライン状積乱雲が小松に押し寄せています。地上ではこれより約二十分の間、最強度の降雪となります」

「部長」

　主任管制官が、スクリーンを指さし指摘した。

「見て下さい。中央指揮所の誘導が無茶です。確かにアンノンへ最短コースですが――このままではブロッケン編隊は、洋上のライン状積乱雲をまともに突っ切ります」

「……何だと」

日比野は、気象レーダーの画像を映しているリピーター画面を見やった。前面スクリーンと比較して、舌打ちした。小松のすぐ沖合いに真っ赤な帯状のエコーが横たわり、じわじわとこちらへ移動して来る。帯状エコーの最も分厚いところに、二つの緑の三角形は頭から突っ込んで行く。

「くそっ――中央指揮所はあれが見えないのか。ホットラインを貸せっ」

総隊司令部・中央指揮所

「先任。原発への緊急通達は――？」

主任管制官が、葵と並んで前面スクリーンを仰ぎながら訊いた。

「――早く緊急事態を通達しませんと」

「……あれは爆撃コースなのか……？」葵は唾を呑み込む。「識別管制官。奴は、北陸沿岸の原発のいずれかへ向かっているのか」

「まだ、はっきりしません」

識別管制官が、自分のコンソールから目を離さずに応える。アンノンの予測針路は、管制卓の画面上にカーソルを重ねてコマンドを入れれば、ベクトル線となって現われる。細長く延びる線の行方を注視する管制官は、北陸沖の雪雲については頭から吹っ飛んでいるようだ。

「今のところ——アンノンの針路線が貫いているのは小松飛行場……。小松基地へ一直線です」

「小松基地……？」

葵は眉をひそめる。

奴は、何のつもりだ……。

葵は目を上げ、オレンジ色の三角形を睨んだ。今、スクリーンの上でこちらへ向かって来るあれは——奴は、一年前のスホーイなのか？　それとも違う何者かなのか……。それすらはっきりしない。小松の要撃機が会合して目視確認するまでは、何も分からない。

「先任。アンノンは領空へ侵入してから、いずれかの原発へ指向するかも知れません」ベテランのはずの主任管制官も、声を詰まらせる。「知らせるなら、は、早くしませんと」

「う、うん……」

葵はごくりと唾を呑んだ。

あれの正体が分からなくても、現場指揮官として最悪の事態は想定しなければならない。

しかし――針路は特定の原発に向いていない。どこでも可能性がある。これでは、襲われる心配のある北陸沿岸の全原発を『止めろ』と言うのか……？

葵の頭に、将棋《しょうぎ》の一手を指した後の展開のようにシミュレーションが広がった。この中央指揮所から、北陸沿岸の各原発に直接警告が出来るわけではない。決められた手順がある。まずは総隊司令官の江守空将に上申して、市ヶ谷の航空自衛隊幕僚監部へ緊急事態を通告してもらう。知らせを受けた空幕は、ただちに霞が関の内閣危機管理室へ危急《ききゅう》を知らせる。すると内閣危機管理室は総理に緊急事態を報告すると同時に、マニュアルに定められた連絡系統に従って、北陸沿岸の各原発を所管する各省庁、警察、海上保安庁および地元各自治体へ必要な通告を行う。夜だから連絡には手間取るだろう。実際に各原発へ知らせが届くまで、何十分かかるか分からない……。

そして原発そのものには、空襲に対する防御手段は全く無い。『日本海の原発へのパトリオット地対空ミサイルの配備が必要』という空幕から政府への提言は、『原発にミサイル!?　危険だ危険だ』という何が何だかよく分からない野党の反対と、選挙への影響を懸《け》念《ねん》する自由資本党執行部の抵抗とで、とうの昔に一蹴《いっしゅう》されたままだ。

「……分かった。手遅れにしてはいけない。〈親父〉を呼んでくれ」

葵は、この情況を緊急事態として通告させる決心をし、別の識別管制官に地上の司令部を呼び出すよう指示した。

しかし、

「先任。司令は館内電話に出られません。おそらくここへ降りて来られる途中かと思われます」

受話器を手にした管制官は、振り返って報告した。

「どうしますか、先任」

主任管制官が、葵の顔を覗《のぞ》く。

「ここは一秒の遅れが……」

「分かっている」葵はうなずいた。「では〈親父〉には、事後に了解をもらおう。ただちにホットラインで市ヶ谷を——原発への緊急事態を通告……」

だが葵が言いかけた時、

「待て！　待て待てっ」

背後から怒鳴り声が響いた。

驚いて振り向くと、指揮所の後方の入口扉が開いていた。通路からの逆光の中を、江守空将らしい肩幅のあるシルエットを先頭に、総隊司令部の幕僚たちが一列に入場して来る。

「待て」と声を荒らげたのは、江守のすぐ後ろに従う司令部監理部長の一佐だった。

「——くっ」

葵は立ったまま、制服姿の一群がトップダイアスにずらりと着席するのを見上げた。ぴかぴかの階級章が並んでこちらを見下ろすと、頭の上に急に重しを載《の》せられたような感じがした。

「先任指令官、どういうことだ？　原発への緊急事態を通告だと……？」

一佐の監理部長は、角ばった黒ぶち眼鏡の顔を茶色くして、葵を詰問《きつもん》した。

「総隊司令の許可も得ず、越権行為も甚《はなは》だしいぞ。いったいどういうつもりだっ」

「お言葉ですが監理部長、あれをご覧下さい」葵は前面スクリーンを指で示した。「突如出現したアンノンです。識別出来ません。こちらへまっすぐに近づきます。あと五〇マイル、約六分で領空です」

「それがどうした。要撃機は出したのだろう」

「スクランブルは掛けましたが、〈対領空侵犯措置〉では対処が遅れます。十分もあれば、沿岸のいずれかの原発へ突入される危険性もあります。早く関係各所に緊急事態を知らせないと――」

「だからといって、独断の越権行為が許されると思っているのか」

「一秒を争います」

葵は、ちらりと中央の席の江守空将を見やった。定年が近いという総隊司令官は、腕を組み、黙ってスクリーンを見上げている。さすがに戦闘機パイロット出身だ。このような事態にも動じていない。葵は司令官席の隣の監理部長に視線を戻し、説明する。

「よろしいですか、監理部長。原発が襲われる可能性が出て来た以上、一秒でも早く対処すべきと考えます。総隊司令のご裁可《さいか》は、事後に頂くつもりで――」

だが監理部長は、葵の口にした『事後』という言葉が気に食わなかったらしい。こめかみに青筋を立てて怒鳴りつけた。

「君の考えだと!? 先任指令官、君は組織を無視する気か。君の勝手な越権行為で、日本中をパニックに陥《おとしい》れるつもりかっ。まさか君は半島某国のスパイではないだろうなっ」

「な――」葵は息を呑み込んだ。「――何を」

「いいかっ、葵二佐。防大出の君にこんな講釈《こうしゃく》をせねばならんとは情けないが、ここでもう一度はっきりと言っておく。我々自衛隊は、自衛官は、いついかなる時でも憲法と自衛隊法に基づき、厳格に行動しなくてはならない。それをたかが現場の二佐風情《ふぜい》が、総隊司令官に伺《うかが》いも立てず、日本国中をパニックに陥れるような緊急通告を勝手に出そうとは」

「しかし」

「黙れ」

「もしも間に合わなかったら――」

「黙れ黙れっ」

睨み合いになった葵と監理部長に、指揮所の全員の視線が集まった。

西部セクター担当の管制卓で、第六航空団司令部からの直通電話のランプが点灯したが、その席の管制官は自分たちの若手リーダーと高級幕僚との言い合いに気を取られて、気づかなかった。

全員が同じように一時的に気を取られてしまったので、北陸沿岸の気象レーダー画像を映した画面に注意を向ける者も、いなくなってしまった。

小松沖・上空

『大丈夫ですかっ。風谷さん！』

危うく空中接触はまぬがれたが、片肺となった風谷のイーグルは、闇夜の雲中で姿勢を崩していた。

「――くそっ」

風谷は、右エンジンの停止によって右へ機首を振ろうとするイーグルの機体を、左ラダーの踏み込みでバランスし、どうにか安定した飛行姿勢に戻した。ラダーの踏みしろを足で固定すると、もう機体は暴れなかった。よし――焦るな、エンジンを回復させるんだ……。

水平線は見えないが、計器飛行で機首を水平まで下げ、上昇するのを一時やめた。空気が薄くなるほど、止まったエンジンの再スタートは難しくなる。

（バランスを回復したら——ただちに再始動だ）

風谷は、ストールした右エンジンの回復を試みることにした。ドカンと来た瞬間に排気温度計が目に入ったが、針は赤いマークを超えなかった。タービンブレードは溶けていないはずだ。「おちつけ」と自分に言い聞かせた。このままでは要撃任務が遂行出来ない。おちつけ。エンジンを再スタートして編隊を組み直し、上昇するのだ。

風谷は前方へ目を上げ、ヘッドアップ・ディスプレーの速度表示を読んだ。風防の向こうからは依然として水蒸気の奔流。対気速度三〇〇ノットで機は進んでいた。空中始動のためのラム圧は十分だろうと判断した。高度表示は九八〇〇——まだ空気も濃い。これならスターターを使わなくても、再始動は出来るはずだ……。そうだおちつけ、片肺でも水平なら問題なく飛んでいられる。

（よし）

緊急再始動。チェックリストは……いや、いい。いちいち見ている暇などない。気流が悪くなって来た。コクピットが上下に揺さぶられ始めた。下を向けない。手順なら思い出せる。まずストールした右のスロットルを、アイドルまで戻せ。燃料コントロールスイッチをいったんＯＦＦにして切れ。

『大丈夫ですか。風谷さん』

手順を進めていると、左横に並んだ二番機から矢島三尉が呼んで来た。先ほどと位置が左右入れ替わっている。灰色の奔流の中、編隊灯を点けたF15の機体が上下にぶれる。

雲中の乱気流だ。まるで生き物の背に乗っているように、上下にガブられる。

「ただのエンジン・ストールだ。矢島、離れていろ。これから再始動する」

『私は大丈夫です。そばについていられます』

「そうじゃなくて――」

お前にぶつけられるのが怖いから、離れろと言っているんだ。風谷は心の中で舌打ちする。手順と操縦の両方に注意は割けない。かなり揺れて来た。気流が悪い。まずいな、この上下の揺れはどうだ。まさか前方に積乱雲でも隠れているんじゃないだろうな――いやまさか。

風谷はスイッチを操作しながら頭《かぶり》を振る。

中央指揮所が、よりによって積乱雲に突っ込むコースなど指示するはずがない。データリンクの誘導を信じて進むんだ……。

「――いいから少し離れていろ矢島。気流が悪くなって来たぞ」

川崎市内

『続いてお天気です。桜庭《さくらば》さん、お願いします』

「――」

アパートの部屋でパソコンのモニタに向かっていた月夜野瞳は、背後のTVの音声に、ふと振り返った。

『――はい。お天気をお伝えします。今夜は太平洋側では晴れていますが、日本海側では現在雪となっています』

夕方のニュースを、つけたままにしてある。夕食はインスタント食品で済ませた。明日の朝までに仕上げなければならない仕事があった。午後から瞳は、ずっと部屋でパソコンに向かっていた。背中でTVをつけていたのは、人の声のしない時間があまりに長いからだった。

CRTモニタの中では、高速道路の橋脚の図面が一枚、データとして清書されつつある。それが巨大な橋桁《はしげた》のどこの部分になるのか、瞳は知らない。知っていなくても、間違いが無いよう丁寧に作業すればよかった。短大時代の友人が紹介してくれた、家で座っていても出来る仕事だった。建築設計図をデータ化する作業で、根気はいるが数をこなせばOL

時代よりお金になるくらいだ。

前に住んでいたマンションを出て職探しをした時、他に会計事務所の職員の山もあった。しかし勤務時間が遅くまでかかる。確定申告の時期になれば帰宅出来ないこともあるらしかった。それでは娘が戻った時に不都合だった。出来高払いで、基本給や福利厚生は無かったが、躊躇《ちゅうちょ》なくこちらの仕事を選んだ。

『三月も下旬となり、東京は暖かくなってきましたが、日本海側ではこの冬最後の大雪となっています。金沢市内では夕方から降り始めた雪が、すでに積雪一五センチを超え、さらに夜半にかけて強く降り続ける見通しです』

メモを読み上げるようなお天気キャスターの説明は、内容の深刻さと関係なく明るい声だ。前の会社の受付によくいた、あどけないOLのようだった。

「――――」

ピンク色のカーディガンを掛けた肩ごしに、二十五歳の女は天気予報の画面を見やった。北陸地方の能登半島のあたりを、降雪を表わす蒼白《あおじろ》いマークが覆って瞬《またた》いている。

TV画面の蒼白い光が、その潤《うる》むような大きな目に映り込んだ。白い整った顔立ちは、何も苦労をしていなければもっとあどけなく、画面のお天気キャスターのようだったかも知れない。しかしきゅっと結ばれた唇が、辿《たど》らされた道のりの険しさを表わしていた。

「――雪……」

つぶやきながら、目を閉じた。日本海の黒い海面が盛り上がり、そこへ灰色のカーテンのように雪の降り注ぐ様が浮かぶようだった。そのイメージの暗さに「うっ」と顔をしかめた。

瞳は日本海の天気図から目をそらすと、TVの隣の本棚を見やった。二歳半の小さな女の子の写真が、フレームに入ってこちらを向いていた。昨年の雛祭《ひなまつ》りの時に撮られたスナップだった。その笑顔に重なって、天気予報の声は続いた。

『気象庁では、日本海を航行中の船舶と、大雪の予想される地域に今後も厳重な警戒を呼びかけています』

南シナ海・上空

「おい、沢渡《さわたり》」

同時刻。政府専用機・747―400の機内。

外務大臣一行の特別機として仕立てられた、日の丸付きのこのジャンボジェットがクアラルンプールを飛び立ち、洋上で水平飛行に入って三十分ほど経っていた。

機内最後部の随行《ずいこう》マスコミ用キャビンは、薄暗く、ゴォオオオという鈍い唸りに満ちていた。

大八洲《おおやしま》ＴＶの報道記者・沢渡有里香《ゆりか》は、難民キャンプのように押し込まれたマスコミ用キャビンの狭い座席で、疲れ切って眠り込むスタッフたちに混じって正体なく眠りこけていた。クアラルンプールで連続三日間の取材をこなした直後だった。

「おい沢渡。起きろ」

「……は？」

今頃日本では、有里香たち取材班の撮った外務大臣のインタビューが、夕方のニュースで流され終わっているだろう。今夜はどの局のヘッドラインも、木谷外相と北朝鮮外相との会談でもちきりのはずだ。東京のスタジオのキャスターが、どのようなコメントをつけてしゃべったかは分からないが、画《え》だけは他局に負けていない自信がある。北朝鮮代表団の独占インタビューも、空港ロビーに待ちぶせして突撃して撮った。先に取材許可を取りつけていたらしいＴＶ中央の取材班と勘違いされ、代表団が有里香のマイクに応えてくれたのは痛快な出来事だった。あとで怒ったＴＶ中央の連中から抗議されたが、構うものか。チーフディレクターの八巻《やまき》からも「よくやった」と褒《ほ》められた。ハードだが充実した三日間だった。

だがさすがに疲れた。別動隊を任され、空港ロビーに待ちぶせしていた十八時間の間、有里香は一睡《いっすい》もせずトイレにも行かずに神経を張りつめさせていた。二十五歳でまだ若いといっても、肉体疲労は極に達していた。エコノミーサイズの座席につくなり、専用機が離陸したのにも気づかず、有里香はタンクトップにジーンズのまま眠り込んでしまった。

「起きろって言ってるんだ、このやろう。外相の機内会見だぞ」

だが仕事は、エンドレスで続く。

有里香の肩を摑《つか》んで揺り起こしたのは、大八洲TV報道部のチーフディレクター・八巻貴司《たかし》だ。三十一歳の若手だが、いつも黒ずくめの格好で低い声でぼそぼそつぶやきながらスクープを連発し〈大八洲の眠狂四郎〉とも呼ばれる男だ。

「何を寝てやがる。よだれを垂らしている暇があったら、外相のケツにかぶりつけ」

語り口は穏やかだが、台詞《せりふ》の中身は一般的な報道ディレクターと少しも変わらない。有里香のことを女だと思っていないのも確かだ。

「は――はい」

有里香は目をこすると、狭い座席から跳ね起きた。反射的に右手がマイクを探す動作をする。一年前、北陸のローカルUHF局から大八洲TVへヘッドハントされて以来、仕事は面白くなったが満足に寝た記憶がない。有里香は能力を認められて転職したのだが、八巻の率いるワイドニュース〈ドラマティック・ハイヌーン〉は、きついと言われる報道部の中でも一番きつい番組だった。

随行の外務省幹部から『五分後に外相の機内会見を行う』と告げられたのは、突然だった。マスコミ用キャビンは、急に食糧の配給が来た難民キャンプのように、どわっと浮き足立った。

どかどかどかっ、と足音を立て、狭い機内通路を汚い格好で目だけをぎらぎらさせた報道記者とカメラマンたちが一斉に前方へと移動した。

起き出した有里香も、潰《つぶ》されないように急いだ。考えてみれば、木谷信一郎外相が北朝鮮外相と〈国交正常化に向けての準備会談〉をもつとの発表がされたのも会談前日のことで、急きょ出張して来た報道陣には三日間風呂に入っていない者もざらだった。有里香もその中の一人だ。都内の自分の部屋に、着替えや洗面具を取りに戻る暇すらなく、お台場の局から羽田へ直行して政府専用機に飛び乗ったのだ。

会見がもたれるのは、この巨大なボーイング７４７の機内前方のラウンジだ。四〇メートル余りの通路を全員で走るように移動した。途中で、秘書官ら随行官僚用のコンパートメントを通った。マスコミ用キャビンがエコノミーなら、ここはビジネスクラスだった。静かなおちついた室内に、ゆったりした寝心地のよさそうなシートが配され、壁のスクリーンではＮＨＫの衛星放送を流していた。画面は夕方のニュースの、天気予報コーナーだ。

「――――」

有里香は、音無しで映される壁のスクリーンをちらりと見た。真面目《まじめ》そうな男性の気象予報士が口を動かして解説している。すぐにコンパートメントを通り抜けてしまったが、天気図の日本海側に蒼白いマークが重なっているのが目に残った。

自分が一年前まで勤務していた、北陸の地方局のことをふと思い出した。

（――小松は、雪か……）

日本海・上空

よし、準備は出来た。再始動だ――

風谷は揺れるコクピットの中でN2回転計の針を見た。表示は二六パーセント。前方からの空気のラム圧で、右エンジンのコンプレッサー回転軸が回っている。たしか、高度と速度との関数で、空中でエンジンを再始動できる成功率のグラフがあったはずだ。自分はその領域のどの辺りにいるのか……。この高度と速度ならば着火は大丈夫なはずだ。やってみよう。排気温度計が十分に冷えているのを確認し、イグニッション切替スイッチをFLIGHT・START位置へ。さっきOFFにして切った燃料コントロールスイッチを、ONにする。そのまま少し待つ。

『風谷さん、かかりそうですか』

「大丈夫だ、待っていてくれ」

ガクッ、ガクガクッ、とコクピットが上下に揺さぶられる。気流が悪い。着陸灯を消して真っ暗になった前方から、灰色の水蒸気の奔流が前面風防へ押し寄せて来る。自分たちは、北陸沿岸に大雪を降らせている寒冷前線の真っ只中にいるのだ。まさかこのまま進んで、強い積乱雲に突っ込みはしないだろうな……。前線の中に埋まって散在する積乱雲は〈エンベデッドCb〉と呼ばれ、最もたちが悪い。突っ込んだらただでは済まない。しかし今は、データリンクの指示に従って飛ぶしかない。どのみちレーダーを入れたところで、F15JのAPG63火器管制パルスドップラー・レーダーには雲なんか映らない。

機体がぐぐっと上に持ち上げられ、続いてドシンッ、とおとされた。風谷はまるで暴れ馬の背中で空中再始動の手順を行なっているようだった。だが右のエンジンが回復しなければ、四〇〇〇〇フィートまで上昇することは不可能だった。急がなくては。今の自分の操作で、右エンジンの内部には燃料が噴射され始めたはずだ。イグニッションで点火され、排気温度計の針が上がって来るのを待つのだ。

だが空気の薄い上空では、地上よりも着火が遅い。気流で上下に揺さぶられる操縦席で、風谷は操縦桿とラダーペダルを保持しながら辛抱強く待った。こうしている間に、アンノンはどこまで近づいただろう……。ヘッドアップ・ディスプレーのデータリンク指示は、さっきのままだ。『機首方位三三〇度で高度四〇〇〇〇へ上がれ』と言っている。アンノンが領空へ侵入しようとしているのか……？

（くそっ、早く着火してくれ……）

今、迫り来る未知の侵入者に対して、日本を背にして対峙《たいじ》しているのは自分たちだけだった。風谷は酸素マスクの中で呼吸をくり返しながら、排気温度計をじっと見つめた。

視野の左端に見えていた二番機のシルエットが、灰色の奔流の中に隠れた。矢島三尉が、指示にしたがって少し間隔を開けたのだ。もしこのまま編隊がはぐれても、仕方ない。上昇して雲を出たところで、また組み直せばいい。とにかくこのけったくそ悪い雲を早く出ることだ——そう風谷が思った時、右エンジンの排気温度計の針がゆっくりと上がり始めた。

着火した。

だがまだ油断は出来ない。

続いてN2回転計の針が、ゆっくりと上がり始める。三一パーセント、三三パーセント。やはり地上とは違う。空中再始動を実際に行うのは初めてだったが、地上よりも空気が薄い。エンジンの燃焼加速が、いまいましいほど鈍い。回転計を睨む。上がれ、上がれ……。

四〇パーセント、四三パーセント。

フィイイイイ——

息を吹き返すように、背中の右側からタービンの回る音が聞こえ始めた。排気温度計、回転計、ゆっくりだがアイドリングに向かって数値が上がって行く。右のスロットル・レバーを閉じたまま、風谷は我慢して待つ。アイドリングに達するまでは、ただ待つのだ。

正常値は回転数六三パーセント、排気温度約四二〇度だ。それ以前に下手にスロットルを進めれば、エンジンは推力を出すどころか再びストールしてしまう。

「頑張れ――もう少しだ」

だが酸素マスクの中で歯を食いしばる風谷は、その時ふと何かの気配を感じた。

前方へ視線を上げた。

その瞬間、チカッ、と蒼白い閃光《せんこう》が目を射た。

（――何だ……!?）

小松基地

司令部地下・要撃管制室。

「ブロッケン編隊が、積乱雲に突っ込みます！」

主任管制官が叫んだ。

前面スクリーンでは、斜め右下へ尖端を向けたオレンジ色の三角形が、間もなく領空線へさしかかるところだ。高度表示は三八〇〇〇。一方、立ち向かう二つの緑の三角形は、間合いを急速に詰められているが高度表示がまだ一〇〇〇〇に達しない。

「――くそっ」

日比野は、府中の中央指揮所が直通電話に出ないので、叩き付けるように受話器を置いた。

「中央指揮所は、何をやっている。アンノンに会合する前に、要撃編隊を潰すつもりかっ」

「アンノン、領空線へ三二マイル」

次席管制官が叫んだ。

「四分で領空です！　積乱雲の中核を、飛び越すようにやって来ます」

日本海・上空

何だ……!?

その光はまるで、蒼白い線香花火だった。前面風防をチカチカッと網目のような放射状の閃光が嘗《な》めた。

これは……。

風谷は、古来より知られたその発光現象を、パイロットになってから初めて見た。風防に広がる蒼白い放射状の光。

（これは……〈セントエルモの灯〉――？）

周囲の空気が、帯電しているのか……。すると俺が今いる場所は――

はっ、と気づいた瞬間。

ズバンッ！

突如凄《すさ》まじい衝撃が、F15の機体を頭上から叩くように襲った。

「――ぐわっ！」

一瞬、目の前が真っ白になった。凄まじい光で何も見えない。何も見えぬまま、機体がロールしながら背面になり、頭を真下に向けて急降下し始めるのを風谷はどうすることも出来なかった。何だ――何が起きたのだ。コクピットが回る。Gで斜めに押さえつけられる。どうしたんだ。錐揉《きりも》み……!?　まさか。

『風谷さん、ライトニングだっ』ヘルメットの中で矢島の声が叫ぶ。『か、雷を食いました！』

「――こっちもだっ」風谷は叫び返す。肺がGで押さえつけられ、声がうまく出ない。「や、矢島。上昇して離脱しろっ。バーナーを使え！」

『いいんですかっ』

「俺はいい。エ――エンジンさえかかれば、脱出出来る！　先に上がれっ。高度四〇〇〇で合流する」

『わ、分かりました』

落雷を受けたのは、二機同時だった。二機のF15は、真横から積乱雲に突っ込んでいた。それも一〇〇〇〇フィートという乱気流の最も活発な領域で、前線に隠れた〈エンベデッドCb〉に頭から突っ込んだのだ。上昇気流と下降気流の入り乱れる、沸騰《ふっとう》する鍋の中のような空間を、二機はもみくちゃにされ上下に翻弄《ほんろう》された。

「くっ――――!」

風谷は必死に目を見開き、ヘッドアップ・ディスプレーの姿勢表示を見た。ストロボをまともに見た直後のように、視野は真っ白だった。精神力で見ようとした。少し見えた。右へロールしている。ロールし続けている。視野が渦巻きのようだ。おまけに機首が真っ逆さまに下がっている。

立て直さなくては……。風谷は左ラダーを踏む。操縦桿を左へ。ロール運動が止まる。操縦桿を引く。激しく揺れる。Gを掛け過ぎるな――と言っても無理か……。機首を起こせ。引き起こせ。身体がシートに押しつけられる。「うっ」とうめく。頭から血が下がる。チクチクと痛い。畜生、耐えろ。海に突っ込みたいか……!

水平に戻った。マスクの酸素を、むさぼるように吸う。肩を上下させる。徐々に目が慣れて来てヘッドアップ・ディスプレーが見え始める。よし、何とか姿勢は回復した。Gを抜く。今、俺はどこにいる。今の錐揉みで高度はどのくらい損失した？　機体の損傷は？　システムの警告灯は。右エンジンはどうなった……!?

「くそっ。フレームアウトしたかっ」

風谷は計器群を一瞥し、マスクの中で舌打ちした。かかり始めた右エンジンは、アイドリングに達する直前で吹き消されていた。あきらめるな。もう一度緊急再始動だ。燃料コントロールスイッチをいったん切る。革手袋の左手で、風谷は最初から操作手順をやり直す。

高度が下がったせいか、今度は着火が早かった。下がった排気温度計が再び上がり始める。N2回転計も上がる。三三パーセント。三六、三九パーセント。

「かかれ、かかれ、かかれ――――！」

総隊司令部・中央指揮所

「言い合いをしている場合ではない。監理部長」

総隊司令官の江守が、睨み合ったまま固まっている監理部長と葵との間に入った。

「今は、対処を急ぐべき時だ」

「しかし」

「その通りです」

監理部長と葵が、振り返って同時に応えた。そして「何」「何ですかっ」とまた睨み合った。

「いいからやめろ。それよりも小松から出した要撃機が、上昇していない」江守は前面スクリーンを顎で指した。ジリジリと近づくオレンジの三角形に対し、緑の三角形は尖端を向けてはいるものの、ほとんど前進せず同じ高度でもがいているようだ。「識別管制官。要撃コース上の気象条件はチェックしたか」

その指摘に、二人の言い合いに気を取られていた若い管制官は、ハッと管制卓の横の気象画面に目をやった。すぐに『しまった』という顔になる。

「も――申し訳ありません！　小松のFを、ライン状積乱雲の真ん中へ誘導していましたっ」

その叫びに、ざわっ、と全員の視線がスクリーンに戻った。報告を耳にした葵の顔から血の気が引いた。雪が降り出したという情報を受けながら、気象状況に注意を払わなかったのだ。

「し――しまった」

「何だ、誰の責任だっ」監理部長が怒鳴った。「要撃が間に合わなかったらどうするつもりだ」

「う――」葵は言葉を詰まらせる。会合コース上の積乱雲に気づけなかったのは、若い要撃管制官が未熟だったせいではない。部下全員を焦る気持ちに追い込んでしまった葵の責任だった。

「お前か、お前のせいだな葵二佐！　これでもし要撃が間に合わず、アンノンを領空へ入れたらお前の――」

「待て」

江守が監理部長の叱責《しっせき》を止めた。

「誰のせいだとか言っている場合ではない。要撃機が積乱雲につかまり、会合が間に合わなければアンノンは領空へ侵入する可能性が高い。いまだにあれの正体は分からない。ここは、最悪の事態を考慮すべきだろう。運用課長」

江守は、自分の右隣の総隊司令部・運用課長に命じた。

「ただちに市ヶ谷へ連絡。日本海沿岸の全原発に、空襲の危険が迫っていることを通告せよ」

「は」銀縁眼鏡の四十代の運用課長は、声を震わせて確認した。「本当に、通告するのですか」

「そうだ。緊急事態だ」江守はうなずく。定年間近だという空の男の幅広い肩は、動じていない。そのまま前面スクリーンに鋭い視線を向ける。「識別管制官、気を確かに持て。

アンノンの針路はどうか。変わらないか」

「は——はっ。現在、領空線へ二四マイル。針路変わらず、三分で領空です！」

日本海・上空

キィイイイ——

視界がぶれるような乱気流の揺れの中、タービンの加速する響きが風谷の右肩の後ろから聞こえ始めた。

N2回転計、四九パーセント。五二パーセント。風谷は針を睨む。汗が目に入る。酸素マスクをつけた頬にも汗が滴《したた》る。雪雲の真っ只中だというのに暑い。まるで真夏のサウナのように、身体の水分が皮膚の表面から絞り出されていく。「はぁっ、はぁっ」肩で呼吸をくり返す。マスクの酸素が辛《つら》い。系統を錆《さ》び付かせぬよう乾燥させられたエアが、カラカラの喉《のど》に痛い。水が欲しい。マスクを外せるものなら、思い切りうがいをしたい……。
五七、六〇パーセント。
アイドリング回転数に達した。排気温度計の針が五九〇度でピークを示した後、ゆっくり下がり始めた。じっと我慢していた風谷は、右のスロットル・レバーを一センチほど静かに前へ出す。

キィイイイン

「――かかった」

N2回転計六二パーセント、排気温度は四二八度。アイドリングに安定した。風谷はさらにスロットルを前へ進める。エンジン音が高まる。大丈夫だ、追従はいい……。ストールもしない。

「よし、行くぞ」

風谷はヘルメットの下で視線を上げた。ヘッドアップ・ディスプレーの向こうの暗黒を睨み、左手でスロットルを前へ出す。右エンジン、ミリタリー・パワー。

ドドドドッ

エンジン音が、力強い轟《とどろ》きに変わった。グッ、と前進加速のGを感じた。踏んでいた左足はもういらない。ラダーを中立に戻す。操縦桿を引く。

息を吹き返したライトグレーのイーグルは、翻弄されるばかりだった水蒸気の奔流の中で機首を上げ、上昇に移った。

「アフターバーナー」

風谷は続いて、左手に握った両のスロットルを二本まとめて思い切り前方へ押した。ガチン、とメカニカル・ストップに当たるまで押し進めた。

ドンッ
途端に、加速Gが上半身をシートに叩き付けた。「うぐっ」顎がのけぞる。ザザーッ、と風防にぶつかる水蒸気の粒が音を立てる。アフターバーナーに点火したのだ。機体が上昇しながら猛烈に加速し始めた。莫大な燃料がタービンのさらに後方へと噴射され、爆発的に燃焼しながら機体を前方へ押す。

「はぁっ、はぁっ——よし、行けっ」

風谷はさらに操縦桿を引いた。ヘッドアップ・ディスプレーで緑の姿勢スケールが下へ流れる。機首が上がる。ピッチ姿勢三〇度、三五度。もっと引く。四〇度。

暗闇の中で左右両側のノズルをピンク色に発光させたF15は、機体を垂直に立てるようにして、水蒸気の奔流を突っ切って上昇し始めた。

ブォオオッ——凄まじい風切り音が風防を叩く。

風谷は垂直に近いような上昇姿勢のコクピットの中で、歯を食いしばって操縦桿を保持した。

上昇して行く。ヘッドアップ・ディスプレーの高度スケールがたちまち一〇〇〇〇から一四〇〇〇、一八〇〇〇、二二〇〇〇。乱気流はまだ激しく機体を揺さぶるが、上昇は衰えない。ヘルメットの中で耳がバリバリッと鳴る。「うっ」と顔をしかめる。

三六〇〇〇フィートを超す。前面風防に黒と灰色のまだら模様が流れたかと思うと、次の瞬間パッと星空が広がった。イーグルはロケットのように雲の頂上を突き抜けたのだ。上下に揺さぶる乱気流が嘘《うそ》のようになくなった。

「う——」

風谷は軽い眩暈《めまい》を感じ、ヘルメットの下でまた顔をしかめた。ふいに自分が、星空の中で真上を向いたまま宙に止まったような錯覚を覚えたのだ。速度を感じさせる比較対象物が消え失せたせいだ。

「——矢島」

眩暈を振り払うように頭を振り、風谷は短く無線に呼んだ。

「矢島。ブロッケン・ツー、どこにいる。こっちは間もなく四〇〇〇〇だ」

『後ろにいます』

すぐに矢島三尉の声が応えた。

『ツー、エンジェル四〇。先輩のアフターバーナーの火が見えます。エンジンは大丈夫ですか』

「余計な心配しなくていい。三マイル後ろにつけ。もうレーダーを使っていい」

小松基地

「ブロッケン編隊、雲上へ出た模様です」

スクリーン上の二つの緑の三角形が、高度を表わす四〇〇〇〇というデジタル数字を従え、ようやく斜め上方へ前進し始めた。

「間に合うのか——？」日比野は、主任管制官の肩ごしに前面スクリーンを仰いだ。かぶさるように迫って来るオレンジ色の三角形。「あれが——もしあれが、一年前の〈奴〉だとしたら……」

総隊司令部

「小松のF、エンジェル四〇へ到達。領空線を出ます。アンノンは二〇マイル前方」

識別管制官の声に、

「間に合いましたね」

主任管制官が、横に立った葵に言った。もう葵も、そのすぐ後輩に当たる主任管制官も、席から立ちっぱなしでスクリーンを仰いでいる。

「あぁ――だが」

「〈奴〉ではないでしょう」主任管制官の一尉は、少し呼吸を早くして『そう思いたい』というふうに推測を口にした。「あれが一年前に襲った〈亜細亜《アジア》のあけぼの〉のスホーイなら、とうに赤外線中距離ミサイルで小松のFは二機ともやられています」

だが葵は「いや」と頭を振る。

「それは希望的推測だ。ロシア製戦闘機の赤外線探査追跡システム《IRST》というものは、厚い雲の中まで探れない。ブロッケン編隊は今まで、積乱雲に護《まも》られていたのかも知れない」

「う……」

その葵の言葉に、主任管制官も、周囲にいた若い後輩管制官たちも頰をこわばらせた。スクリーンで雲の頂上を抜けた二機のF15は今や、レーダーを使わずに目標を照準するIRSTに対しては丸裸に近い――迫って来るアンノンが一年前と同じスホーイならばだが。

「識別管制官」葵は命じた。「小松ブロッケン・リーダーに指示。速やかにアンノンを目視確認、報告させろ」

「了解しました」

日本海・上空

四〇〇〇〇フィートの成層圏では、星空の下に寒冷前線の雲が一面、あたかも灰色の海が波打つように広がっていた。

(く——この高度でもイン・アンド・アウトか)

水平飛行する風谷の機体は、波打つ雲の上面を断続的にかすめ、風防の目の前が一瞬白くなってはまた星空に戻る。

(——アンノンは、どこだ……?)

前方には灰色の雲海が広がるだけだ。レーダーの画面に目をやった。雲上へ出てから作動させたレーダーは、まっすぐ前方に一個の目標を捉えていた。グリッドの引かれた四角いディスプレーの上方に、白い菱形のシンボルがぽつんと現われ、急速に手前へと近づいて来る。菱形シンボルは、パルスドップラー・レーダーの探知した空中移動物体だ。

こいつがアンノンか。

一機か。

しかし、何だこのコースは……? 風谷は眉をひそめる。これは、領空接近の常連であるロシア偵察機の動きではない。連中ならいつも、日本領空を接線でかすめるように斜め方向からやって来る。こんなふうに一直線にこちらへ突っ込んで来ることはない……。

まさか。

――『クク』

スクランブル機のパイロットは、一切の事前情報を与えられずに、ただ『上がれ』と命じられて飛び出して来る。迫って来るのがどんな素姓《すじょう》の奴なのか、上空で鉢合わせするまで分からない。

何だこいつは……まっすぐにこちらへ来る。

この辺りには航空路もない。第一、迷い込んだ民間機のせいでホット・スクランブルになるなど聞いたこともない。

風谷は左手の中指で、スロットル・レバー背面にある目標指示コントロールを動かし、レーダー画面上で白い菱形を挟みこむとクリックした。ロックオン。一呼吸おいて、菱形の横にばらばらっとデジタル数値が表示される。四九〇、一G、三八〇〇〇。

APG63レーダーの算出した、目標の飛行諸元だ。接近するアンノンの速度は、四九〇ノット。高度三八〇〇〇フィート。こちらよりもやや低い。

低い……。

風谷は反射的に、肩を回して右側の後ろ上方を振り返った。右の三マイル後方、五〇〇フィートほど高い位置に矢島三尉の二番機が浮いている。編隊長機をバックアップするポジションだ。

「――矢島、そこから何か見えるかっ」

『見えません。風谷さん、アンノンは雲中じゃないんですか？』

くっ。風谷は唇を嚙んで、向き直るとレーダー画面と前方の光景を見比べた。星明かり。灰色に波打つ寒冷前線の雲海……。雲の頂上は不規則に上下している。機影らしきものは何も見えない。レーダー画面の上では、菱形シンボルがさらに手前へと近づく。さっき一九マイルあったのが目を離した隙に一五マイル。一三マイル。さらに接近する。一一マイル、九マイル。コースはヘッドオン――ほぼ正面だ。相対速度はマッハ二近い。また近づく。七マイル。

風防の向こうを睨み、風谷は舌打ちした。対向五マイル。昼間で雲がなければ、小型戦闘機でも目視出来る距離なのに……何も見えない。近づく。三マイル。やや右手をまっすぐにすれ違うコースだ。一マイル。

「――くそっ！」

『ブロッケン・リーダー。ベリファイ、ビジュアル・コンタクト（ブロッケン編隊長、目視で確認出来たか知らせよ）』

だが風谷は、中央指揮所の管制官に返答している余裕はなかった。目を皿のように見開き、右前方を注視するが灰色の雲の波間には何も見えない。やはりアンノンは雲の中かっ

——！

真横〇・五マイル。すれ違う。

「レーダー・インターセプトだ！　続けっ」

何てことだ。アンノンを発見出来ないまますれ違ってしまうとは……！　風谷は後方の矢島に叫ぶと、操縦桿を右へ倒して機体を九〇度バンクの急旋回に入れた。波打つ雲海の水平線がぐぐっと傾き、縦になって足元へ流れた。

(冗談じゃ、ないぞ——！)

追わなくては。旋回半径を小さくするため操縦桿を引きつけた。ぐゎんっと下向きGがかかって全身がシートに押しつけられる。冗談ではない。領空線は自分の背中、わずか一〇マイル後ろだ。このままではたちまち領空へ侵入されてしまう。こちらが目視確認も警告もしないうちに——

総隊司令部

「ブロッケン編隊、アンノンとすれ違います！」

識別管制官の声に、葵は立ったまま拳《こぶし》を握り締めた。

「くそっ。相手は見えなかったのか——!?」

「あれは、雲中をやって来たのかも知れません」

主任管制官が隣でスクリーンを注視する。緑の三角形二つは、対向して来たオレンジの三角形に脇を抜かれ、慌てたように右へ回頭しようとしている。おそらく急旋回で追いすがろうとしているのだろうが、スクリーン上ではひどくまどろっこしい動きに見える。

葵は舌打ちした。

「いっそのこと、このまま後ろへ回り込んで、あれをやっちまえないか……?」

「やっちまうって——先任」

「雲の中に隠れて領空へ入ろうとしているんだ。明らかに害意がある。これを国土に対する〈急迫した直接的脅威〉と解釈出来れば……」

「そりゃ無理です」主任管制官は背後頭上のトップダイアスにちらりと目をやり、小声で言った。「まだ領空線の手前です。偉い人たちがそんな大胆な解釈をしてくれれば、話は別ですが……。江守空将お一人だけは別ですが、あそこには自衛隊で一番出世するタイプの人たちがずらりと並んでいるんです」

「そんな後ろ向きのことを言っている場合かっ」

葵は背後のトップダイアスを振り仰ぐと、腕組みでスクリーンを凝視している江守に言った。

「司令。一回目の捕捉に失敗です。このままではアンノンは領空へ侵入します」

日本海・上空

「はぁっ、はぁっ。くそ」

風谷は肩を上下させ、五・五Gの急旋回を続けた。四〇〇〇〇フィート、マッハ〇・九では運動荷重《かじゅう》は六Gが限度だ。それ以上Gをかけたら F15でも失速する。本当なら上方へ宙返りするインメルマン・ターンの方が、一八〇度向きを変えるには速い。しかしこんな闇の中で編隊長機がいきなりそれを始めれば、アンノン遭遇に備えて翼端灯も編隊灯も消しているのだ、後ろ上方に控える二番機と衝突する危険がある。

回れ。早く回れ……！

すれ違ったせいで、国籍不明機はレーダーの捜索範囲を外れ、ロックオンは失われていた。風谷は何も映っていないレーダー画面をちらと見て、汗が噴き出しているのにふと背中が寒くなった。意識を一瞬かすめたのは『このまま旋回して、本当に目の前にアンノンはいるのだろうか』という疑念だ。あれが害意を持っていれば——あのまま直線飛行するとは限らない……。

——『ククク』

幻聴を耳にしたような気がして、思わず左手でヘルメットを押さえた。顔をしかめ、右手で操縦桿を引きつけ続けた。Ｆ15の操縦系はフライバイワイヤではない。油圧のＣＡＳシステムがアシストしてくれるが、機体コントロールには力がいる。縦になった雲の水平線が足元へ激しく流れる。一八〇度の半分を回った。機首が本土の方へ向いて行く。雲のない昼間ならば、中部山岳地帯の山並みが視界に入って来るところだ。だが風防の向こうは依然として雲。雲。雲。

レーダーは……？　風谷はハッ、と気づいて握りしめた右手の親指で操縦桿側面のスイッチを手前へ一回クリックし、ＡＰＧ63をスーパーサーチ・モードに入れた。自分の前方視界へアンノンが入って来れば、これで自動的に再ロックオンしてくれるはずだ。

だがもし――疑念はかすめる。もしさっきのすれ違いざま、アンノンが機動していたら？　こちらの背後を取ろうと、急旋回、あるいは上方か下方へ機動していたら……。自分は相手を確認するために、レーダーのロックオンを使った。相手が軍用機ならレーダー警戒装置でこちらとすれ違うのを知ったはずだ。こちらが邪魔だとなれば、空戦を仕掛けて来るかも知れない。

自分は昼間で視界のよい時しか、空中格闘戦《ACM》の訓練をしたことがない。すれ違いざま相手機がどのような機動を取ろうと、訓練では全部目視で見えた。だが相手機とすれ違いざまの格闘戦は、視界のよい昼間にだけ起きるとは限らない。

――『ククク。死ね』

「く……くそ」

風谷は視線を横へやり上方を見たが、真っ黒い闇の天空が広がっているだけだ。何も見えない。そこに何かいるとしても、高Gの急旋回中にちらと見たくらいでは……。

「矢島」

風谷は、自分に続いて旋回しているはずの二番機を呼んだ。後方三マイル、五〇〇フィート高い位置をキープし続けているはずだ。

「矢島、上方に何かいるかっ――!?」

『え――上……?』

矢島三尉は、いきなり「上を見ろ」と言われた意味が最初分からず、口ごもった。

『え、いえ、見えません。分かりません』

濃い闇の中に無灯火の小さな機影が紛れ込めば、そう簡単に見つかるものではない。しまった、矢島にクロス・ターンを指示しておくんだった……。風谷は心の中で舌打ちした。もし二番機に反対側の左旋回を命じておけば、監視出来る範囲が広がったのに。これでは、もしアンノンがすれ違いざま上方へインメルマン・ターンを始めていたら、自分たちは後ろ上方からまとめて狙《ねら》われる。ロシア製のスホーイや最新ミグには、レーダーを使わずに標的を照準するIRSTがある。赤外線で狙われたらF15のレーダー警戒装置は何も警報を発しない。何も分からぬうちに背後から一撃で——一年前の事件でも、それで味方の六機がやられたんだ……。

暗闇のコクピットでGに耐えながら、風谷は首筋に後ろからぞわっと冷たいものが覆いかぶさるのをどうすることも出来なかった。背後の上方に何かいるのではないか……。今にも背中からミサイルを撃たれて自分は死ぬのではないか？　周囲が一瞬で真っ赤になり何も見えなくなって……。振り向いて背後を確認したい。だが振り向きたくてもGで首は後ろまで回らない。

「く——くそっ」

風谷が歯を食いしばって独り煩悶《はんもん》したのは、実際には数秒だった。しかし一八〇度の旋回を終わりレーダーが再び前方に目標を発見するまでの時間は、永遠のようだった。機を水平に戻してGを抜いた瞬間。背後を振り向こうとした風谷の目の端に白い菱形が映った。ハッと気づき、振り向くのをやめた。レーダーの画面上に、再びアンノンの機影が現われ、ていた。前方一二マイル。こちらが旋回して向きを変える間に少し離されたが、アンノンは針路を保ってまっすぐに飛んでいた。

「はぁっ、はぁっ……いた」

いてくれた……。相手は、何も仕掛けては来なかった。風谷は肩で息をしながら、疑心《ぎしん》暗鬼《あんき》で岩のように凝り固まった首の痛みに顔をしかめた。一呼吸おいて、レーダーが再び相手の諸元を表示する。五〇〇、一G、三六六〇〇。

『ブロッケン・リーダー、ベリファイ、ビジュアル・コンタクト』

少し降下している……？　速度が上がっているのは、相手が機首を下げたためか。こいつは何をしようとしている。あと数マイルで領空へ入るぞ。

『ブロッケン・リーダー、ベリファイ、ビジュアル・コンタクト――アンノンは見えるか？』

そうだ。追いつかなくては……！

「矢島、バーナーを使う。超音速だ」

今度も管制官に応えている余裕はない。酸素をむさぼり吸いながら、後方の矢島機に告げると同時に風谷はスロットルを最前方へ押し進める。レバーをメカニカル・ストップに当たるまで。途端にドンッ、とアフターバーナーの着火ショックが背中を叩き、続いて加速のGが上半身をシートに押しつけた。フライトスーツの中の汗がシートと背中の間に集まってひやっとした。風谷はのけぞろうとする顎を引き、前方を睨みつけた。操縦桿を右へ倒し、レーダーの白い菱形が自分の正面に来るよう操縦した。アンノンは一一マイル前方。ヘッドアップ・ディスプレーのマッハ数表示が上がって行く。〇・九五、〇・九八……。そこで少しもたついてからジャンプするように一・〇三。一・〇七。音速を超えた。一・一〇。

「はぁっ、はぁっ。くそ、待て——！」

目標の高度、三五五〇〇。アンノンは緩降下している。風谷は追って機首を下げる。波のような雲の上面に突っ込む。

ガクガクッ、ガクッ。途端に揺れ始める。さっきの積乱雲か。また入るのはごめんだ……。そう考えたのは先を行くアンノンも同じらしかった。針路を少し左へ変える。風谷は操縦桿を小さく左へ傾けて追う。くそっ、これで完全に領空へ入られた。沿岸まで一五マイルしかない。アンノンは九マイル前方、速度五一〇ノット。こちらは六四〇ノット——マッハ一・二。前面風防に灰色の水蒸気が猛烈な勢いで押し寄せて来る。イーグルは超音速で雲の中を突進しているのだ。ガクガクッと突き上げるような揺れ。距離八マイル。徐々に近づく。七・五。

（しかし——追いついたって、これでは完全な雲中だ……）

風谷は呼吸を整えようと肩を上下させながら「どうすればいいんだ」と思った。〈対領空侵犯措置〉って言ったって、どうやって警告する。どうやって横に並んで警告するんだ……!?

『ブロッケン・リーダー、ビジュアル・コンタクト出来ているのか。状況を知らせろ。聞こえているか、ドゥ・ユー・リード・ミー?』

「──うるさいっ」風谷は息を切らせながら叫んだ。「もうすぐ追いつく。待ってろ!」

総隊司令部

『もうすぐ追いつく。待ってろ!』

息を切らせたパイロットの声が、中央指揮所の天井スピーカーから響いた。酸素マスクのシュッという エアノイズが混じっている。

「何だ。あのパイロットは」トップダイアスの二番目の席で、監理部長がムッとした顔でスクリーンに怒鳴《どな》った。「アンノンを発見も出来ず、能なしの上に余裕もない。第六航空団はあんな出来損ないをアラート配置しとるのかっ」

「天候が悪いのだ。監理部長」

江守が、腕組みをしたまま重い声で言う。

「雲の多い夜間では、相手の発見は難しい。とりあえず原発への緊急通報はした。あとは現場のパイロットを信じ、アンノンの正体確認を待つことしか我々に出来ることはない」

「司令」

下の管制席から、立ったままの葵が言った。

「先ほどから申しています通り、やはりここはアンノンの領空侵入を〈急迫した直接的脅威〉と判断すべきです。あれは危険です」

「――うむ」

「司令。いまただちに撃墜命令を」

「――――」

「我が国の安全を考えれば、司令――」

「――うむ……」

だが、腕組みして黙考する江守が口を開く前に、隣から監理部長が「黙れ！」と遮《さえぎ》った。

「黙れ。ひっこめ葵一佐」

「なぜですっ」

「黙れと言っている。お前は全然、規定というものが分かっていない」監理部長は怒鳴った。「何度も言わせるな。いいか、もともと日本国憲法と自衛隊法によれば、我々自衛隊は外国勢力に対し勝手に武力を行使する権限を与えられていない。総理大臣が召集する〈内閣安全保障会議〉において我が国に対する侵略行為が認められ、〈防衛出動〉が国会の承認を経て発令されない限り、我々は正当防衛以外には弾丸一発撃ってはいけないのだ」

　四十代後半の監理部長は、茶色い顔から唾を飛ばしてまくしたて始めた。

「今のような場合、我々はまず自衛隊法に定める通常の〈対領空侵犯措置〉にのっとって、接近する国籍不明機に対して警告を行わなければならない。しかるのちに当該国籍不明機が警告を無視して領空内へ侵入し、もし万一明らかな攻撃態勢を取った場合、その時だけは我が国の国土・人命に〈急迫した直接的脅威〉が発生したと判断し、これに対し緊急避難的に武器の使用が許される。つまり侵入した国籍不明機が都市や原発などに対して明らかに爆撃のための突入を開始したと認められるような時でなければ、現行法解釈では〈急迫した直接的脅威〉を適用することなどまかりならんのだ、分かりきったことを言わせるな！」

「しかし攻撃されてからでは、遅いです」葵はトップダイアスを振り仰いで反論した。

「もし原発が爆撃され、阻止《そし》出来なかった時の責任はどうなるのです」

「そんなのは知らん、やるのは現場の責任だ。私は正しい規定のことを言っているのだ。自衛隊員ならば、憲法と自衛隊法に厳格に従わなければならない。従わない者は処罰されなければならないっ」

「国を護《まも》ろうとしても処罰されるのですかっ」

「法に逆らったら処罰だ。当たり前だっ。お前もこれ以上口を出したら処罰するぞ、葵二佐！」

「それでは国は誰が護るのですかっ。原発には対空砲火ひとつ無いというのに――」葵は

そこまで言いかけ、頭上に居並ぶ高級幕僚たちの顔、顔を見渡して言葉を失った。自分に

責任が及ばないよういきりたって唾を飛ばす監理部長の横で、目をそらす者、汗をかいて

いる者、落ち着きなく視線をさ迷わせてそのへんを見ている者……。

主任管制官の言ったことは真実だ。自衛隊で一番出世する方法は、ただひとつ。何もし

ないことだ。何もしないで、やる気のある仲間が自分から失敗して脱落するのをただじっ

と待つのだ。それが『現代の自衛隊での最良の出世法』だと言われている。江守司令だけ

は別格だが、その他トップダイアスに座っている高級幕僚たちに、規則を脇においても事

態を何とかしようと試みるタイプは一人も混じっていない。

ではいったい、国は誰が――この国は誰が護っているんだ……。自衛隊は戦えない。野

党が反対すれば発電所に対空ミサイル一発すら置くことが出来ない。韓国から抗議されれ

ば日本海に偵察機も飛ばせない。北朝鮮には不審船で工作員を好きなだけ送り込まれ、コ

メだけ取られて弾道ミサイルを撃たれる。今夜は国籍不明機が一機来ただけでこの有様だ。

江守司令が緊急事態を通達してくれたが、通達で出来ることなどたかが知れている。せい

ぜい原子炉を止めるくらいだ。原子炉を止めたところで、原発の抱えている大量の核物質

がどこかへ消えてなくなるわけではない。

「——領空へ不法に侵入した外国の軍用機を、どうして撃墜してはいけないのですか。あなたには国を護ろうという気持ちが……」

「それ以上口を出すなと言っている、先任指令官。さっさと要撃機を国籍不明機の横へ並ばせ、領空退去の勧告を行え」

「あそこは雲の中です」葵はスクリーンを指さした。もうオレンジ色の三角形は、斜め下に向けた尖端が能登半島の付根に接触している。その後ろに取りすがる二つの緑の三角形。「アンノンは見えません。わざと雲の中へ入ったのかも知れない。どうやって横へ並んで警告するのですか」

「そんなの知らん。現場でやり方を考えろ。規定では警告することになっている」

「規定、規定って——」

葵が拳を握りしめた時、

「監理部長」

司令官席で江守が口を開いた。

「君は、あのアンノンが何のために一直線に我が国土へ向かっていると思う」

「知りません」監理部長は頭を振った。「私はアンノンではないので、そのようなことはあずかり知りません。私の職務は、航空自衛隊の全幹部と隊員に規定を守らせ、逸脱《いつだつ》する者を処罰することです。目の前で規定の逸脱が行われようとして、見過ごすわけにはいきません」

「しかし。このままあれを本土へいれたら――」

「そのような事項は、私の責任範囲ではありません。しかしながら、あれが引き続き何らかの行動に出て〈急迫した直接的脅威〉となった場合に、規定にしたがって武器を使用するのには特に反対はしません。しかしながら、武器を使用した結果、国土・国民に二次災害が発生してもそれは私の責任ではありません」

「では君は、アンノンがどこまで国土に侵入したら、どの時点で〈急迫した直接的脅威〉と認めるのか」

「それを具体的に判断するのは運用課長です」

「では運用課長」

江守は、我慢強い口調で反対側の隣に並んで座る総隊司令部運用課長に訊《き》いた。

「運用課長。どうか?」

「は」

質問を向けられた銀縁眼鏡の運用課長は、背筋を硬直させるような反応をした。

「は――それは、運用課長としましては、規定にのっとった適切な運用をすべきだと考えます」

「君は、あれが原発にどこまで近づいたら〈急迫した直接的脅威〉と認めるか」

「それは、規定にのっとってやればいいと思います」

「そうではなくて、具体的に訊いているのだ」江守はなおも我慢強く尋《たず》ねた。「いま、あそこから一番近いと思われるのは新沢県沿岸にある日本最大の浜高原発だ。君はアンノンが原発の周囲何マイル、高度何フィート以内に近づいたなら〈急迫した直接的脅威〉と判断するか」

「そ、それは」色白の細面の運用課長は、頬に汗をしたたらせ唇を震わせた。「それは規定にのっとって、て、適切に判断すればいいと思います」

「――――」

北陸沿岸・上空

「日本領空に侵入中の国籍不明機」

暗闇の中を、アンノンを追って風谷のイーグルは降下していた。視界は小刻みに上下にぶれた。コクピットから見えるものは前面風防にぶち当たる灰色の奔流と、橙色《だいだいいろ》にぼうっと浮かぶ計器群の数値だけだ。雲中の超音速飛行が続いている。ヘッドアップ・ディスプレーで高度スケールがくるくる減って行く。自分の現在いる空間上の位置は、計器でしか分からない。

レーダー画面のアンノンに後方五マイルまで追いついた。しかし海岸線はその先一二マイルに迫っている。風谷が背後に肉薄《にくはく》する間も、白い菱形シンボルは一定の降下率をキープしながら平然と直進を続けていた。すでに雲中を領空へ入って数十秒。前方は見えないが、晴れていれば石川県と新潟県にまたがる海岸線が、街の灯《あか》りのきらめきに縁取られて眼下に広がるはずだ。

「——日本領空に侵入中の国籍不明機に告ぐ。こちらは航空自衛隊。貴機は日本領空を侵犯している。ただちに針路を変え、領空外へ退去せよ」

アフターバーナーでびりびり震動する操縦席で、風谷はUHF無線のチャンネルの一方を国際緊急周波数の二四三メガヘルツにセットし、酸素マスクのマイクにからからの喉で警告をした。

「繰り返す。ただちに、領空外へ退去せよ！」

凄まじい推力が機体を揺さぶる震動で、声を出すと歯と歯がぶつかる。おまけに乾いた唾液が舌に絡まり口がうまく回らない。ロシア語と中国語でも警告を繰り返そうと思ったが、頭も回らない。レーダーの白いシンボルは四マイル前方。高度表示は二七〇〇からさらに減って行く。相手機は五〇〇ノットで降下し続けている。くそっ、ロシア語——ロシア語のフレーズだ。どうせ確信犯で日本領空へ侵入して来たやつだ。何語だって、言われていることなんか分かるだろうが……。

「ただちに針路を変え、領空から退去せよ！　聞こえているか。こちらは航空自衛隊要撃機」

ヘルメットのレシーバーに数瞬、耳を澄ますが、何の返答もない。風谷は左手で送信チャンネルを中央指揮所へ戻す。何度も警告を繰り返している時間的余裕はなかった。「CCP、こちらブロッケン・リーダー。警告に対し、アンノンより返答なし」すぐ目の前が本土だ。小松TACANの距離表示が○マイルを切った。分強で海岸線だ。報告しながら同じ左手でマスター・アームスイッチをONに上げ、スロットル・レバー横腹の兵装選択スイッチを親指で〈短距離ミサイル〉にセットする。

（やばい……。やるのなら急がなければ――！）

再び風谷は、肩で息をし始めた。心臓が速いペースで打ち始めた。シュッ、とマスクを鳴らしながら深く呼吸しようと努めるがアフターバーナーの震動で身体がシートから跳ねるようだ。歯を食いしばり、目をヘッドアップ・ディスプレーに向け続ける。灰色の水蒸気が押し寄せる前方視界の中央に、目標の方向を示す緑のASEサークルが浮かんでいる。目には見えなくても、レーダーのロックオンした相手機がその方向にいるのだ。

（いったい――こいつは何をしに来た……？）

一〇〇円玉大のASEサークルを、視界の中央に置くように操縦すれば、アンノンの後尾に迫って行ける。目標距離がまた縮まって三・五マイル。〈短距離ミサイル〉を選択したことで、ヘッドアップ・ディスプレーにＡＩＭ９Ｌサイドワインダーの残弾数『2』が表示され、さらに熱線追尾シーカーの受感範囲を示すＦＯＶサークルがパッと現われて重なった。震動をこらえながら「こいつは……」と風谷は訝《いぶか》った。レーダーで真後ろからロックオンし続けているのだ。前を行くアンノンのコクピットでは、レーダー警戒装置のアラームが鳴り響いているはずだ。なのにこいつは、なぜ針路を変えない。なぜ直進を続ける……？

こいつの目的は、何だ……？

目標距離三マイル。残弾表示『2』の横に『ＩＮ　ＲＮＧ』の文字。熱線追尾ミサイルの射程に入った。主翼パイロンに携行して来たあの二発のサイドワインダーを、使うことになるのか……

──『クク。死ね』

ふいに、風谷の操縦桿を保持する右腕の筋肉が微《かす》かに震え始めた。痙攣《けいれん》するように力が抜けかける。

「うっ……」

目の前でＡＳＥサークルが躍った。まさか……。しっかりしろ。機体を安定させろ。風谷は肩を上下させながら、左手で右腕をつかみ、自分に言い聞かせた。一年前のような症状の再発はごめんだ。こんなところでパニクるんじゃない、目の前のやつがもし原発に突っ込もうとしたら、防げるのは俺しかいないんだぞ……！　操縦桿を握り直した。しっかりするんだ──俺は戦闘機パイロットだ。スクランブルの編隊長なんだ。射撃ポジションに入れ。

風谷は、一人で深呼吸を繰り返した。

「はぁっ、はぁっ」

もっと息を吸いたいが、エアが乾燥して辛い。喉が痛い。畜生、水が欲しい。顔をしかめながら左手でスロットルを手前へ戻す。アフターバーナーが切れる。機体の震動がおさまり静かになる。習慣で燃料計に目をやると五三〇〇ポンド。まだ大丈夫だ。大丈夫だ。よし、おちつけ。速度は音速以下に下がって行く。ここから先は本土上空だから音速は出せない。サイドワインダーの最適射撃距離に詰めたところで、近づくのをやめにするんだ……雲中で接近し過ぎるのは危険だ。ミサイルのミニマム・レンジ（最小安全発射距離）を切っても危ない。

目標距離二・五。接近が止まる。右腕の震えも何とかおさまった。熱線追尾シーカーからの受感トーンがヘルメットのレシーバーにジィイイッと響き始める。アンノンが目の前にいる。ミサイルのシーカー・ヘッドが相手機の出すエンジン排気熱を捉えている。海岸線まであと七マイル。

「CCP」呼吸を懸命に整えながら、風谷は中央指揮所を呼んだ。「CCP、あと一分で本土上空に入る。フォックス・ツーをロックしている。指示を乞う」

『────』

だがなぜか中央指揮所は、すぐに応答しない。

「CCP、指示を乞う」

『──ブロッケン・リーダー』管制官がやっと出た。何をしている。一刻を争うぞ。『ブロッケン・リーダー、アンノンは確認出来たか？』

「確認出来ない。目視では見えない」

『あー……確認する努力をせよ』

「雲の中だ。目視では見えない」分かってるのかこの野郎、とつけ加えたくなった。風谷は昔からおとなしい少年で、学校では喧嘩などしたことがなかった。だが今この時生まれて初めて、風谷は中央指揮所の管制官を腕で締め上げたくなった。「目視ではアンノンの正体は確認不可能だ」

あと六マイルで海岸線を通る……やるなら三〇秒以内に撃墜しないと、市街地におちるぞ。

総隊司令部

「司令、撃墜すべきです！」

「駄目だ駄目だ駄目だっ」

中央指揮所の薄暗い空間では、先任指令官席から立ち上がった葵と、壇上の監理部長とが怒鳴り合いをしていた。監理部長は、腕組みして黙り込む江守と葵の間を遮るように、腕を広げてまくしたてた。

「相手の正体が確認でき、〈急迫した直接的脅威〉と明らかに認められるまでは、絶対に手を出してはならんっ」

「未確認のどこかの軍用機が市街地上空へ侵入することが、〈急迫した直接的脅威〉じゃないんですかっ」

「軍用機と一〇〇パーセント確認出来たわけではない。明らかな攻撃態勢とも、まだ認められない。まっすぐ飛んでいるだけだ。それに一年前のあの事件は、二つの編隊による大規模な襲撃だった。今あそこに来ているあれは、単機ではないか」

「単機だって、あれは何を抱いているか分からない。何かをばらまくつもりかも知れないし、万が一にも、もし核を抱いていたとしたら……」

「不謹慎《ふきんしん》な言動は慎《つつし》めっ」

指揮所の管制官たちが、「核」という言葉を聞いて互いに顔を見合わせた。北朝鮮が数個の原爆を製造したらしいという噂《うわさ》は、新聞などでみんなが知っていた。原爆は完成したが、ミサイルの弾頭にする技術はまだないという……。音もなくざわめく中で、小松の要撃編隊との交信を受け持つ担当管制官がやり取りを見ながら『早くどうするか決めてくれ』という表情でこめかみに汗を浮かべている。

「どこが不謹慎なのですか!?」

「人心を不安に陥れるような言動は慎め」

「最悪の事態を想定しなくて、何が国防です」

「亡命をしに来たのかも知れん」茶色い顔の監理部長は、前面スクリーンを指さした。

「あれは、亡命を求めて半島某国を脱出して来たのかも知れん」

「亡命を求めているなら、警告された時に何か返事をするはずでしょう」

「無線機が故障しているのかも知れん」

「あ、あなたは」葵はあきれた声をかすれさせた。「あなたは、どうしてそんなに侵入者に都合のいい解釈ばかりするのですか!?」

「うるさい。いいか葵二佐、周囲を攪乱《かくらん》し振り回すのはやめろ。規定では、明らかに我が国土へ攻撃の態勢に入ったと判断が出来なければ、武器の使用は認められない！　規定を逸脱し勇み足をしでかして、事後に自衛隊が国民から受ける非難を考えてみろ」

「事後――!?　あ、あなたは」葵は壇上の一佐を指さした。「監理部長あなたは、この四月の人事で第二航空団司令の椅子が決まっているから――ここで規定を少しでも逸脱し万一失点をすれば、それがふいになるからそんなことを」

「な、何ぃっ」監理部長も席からガタッと立ち上がった。「き、貴様」

その時、

「待て」

黙考していた江守が、口を開いて止めた。

「待て、二人とも。言い争っている時ではない」

重い声だった。指揮所の全員が、思わず動作を止めてトップダイアス中央を振り仰いだ。

視線の集中する中、総隊司令官の江守幸士郎《こうしろう》は顔を上げた。

「あのアンノンの正体は、確認出来ない。分かっていることは、あれが日本海の中部に突如出現し領土上空へまっすぐに侵入して来た高性能のジェット機だということだけだ。フライトプランを出し忘れ航路を外れ無線の故障した民間機ではないと、一〇〇パーセント断言することも出来はしない。しかし――」

全員が、息を詰めて注視する。

「――しかし私は、航空自衛隊総隊司令官として、現在のこの状況を〈急迫した直接的脅威〉と判断しようと思う」

ざわっ、と指揮所の空間がざわめいた。江守の隣で運用課長が電気ショックでも食らったように「ひっ」とのけぞった。

「し、司令。現時点では、まだ――」

「司令、よろしいのですかっ」

運用課長と監理部長が両隣から詰め寄るが、決断をした江守の広い肩は微動《びどう》だにしない。

「構わん。全て私の責任で行う」

「し、しかし」

「しかし」

「いいのだ。三週間後の定年が明日になったところで、別に困りはしない。私には天下《あまくだ》りの予定もない。万一、世間の非難を浴びることとなっても、それは私が甘んじて受けよう。先任指令官」

「は――はい」

「小松ブロッケン・リーダーに指示。ただちにアンノンを撃墜せよ」

小松基地・要撃管制室

「まっすぐこちらへ来ます。かぶさって来ます」

　次席管制官が画面を見て叫んだ。

「間もなく海岸線を越えます！」

「防衛部長」

　主任管制官が、日比野を振り向いた。

「この基地の真上へ、降下しながら近づいています。あれは――何をする気なのでしょう」

「うう……」

　日比野は、前面スクリーンを見上げながら固まってしまう。オレンジ色の三角形が、斜め下に向けた尖端を小松基地のある海岸線へ突き刺すように迫る。たった一機だが……。

　悪い想像がかすめた。あれがもし、何かとんでもない物を抱えていたら……。

「くそっ」日比野は管制卓の基地内電話をつかみ取り、番号ボタンを叩くように押した。

「――管理隊警備小隊か。日比野だ。ただちに携行短ＳＡＭ班を飛行場に展開せよ。抜き打ち演習――？　違う違う！　そうだ対空戦闘準備だ。急げっ」

「防衛部長」次席管制官が、耳につけたヘッドセットを押さえながら振り向いた。「たった今、中央指揮所から『アンノン撃墜』の命令が出ましたっ」

北陸沿岸・上空

『ブロッケン・リーダー、アンノンを撃墜せよ。繰り返す。アンノンを撃墜せよ』

心臓が口から飛び出す――というのはこのことか……。風谷はヘルメットの中に動悸《どうき》の音が響くような気がした。からからの口で、中央指揮所の指示を繰り返して確認した。

「CCP、ブロッケン・リーダー。確認する。アンノンを撃墜でよいか」

『アファーマティブ、その通りだ。撃墜せよ』

「ラジャー。撃墜する」

よし――やるならすぐにやらなくては……！　風谷は機の軸線を合わせるよう操縦桿を動かし、ASEサークルをヘッドアップ・ディスプレーの中央に据え直した。もう海岸線まで三マイルもない。依然《いぜん》として目の前は灰色の奔流。FOVサークルがASEを外側から囲む。揺れながら重なる大小二つの円。レーダーの目標測定距離二・二。

ジイイイイッ、ヘルメット・イヤフォンに熱線追尾シーカーの受感トーンが伝わって来るが、自分が酸素を吸うシュウウッという音がかぶさってよく聞こえない。だが大丈夫

えている。真ん前だ。サイドワインダーの弾頭は目の前のアンノンのエンジン排気熱を捉

やるぞ……。

風谷は操縦桿の兵装リリースボタンに親指を掛けた。手前へクリックすれば右翼からサイドワインダーの最初の一発が発射される。親指に力を込める。だがその時、視界の中でASEサークルがスッと左へずれた。

旋回した——？　目の前の目標が左へコースを変えた。風谷は反射的に操縦桿を左へ倒す。ASEサークルは揺れながら斜め下へ。アンノンの降下角が深くなった。旋回によって揚力を損失し降下が速まったのか。操縦桿を前方へ押し、追う。くそっ、逃がすか……。海岸線まで一マイル半。風防に押し寄せる灰色のまだら模様が粗《あら》くなって来た。ブォオオッという風切り音。猛烈な自分の速度が分かる。雪雲の密度が粗くなっているのか——間もなく雲を出るのかも知れない。操縦桿を斜め左下へ、機首を下げ左バンクをつけながら標的を追い続ける。緑のサークルがヘッドアップ・ディスプレー中央へ戻って来る。再びFOVサークルと重なる。バンク角を少し戻す。距離表示は二・三。レーダーのロックオンは外れていない。

よし、やれる——！

「——フォックス・ツー……何？」

だが風谷はリリースボタンを押しかけて、眉をひそめた。自分の呼吸音に重なって聞こえていた受感トーンが、聞こえなくなっていた。

馬鹿な。トーンが消えるわけがない。ちょっと呼吸を静かにしろ、聞こえない……！

自分に言い聞かせながら左手をスロットルから離し、ヘルメットを外から叩いてみる。

(何――？)

やはり聞こえない。気のせいではない、ジィイイイッという響きが消え失せている。

(どうしたんだ――)

サイドワインダーの弾頭が、標的の熱を見失っただと……？　そんな馬鹿な。熱源がなくなったとでもいうのか。しかし受感トーンが消えたのは、そういう原因を意味する。だがアンノンは目の前にいるではないか。高度一七三〇〇。さらに降下しながら螺旋《らせん》を描くように小松基地方向へ接近して行く。

レーダーは相手を捉え続けているのだ。しかし弾頭の赤外線シーカーが目標を見失った。シーカーが作動しないのでは発射しても追尾しない。信管も作動しない。

(――まさか……こいつはミサイルを撃たれる前に、エンジンを切ったとでもいうのか……!?)

風防の目の前にブワワッ、と水蒸気の奔流が切れ切れに流れ、次の瞬間広大な暗黒が広がった。雲の下の空間に出たのだ。続いて市街地の灯りが浮き上がるように、目の前一杯に広がった。

「……うっ」

風谷は目をすがめた。眼下に逆さの星空が出現したようだった。視界を遮る雪がない。さっきの大雪は小康状態になっている。

小松基地・管制塔

「雪が弱まります！」

管制官の一人が、パノラミック・ウインドーの外を指さして叫んだ。窓を覆っていた滝のような灰色の幕が、薄まりつつある。

「現在、卓越視程一キロメートル。滑走路視距離《RVR》八〇〇メートル——急速に良くなっています。離着陸ともに可能！」

「よし、〈特別飛行班〉をただちに上げるぞ」

当直管制官が卓上のマイクをひっつかんだ。第六航空団の切り札〈特別飛行班〉のF15四機は、基地司令部前のNR2誘導路で吹雪に埋まるキャラバンのように立《た》ち往生《おうじょう》していた。今その姿も、管制塔の窓から肉眼で視認出来るようになった。

だがその時、

「待って下さい」上空で行われる要撃機の警告をモニタしていた管制官の一人が、国際緊急周波数に合わせたヘッドセットを手で押さえるようにして叫んだ。「じょ——上空のアンノンから通信です。呼んで来ています。こちらを！」

「何」

「何だと」

「これは……待って下さい、これは日本語です。天井スピーカーに出します！」

小松基地・要撃管制室

「アンノンが、国際緊急周波数で我々を呼んでいます。スピーカーに出します」

次席管制官が、興奮した手つきで管制卓のスイッチを切り替えた。

「アンノンが——?」

「我々を呼んでいる、だと?」

「はい。どういうわけか日本語のようです」

ザッ、というノイズに続いて、天井のスピーカーにざらついた低い声が入った。

『——日本の航空自衛隊』

「——」

「────」

日比野、主任管制官、その他のオペレーターらが、息を呑んで天井を見上げた。

『日本の航空自衛隊。こちらは人民空軍第七戦闘機師団所属機。着陸を要請する。当機に搭乗中の士官は、米国に亡命を希望している。繰り返す』

小松上空

『こちらは人民空軍第七戦闘機師団所属機。航空自衛隊、聞こえているか。当機に搭乗中の士官が亡命を希望している』

サイドワインダーが駄目ならば、機関砲で有視界射撃するしかなかった。だが左の親指でスロットル横腹の兵装選択スイッチを〈機関砲〉に切り替えようとした時、そのざらついた声は風谷のヘルメット・イヤフォンに入った。

何だと────?

日本語だ。いま、何と言った。空耳か。何かの聞き違いか。

『繰り返す。当機の飛来目的は亡命である。着陸を要請する』

風谷は左手でヘルメットの上から耳を押さえた。この声は────すぐ目の前にいるアンノンが発しているのか……?

亡命――そう言ったのか……？

だが命令はまだ『撃墜』だ。風谷は油断出来ないと思った。アンノンはこちらに攻撃を控えさせようとして、そう言っているのかも知れない。兵装選択スイッチを〈機関砲〉へ。ヘッドアップ・ディスプレーからFOVサークルが消え、代わりに十字架のようなガン・クロスと照準レティクルの環、四角い目標指示コンテナが現われる。機関砲残弾・六三〇。

『当機は燃料が欠乏している。ただ今エンジンを停止し、滑空で降下中。高度一〇〇〇メートルを切った時点で最後の燃料を使いエンジンを再始動する。小松飛行場の滑走路へ誘導を願いたい』

どこにいる……？　風谷はヘッドアップ・ディスプレーに表示された小さな四角い目標指示コンテナを目で追った。レーダーの捉えた目標の視覚位置を教えるグリーンのコンテナは、左下へスーッと流れていく。その小さな四角形の中に、目標はいるはずだ。だが、

（くそっ――街の灯りに紛《まぎ》れて見えない……！）

風谷はさらに呼吸を早くした。どうする……アンノンが呼びかけて来た。本当に目的は亡命なのかも知れない。

『ブロッケン・リーダー、キルしたか？』

中央指揮所管制官の声。

「CCP、アンノンから通信だ。亡命を希望すると言っている」

『――――』

無線の向こうで管制官が絶句する。

「CCP、聞こえるか。アンノンは亡命を希望し、小松へ着陸させせろと言っている」

『――ちょっと待て』

また中央指揮所は黙ってしまった。何をやっているんだ、まさか情況が変わるたびに議論してるんじゃないだろうな……。こっちは目の前で、市街地の灯りに紛れたどこかの戦闘機が一三〇〇〇フィートを切って降下しているんだぞ。風谷は四角いコンテナを追って操縦桿を倒し、機首を突っ込む。

「CCP、このまま撃墜するか攻撃を中止するか、指示を乞う」

目を凝らす。確かにコンテナの中にアンノンがいるはずなのだが――見えない。ふらつく四角形の内側はただ黒いだけだ。迫って来る海岸線の街灯りが、視野の左右一杯になる。アンノンはその無数の光点の中に紛れている。

間もなく陸地だ。畜生、とにかく全速で追うしかない……！　スロットルをミリタリー・パワーへ。再び加速する。

『風谷さん、陸地です！　やるならやらないと』

後方から矢島の声。

分かってる。どうするか考えているんだ……！

肩を上下させる。凄まじい緊張で凝り固まり、右肩が痛くて回せない。まるで岩のようだ。

（こいつは——）

燃料がなくてエンジンを切っただと？　どうりで赤外線シーカーが見失うはずだ。攻撃をかわすための奇策なのか。それとも本当に燃料がないのか——

風谷は、一年前初めて〈亜細亜のあけぼの〉を名乗る謎《なぞ》のスホーイと相まみえた時、目の前でフレアを焚かれて逃げられたことを思い出した。

——『クク』

だが、

『航空自衛隊。当機はエンジンを停止し滑空中だが、ジェネレーターは風圧で回っている』

この声は——やつじゃない。あのスホーイのパイロットではない。日本語だが、日本人でない者が後から覚えた話し方だ。あの冷笑するような嫌な声の持ち主とは別人だ。やつではない。

『ジェネレーターの回転により電力はある。これより全ての外部照明を点灯する』

何だと——風谷は目を上げる。

宝石箱のような海岸線の無数の灯り。その中に、ひときわ輝く光点が現われた。闇に紛れていたものが存在を露《あら》わにした瞬間だった。

その背中目がけ、風谷のイーグルは加速しながら追いすがって行く。照準レティクルの環の上に表示された距離が縮まる。見えて来た。四角いコンテナの中に、はっきりと光るものが浮かんで見えた。あれは——

(あれは——)

風谷は、ヘルメットの下で眉をひそめた。

見える。外部照明を点《つ》けている。突き立った二枚の垂直尾翼が見える。双発のエンジン。あれはイーグルじゃないのか……? 後ろから見ると似ているが——いや違う。あのシルエットは……。

「まさか……ミグ29——!?」

南シナ海上空・政府専用機

「私が、北朝鮮側からそのような要求を受けたのは事実だ」

会見のための機内ラウンジで、集まった報道記者とカメラマンたちをゆっくり見回しながら銀髪の政治家はうなずいた。

夜の洋上を飛ぶ747―400の一階客室中央部。ゴォオオという静かなエンジン音が薄暗い空間を満たしている。物音といえばそれだけだが、唾を呑み込むような気配は無数に漂っている。突き出された十数本のマイクとカメラのレンズ、それに数十名の報道スタッフたちの視線が、大テーブルの向こうの政治家――木谷信一郎外務大臣に向けられている。

「北朝鮮外相は、会談の席で私にはっきり要求した。『共和国の現在の状況は、全てさきの戦争における日本の行為に原因がある。したがって日本政府は今回の国交正常化に際し、共和国に賠償金《ばいしょうきん》を支払わなくてはならない。賠償金には過去五十数年分の利息も含まれるべきであり、額は少なく見積もっても一五〇兆円を下回ることはない』そう一方的に突きつけて来た」

「大臣」

NHKの記者がまず手を上げた。

「私どもとしては過去に対する賠償金の話題が出されることは、予想はしていましたが、額について正直みな驚いております。今回、北朝鮮側の提示してきた一五〇兆円というお金は、日本政府の一般会計予算が七五兆円ですから、ちょうど国家予算のまる二年分ということになりますが。大臣としてはどのような返答を――」

その質問を遮るように、横から中央新聞の記者とTV中央の女性記者が「はい」「はいはい！」と手を上げた。

「大臣。日本はこれから、この過去の行為に対する賠償の責任を果たして行くわけですが、これはあまりにも遅い謝罪となることに関してどう思われますか」

「朝鮮民主主義人民共和国の提示してきた一五〇兆円の賠償金を捻出《ねんしゅつ》するのに、政府としてどのような方策をお考えですかっ」

「今回は朝鮮民主主義人民共和国に対してだけですが、戦争で迷惑をかけたほかの多くのアジアの人々に対しても、同じくらいの償《つぐな》いが必要だと思いませんか」

「一五〇兆円は、いつ払うのですかっ」

何だ……？　この人たちは。

沢渡有里香は、会見の場の隅でマイクを手にしたまま、唾を飛ばすように大臣に質問をぶつける二人の記者に目を奪われた。

突撃取材は、自分の得意技でもあるが……。こういうのは『突撃』と言うのだろうか。

「うるさい」

木谷大臣が、一喝《いっかつ》した。

「質問は、取材マナーを守って順番で訊きなさい。ＮＨＫさん、続けなさい」

だが、

「平和を祈る中央新聞の質問に、答えられないのですか。木谷さん、あなたは間違っている」

「そうよ。平和を尊ぶ気持ちがあるなら、私たちの正しい質問に答えられるはずだわっ」

「質問には平等に答える。君たちも自分の番が来るまで待っていなさい。NHK、続けなさい」

古武士のような風貌《ふうぼう》の政治家は、我慢強い口調でいさめ、NHKの記者に質問を続けさせた。その質問が済むと、

「それでは次。隣の帝国TVの方」

木谷外相は、一人の記者の質問を手元の紙に書き留めると、すぐには答えずにボールペンで隣の席の記者を指名した。質問を受ける大臣の方から次々に記者を指名して会見を進めるやり方は、まるでアメリカの政治家みたいだった。口数の少ないサムライを想わせる外見とは異なり、スピーディーだと有里香は感じた。

有里香にも質問の番が回って来た。少し緊張してマイクを握った。「大八洲TVです。大臣、日本はさきの太平洋戦争の時の責任というものを、いったいこれから何十年追及され続けなくてはならないのでしょうか」そう訊くと、大臣は書きながらうなずいて「ふん、そうだな」と言った。

全ての社からの質問が済んだ後で、木谷外相は一同を見回し「では答えよう」と言った。

有里香はメモを手に取った。

「八巻さん、何か凄い政治家ですね」

「しっ」有里香の隣で、チーフディレクターの八巻が『静かにしろ』と唇に指をあてた。

「あの人は、支持団体なんか何も無しで、政策だけでここまで上がって来た凄腕《すごうで》なんだ。さすがは次期総理候補っていうか――でも国際社会では当たり前だけどな、あのくらいの人」

「まず、北朝鮮から要求された法外――というか破天荒《はてんこう》な金額の賠償金についてだが」木谷は口を開いた。「私は北朝鮮外相に対しては、金額の大小にかかわらず、金銭の支払いには応じられないとお答えした」

記者たちが、一斉にペンを走らせた。カメラマンがフラッシュを焚いた。

「それはなぜですかっ」

ＴＶ中央の女性記者が目を吊り上げた。

「考えれば分かるだろう。あのような体制の国家に金をやって、何かいいことがあるかね」

「過去の償いを、しないつもりかっ。あまりにもひどい、不誠実な態度じゃないんですかっ」

中央新聞の四十代の記者が大声を上げた。

「私が返答をした時、北朝鮮の外相にも同じことを言われたよ。『過去の償いをしないつもりか、お前は不誠実だ』とね。だが私は、一言だけ答えておいた。『そんな大昔のことは、知らん』」

「――――」

「――――」

中央新聞とTV中央の記者が、立ったまま絶句した。居並ぶそのほかの報道記者たちも、思わずメモから顔を上げていた。

「大臣。今――何と？」

「だから私は、北朝鮮に対して金銭の支払いに応じる意志のないことを表明した。向こうから『謝罪するつもりがないのか』となじられたが、それにはこうお答えした。『ない』」

ずだだっ、と床に転ぶような音がした。有里香が驚いて見やると、床で腰を打って痛そうにしている中央新聞の中年記者を、TV中央の女性記者が助け起こしている。

「大臣」

「大臣、しかしそれはまずいんじゃ……」

「どこがまずいのだ」木谷信一郎は、動じない声で続けた。「過去にあった様々なことに対して責められても謝らないのは、国際社会の常識だ。謝ったところで何も生まれない。

ぺこぺこ謝って金を出せば良い国だと思ってくれるほど世界は甘くない。逆に『こいつは言えば金を出すぞ、もっと獲ろう』とたかってくるのが世界というものだ。日本の為政者は、この世界の荒波の中で、国民を護らなければならない責務を負っている。私は日本国民の勤労の成果を、これ以上無意味に国外へ垂れ流すつもりは一切無い」

「ひどいわっ、自分のことしか考えていない、最低のひどい政治家だわっ――」

「ひどいかどうかは、選挙で国民が判断してくれるだろう。私は我が日本の国益、ひいては未来のためだと信じている。払える払えないは別問題として、あのような軍事テロ国家に原子力空母が一ダースも買えるような金を援助するのは、正気の者のやることとは思えない。私はやらない」

「軍事テロ国家と言ったな！」中央新聞の中年記者が、立ち上がると叫んだ。「清新な社会主義体制を堅持している、平和を愛するあの共和国に対して、何と失礼な言い方か。だいたいあなたは先ほどから、〈北朝鮮〉などという間違った略語を平気で使うし、とても日本の外交の代表とは認められない！」

「北朝鮮外相からも、同じことを言われた」木谷はうなずいた。「私は、外国からは都合の悪い政治家だ」

「軍事テロ国家だなんて――！」女性記者が木谷を指さして唾を飛ばした。「私たち日本の、憲法違反の自衛隊だって、いつ外国に対して軍事テロをしでかさないとも限らないのに、あなたは外国の悪口など言えた場合ですかっ。木谷外相あなたこそ、間違った自衛隊に莫大《ばくだい》な防衛予算を注《つ》ぎ込む軍事国家の親玉ではないのですかっ」

「うむ」木谷は腕組みをすると、うなずいた。「君の言う内容も、北朝鮮外相から同じように言われた。『お前こそ間違った悪い自衛隊を率いる悪の軍事国家の親玉だ』それに対してはこうお答えした。『余計なお世話だ』」

ずだだっ。また中年記者が滑って転びかけ、周囲の取材陣の人垣から「おい」「ちょっと」と非難の声が上がった。だが中年記者は両脇の記者やカメラマンの袖《そで》をつかんで身を起こすと、テーブルの向こうの頬のそげた政治家を指さして怒鳴った。

「木谷外相。あなたは、世界第三位の防衛予算を食い散らかす日本が『軍事国家でない』と言うのかっ。自衛隊がまた戦前のような過ちを、侵略をやらないと保証出来るのか。もし憲法違反の間違った自衛隊が暴走し、外国に対して軍事テロ行為などを行なった場合はどうなさるつもりかっ」

「私は自衛隊の諸君を信頼している。自衛隊はテロを働くどこかの軍隊とは違う」

「では自衛隊があなたの信頼を裏切り、外国に——もし仮に平和を愛する朝鮮民主主義人民共和国に対して軍事テロを働いたら、どうなさるつもりかっ」

「ううむ」木谷は感心したように、腕組みしたまま頭を振った。「北朝鮮外相からも、全く同じことを訊かれたよ。私は即座にこうお答えした。『もし万一我が国の自衛隊が、あなたの国に対してあなたの国民を傷つける軍事テロ行為を働くようなことがあったら。私は無いと信じているが、その時は仕方がない。要求された一五〇兆円を、賠償金として全額お支払いしよう』」

取材陣の記者たちが、ハッと我に返ったように外相の発言をメモに書き留め始めた。

第三章　冬の終り

日本海・某所

「——」

男は、黒ずくめの装いだった。

黒い革製のフライトジャケットがその痩身《そうしん》を包み、立ち働く整備員たちより頭一つ抜けた長身は影のように、足音もなく地下空間の暗がりを滑って行く。

その痩《や》せたシルエットはまるで骸骨《がいこつ》だ。尖《とが》った顎《あご》が猛禽《もうきん》を想わせるその顔は、黒のレイバンで目の表情が完全に隠されている。

その男のシルエットが放散する一種の気は、周囲の作業員たちを寄せつけない。立入制限区画へ歩み入って行こうと、あえてその背中へ声を掛け、咎《とが》めようとする者はなかった。

「——」

男が進んで行くのは、岩盤《がんばん》を粗《あら》く削り取って貫通したトンネルだった。この先の区画へ電力を送る黒い蛇のようなケーブルが、何本も足元をのたくっている。ここが海面よりも三〇メートル下の地底であること――ある孤島の海面下の部分であることは、湿った空気に混じる微《かす》かな潮《しお》の匂《にお》いで察することが出来る。もし突発的な落盤《らくばん》でも起きて出水すれば、この空間はたちまち海底の洞穴《どうけつ》と化す危険性があった。

しかしこの場所に働く人員の中で、そんなことを気にする者は一人もなさそうだ……。ゆったりと周囲を眺めながら歩く男の黒いグラスに、作業灯の蒼白《あおじろ》い光と、無言で働き続ける作業員たちの群像が映り込む。

「〈牙〉！」

と、背後から呼び止める声があり、長身の男は歩を止めた。「――？」ゆっくり振り向くと、白い両手に支えられた銃口が、男の顔にポイントされていた。

「〈牙〉っ。何度言ったら分かる。わたしの許可なしに、制限区画へ足を踏み入れるな！」

女の声だった。厳しく男を叱咤《しった》した。

「――」男は、みずからに向けられた銃口をサングラスの表面に映すと「――ク」と唇を歪《ゆが》めた。笑ったようだった。

「――俺を、殺してくれるのか。玲蜂」

「何だと」

「俺に一つだけ、出来ないことがある。みずからの命を絶つことだ」つぶやくように男は言う。低い声音には抑揚がない。「この世が嫌でも、まだここに居る。元来が臆病《おくびょう》なのでな——クク」

「ふざけたことを、ぬかすなっ」

女の声は、むきになって近づく。暗がりから、銃を手にした顔が現われる。白い顔。猫のような切れ長の目。ストレートの長い髪を後ろで結んでいる。茶色の飛行服に包まれた身体は細く、シルエットだけ見れば少年のようだ。

「わたしには、貴様の行動を監視する任務がある。いつでも貴様を処分する権限もある。ここで今殺してもいいんだ」

するると男は、黒いグラスの下の頬《ほお》を歪めた。それはこの男の微笑だった。

「クク——最近、少し女っぽくなったか」

「何だと」

「前回の作戦で、華やかな東京の空気を吸ったせいか——? 玲蜂」

「こ、殺すぞっ」揶揄《やゆ》された女——二十三歳の特務工作員は、銃口を男の顔へ上げた。

「今すぐに居住区へ戻れ。でないと殺すっ」

「搭乗員が自分の乗機を見に行って、何が悪い」

「うるさいっ、指示に従え!」

女の指が、引き金にかかった。両肩の筋肉が力で盛り上がるのを、だが男は平然と見下ろす。

「ク――」

その時、

「玲蜂。そのくらいにしておけ」

女の背後から、別の男の声がした。

「銃を下げるのだ」


「立入制限区画――地底の格納庫へ向かう時は、手続きに従って許可を取れ。〈牙〉」

紫のマントを暗緑色の軍服の上に羽織《はお》った高級将校は、連れだって歩きながら男に言った。低い声に鋭い目。男と同じくらい長身だが、胸板は厚い。歳《とし》の頃は男よりやや上で三十代の始めか。長い黒髪を垂らし、顔の左半分が隠れている。その下に黒の眼帯が見え隠れする。

若い高級将校は、この孤島の要塞《ようさい》の指揮官だった。ここでは単に〈大佐〉と呼ばれていた。〈山猫〉というコードネームを、本国と連絡を取り合う時に使用していたが、この島で〈大佐〉と言えば指揮官のことだった。それよりも階級で上の人物は、現在のところここにはいない。

「お前も、少しは組織の中で生き残ることを考えたらどうだ?」

「――」

男は無言だが、相づちを打つことがほとんどないのが普通だ。つき合いの長い人間たちは、そういうものかと慣れてしまう。

「胸の中の執念と、日常の処世術《しょせいじゅつ》は切り離せ」

「――」

二人の長身の男の背後を、玲蜂と呼ばれた女性工作員が足音もなく付いて行く。この島の地底空洞では、このようにして歩く三人の姿が時折見られた。

「まだ、日本という国と相討ちして死ぬつもりでいるのか。〈牙〉」

「フ――言うまでもない。〈大佐〉」男は前に顔を向けたままで、つぶやくように言う。

「原発への第二次攻撃隊を、ただちに組織してくれ。俺は待ちくたびれている。あんたたちの国では、死ぬのにも行列して順番を待つのか」

「口を慎め」

〈大佐〉は小さく舌打ちした。

「前から言っているだろう。いいか〈牙〉、お前は共和国に流れて来たよそ者だが、傭兵《ようへい》搭乗員としての能力は認められている。態度を正しくすれば、出身成分は悪くとも組織で出世できる。偵察局の幹部にもなれる」

「願い下げだな」

男は片方の頬を歪めた。苦笑だ。

「あんたたちが計画している今度の作戦も、願い下げだ」

男は乾いた声で言い、頭《かぶり》を振った。

「俺の生き方に合わない」

「口を慎めと言っている」

「〈大佐〉――あんたは〈亜細亜《アジア》のあけぼの〉指揮官として、あんな『計画』を本気で実行に移すつもりか」

「前回の原発空襲の失敗以来だ」〈大佐〉は唇の端を嚙《か》み締めるようにして言った。「共和国の、日本に対する戦略の方針が、国家指導部により全面的に見直された。今回の〈三匹の虎〉作戦は、上から降りて来たものだ」

「――――」

「国家指導部の発案による作戦なのだ。だからこれは『正しい作戦』だ」

「――本当に」〈牙〉は前を向いたまま立ち止まり、つぶやくように言った。「本当にいいのか。これをやれば、あんたたちの同胞が大勢死ぬぞ。無駄死にだ」

「無駄死にではない」〈大佐〉はチッ、と口先で制した。周囲の作業員たちの群れを、鋭い視線で見渡した。「言動に気を遣《つか》うつもりはないのか。いいか、指導部から授かった作戦は、常に素晴らしく正しい。それは疑いもないことだ。私は信じている」

「あんたは、あんたの妹と同じだ」

「何」

「それが、疑いもなく信じている顔か――？」

「〈牙〉」〈大佐〉は息を吸いこみ、言った。「私は、お前と違って組織で生きている。信念もあるが今日と明日も生きていかねばならない。望んで早く死ぬつもりもない」

「では、今回の作戦をこなせば――」立ち止まったまま、〈牙〉は視線を合わせずに小さな声で問うた。「あんたたちの求めに従って今度の作戦を遂行すれば――次は俺のこの手で日本を殲滅《せんめつ》させてくれるのか」

「それは分からない」

〈大佐〉は頭を振った。

「戦略方針は、国家指導部が決めることだ」


「一年間かけて、周到に準備した成果だよ」

赤いつなぎを着た初老の技術者は、背後で組立中の機体を指さしてうなずいた。白髪。中国人だという。

「どうだ。素晴らしいと思わんかね」

孤島の海面下の岩盤を貫いて掘られた、蜂《はち》の巣のような地底空洞の最も奥まった一角に、地底格納庫がある。岩盤むき出しの天井は低く、水銀灯で照らされる空間は、印象としては航空母艦の甲板下格納庫に近い。一年前の〈旭光作戦〉出撃の時、ここはミグ19戦闘機の鈍い銀色の胴体で埋め尽くされたものだが、現在はがらんとしている。地上の海岸の〈幻の滑走路〉へ機体を持ち上げる竪穴《たてあな》式油圧エレベーターも、ここ一年使われずに扉を閉ざしている。

格納庫の床面に係留されているのは、数少ない機体のシルエットだった。スホーイ24電子戦偵察機が一機と、スホーイ27UB複座戦闘機が一機。蒼白い鮫《さめ》のようなスホーイ27は、一年前の作戦で〈牙〉が搭乗した機体だ。

今、その二機の横にさらにもう一つの機体が運び込まれ、組立を受けていた。この島への飛行が制限されているため、分解され潜水輸送艦によって搬入されて来た新参の機体だ。

天井からの軌条《きじょう》クレーンと十数名の技術者たちに取りつかれ、その戦闘機らしき機体は最終組立段階だった。青い防水シートで全体の姿は隠されているが、横のスホーイ27に近い大きさがある。無塗装のアルミ合金の地肌がシートの下に見え隠れする。長く伸びた機首、尾部には二つの大きな突起があり、それぞれシートを押し上げている。垂直尾翼が二枚あるのだと分かる。

「ベースとしては、あんたたちの共和国にあったミグ29を提供してもらったわけだが、これに中国航空技術工廠《こうしょう》の力を惜し気なく注ぎ込んだ。どうだね。いいシルエットだろう」

初老の技術者の口ぶりで、それが中国本土から運ばれて来たものであることが知れた。

「これのテスト飛行データを先ほど見たが――」

見上げる〈牙〉は、黒いグラスに機体シルエットを映しながら訊《き》いた。

「コブラ機動の実施データがない。空戦機動テストをしなかったのか」

「こいつの飛行テストは、中国の奥地で曇天を選んで極秘に行われた。混み入った空戦機動のテストまでは、実施出来る状況になかった。米国偵察衛星の目を盗んで開発したのだ。飛行性能エンベロープの隅々まで検証する余裕はなかった」

「――――」

「不満かね、〈牙〉。たが心配することはない。こいつには中国航空技術の粋《すい》を結集してある」

「その中国航空技術の粋というのが、当てにならん」〈牙〉は頭を振った。「訊くが、この機体でコブラはやれるのか」

「出来るだろう。多分」

「多分――?」

「改造前のオリジナルが出来るのだからな。こいつにも出来るはずだ。もっとも君のスホーイ27と違い、ミグ29の釣鐘機動《コロコル》は完全なコブラではないが……。まぁ元はと言えば、スホーイ27もミグ29も同じ旧ソ連中央航空流体力学研究所のリサーチ成果に基づいて設計されている。空力性能の根っこは一緒だ」

「根は一緒と言うが、空力《くうりき》形態をだいぶいじったのだろう」

「まぁな。今回の君たちの作戦の求めに応じて、複座型ミグ29UBの機首部分を一メートル延長、主翼幅を片側六九センチずつ伸ばしてある。そうしないと『いい形』にならなかったのでね。これによって最大荷重は八Gジャスト、最大速度はマッハ一・七までに押さえられるが、構わんだろう？　むしろ旋回性能などはオリジナルより良くなっている。私としてはこのまま中国製改良型ファルクラムとして、輸出して売り出したいくらいだ。そのくらいの手間を掛けてある」

「見あうのか」

「何に」

「あんたたちの手間にだ」

「見あうさ」赤いつなぎの技術者は、笑って肩をすくめた。「予定されている支払いが、良いのでね。代金後払いで、旧ソ連流体力学研究所のリサーチ・データも大量に買い入れた。風洞《ふうどう》実験こそしていないが、こいつの空力形態にはデータ的裏付けもしっかりあるのだ。一回きりの作戦で使い潰《つぶ》すのは、正直言ってもったいない。こいつは手塩にかけた我が子のようなもので――」

「〈赤鮫〉技術少佐」

しゃべり過ぎる白髪の技術者を遮《さえぎ》るように、〈大佐〉が訊いた。

「少佐。これの組立は、作戦に間に合うのか？」

「当然だ」技術者はうなずいた。「我々中国技術陣の能力を、信頼してもらおう」

「ならいいが――それから今夜遅く、潜水艦で共和国から作戦統括官が到着する。あなたがた中国人技術者はここでは客分《きやくぶん》だが、なるべく口数は少なくしておいて頂きたい。その方があなたがたのためでもある。よろしいか」

「分かったよ」

技術者は、笑って肩をすくめた。

「一年ぶりの、せっかくの大作戦だからな」


「あんなことを言っているが、大丈夫か……」

格納庫の空間を連れだって出るところで、〈大佐〉は小さく振り返りながらつぶやいた。

「知らん」

横で〈牙〉は素っ気なく頭を振る。

「俺は信用していない。一年前の作戦を未遂に終わらせた直接の原因は、連中の渡してよこした中国製機関砲だ」

「〈牙〉。この作戦を引き受けた以上、最後までやってくれるんだろうな」

「――――」

「おい」

「――その作戦統括官というのは」〈牙〉は質問をそらした。「あんたよりも序列が上なのか」

「そうだ。共和国の国家保衛部から送られて来る、党中央の官僚だ。ここに居る間は、その統括官が基地の指揮を執《と》るだろう」

「あんたでは駄目なのか」

「分かっているだろう。今度の作戦――〈三匹の虎〉作戦は、恐ろしく広範囲の組織を巻き込んだ国家の一大事業だ。偉大なる首領様の命《めい》を受けた官僚、軍隊、国内・国外の工作員、総勢数千名が関《かか》わり、現在のところ極めて順調に進行している。我々〈亜細亜のあけぼの〉は、最終段階の仕上げをするに過ぎない。指揮を執ろうにも、私の守備範囲を遥《はる》かに超えている」

　すると、

「――――」

　フッ、と鉤鼻《かぎばな》を鳴らし、男は行ってしまう。つき合っていられない、という風情《ふぜい》だ。

「おい〈牙〉。どこへ行く」

「戻って寝る。組織の人間はご苦労だ」

〈牙〉は片手を上げ、背中で言った。そのまま地底のトンネルを、居住区の方へ戻って行く。

「〈牙〉。明日の朝には新型機用のシミュレーターが完成する。作戦決行までに慣熟《かんじゅく》しておくのだ。いいな」

「――――」


応《こた》えずにそのまま行ってしまう男を、〈大佐〉は見送った。「まったく、あの男……」と舌打ちする横に、ほっそりした飛行服姿の女性工作員が並んだ。

「兄上。殺してしまえばいいのだ、あんな男」

「そうもいかぬ。あいつは、必要だ……」

つぶやく〈大佐〉は、ふと気づいたように、並んだ女工作員の横顔を見下ろした。

「ところで玲蜂。お前にも不満はあるのだろうが、その顔はやめろ。今回の作戦は上から……」

「違う」

だが鋭い猫のような目の女は、頭を振る。

「わたしは、作戦に不服なのではない。兄上」

「ではお前は何故、さっきからそんなにふくれている？　何が不満で――」

「あの男の態度だ」玲蜂は憎々しげに、男が去って行ったトンネルの暗がりを指さした。

「あの男――兄上が相手の時だけ、まともに会話をする」

小松基地

「だから何度も言っているように」風谷は叫んだ。「ただちに海上へ機首を向け、ベイルアウトするんだ！　小松基地の救難ヘリが駆けつける。必ず収容救助するっ」

風谷は、風防の向こうで躍るように上下する機影に向かって、喉《のど》を嗄《から》して叫んでいた。

「君たちの安全は保証されるっ。頼むから機を捨てて海へ降りるんだ！」

だが、

『駄目だ。万難を排して着陸する』

ヘルメット・イヤフォンには頑《がん》とした低い声。目の前を飛ぶ、双尾翼の戦闘機のパイロットだ。

『万難を排し着陸する。滑走路へ誘導しないのであれば、このまま前方の市街地の道路へ強行着陸する』

「おい、ちょっと――」

　上下にぶれる機影の向こう、小松市の海岸線の夜景が迫る。急速に視野一杯になる。イーグルと似通った二枚の垂直尾翼が、街灯り《まちあか》に紛《まぎ》れて見えなくなりそうだ。

『ただ今、エンジンを再始動した。当方の燃料はあと三分。誘導なければ市街地へ降りる』

「お、おい。おいっ──！」

　風谷は喉を詰まらせる。

　ちょっと待て、やめろ、やめてくれ──！

「待ってくれ、頼むからやめてくれ」そうつぶやいたところで、自分の声で目が覚めた。


「やめ……」

　静寂。

　風谷は、仰向けに寝ている自分に気づいた。

　目の上に白い天井。遠くで微《かす》かに爆音がする。

「…………」ベッドで身を起こすと、風谷は肩で息をついて、額の汗を拭《ふ》いた。パジャマの袖《そで》が乾いていて感触がよかった。そのままもう一度額をこすった。「……夢か」

　鈍い頭痛がしていた。頭が少しくらくらする。過度の疲労のせいか──あるいは昨夜寝る前に飲んだ薬のせいだろうか。

「何時かな」

ベッドの上から、個室の内部を見回した。デジタルの目覚し時計が目に入った。「こんな時間」とつぶやきかけてから、今日が非番であることを思い出した。

そうか……。

思い出した。

あの雪の中のスクランブルは、一昨日の晩のことだ。亡命を希望すると言うミグ29を先導して、小松の滑走路へ連れ帰った。中央指揮所は『海上へ誘導し着水させよ』と命じてきたのだが、ミグは頑として言うことを聞かず、やむを得なかった。北朝鮮から来たというグレーの戦闘機の横へ追いついて並び「仕方がない。ついて来てくれ」と先導した。ちょうど小止《こや》みになった雪の中を、編隊着陸のようにして小松へ降ろさせた。

降りてからが、大変だった。滑走路へタッチダウンするなり燃料が尽きてエンジンの止まった迷彩グレーの機体は、雪の積もった草地へ斜めに突っ込んで行き、そして――

「う――」

風谷は頭痛に顔をしかめた。思い出したくもない、というように頭をかきむしった。

そして昨日は一日、一昨日の深夜から引き続いて夜まで報告と事情聴取で締め上げられ、何度も同じことを説明させられた。しまいには司令部のオフィスで報告書を書きながら、俺は熱を出して倒れたんだ……。

「──────」

そうだ。ここは自分の部屋。小松基地内の、独身幹部宿舎の個室──今日は一応非番だから、呼び出しがなければ一日寝ていられる……。

自分の今の状況を思い出し、ため息をついた時。ドアが外からノックされた。頭を押さえながら「はい」と応えると、日に灼《や》けた長身が笑顔を出した。

「おはようございます──っていうか、もう昼ですけど。熱下がりましたか先輩」

「お前か」

矢島明士の白い歯を目にして、風谷はまたため息をついた。

「お前か、はないでしょう。戦友ですよ僕らは」

「元気だな。お前」

宿舎の食堂へ降りて、矢島と昼飯を食べた。

「身体、どうですか。風谷さん」

「どうって──どうもこうも……」情けない。風谷はトレーに載《の》せた昼食を目の前にして、口をつぐんだ。昨夜はあのくらいの疲労で、熱を出して倒れるなんて。

「………」

「気にすることはありませんよ」目の前で、矢島が言う。「大汗かいた身体で、滑走路に降りるなり雪の中で大立ち回りなんかするから、風邪ひいたんですよ」

「………」

「そんな、あのくらいの緊張で熱出して倒れるなんて戦闘機パイロットとして情けないとか、思う必要ないですよ。あの晩は大変だったし――風谷さん真面目《まじめ》なんだから」

「お前な」

「だって、中央指揮所も、うちの司令部もひどかったじゃないですか」

矢島は丼を手にしたままテーブルに乗り出した。

「『燃料切れで市街地におちたら大変だから海へ降ろせ』『陸地に来させるな』その横で北朝鮮機は『絶対滑走路へ降りる』『降ろしてくれなけりゃ市街地へ降りる』って頑強に言い張って聞きやしない。風谷さん、その間で板ばさみだったじゃないですか。昨日の報告会議でも『どうして滑走路へ誘導した!?』ってさんざん上から締め上げられて。俺、横で見てて可哀想《かわいそう》――あ、いや」

「……矢島」

風谷は箸を置いた。

「あれは仕方がないんだ」

「でも」

「中央指揮所では、あの時はああいうふうに指示するしかない。ミグは燃料がないし、小松には雪が降っていた。まともに降りられる成功率は低かった。市民の安全とか考えたら、俺が先任指令官でもそう指示したかも知れない。北朝鮮のパイロットは相当な頑固者だったが、ここまで飛んで来て機を捨てたくないという気持ちも――分からないでもない」

「ですけど」

「矢島。現場の編隊長なんて、いつもこんなものさ。上からの指示と目の前の情況との板ばさみなんだ。最善を尽くしたと思っても、結果責任を被《かぶ》せられる。『お前のせいだ』『お前のミスだ』と責められ、理不尽な取り調べを受けたりする。俺なんか――う」

「どうしました？」

「思い出したくない」

風谷は眩暈《めまい》に顔をしかめたような顔で、テーブルを立った。

「飯、もう食わないんですか」

「もう少し寝る」

だが階段を上がると、矢島は追いかけて来た。

「風谷さん、ところで」

「？」

「今夜、一緒に来てくれますよね」

「何に」

「このあいだ言ったでしょう。合コンですよ」

「そんなの、行っていられる場合じゃないだろ」

「そんなことないでしょう。非番なんですし」

「俺は行く気ないし、いつまた司令部から呼び出しがかかるか分からない。部屋にいないと」

「ちょっと待って下さいよ」

矢島は真剣な顔つきで、部屋へ入ろうとする風谷に言った。

「風谷さん。俺たちは別に、外出を止められてるわけじゃないでしょう」

「それはそうだけど」

「風谷さん。さっき言ってらしたみたいに、確かに俺たちは板ばさみですよ。上の組織の連中は、自分が責任を被らないことと仕事を増やさないことしか考えてない。市民の安全とか言うけれど、本当に考えてるのは自分の責任だけですよ。

だからいいですか。現場で最善を尽くした俺たちのことなんか理解しようともしない、理解どころか、言うに事欠いて『命令違反で処分だ』とか言い出すような連中のために、どうして俺たちが楽しい貴重な非番の夜を宿舎なんかで過ごさなければいけないんですか。司令部が呼ぶなら、呼ばれた時に初めて考えたらいいじゃないですか。俺は嫌ですよ。絶対合コンに行きますよ、今夜」

「好きにしろ」

「風谷さんも来て下さいよ。六時に国道沿いの〈ウサギ翔《と》ぶ海〉、行ってますからね」矢島は念を押した。「必ず来て下さいよ」


風谷は、自室に戻ると上着を脱ぎ、どさりとベッドに仰向けになった。

「――――」

シーツの感触が、背中にあった。さっきの食堂の白い丼のご飯も、背中に感じるシーツの冷たさも現実だ。この地上の静かな日常の世界が現実なら、あの晩、暗黒の空中に浮かんでいたグレーの迷彩塗装の機体もまた現実だった。確かにあの晩――あの機体は、俺の左横に浮いていた……。

風谷は目を閉じた。

その時の光景が、蘇《よみがえ》った。

「――仕方がない」小松の夜景が目の前に広がるコクピットで、酸素マスクのマイクに風谷は告げていた。「仕方がない人民空軍機、これからこちらがリードを取る。ついて来るんだ」

『ブロッケン・リーダー。亡命機を海上へ誘導せよ。陸上へ入れてはならない』

中央指揮所の管制官の声が遮った。

「ＣＣＰ。人民空軍機は、滑走路へ誘導しないなら市街地へ強行着陸すると主張している。やむを得ない、小松へ連れて行く」

風谷は言い返す。

だが、

『ブロッケン・リーダー、許可しない。海上へ誘導せよ』

「許可されなくても、仕方がない！」

風谷はマスクに怒鳴った。

「それとも今から撃墜するか。撃墜しても目の前は市街地だ。このまま放っておいても三分であいつは勝手におちるぞ。指示を乞う」

『…………』

中央指揮所は、普段は命令することとしかしないためか、現場から逆にオプションを示して『指示を乞う』と訊くと、黙ってしまう。大勢で相談しないと決められないのかも知れない。風谷は、待っていられるか……！　と思った。スロットルを前方へ進め、増速してミグ29の双尾翼のテイルへ追いすがった。このまま無理やり市街地の道路へなど突っ込まれたら、死傷者ゼロでは済まない。燃料があるうちに小松の滑走路へ降ろしてやるしかない。

前方の夜景を背景に、双尾翼のシルエットが大きくなって近づく。イーグルと同じ双発。どんな頑固者が乗っていやがるんだ――風谷は似通った後姿の機体を注視する。

機体はイーグルよりやや小さめだ。鋭く尖った機首。機首から主翼へ広がりながら流れるような、この曲面ラインはブレンデッド・ウイングボディーと呼ぶのだろうか？　こういう形は『胴体そのものも揚力《ようりょく》を発生する』と聞いたことがある。F15よりも進んだ空力形態のように見えた。

ミグ29ファルクラムか――

「……複座？」

驚いたのは、その機体が複座――二人乗りだったことだ。前後に長いキャノピーは、F15のコクピットの風防の形状に近かった。単座のファルクラムを横から見てイーグルと見間違うことはないと思うが、複座型は印象が少し違う。そして機首コクピットの下の星のついた標識は、確かに人民空軍――北朝鮮のものだ。

「人民空軍機、燃料はあと三分か」

『二分半だ』

「分かった。このまま横について右へ旋回しろ」風谷は小松TACANにチューニングした無線方位指示器に、ちらりと目を走らせた。針は右二時半の方向。距離表示三・七マイル。すぐそこだ。一分――いや一分半あれば降りられる。「小松の滑走路24へ向かう。編隊着陸の要領で降りる」

『確認したい。滑走路へ向かうのか』

「その通りだ」

『感謝する』


あの時――風谷はベッドに仰向けになったまま、意識の中で反芻《はんすう》した。

自分の横を飛んだミグ29……あの機体のパイロットの技量は、申し分ないものだった。異機種と初めて編隊を組むのに、左横の相対位置が少しもずれない。慣性の見越しが正確だった。ぴたりと俺の横をキープして、右旋回に入った……。

燃料が切れかけて命がかかっているから、集中していたのだろうか。北朝鮮では資源欠乏で空軍の訓練はろくにされていないと聞くが、最新鋭機の精鋭部隊だけは別なのだろうか？

戦闘機パイロットの技量は、一緒に編隊を組むとすぐに知れる。誘導しながら、横に並んだファルクラムのパイロットに風谷は自分以上の操縦センスを感じた。あまりこいつとは空戦したくないな――一瞬そう思った。

右へ緩いバンクで旋回。小松ＴＡＣＡＮに合わせたＲＭＩの針が前方を指すと、コクピットのグレアシールドの向こう、灯りで縁取られた海岸線に、塗りつぶしたように黒い部分がある。目を凝らすと、その中に滑走路24の細長い形状を示す高輝度滑走路灯が見え始めた。その手前には一本の白い線のような進入灯の列。

「人民空軍機、滑走路は前方だ。見えるか」

『見える』

雪が小止みでよかった。さっきのような降り方だったら――と考えるとぞっとする。

「このまま直線進入する。こちらに従って降下せよ。フラップを下げる。こちらの最終進入速度は一四二ノットだ。そちらはどうか」

『ノット？　キロで言われないと分からない』

「う――」

『いい。適当にそちらに合わせて降りられる。フラップを出す』

「分かった、頼む」

何が頼むだ――と風谷は思った。俺は何を言っている。向こうの方が、偉そうじゃないか……。風谷はフラップを下ろし、黄色い光の線のように見える滑走路へ向けて機首を下げた。スロットルを戻してパワーを絞る。直線目視進入――ビジュアル・アプローチだ。

風谷のイーグルは、ミグ29を左横に従えて、進入降下を開始した。

光る滑走路の姿が、前面風防の真ん中に固定されたように見え、少しずつ大きくなる。

『風谷さん、後ろからチェイスしています』

ヘルメット・イヤフォンに矢島の声。

「頼む矢島。万一のこともある」

風谷は、横に並んでぴたりと進入姿勢をキープしているミグと、バックミラーに映っている後方の矢島機を交互に見て言った。

矢島、俺の言う『万一』を理解してくれ――と思った。横のミグは完全には信用出来ない。着陸寸前に急上昇して、逃げてどこかへ突っ込もうとしたら対処し切れないかも知れない。その時は、後方につけている二番機に阻止《そし》してもらうしかない……。しかしミグのパイロットは日本語を解する。矢島に細かく指示は出来ない。

『わ、分かってます』

矢島の声は、分かっているようだが緊張のためか少し震えている。操縦桿に力が入っているのだろう、バックミラーの中で姿勢がふらつく。新米なのが丸見えだ。比べて、横のミグ29は、進入姿勢が微動だにしない。他国で要撃機に囲まれて、この操縦は……。

そこへ、

『ブロッケン・リーダー、こちらCCP。小松への着陸は、やはり許可しない。アンノンは海上へ誘導せよ。繰り返す、海上へ誘導せよ』

今頃、中央指揮所の管制官が呼びかけてきた。早口でうわずっている。

『総隊司令部決定は海上誘導だ。繰り返す――』

管制官のかすれた声の後ろで、怒鳴り合う数人の声がバックグラウンド・ノイズのように響く。何だか知らないが、指揮所の中で激しく議論しているらしい。

「もう遅い、降りる」風谷は無線のチャンネルを小松管制塔へ切り替える。「小松タワー、ブロッケン・フライト。ナウ、ツーマイル・オン・ファイナル。リクエスト・エマージェンシー・ランディング（小松管制塔、ブロッケン編隊は進入コース上二マイルの位置。緊急着陸を要請する）」

基地管制塔へ着陸許可を要請した。

『ラ、ラジャー、ブロッケン・フライト。ノット・クリアー・トゥ・ランド、バット、エマージェンシー・ランディング・イズ・ユア・ディスクリション（ブロッケン編隊、着陸は許可しないが、緊急事態なら自己責任で着陸せよ）』

うちの管制塔までそんなことを言うのか——舌打ちしながら風谷は「ラジャー。降りる」と応え着陸脚のレバーを下げる。今さら、もうどうにも出来るか。

「着陸脚《ギア》を下ろすぞ」

『——』

「着陸脚を下ろした」

『——』

「どうした。そっちも着陸脚を下ろせ」

風谷は横を見た。どうしたのだろうか、ミグは隣に浮かんで進入降下を続けているが、無線に返答がなくなった。キャノピーに目をやるが中はよく見えない。

「どうした人民空軍機。聞こえているか」

前方へ目を戻すと、滑走路が光の台形となって目の前に迫って来る。進入灯のシークエンス・フラッシングライトが、白い閃光《せんこう》となって前方へ走っていく。高度三〇〇フィートを切った。間もなく着陸だ。だが、

「おい、着陸脚を下ろすんだ！」

『――――』

応えがない。ちょっと待て、何をする気だこいつ――!? 風谷はぞっ、と背筋に冷たいものが走った。横にぴたりとついたままのミグ。まさか……こいつは何をする気だ。俺はだまされたのか。こっちに脚を出させておいて、急上昇してどこかへ逃げるつもりじゃないだろうな。

「おいっ」

高度二〇〇フィート。光の滑走路が風防一杯に広がり、迫って来る。

「おい！」

だが、声で返事をする代わりにミグは着陸脚を下ろした。微動だにしなかった機体の姿勢が、少しふらついた。どうしたのだろう。

「まさか……」

風谷は、ベッドに上半身を起こすと、ブラインドを下ろした個室の窓を見やった。独身幹部宿舎は基地の敷地内にあるので、遠くに爆音が響く。

いつも通りの、静かな午後だ。

「……まさか。あんなことになるとは」

頭を振った。

夜の滑走路へミグを伴って進入した時のことを頭に浮かべ、風谷はため息をついた。

着陸灯の交芒《こうぼう》に照らされ、白い地面が目の前に迫る。ミグはついて来ている。姿勢はややふらついている。さっき見せた操縦センスはどうしたのだろう？　五〇フィート。滑走路末端を通過。風谷は横のミグを目の端に入れながら滑走路の向こうの端に視線を移す。パワーを絞りながら、引き起こし操作。降下率を緩める。横風がおさまっていて助かる。雪をかぶった路面が左右の視野一杯になった——と感じた瞬間、接地ショック。タッチダウンした。ズズッ、と左へ滑る感じ。とっさに右ラダーを踏む。方向維持。横でミグも接地する。大丈夫だ、降りてくれた。しかし雪の滑走路面で、グレーの機体は急に蛇行《だこう》を始める。たちまち風谷の後ろへ、姿が見えなくなる。

「おい、大丈夫かっ」

頭上をズドドドッ、と轟音《ごうおん》を叩き付けるようにF15の機体が通過する。矢島機がこちらの着陸を見届け、進入復行したのだ。

グレーの迷彩塗装の機体は、たちまち滑走路を左側へ逸《そ》れた。雪で白くなった草地に、白い飛沫《しぶき》を上げて突っ込んで行った。バックミラーにそれを見た風谷はただちに背面のスピードブレーキを立て、方向維持に気をつけながらラダーペダルを踏み込んで主車輪もフル・ブレーキ、すぐ左前方に見えた誘導路へ機体を回り込ませた。機体を止めた。

雪の中に突っ込んで止まったファルクラムが、一〇〇メートルと離れていない場所で複座のキャノピーを跳ね上げた。反対側の民間ターミナルの照明を背に、逆光のようになった雪面に二つの人影がぱらぱらっ、と跳び降りた。二つの影は、あろうことか着地するなり互いに跳びかかり、雪をまき散らしながら地面の上で格闘を始めた。

「何だ……？」

二つの影は揉《も》み合った。風谷の目の迷いではない。争っている。人影の片方が、もう一方を押し倒して馬乗りになり、首を締め上げようとする。組み敷かれた方は足を蹴り上げ、すぐに形勢を逆転すると逆に馬乗りになり、手に持った黒い物を相手の頭に押しつけた。

「な――何をやってるんだ」

パンッ、と乾いた音が響く。

「な――」

　銃声か……!?

　風谷はヘルメットの下で目を見開いた。

　押し倒された人影は、抵抗したので、拳銃らしき黒い物体は音が出る寸前に逸らされた。二つの人影は再び雪の中で揉み合って転がり始めた。

　いったい何をしているんだ。

「誰か」誰か、止めろ……！　風谷は基地の建物の方を見やるが、一面雪だ。ライトをつけた警備小隊のジープが、遥か遠くで雪を跳ね上げる。ミグの機体へ向かうようだがなかなか進まない。

　取っ組み合いの方へ目をやる。また銃を持った方が、相手を押し倒す。倒された方は雪を跳ね上げて抵抗するが、黒い物体を顔に向けられる。

「くそっ」

　風谷は舌打ちし、パーキング・ブレーキで停止させた機体のコクピットで、身体を拘束する装具類を急いで外した。燃料コントロールスイッチを左右ともＯＦＦ。エンジンを止めてしまう。キャノピーをスイッチで跳ね上げ、まだ惰性で回っている左エンジンの空気取入口の前を飛び越して、雪の地面へジャンプした。

　どさっ。

「痛！」

下が草地で雪がクッションになっていても、F15のコクピットは相当な高さだった。しかし膝の痛みに顔をしかめている暇はない。立ち上がって、走り始めた。「おい！」怒鳴った。

「おいっ、やめろ！」

雪を蹴《け》って走った。

汗をかいた顔が、切れるように痛い。たまらない空気の冷たさだ。だが風谷は走った。一〇〇メートルを駆け抜けて、揉み合っている二つの影に迫った。馬乗りになり銃を振りかざしている背中に、背後から跳び掛かった。

「――やめろっ」

馬乗りになった男は、黒い拳銃を下敷きになって抵抗する男の喉に押しつけ、引き金を引く寸前だった。風谷は跳び掛かって両手で男の腕をつかみ、脇へ逸らせた。同時にパンッ、という発射音と閃光。男は唸《うな》った。何か叫んだ。風谷は「やめるんだ」と繰り返しながら腕にかじりついた。

「やめるんだ。人がせっかく、助けたっていうのに……！」拳銃を持つ相手との格闘――という体術の訓練を受けたのは何年も昔、まだ航空学生の地上課程の頃だった。だが風谷は、不意をつかれた男の腕から何とか銃をもぎ取るのに成功した。そのまま雪の中へ放り捨てた。怒った男が唸りを上げて殴り掛かって来た。風谷は避け切れなかった。顎に激しい衝撃を感じたかと思うと、仰向けに吹っ飛び、夜空が見えて次の瞬間には雪の中へ転がった。

下敷きにされていたもう一人の男が、その隙《すき》をついて起き上がり反撃に転じた。北朝鮮人民空軍のものらしい茶色の飛行服を着た二人の男は、何ごとか叫び合いながら再び取っ組み合った。

「や、やめるんだ……」

風谷は、顎が痛くて立てなかった。頭の上に、警備小隊ジープのサイレンが近づいて来た。

「それで」

翌日の昼間。風谷は一睡《いっすい》もしないまま、膝の打撲《だぼく》の手当てだけを受けて何度も繰り返される事情聴取に耐え続けていた。

亡命機着陸の報を聞くや、東京からヘリと輸送機を乗り継いで駆けつけた防衛省内局、空幕の情報部、陸幕の調査部。夜が明けると公安警察と外務省と内閣安全保障室もやって来た。基地のゲートの外にはマスコミが押し寄せているようだった。自由資本党の議員連盟と平和世界党の議員団も昨夜の情況を聞かせろとやって来た。そのたびに、風谷は同じことを説明させられた。事情説明は一回で済ませて欲しかったが、組織が違うのだからよそは知らん、最初から説明しろと言う。しまいには地元の石川県警まで『取り調べさせろ』と乗り込んで来て、公安警察に追い返されていた。

そのため、肝心の第六航空団司令部の報告会議が開かれたのは、午後遅くになってからだった。風谷は立っているのも辛《つら》かったが、また同じこと——前夜のスクランブル発進から亡命機誘導に至るまでの顛末《てんまつ》を、最初から繰り返して説明した。

「それで君は男から拳銃を取り上げたが、二人は何か怒鳴り合いながら、再び格闘を始めたと——何を怒鳴り合っていたのだ？　あの二人は」

日比野二佐が、横の防衛部スタッフに調書を書き取らせながら質問を続けた。

「分かりません」風谷は会議室の真ん中に立たされたまま、頭を振った。「朝鮮語らしくて……何を叫んでいたのかは、分かりませんでした」

「そこへ、急行してきた警備小隊のジープが到着。二名の北朝鮮搭乗員は無事拘束《こうそく》された、と。そういうことだな」

「……はい」

うなずく風谷を、小松基地の幹部士官たちが取り巻いて注視している。コの字型の会議テーブルの真ん中に、風谷は立たされていた。普段は顔を見もしない事務方の地上職制幹部たち。直属上司で飛行班長の月刀一尉、飛行隊長の火浦二佐は一番端の力の席にいる。

矢島三尉はテーブルを外れた部屋の隅っこのパイプ椅子に座らされている。会議室は、飛行服を着た幹部パイロットよりも、制服姿の地上職制幹部の面々が圧倒的に多かった。

「風谷三尉。君は」

団司令部の監理部長が、口を開いた。

「君は、スクランブル編隊の行動を指揮する編隊長だったわけだが。北朝鮮ミグが沿岸に迫った時の中央指揮所の命令を覚えているかね」

この中年――いちいち答えさせるところが、もったいぶっていて嫌だな、と風谷は思った。

「『アンノンを海上へ誘導し着水させよ』です」

「では、なぜ命令に従わなかった」

「なぜって……」

「なぜ滑走路へ誘導した」

「それは……」

風谷は口ごもる。その理由も、前の晩から十数回繰り返して説明していたが、もう一回言おうとしても疲れて頭が回らなかった。

「いいかね風谷三尉。君の取った行動――ミグを小松基地の滑走路へ誘導し着陸させるという行動は、明らかな命令違反だ。団司令部でも中央指揮所の方針に従い、着陸許可は出していない。だが君は緊急事態を宣言し、危険な亡命機に小松市街を飛び越えさせ、無理やり基地へ着陸させた」

「ちょっと待って下さい」

火浦が遮った。黒いサングラスに口髭《くちひげ》の長身が、がたっと立ち上がって抗議をした。

「本日、朝から組織の中で聞いていますと『命令違反』『命令違反』という声ばかり聞こえて来るようだが、風谷のいったいどこに落ち度があるのですか？　編隊長として、彼は終始立派に任務を果たしたではないですか。なぜ責められなければならないのか、私には訳が分からない」

「訳が分からないではないだろう。命令に背《そむ》いて行動したのだ」

「結果として、市民にも市街地にも、何も被害は出なかった。あの亡命機の二名だって、通常飛行服で雪の海に飛びこんだら助からなかったかも知れないところを、地面に降りられた。その後の格闘については取り調べを待たなければならないが、とにかく風谷は多くの人命を救ったんですよ」

「それは結果として偶然そうなったかも知れん。だが一つ間違っていれば大災害が生じていたかも知れん。国防というものは、現場の指揮官個人が勝手に判断して行動し、結果がたまたま無事だったからいいだろうというほど甘いものではない。風谷三尉が命令違反を犯したというのは事実だ。自衛隊幹部が命令に従わずに行動した以上、しかるべき責任は取られなければならない」

「ちょっと待って下さい。聞いていると――まさかあなたがたは、風谷に対して処分を考えてるというわけではないでしょうね!?」

「当然、処分の対象だ」

「冗談じゃないっ」火浦は唸った。「あなたがたは何を考えているのですか。確かに昨晩、中央指揮所が海上への誘導を指示したのは、燃料の尽きたミグが市街地へおちたら大惨事《だいさんじ》になる恐れがあるから当然の判断でしょう。府中の地下では情況は見えないんだから安全策は仕方がない。ですが現場で情況をじかに見ている編隊長が、小松への着陸は可能、いやその方がいいと判断した。冷静な判断に基づいてミグを誘導し、無事安全に着陸させた。それのどこがいけないのです」

「いけないじゃないか。命令に違反した」

「しかし」

「命令に違反したら処罰だ」

「ですが」

「現場の情況がどうであろうと。いいかね火浦二佐。総隊司令部中央指揮所が『海へ追い出せ』と命令したら、現場指揮官は万難を排してそうするのだ。言い訳は聞かない。出来なかった、いやその通りにしなかったのだから命令違反のペナルティーは重い。現在、総隊司令部監理部の組織で、風谷三尉の処分を検討中だ」

「いい加減にして下さいっ」火浦はテーブルを叩いた。「ならスクランブルにパイロットはいらない。今度アンノンが来たら、無人ドローンを飛ばせばいい。地上の指揮所から遠隔操作で警告を放送すればいいんだ。ついでに監理部長、その操作はあなたがやったらどうですか!?」

「監理部の職務は、幹部および隊員の監理監督だ。そんなことが出来るわけないだろう。火浦二佐口を慎め」

火浦の横で、月刀が「冗談も通じないやつ相手に何を言ったって無駄ですよ」と小声で袖を引っ張る。

「火浦二佐」

日比野が、場を鎮《しず》めるように口を出した。

「君たち現場の幹部は、気楽だ。そうやって筋の通ったきれいなことを言える」

「何ですと」

「問題は、判断が正しかったか正しくなかったかということじゃない。組織は規則で運用される。現場で命令に背いた行動が行われた時、もし監理部が『結果がよかったのだからよい』と勝手に容認してそれを咎《とが》めなかったら、監理部はもっと上の組織から『なぜ咎めなかった』と咎められる。だから組織は責任を持って、命令違反があったら咎めなくてはならない。結果的に人命が損なわれなかったからそれでよいで、済まされるわけにはいかないんだ。風谷三尉を処分しなければ、おそらくここの監理部長、そして上部組織の総隊司令部監理部長までが代わりに処分されてしまう」

「あなたがたは、自分たちの責任とこの国の安全と――」

火浦の抗議は、さらに続いたが、地上職制の幹部たちは熱弁をふるうパイロットに顔も向けず、あくびをかみ殺す者もいた。

「…………」

仕方がないさ。

風谷は、ベッドで天井を見ながら心の中でつぶやいた。

組織の連中のやることなんか、もう慣れてしまった。別に処分なんかされたって、構わない。俺は組織の中で偉くなる気なんかないし、二尉に昇進するのが遅れたって、どうせ階級では防大出にどんどん抜かれる身だ。将来飛行班長になりたいとも思っていない。月刀一尉や火浦二佐の苦労を見ていると、役付きなしのひらパイロットでいた方が、余程フライトに打ち込める……。

そうだ。俺は飛べればいい。戦闘機に乗れてさえいればいいんだ。処分なんか構うものか。

一年前、エアバス撃墜事件で石川県警にあらぬ言いがかりをつけられ、軟禁《なんきん》状態にされて尋問を繰り返された時のことを思った。あれに比べれば、身内の組織の処分ぐらい——そう思った時。寝転がる風谷の頭の上で、電話のブザーが鳴った。机の上で、司令部からの直通構内電話がランプを点《つ》けてブーッと鳴っている。仰向けのまま、手を伸ばした。

「はい」

『風谷三尉か』

「はい」

受話器の向こうの声は、あの防衛部長——日比野二佐だった。火浦隊長よりも歳は下なのに、航空団司令部ナンバー2と言われている。昨日の報告会議でも、記録係を従えて正面に座っていた。狐のような顔つきをした若手エリートだ。

普通、フライト任務の呼び出しであれば、電話してくるのは飛行隊のスケジュール担当幹部だ。防衛部長がじきじきにかけてくるとすれば……用件は何となく想像がついた。

『風谷三尉。組織の決定を伝えねばならない』

「……はい」風谷は、口の中の舌打ちが聞こえないように気をつけながら受話器に応えた。

「何でしょうか」

『私個人としては残念だが……風谷三尉。君はしばらく飛べなくなる』

やはり処分の通知か……。謹慎《きんしん》だろうか。

いいさ、好きにやらせるさ——と風谷は思った。組織の顔を立てたいのなら、立てればいい。一年前、県警の刑事たちに病室に軟禁され、二週間も『お前のせいだ』『自白しろ』と締め上げられた時に比べれば……。謹慎一週間だろうと十日だろうと、宿舎で寝ていればいいんだ。

だが、

『風谷三尉。総隊司令部監理部からの通達による決定だ。本日より、飛行停止一か月を命ずる』

一か月——？　日比野の言葉に、風谷は唾《つば》を呑《の》み込んだ。随分《ずいぶん》長いじゃないか。

「一か月、ですか」

『そうだ。それから——』日比野は言葉を区切った。『一か月の飛行停止処分の後、風谷三尉は、小牧《こまき》の航空支援集団救難教育隊・ヘリコプター操縦課程へ転出とする。正式な辞令は後日手渡す。以上だ』

「————」何だって——？

風谷は、耳に入ってきた言葉の内容が嚙《か》み砕けず、思わず身を起こした。

受話器を握ったまま絶句した。何だって？　今、俺は……いったい何と言われた——

『君はヘリへ転出となる。聞こえたか、風谷三尉。処分は以上だ』

東京

千駄ヶ谷駅近くにある、平和世界党・党本部。

「私は、私は感激しましたっ」

初老の女性党首が、壇上ではらはら涙をこぼすと、会見場を埋めた報道陣から一斉にフラッシュが焚《た》かれた。記者会見の主人公に向けられたＴＶカメラは十数台。外国の記者の姿もある。

「日本の、過去に犯した許されざるあやまちが――非人道の極みを尽くした植民地支配・戦争犯罪の罪が、たったの……たったのですよ。たったの国家予算二年分で許してもらえるなんて――」

女性党首は顔を上げた。

バシバシバシッ、フラッシュがまた焚かれ、涙に濡れた老女の頬を光らせた。

「私は感激しました！　今回の朝鮮民主主義人民共和国の、寛大なる申し出に。このような寛容な措置がこの世にあるだろうか。すばらしい慈悲の心があるだろうか。たったの一五〇兆円で、私たちの背負った全ての罪を許してもらえるなんて……！　現代のこの日本では、とても望めません。このような寛大な……」ううう、と千畳敷《せんじょうじき》かた子は声を詰まらせた。泣き崩《くず》れた。

「先生」「先生」と脇に控えていた女性議員たちが、駆け寄って老女の肩を支えた。

「党首」

「千畳敷党首」

記者たちが、次々に質問の手を上げる。

川崎市内

『――平和世界党の千畳敷かた子党首は、たった今都内の党本部ビルで会見し、日本政府はさきに北朝鮮の要求した一五〇兆円の賠償金《ばいしょうきん》を支払い、ただちに国交正常化の手続きに入るべきと訴えました。これに対して政府・自由資本党外交委員会は、現時点であくまで北朝鮮の金銭要求には応じる姿勢がないことを確認し、国交正常化交渉はその基本姿勢も含め再検討することを申し合わせました。

委員会に出席した、木谷外務大臣の談話です』

『私は、はっきり申し上げた』

「――――」

月夜野瞳は、パソコンのモニタから顔を上げ、部屋のTVの画面を見やった。

午後のニュースが映っている。あまりに人の声がしないので、仕事をしながら背中でつけていた番組だ。

最近、ＴＶでよく目にする銀髪の政治家――新しい日本の外務大臣が、国会の廊下で立ち止まって記者団の質問に答えている。はっきりものを言うので、発言が始まるとつい画面に目が行く。

『そんな法外な金を、支払うつもりはない。私は北朝鮮の外相に、はっきりとそう申し上げた』

『大臣。北朝鮮に対しては、国交正常化に伴う常識的な経済援助なら応じる用意がありますか』

『それも分からない。正直言って私は、政府の〈北朝鮮との国交正常化方針〉には異を唱えたい。今日の委員会でもそのことを訴えた』

『外務大臣である木谷さん自身が、政府の外交方針に、異を唱えられるのですか？』

『外務大臣になったからこそ、外務省内の空気や方針に捕らわれず、あえて日本のために発言をさせてもらうのです。いいですか、一つの国と国交を開くということは、その国をまともな独立国家として日本が認め、対等な立場で将来に渡ってつき合っていくということにほかならない。現体制の北朝鮮と国交を開くということは、すなわちあの国を、対等につき合えるまともな国家として日本が認め、国際社会の中で認知するということです。

「あなたの国は立派です仲良くしましょう」ということです。それに対して国民はどう思うか？　果たして適当だろうか？　私としては、現体制のあの国と、いま無理をしてでもつき合う——国交を開く必要はないと思う』

『では大臣はこれから、北朝鮮との国交問題には消極姿勢で臨《のぞ》まれる、ということでしょうか』

『その通りだ』

銀髪の男がうなずくと、ぶら下がった十数人の記者たちが一斉にＩＣ録音機を突き出した。

『大臣、では今後の交渉はどのように』

『金額を減じて支払うという道もあるのでは』

『国交正常化は、先伸ばしにするのですか』

『飢えている子供たちはどうでもいいのですかっ』

『そんないい加減なことで、いいのですかっ』

『いい加減なのではない。私の考えでは、あの国に対しては「何もしない」のが一番だと思う』

『何もしないとは——？』

『何もしないとは、どういうことです？』

『「何もしない」とは、つまり何もしないで、放っておくということだ』

『何もしない？』

『その通りだ。何もしない。援助もしなければ交渉もしない。国交の正常化も望まない。あの国については、ただ何もしないで放っておくのが一番だと、私はそう考えています』

『それは無責任なのではないですか』

『仕事をしないということですかっ』

『いや違う。放っておくのも立派な外交だ。どこの国とも全部仲良くなれるわけではない。仲良くする必要もない。国際社会で、好い人になる必要もない。そういう外交手法もある』

時間になったのか、銀髪の外務大臣は『では失礼』と一礼し、踵《きびす》を返すとサムライが辻《つじ》を行くように歩み去る。その背中に、記者の一人が追いかけて質問を投げる。

『大臣、クアラルンプールからの機内会見で、もし自衛隊が北朝鮮に軍事テロを働くようなことがあれば一五〇兆払うと発言されたのは本当ですかっ』

『ああ』

木谷は背中で手を振った。

『本当だ。そんな馬鹿なことがもしも万一あったら、彼らの言い値でいくらでも払ってやる』

『大臣』

『大臣』

『大臣、小松のミグ亡命事件については──』

『その件については、もう少し調べがついたらコメントします。今は何とも言えない。失礼』

「────」

瞳はTVの方を見ていたが、政治家の発言は途中までしか聞いていなくて、いつしか視線はTVの横に置かれた写真立てに注がれていた。

雛人形《ひなにんぎょう》の段飾りの前で笑う、小さな女の子。

黙って瞳は、唇を噛んだ。

目を伏せた。

『──次のニュースです。一昨日の夜、石川県の小松空港へ突然飛来した北朝鮮のものと思われるミグ29戦闘機は、今朝になって滑走路脇の草地から曳《ひ》き出され、航空自衛隊小松基地の格納庫へ収容されました』

「────」

瞳は、TVの画面に目を戻した。『亡命！　ミグ戦闘機』という派手な字体のテロップが、見覚えのある空港の景色に重なっている。

『乗っていた二人の搭乗員に対しては、引き続き小松基地内で日本政府による事情聴取が行われている模様です。関係筋によると、二人はアメリカへの亡命を希望しているとのことですが、北朝鮮政府は中国を通じて搭乗員と機体の返還を強く要請して来ており、政府の対応が注目されます。

一方、ミグ戦闘機を誘導して着陸させた航空自衛隊のF15戦闘機は、ミグの燃料が切れかけているのを知った上で市街地の上空を通過させた疑いが持たれており、防衛省では――』

灰色の曇り空の下、滑走路から飛び立つF15の姿が小さく映った。空港の展望デッキからの映像だろうか。日の丸をつけたグレーの機影は、急角度で上昇し画面から消える。

「――――」

瞳は、パソコンに向き直ると、仕事を中断してメールの画面を開いた。

千駄ヶ谷・路上

「おかしいなぁ……」

沢渡有里香は、平和世界党の本部ビルを出た路上で、携帯をかざしたりひっくり返したりした。そんなことをしても、相手が出ない理由は分かっているのだが。

「風谷さん……ずっとスイッチ切っちゃってる」

有里香は液晶の表示を見て、息をついた。

風谷修が、仕事柄、携帯のスイッチを普段ほとんど切ってしまっていることは承知している。しかしこの三日間、何度試しても呼び出し音すら鳴らない。

「メールも駄目だし……。ひょっとして、あの事件に……」

つぶやいていると、

「沢渡さん」

横の方から、カメラマンの道振《みちふり》が呼んだ。

「中継車、撤収しますよ。手伝って下さい」

「ああ、ごめん」

「どうしたんすか」

「え」

「疲れたんですか、その顔」長身のカメラマンは機材を担《かつ》いで中継車に放りこみながら、有里香の顔を覗《のぞ》き見る。「まぁ無理もないですか。先週のクアラルンプールでの張り込み十八時間。あれはこたえた」

「そうじゃないのよ」

有里香も黒いケーブルを輪にして担ぐ。軍手《ぐんて》をはめて、手さばきの動作には淀《よど》みがない。石川県のローカルUHF局時代、記者と撮影スタッフを兼業でやっていた。というか、やらされていた。

「身体は元気そのもの。しょげてるんじゃないの」

「じゃ、お腹《なか》すいたんですか」

「あのね」

「は？」

「もっと繊細な理由。仕事を選んで、独り東京へ戻って来ちゃった女が、ここに約一名

――」

白い軍手で自分を指さすと、道振に笑われた。

「何で笑うのよ」

「クアラで三日間、下着を替えなかったくせに」

「しかし何だったんだろうね。さっきの会見」

政党の本部ビル前から中継車が走り出すと、有里香は「今日は青リンゴ味にするか」と助手席で栄養ゼリーのキャップを開けた。昼食を食べる暇が、とうとうなかった。次の取材先へ急がなくてはならなかった。ゼリーを口へ流し込みながら、片手で取材ノートを開

いてめくった。今の党首会見で書き留めたメモに、思い出して補足を加えながらつぶやいた。

「あのおばさん……何を考えているんだろう。『たったの一五〇兆』とか『寛大』とか……」

「何か、平和世界党では国会に法案を提出するらしいですよ」

「法案――？」

「ええ」

有里香と一緒に大八洲TVへヘッドハントされた道振は、ハンドルをさばきながらうなずく。

「さっきTV中央の連中が、しゃべってるのを立ち聞きしたんですけど。何でも富裕税――『年収一〇〇〇万以上の世帯の所得税率を八〇パーセントにして、十五年かかって北朝鮮に三〇〇兆払う』っていう法案らしいです」

「まじ……？」

「基礎控除を三〇〇万つけるから、年収の少ない世帯と同じくらいの生活は出来るだろうって」

「でも、どうして三〇〇兆も？」

「十五年の分割払いにしたら、利子がつくから」

「…………」

「最初は消費税率を一五パーセントに上げて、上げた分の一〇パーセントを全部北朝鮮へ送金するっていう法案を用意したらしいけど、さすがに全国の労働組合の支持が得られないからって——いや、聞いた話ですけど」

有里香が手を止めて声を失っていると、後ろでクラクションを鳴らされた。振り向くと、大八洲ＴＶの社旗を立てた４ＷＤ車が急加速で追いついて来た。横へ並んだ。運転席の窓が開いた。

「沢渡。止まってこっちに乗れっ」

走行中の運転席の窓から、チーフディレクターの八巻が怒鳴った。

「仕事だ。すぐ小松へ飛んでもらうぞ」

小松基地

夕刻。

「風谷、いるか」

夕日の中を、一升瓶をぶら下げた月刀が独身幹部宿舎へ入って行くと、ちょうど勤務を終えた福士正道《ふくしまさみち》二尉と千銘一也《せんめいかずや》二尉が、飛行服のまま玄関脇当直室で囲碁《いご》を打っていた。

「あ。班長」

「何か」

飛行隊の若手幹部二人が顔を上げて振り向くと、月刀は「あ、いや――」と手にした瓶を持ち上げた。

「いや、これ――高知のいい焼酎《しょうちゅう》が手に入ったんでな。あいつがいるんなら、ちょっと」

「あの。班長」

福士が、太い眉と円《まる》い目を月刀に向けて、言いにくそうに応えた。

「言っていいのかどうか分かりませんけど――風谷ならついさっき、矢島と呑みに行きました」

「何」

「すみません。あいつが謹慎中なのは、百も承知ですが……でも寮長として、自分の責任で止めませんでした。すみません」

「いや――そうか。矢島と出かけたのか」

「ええ。さっき『やってられるか』って、肩組んで」隣から千銘が言う。「月刀さん。風谷が――あいつが〈F転〉になるって、本当なんですか。もう決まったんですか」

その問いに、月刀は目を伏せる。

「すまん。俺も火浦さんも、精一杯抵抗しているんだが……。上の上からの命令でな。だが、まだあきらめはしない。何とかして、辞令撤回されるよう運動するつもりだ。それも含めて、あいつを励まそうと来たんだが……そうか。呑みに出かけたか」

「すみません」

「いや、いいんだ」月刀は何故かほっとしたような顔で、目を上げる。「そうか。呑みに行ったか……」

長身のベテランパイロットは「邪魔をした」ときびすを返した。そのまま宿舎の建物を出て、草の生えた構内道路を行ってしまう。


「何だろ。あの人」

千銘が、月刀の背中を見送ってつぶやく。

「呑みに出かけたって聞いて、怒らないぜ」

「ほっとしたんだよ」

福士が、盤面《ばんめん》を見たまま言う。

「ほっと――って、何が？」

「月刀さん、自分があういう野生児だからさ。風谷みたいなタイプの後輩って、どう扱っていいのか――どうやって面倒見たらいいのか分からないんだ。風谷が〈F転〉を宣告されて、溜め込んで切れるんじゃないかって心配して、見に来たんだよ。ところが矢島と肩組んで呑みに行ったって聞いて、あいつも仲間と酒を呑んでうさを晴らすようになったかって——とりあえずはっとしたんじゃないか」

「ふうん」

千銘は盤を見て腕組みをする。

「難しいな、管理職は」


その当直室へ、もう一人の先輩幹部が「風谷三尉はいるか」と顔を出した。

「あ。有守副隊長」

「どうも」

二人は立ち上がって敬礼をする。救難隊の有守三佐が、勤務帰りの制服姿で宿舎の玄関に立っていた。手には、ビールの二ダース入りカートンボックスを下げている。

「風谷三尉はいるか。ちょっと、話がしたくて来たんだ」

「あ、風谷なら、その」福士は少し考えて「ちょっと、所用でここにはおりません」

「そうか——」三十代後半の救難ヘリパイロットは、ため息をついた。「それじゃ、持って帰るのも重いから、これはお前らみんなで呑め」

「すみません」

「ありがとうございます」

「風谷が戻ったら、言っておいてくれ」有守はビールを置きながら言った。「〈F転〉させられたって、人生は終わりじゃない」

「は、はい」

「人間は、三日先のことは分からない――いや、本当を言うと明日なんていうのは幻みたいなもので、今現在自分が生きているこの一分一秒だけしか俺たちにはない。誰でも、ちょっと先のことはどうなるか分からない」

「はい」

「だが、年の功で言うんだが……」

有守は、ちょっと言葉を区切って、

「俺の経験で確実に言えることは、人生は悪いことばかり続かない。悪いことの先には、必ずいいこともある。そういうことだ。風谷に、そう言っておいてくれ」

「はい」

「はい」

有守が玄関を出て行くと、二人はまた当直室のソファに座って、囲碁を続けた。

「風谷の〈F転〉――」千銘がつぶやいた。「みんなもう知ってるんだな。やってられないよな。人の命を助けて、その結果があれじゃ」

「なあ千銘」

福士が碁石を手にして言う。

「ん？」

「お前なら、どうした？」

「何が」

「訊いてることは、分かるだろ」

「そりゃ、分かるけど」千銘は盤面を見て腕組みをする。「あの晩のことか——俺もその場になってみないと、どうするか分からないよ。突然やって来たアンノンが訳も分からないくらい我を通すわがままな奴で、いくら説得しても海へ機首を向けようとしない。目の前は市街地。残り燃料はあと三分。放っておけば市街地へ強行着陸されるかそのままおちるか。その時点で撃墜したって、やっぱり人家のあるところへおちる。ところが中央指揮所は『着陸は許可しない海へ降ろせ』。指揮所の連中は、いいよ。そうやって『海へ降ろせと命令した、あとは何が起きようと自分たちの責任じゃない』って言えるんだ」

「うん」

「地上の連中は、気楽さ。何でも建前の通りに命令だけしておけば、とりあえず責任は被《かぶ》らないんだ。上空にいるパイロットは——編隊長はそうはいかない。目の前に人命があるんだ。市街地の市民、亡命機に乗っている搭乗員だって、人命は人命だ」

「俺は――」福士はパチリと石を置いた。「俺だったら、撃墜したかも知れないな」

「民家におちるかもしれないのに？」

「何とか海におちるようにしてさ。撃墜したかも知れない。命令は『海へ降ろせ』だろう。アンノンの搭乗員を助けろとは言っていない。市街地におちる可能性が生じた時点で、〈急迫した直接的脅威〉が使える」

「でもなぁ」

「――現場のパイロットが〈正義の味方〉になる必要はないよ」

「どうして」

「現場の編隊長が、熱に浮かされたように感情に任せて〈正義〉を断行しても、その場では人命は助かるかも知れない。しかしそのせいで、もっと大きな国際紛争に発展する危険性だってあるだろう。かえって多くの犠牲を出すことに、繋《つな》がるかも知れない」

「そりゃ、大げさだ」

「一般論として言っているのさ。俺たちの仕事は、だから難しいよ。俺だって府中の地下の連中が必ず正しいなんて思っていない。でも自分一人の判断のせいで、国際紛争になるのもたまらない。重過ぎる。だから、命令には従う。その方が楽だ――というか、土台一人の士官が国の運命を左右するなんて無理なんだ。命令通りにやればいい。俺は、そう思うようにしている」

「うーん」

千銘は唸った。

「ま、どっちにしても……責任の重さに比べて、給料安いよな。俺たち」

「ああ」

「せめて、生命保険に入れたらなぁ」


そこへ、当直室の窓を外から叩《たた》く者があった。

千銘が立ち上がって窓を開けると、草ぼうぼうの前庭に、ほっそりした飛行服姿が立っていた。そこだけ色が違ったように見えた。黒い髪と、切れ長のきつい目。

「――鏡《かがみ》三尉？」

「あの」飛行服姿の若い女は、黒い瞳を横の方へやって、まともに視線を合わせずに言った。「風谷三尉、いますか」

「あ、いや――今いないけど。外出中」

「そうですか」

飛行隊に二人だけ在籍している女性パイロットの一人――鏡黒羽《くろは》は、後ろに手を組んだまま、くるりと背を向けた。

「じゃ、いいです」

「あ、おい」

「はい？」

「いやあの——何か、用かい」

千銘が訊くと、黒羽は猫のようなきつい目で一瞬きっと睨んだ。

「別に」

それだけ言うと、髪をひるがえして背を向ける。構内道路を女子幹部宿舎の方へ、早足で戻って行く。オリーブグリーンの飛行服の背中の動きが、野生の猫のようだ。

「何なんだ、あいつ……」

千銘は首を傾《かし》げた。

「さあな」

福士が盤面でぱちりと音を立てる。

「お前の番だぞ」

小松市内・海岸道路
レストラン〈ウサギ翔ぶ海〉

「——あら」

風谷が矢島に引っ張られて、その店へ入って行くと、二人の女の子は先に来ていた。そのうちの窓際に座った方の子が、風谷の顔を見ると「あら」と笑って立ち上がった。

「この間も、お会いしましたね」

「え」

「風谷さん、でしょう」

「え……？」


ヘリコプターへ転出させる――という司令部からの宣告。それは、もう二度とイーグルには乗れないということを意味していた。

飛行停止の期間が過ぎ、辞令が正式に出されれば、風谷は戦闘機からヘリコプター・パイロットに転向させられ、どこかの基地の救難隊へ配属されることになるのだろう。

日比野二佐からの電話を受けた後、風谷はしばらくベッドに仰向けになったまま、天井を見続けていた。

何もする気になれなかった。

まだ空は飛べる――おそらくこれから会う人がみな風谷に言うだろう。救難パイロットも人の役に立つ仕事だ。ある意味、戦闘機パイロットよりも勇気がいる。技量も要求される危険もある……。

そんなことは百も承知だ。

部屋で寝転がっていたら、様々な考えが頭に浮かんで、何度も繰り返された。

初めは『自分は編隊長として正しいと信じた判断で行動したのだから恥じることはない』という考え。そうだ。だから上空でのあの行動を、後悔するつもりはない。処分でどんな決定をされようと、自分は堂々としていよう。

でも、そういう強い気持ちは一人で寝転がっていると維持出来なくて、『決定が覆《くつがえ》るかも知れないから、少し待ってみよう』という考えが浮かぶ。これまで何年もして来た苦労が、無駄になってしまっていいのか。いいわけがない――という悔しさがじわじわ湧いて来る。

いや、ヘリでも空は飛べるんだからいい。正式に辞令を突きつけられたら、あきらめてそっちへ行こう。それが大人の、士官というものだ。戦闘機をあきらめて生きている人は自衛隊にたくさんいるじゃないか。俺もその中の一人になるだけさ。人生はあきらめが肝心で……。

いや、やっぱり気持ちは強く持とう。

くるくる天井が回るほど考えて、考えは頭の中に何度も繰り返されて、でも『こう割り切ろう』なんておちつくことは決してないのだった。そのうちに、考えるのに疲れてしまった。参った。俺は独りでいたら、今日一日ずっとこうだぞ……。

「自衛隊やめましょうよ」

矢島三尉が、ほどなく部屋に押しかけて来た。

「風谷さん、僕は飛行停止二週間だそうです。やってられませんよ」

「お前まで処分か……」

「風谷さんは、〈F転〉宣告されたんでしょう」

「聞いたのか」

「風谷さん、パイロットになりたくて自衛隊に入ったんでしょう。自衛隊に入ったからパイロットになったんじゃないでしょう」

「それは、そうだけど」

「じゃ、もう居る意味がありませんよ。民間へ出ましょう。それとも風谷さん、ヘリへ行きたいですか」

「――――」

「ヘリの仕事をどうこう言うつもりはないけど、身が入らない状態で救難ヘリに乗ったら危ないですよ」

「――――」

「と、言うわけで」

「何だよ」

「六時、待ち合わせなんですけど」

「風谷さん、でしょう」

立ち上がった女の子が目の前で自分の名を口にするのを、風谷は不思議な気持ちで見た。矢島がセットした、呑み会の相手の一人だ。

「え――？　どうして……」

この子は、誰だろう。

レストランのテーブルから立ち上がった、白い顔の女の子――肩までの髪を垂らしている。その顔を風谷は見た。歳は同じくらいだろうか。矢島の話では、今日東京から飛んで来た太平洋航空のキャビンアテンダントだという。今夜は小松に泊まって、明日また国内線を何レグかフライトするのだという。

風谷には、客室乗務員をしている女の子の知り合いなどいない。

だが、

「わたしの前で、名前を書いたわ」

白い顔の子は、そう言って笑う。鼻の筋が細く伸びていて、品のある顔だちだ。

「珍しい姓だから覚えていた――っていうか、風谷さんは印象、普通の人と違っていたから。空幕の人だったんですね」

「え」

空幕――?

「ほら」女の子は、両手を頭の後ろへ回して、髪をまとめて見せた。「髪の毛下ろすと、顔、違って見えるって言われるの」

「――あ」

本当だ。こうすると見覚えがあった。白い耳があらわになった。

「あの、結婚式の……!」

町田祐一の結婚式で、受付に立っていた子だ。

すると、

「神林麻沙子《かんばやしあさこ》です。町田さんと結婚した秋吉くるみは、わたしの大学の同級生です」

機内で乗客に向かってするように、白い顔の女の子は「どうぞよろしく」とお辞儀をした。

「あ――いえ。こちらこそ」

風谷も慌てて会釈《えしゃく》した。

それを座って見ていた隣の席の髪の短い女の子が、噴き出した。

「何か面白いわね、この二人。ねぇ矢島君」

「何だ、知り合いだったんですか」

自己紹介をし合った後、矢島はテーブルについておしぼりで手を拭《ふ》きながら、横の風谷を肘《ひじ》でつついた。

「隅に置けないなぁ、先輩」

「あら、こちらが先輩なの」髪の短い子が、低い声で言った。脇に置いた灰皿に、細い煙草が消されている。「あたし、矢島君の方が先輩なのかって思っちゃった」

「いや、僕なんかまだぺーぺーですよ」矢島はおしぼりを握った手でそのまま頭を掻《か》いた。

「あ、いけね」

女の子二人が、笑った。

もう一人の髪の短い子は、名刺をくれた。青いロゴマークのついた名刺には太平洋航空国際客室乗員部・志水美久《しみずみく》とあった。

「ひゃあ、国際線に出たんだ。美久ちゃん」

「そ。自慢したくて見せたの」

志水美久という子は、低い声で笑った。矢島とは、大学のサークルで一緒だったのだと言う。

「あたしたち普段の所属は国際線でね、主に欧州線を飛んでいるの。今回はひさしぶりにイレギュラーで国内のパターンが入ったの。だから何か美味《おい》しいものでも食べに行こうって。そしたら矢島君のことを思い出してさ。小松なら蟹《かに》だろうって」

「任しといてよ、もう——って蟹の次に思い出されても、僕はひがまないから。美味しい蟹を出すからね、ここは」矢島がまた頭を掻いた。「でも蟹の次か。僕は」

女の子たちが、また笑った。

小松基地

「どうなっているんだ」

第六航空団司令部。

司令部の中枢《ちゅうすう》機能がある四階のフロアの奥は、公安警察の私服捜査員が通路を固め、出入りする人間を厳重にチェックしていた。基地に所属する幹部でも『入るな、帰れ』と追い返される者が、昨夜から続出していた。怒鳴り合いの喧嘩も散発していた。

「いったい何なんですか、あいつらは」

防衛部のオフィスへ入って来るなり、火浦は開口一番文句を垂れた。

「ここは自衛隊の基地ですよ。何で警察が——」

「仕方がない」

日比野は防衛部長のデスクで、ため息をつく。

「内局が折れて、主導権を渡した。奥は連中が押さえている」

「公安が、ですか」

「公安と内閣安全保障室だ。どっちも根っこは警察庁だ」日比野は顔をしかめる。「市ヶ谷の内局上層部は、主要部署をほとんど警察庁からの出向官僚で占められている。防衛省生え抜きのキャリアなんて一握りだ。『クーデターを防ぐため』という理由らしいが……。いざとなれば上から組織を押さえられて、この有様さ」

「アンノンの──ミグの搭乗員二名の事情聴取は、どうなっているのです」

「それも、とんと分からん」

「とんと──？」

「警察から情報が、俺たち団司令部には下りて来ないんだ。あの二人を今、奥の聴取室に一人ずつ隔離して通訳がついて取り調べをしているはずだが」

「はずだが──？」

「そんなことでいいんですか？　というような、そういう顔をするな」日比野は嫌そうに、火浦の視線を避けた。「俺だって、これでいいと思ってはいないが、仕方ないんだ」

「仕方がないって、強行着陸されたうえに、拳銃握って取っ組み合いですよ。そんな事件が起きているのに、当事者である我々第六航空団が──」

「頼むから、火浦二佐」

日比野は遮った。

「俺の前で、そういう筋の通ったきれいなことを口にしないでくれ」

「しかし」

「昨夜から上が大変なのは、分かっているだろう」

日比野は頭を抱えた。

「ああ、やってられん」

「防衛部長。それは置いとくとしても、風谷の件ですが。あれは――」

「それも後にしてくれ」日比野は机に突っ伏して、うめいた。「〈F転〉の処分は重過ぎるって言うんだろう。確かに飛行停止なら休暇みたいなものだから我慢出来るが、せっかく一人前になったパイロットをよそへ持って行かれるのは俺の立場としても不本意だ。しかし俺の力でどうにかなるくらいなら、とっくに何とかしている。君も総隊司令部の監理部がどんなところだか、少しは知っているだろう」

そこへ防衛部付きの婦人自衛官の三曹が、机の外線電話を保留にしながら「部長」と呼んだ。

「部長、ホテルで待機中の議員団の先生から『いつ亡命者に面会出来るのか』とまた催促《さいそく》です」

「またか」

日比野はうめいた。

「仕方がない、俺が出る」

「――――」

火浦は、受話器を取り上げる日比野の横で、ミグの搭乗員が取り調べを受けているという壁の向こうを見やった。壁しか見えなかった。

レストラン〈ウサギ翔ぶ海〉

「空幕出身のコクピット・クルーって、うちの会社にもけっこういるわよね」

「おじさんが多いけどね。定年間近の」

「昭和の高度成長期に、自衛隊からたくさん移って来たんだって。わたしたちの生まれる前よね。でも今はあまり、転出ルートないんですって」

ビールと、蒸《む》した大きな蟹が運ばれていた。

東京に住んでいる民間エアラインのキャビンアテンダントと、小松の基地にいる航空自衛隊のパイロットでは共通の話題などなさそうだったが、一つだけあった。自衛隊から民間へ転職したパイロットたちのことだった。

「それでか」

風谷は、合点が行った。

「空幕なんて言葉、知っていたから……」

「驚きました？」

「うん」

「しょっちゅう一緒に仕事しているけど——そう言えば空幕出身のおじさんたち、〈自衛隊〉って言葉は使わないね」

志水美久が、蟹の脚をつまみ上げて言った。

「自分たちの出身を言う時、空幕って呼び方をする。やっぱり〈自衛隊〉って言葉の雰囲気かなぁ。何となく暗くて、ださくて——女の子にもてそうにないから」

「美久」

隣から神林麻沙子が肩を叩いた。

「ふふ、失礼」

「いやー、いいんですよ。その通り」

矢島が頭を掻いた。

「これだけ大きい軍隊組織なのに、〈自衛隊〉って何か情けないネーミングですよね。せめてドイツみたいに〈国防軍〉にしたらシャキッとするのに」

「でも〈軍〉には出来ないんでしょ。憲法の建前があるから」

「うーん、そうなんですけどね」

テーブルに座った四人の中では、面識があって親しいのは矢島明士と志水美久で、大学時代からのつき合いだという。ひさしぶりの再会のせいか、しゃべりまくるのはほとんどその二人で、自然と会話は大学時代のサークルの仲間の話題になって行った。

「それでさー、あの医者の卵があたしに最初自分のことを何て言ったと思う？　僕は順天堂大学の医学部ですって言ったのよ。あたしおかしいと思ってさ、あんた本当に順天堂——？　順ちゃんでそんなに垢抜《あかぬ》けない人いたかしらって、じぃっと目を見たらさ。白状したのよ。実は東大だって。東大の医学部は変な奴ばかりで気のきいた女子大はどこも合コンしてくれないし、将来は研究者で貧乏だってバレてるからもてないし、私立医大のふりをしたんだって。お前ぇー、無理すんなよ。そんなにすぐバレる嘘《うそ》」

「ひゃはははは」

「それでさー。やっぱり聖マリって言った方がバレなかったかなって。お前、そういう問題じゃないよ」

「ひゃははは」

矢島がグラスを手に大笑いした。

神林麻沙子も、横で聞きながら手を口に当てて笑っている。だが一人風谷だけは、話題が大学の世界のことになると、何がどうおかしいのかさっぱり分からなかった。

「いやですね。それで僕と同じ大学の法学部のデカ佐藤《さとう》がですね、佐藤のこと覚えてる？　デカ佐藤」

「うんうん」

「あいつがまたね、ガタイの割に知恵が回る奴でねぇ。サークルのみんなでスキー・ツアーに行ったじゃないですか。ロッジで、暖炉《だんろ》の前で車座で呑んでいる時に、あいつ前から東洋英和の里佳《りか》ちゃんにぞっこんで携帯の番号がどうしても知りたくて、でもなかなか教えてもらえないから凄《すご》い手を使ったんですよ」

「へー、どんな手どんな手？」

「知りたい、知りたい」

矢島と美久は、いくつかの大学にまたがるオールシーズン・スポーツサークルで一緒だったのだと言う。中心になっていたのは矢島の大学の男子学生——つまり風谷が普通の大学へ進む道を選んでいたら、同級生になっていたかも知れない連中だ。

「あのですね、奴は自分の携帯をわざと暖炉の前の絨緞《じゅうたん》の下に隠しておいて、『あっ、俺の携帯がどこかへ行っちゃった。頼む君、鳴らしてみてくれ』そうやって隣の里佳ちゃんに頼むんですよ。里佳ちゃんが自分の携帯取り出してあいつの言う番号にかけるでしょ。当然着メロが鳴るから携帯は出て来るんだけど、そこにはしっかり、里佳ちゃんの携帯の番号が着信記録に」

「そうかー、やるなー」

「凄ーい。ちょっと思い付かない」

志水美久が感心し、神林麻沙子がぱちぱち手を叩いたが、何故か風谷は一緒になって笑えるような気持ちにはなれなかった。

（…………）

楽しそうなんだな。

ただ、そう思った。

美久と矢島の会話が続いた。

「あたしがさー、それでね、今の太平洋航空に就職決まったじゃない。その時にサークルの男どもが、みんなあたしに何て言ったと思う？」

「おめでとう、とか。似合ってるね、とか」

「そんなこと言ってくれるの矢島君だけよー。みんなこうよ。『志水、キャビンアテンダントだって？　やらせろ』『俺にもやらせろ』」

「ぎゃははは。本当？」

「そうよ、もう。志水やらせろ、やらせろって。ほら今T京海上へ行ってる田辺《たなべ》が一番しつこかったのよ。あんたたち何なのよもう、在学中四年間、里佳とか江利奈《えりな》とか真由香《まゆか》とかそっちばっかり向いてたくせして」

「ぎゃはは」

「CAになるって言った途端あたしの方を向いたかと思えば、いきなり『やらせろ』。それはないだろ、お前らー」

矢島と一緒に、麻沙子も品よく手を口に当てながら笑い転げた。

「――――」

風谷は、話題について行けなくて、黙っているしかなかった。自分も笑わないと悪いような気がしたのだが、話の内容が何となく理解出来ても、そのような場面をイメージすることが出来なかった。

風谷にとって、長いこと、好きになる女の子と言えば――記憶の中にいる十七歳の月夜野瞳だけだった。

矢島と美久が笑い転げて話す東京の大学の世界が、ひどくきらきらした、眩《まぶ》しいもののように思えた。自分がエリミネートの恐怖におびえながらT3練習機、T4練習機と歯を食いしばって這《は》い上がっていた同じ頃に、こんなきらきらした楽しそうな時代を過ごしていた人々もいたのか――と風谷はあらためて思わされた。結婚式で再会した同級生たちのように、大学から商社や銀行や、メーカーや広告代理店へ進んで、周囲に都会の女の子たちもたくさんいて『え、自衛隊――?』とか眉をひそめられることもなく、誇らしげに楽しそうにやれている連中が眩《まぶ》しく見えた。

「どうしたんですか。風谷さん」

　矢島がふと、心配したように訊いた。

「気分でも悪いんですか」

「いや、別に――ただ、楽しそうでいいなって思ったんだ」風谷は、正直に言った。「俺、高校を出てすぐに訓練に入って、そういう楽しい思い、したことないから。だから」

「あら」

　神林麻沙子が、意外そうな顔をした。

「風谷さんも、矢島さんと同じK大出身じゃないんですか」

「いや――俺は、航空学生だから」

「大学へは、行かなかったんですか」

「俺は高校を出て、すぐこの道へ入ったんです」

「どうして――？」

「どうしてかと言うと――一般大学や防大へ進んでしまうと、パイロットになれる確率がぐんと低くなるから。ここにいる矢島みたいに優秀で、センスもある人間でないと、大学からパイロットになるのは難しいです」

「あら、矢島君って優秀なのー？」

　志水美久が笑った。

「こんな、へらへらしてても？」

「新人だけど、飛ぶセンスは凄くいいと思う」

「ありゃぁ。ほめられちゃった、ははは」矢島は頭を掻いた。「実はそうなんです――なんてね。でも僕も、民間航空の自社養成パイロット採用試験が全部駄目で、それで空自の一般幹部候補生に受かったからこっちにいるんです。一時的に。民間エアラインの自社養成って、競争率が半端じゃなくてね」

「ああ、それでか」美久がうなずいた。「このへらへらした軟派男が何でまた自衛隊なんかへ、とか思ってたのよね。最初っから民間狙《ねら》いか」

「あ、でもね。それはそうなんだけど、美久ちゃんだって制服着てキャビンに立つ時は、ぴしっとやるでしょう」

「うん、凄い」麻沙子が代わりにうなずく。「美久はこんなに大酒呑みだけど、仕事ではきちんとしてて。お客さんからも、上からも評判がいいの」

「それと同じでさ、僕も今の仕事で空に上がる時は、それなりにちゃんとやります。ほら、法学部から警察庁へ行った坂崎《さかざき》、いるでしょう。あいつもどっちかって言えば軟派な奴なんだけど『現場に出て桜の代紋《だいもん》を背負うと、いっぱしの警察官になる』って言ってた。それと同じ。僕も日の丸をつけたイーグルで空に上がると、その時だけはそういう、いっぱしの国を護る士官になります。地上の組織とか、自衛隊にはしようもないところもたくさんあるんだけど、国籍不明機が襲って来た時対処出来るのは僕らだけだから。この間の晩だって――」

「矢島」

風谷がいさめると、矢島は頭を掻いた。

「あ――あぁ、すいません。しゃべっちゃまずいことも一杯ありましたね」

「あら。ひょっとして、一昨日のミグ亡命事件のこと？　あれ緊急発進したの矢島君？」

「ああ――いえ、あんまりしゃべれないんですよ。そういうことは」

「大変なのね」

麻沙子がうなずいた。

「でもさ」

美久が、真顔になって言った。

「あなたたち自衛隊って、本当に割に合わないっていうか、社会で尊敬されてないね」

「ちょっと、美久」

「いや、酔ってるついでに言うんだけどさ。あなたたちって命がけで国を護ってるわけでしょう、一応。それなのにさ、護ってる国の女の子たちに無視されてる――都会の第一線の女の子に全然もてないっていうのは、可哀想だよね。大昔なら海軍兵学校って K 大の医学部よりもてたんでしょ。それが現代では、防大の学生を相手にするのは横須賀の地元の女の子だけだって言うし、あたしの周囲に自衛官とつき合ってる子は一人もいないし。あたし自身が正直〈自衛隊〉って聞くと、何となく印象がださくて暗くて嫌だしね。情けないよね。どうしてなんだろうね」

話題は、自衛隊のことになった。

二人が「ださい」「暗い」と言いながらも拒否反応は示さず、会話を続けてくれるのを風谷は不思議に感じていた。矢島が知り合いなのと、自衛隊出身の仕事仲間が同じ会社にいるせいかも知れなかった。

「わたしね。そう言えばヨーロッパを二年間飛んでいて、感じたんだけれど」

神林麻沙子が言った。

「自分が小さい頃から教わって来た、いわゆる軍隊に対する見方って、外の世界と違うんだなって思った」

「どんなところ？」

美久が聞く。

「あのね。どういうことかって言うと……。ヨーロッパの人たちって、貯金をしないの」

「貯金――？」

「そう」麻沙子はうなずいて、流線型のゴブレットからビールを飲んだ。「少し長い話になるんだけれど。貯蓄率っていうものがあるの」

「貯蓄率？」

「そう。貯蓄率って、その国の人が、収入の何パーセントを貯金しているかっていうデータなんだけれど、日本人の平均貯蓄率は一五パーセントなんですって。給料の一割五分を、とりあえず貯金するわけね。ところがヨーロッパでは、働き者のドイツ人でも貯蓄率は六パーセントで、ヨーロッパ全体では平均二から三パーセントなんだって。

どうしてそんなに低いのかというと、ヨーロッパ大陸って国境線で区切られているだけだから、歴史的にいつ隣の国に攻め込まれて占領されるか分からない、そういう環境なんですって。国がなくなっちゃえば、紙幣なんて紙屑《かみくず》でしょう？　だから通貨で貯金するのは意味がないんですって。貯蓄するとすれば、金《きん》で持つんだって。金はすぐ持って逃げられるし、明日自分の国がなくなっても、紙屑にはならないから。でもそれよりも教育に投資するんだって。身についた教養は、奪われようがないから。そういう環境の世界では、国際紛争は天災と同じで起きるのが当たり前で、国を護る軍隊はあるのが当たり前で、ないのは消防署がないのと同じくらいおかしくて、軍人は社会で尊敬されていて下士官でも学校の先生と同じくらいの社会的地位なんだって」

「ふうん」

「自衛隊があるのはいけないことだって、わたしたち何となく学校で教わって来たでしょう？　でもヨーロッパの社会では、軍隊があるのはいけないなんて、親も学校も教えないの。軍隊があるのはいけないわ、なんて言うと、逆に『お前はどうしてそんな無茶苦茶なことを言うのか』ってすぐ反論されてしまう」

「ふうん。麻沙子って、よく勉強してるね」

「ううん。受け売り」

麻沙子は頭を振った。

「この間フランクフルトで会ったベルギー人の男の人が、パブでわたしを口説《くど》くのにそういう話を一生懸命したの。大学で東洋との比較文化論を教えているんですって」

「なんだー、やっぱり」

美久は笑った。

「あんた、いろんなとこからネタを仕入れて来るからね。ねぇ面白いでしょ、この子」

「でもね」

麻沙子は真面目な顔で続けた。

「中学生の頃に見たTVの学園ドラマで、『自衛隊に入る』って言い出した男の子を同級生から先生まで一緒になって『悪い道へ行かせるな』って引き止めて、その子が思い止《とど》まると『よかった』『よかった』っていう話があったの。それを見た中学生のわたしは共感していたけれど、今考えると、あれは何だったんだろうって思う」

「だけどさぁ」美久が言った。「自衛隊の存在がいいか悪いかは別として、世間の自衛隊に対する意識や見る目って、当分変わらないと思う。あたしは自衛隊の人とはつき合う気がしないいし、周りにもそういう子は一人もいないし。やっぱり何て言うか――」

「美久」

「だってさ」

そこでキャビンアテンダントの二人は、何となく矢島と風谷を見た。

「――それで矢島君、いつこっちへ来るの？」

「民間へ移るの、今は難しいんですか？」

独身幹部宿舎

翌朝。

遅く起きた風谷が、部屋を出て食堂へ降りると、もう午前フライトの同僚たちはみな飛行隊へ出勤した後で、がらんとしていた。

「――」

本当は、もっと早くに目は覚めていた。だがフライトに出る先輩や後輩たちに顔を合わせたくなくて、遅くまで寝床にいたのだった。今のこの自分と顔を合わせれば、みんな何か声を掛けて来るだろう。気を遣って、慰めるようなことを口にしてくれるだろう。風谷は気を遣われるのが嫌だった。そのたびに自分は「ありがとう、俺は大丈夫だから」とか言わなくてはならない。気の遣いっこだ。そんなこと、誰もやりたくないに決まっている。疲れる。

一人でテーブルに座り、もそもそと朝食を食べ、半分以上残して厨房《ちゅうぼう》へ食器を返すと、後はすることがない。壁のカレンダーを見上げる。飛行停止は、あと二十九日間続く。

「――――」

一人でため息をついた。

食堂を出て、宿舎の休憩室を通り掛かると、畳の間で矢島明士がポータブルＤＶＤプレーヤーをＴＶに繋《つな》いで、映画を見ていた。

「やぁ、おはようございます」

風谷の顔を見ると矢島は明るく笑った。

「昨夜は、最高でしたねぇ」

「――矢島」

風谷は、ため息混じりに言った。

「矢島。俺はまだ、民間へ行くとか、決めたわけじゃないんだ。勝手なことを言わないでくれ」

昨夜の呑み会では、矢島が『よぉし民間へ行くぞー！』と気勢を上げ、盛り上がったのだった。神林麻沙子に『頑張ってくださいね』と真顔で言われ、風谷は戸惑《とまど》うばかりだった。

「いいじゃないですか」

「よくないよ」

「なかなかいいですよ」

「よくない」

「いや、麻沙子さんがですよ。風谷さん」

「え」

「帰り際に、風谷さんに向かって『頑張ってくださいね』って、真剣な顔で言ってたでしょう。いいじゃないですか。あれは『民間へ来てくれたらおつき合いしたいわ』って意味ですよ。あれは」矢島は一人でうなずいた。「いいなぁ、凄い美人じゃないですか」

「俺は――」

「風谷さん。いいですか」

矢島は、リモコンで映画の画面をポーズにすると、真面目な顔になって振り向いた。

「前にも僕が言ったでしょう。この世の半分は女です。女は、いくらでもいるんです。広い世界へ出て行けば、いくらでも。いつまで昔の東京の彼女のことを、想い出しているんです。捕らわれているんです」

「む、昔のってお前――」

「顔、見ていれば分かりますよ。いつも感じていたけど、風谷さん、昔の彼女ばっかり想い出している顔です。それもここで」矢島は自分のこめかみを指した。「ここで美化しちゃってる」

「――」

「やめましょうよ。もう、前を向いて。どうせ何年もうまくいかなかったんでしょう？　この先もその彼女にかかわったところで、いいことなんかないですよ。きっと」

「お、俺は」

「あぁ、すいません。知らないくせに言い過ぎました」矢島は素直にぺこりと頭を下げた。

「でも――何か、放っとけないんだよなぁ、風谷さん。男女のことに関してはまるで高生みたいで」

「俺は……どうせ、一本道ばかりで、世慣れてないよ」風谷はふくれた。「しかし、それと自衛隊をやめるかどうかは、別の話だ」

「まだ、いたいですか？　自衛隊」

「…………」

「昨夜も言いましたけど。僕は、仕事の時は真剣でしたよ。あの晩、迫って来るアンノンに対してこれでも未熟ななりに、真剣に立ち向かいましたよ。風谷さんは僕以上に必死で対処していた。でも自衛隊の組織は、僕たちに何をしてくれましたか。

　僕たちはあの晩、上空で自分の保身とか責任とか、考えましたか？　冗談じゃない。あのアンノンがもしこのままどこかの原発へ突っ込んだら——もし何かとんでもないものを抱えていたら。防ぐのは僕たちしかいない。そう考えて、必死になって飛んでいたんじゃないですか。それで地上に被害も与えず亡命者の命も助けて、やっとのことで無事に帰れば『何をやってた、命令違反だ』『処分の対象だ』これはないでしょう。これは」

「…………」

「自衛隊の組織にこんな仕打ちをされて、これじゃ国のために身体を張る気なんか失せますよ」

　矢島は、ずいと乗り出して風谷の顔を見た。

「風谷さん、これでも怒らないなんて、物分かり良過ぎですよ。こんな組織に、これ以上いてやることはないですよ。空幕の斡旋が受けられなくても、僕は自己都合で除隊して、一年くらいアルバイトでもやって冷やして、自分で民間エアラインの人事部へ行きます。そうやって移っている先輩がたくさんいるのは、御存じでしょう」

「……それは、そうだけど」

「ま、慌てることはないですよ」

矢島は一人でうなずいた。

「飛行停止の間は、何もしなくても給料はもらえるんだから、ごろごろしながらゆっくり考えればいいですよ。と、言うわけで」リモコンをピッと操作した。「一緒に映画でも見ましょう」

動き出した画面から、いきなり爆煙と火柱が上がった。煙の中を突き抜けるように、単発プロペラの暗緑色の機体が姿を現わした。戦時中の、日本海軍の攻撃機だ。本物のようだ。その下で次々に擱座して炎上する、星のマークのプロペラ戦闘機。逃げ惑う白人の兵士たち。

「古い映画ですけど、やっぱりいいですねぇ。〈トラ　トラ　トラ！〉」

矢島が画面を指さした。

「『奇襲成功、トラ、トラ、トラやっ！』ってな感じですね。ほら、あれ見て下さいよ」

矢島は、スイッチが切り替わったようにはしゃいだ声を上げる。「ほら、九七艦攻ですよ」

風谷は、ため息をつくと畳の間に座って、押し入れの襖《ふすま》を背にTVを眺めた。しかし映画の内容は、頭に入って来なかった。

「――――」

目をつぶった。

――『風谷君』

瞼《まぶた》に、映像が蘇った。

夕日の校庭で、こちらを振り返る制服の少女。

――『風谷君、優しいのね』

少女の広がる長い髪の向こうに、オレンジ色の光が透けて見える。これはいったい、何年前の光景なのだろう。俺は――

「――――」


風谷は、目を閉じたまままため息をつく。

瞼の裏では、夕日を浴びてスローモーションのように少女――十七歳の瞳が笑っている。

だがそれは、存在しない幻だ。

俺は、もうどこにもありはしないこんな幻を、ただ頭の中だけで追い続けていたのだろうか。

現実の世の中も、現実の女の子たちも見ようとせずに。夢ばっかり見て来たのだろうか。

F15が――イーグルの機体が自分のものだったうちは、それでもよかった。夢だけを追うのは正しいことだった。

でも、イーグルに乗れないとなったら……。あのコクピットにもう座れないとなったら、いったい俺に何が残るんだ。手のひらにあるのは、見終わった夢の『残り滓《かす》』だけじゃないのか……。

俺は、どうすればいいんだ。

膝を抱え、風谷は両腕に額をつけて、俺はどうすればいいんだ——と自問した。

「ほらほら。風谷さん、あれ」

「——?」

矢島の声に顔を上げると、画面に白っぽいグレーの機体が舞っている。単発のプロペラ機。戦闘機だ。胴体の日の丸の、鮮やかな赤が目に飛びこんで来た。

「零戦《ゼロセン》ですよー。T6練習機の改造だけど、かっこいいですよね。マニアにはこれを『醜悪だ』って酷評する人もいるけど、本物と比べちゃ可哀想です。オリジナルのT6から比べたら凄くかっこよくなってる。素人には見分けつかないし、僕はこの改造機、すばらしい出来だと思いますね」

矢島はDVDソフトの収集が趣味らしい。画面を指さして、あれこれ説明した。

「真珠湾攻撃の映画は、最近ほかにも出来たけれど、やっぱり実機が飛んできて魚雷や爆弾を投下するっていう、この迫力がたまらないですね。CGなんかじゃ出せないですよ、この臨場感は」

明るい奴だなぁ……。

風谷は思った。

飛行停止なんか、ちょうどいい休暇くらいに思っている。こういう奴の方が、本当は戦闘機パイロットに向いているんだろう。

矢島は、楽しそうにしゃべった。今回の事件をきっかけに、密かに希望していた民間転職へのふんぎりがついたので、そのせいで明るいのかも知れなかった。

「いやー、史実では真珠湾攻撃は、結果的に日本からのだまし撃ちってことにされたらしいけど、実際はアメリカは知っててわざとやらせたらしいですね。アメリカの方がだまし撃ちですよね。現場で不意打ち食らってやられた兵士たちは、たまりませんね。可哀想ですよね」

「…………」

矢島と一緒に、何気なく画面を眺めていると、寮監の初老の一曹がやって来て「風谷三尉」と声をかけた。

「三尉。こちらでしたか。呼び出しの電話が、かかっています」

「――俺に、ですか?」

「はい。司令部からです。風谷三尉に『ただちに団司令部まで出頭するように』と」

航空団司令部

「食事が、入ります」

第六航空団・司令部棟四階。

最上階フロアの奥まった一角。その窓のない一室では、陣取った男たちが、テーブルに設置した小型モニタを凝視していた。

薄暗くした空間に、蒼白い光が瞬《また》いた。

七インチの白黒モニタは三台あった。それぞれが違うアングルから、この部屋ではないどこかの一室の内部を映し出していた。三台のビデオデッキが回り、リール式の大型録音機が回り、ヘッドフォンを装着した技術者が映像と音声を記録し続けている。

今、そのどこかの一室を斜め上から俯瞰《ふかん》するモニタに、トレーを手にした人影が現われると、無線イヤフォンを耳に入れた若い男が「これで四度目の食事です」と告げた。

「今度は、食べてくれるといいんですが――」

男たちが乗り出し、画面を凝視する。

画面では、入口のドアがすぐに閉じられる。トレーを手に現われた人影は空自の制服だが、髪が長い。別のアングルのモニタで見ると、スカート姿なのが分かる。白い顔をした女性幹部だ。

室内の中央にはテーブルと椅子が置かれ、茶褐色の飛行服を来た男が一人、不動の姿勢で腰掛けている。

中央のモニタ画面は、飛行服を着た男の上半身と顔を、バストショットで映し出している。

カメラの存在に気づいているのか――あるいは無視しているのか。モニタの中の飛行服の男は腕組みをして、視線を前に向けたまま微動だにしない。年齢は二十代後半か。短く刈った髪、日に灼けた彫りの深い顔。顎が強そうだ。分厚い唇が結ばれている。

男の前には、すでに二枚のトレーが置かれ、ハンバーガー、サンドウィッチなどが並んでいる。だがいずれも包み紙はそのままで、手をつけられていない。

「やっぱり、普通の飯の方がいいんじゃねえか」

モニタを覗《のぞ》き込んで、中年の男が言った。

「駄目です」

若い男が言う。モニタを監視している男たちは四人。全員が背広だ。

「食事に箸やフォークなんかつけたら、何をしでかすか分かりません。手づかみで食える物じゃないと」

「もう一人は、食ってるんだろう。普通の飯」

「あっちは、問題ありませんから。ぺらぺらしゃべって、よく食っています」

「――しっ」一同の中央でモニタを見る五十代の人物が、私語を制した。「静かにしろ。音声をスピーカーに出してくれ」

画面の中。飛行服の男が、腕組みした姿勢はそのままに、鋭い視線を入口の方へ走らせた。

ドアを背に、トレーを手にした女性幹部が何か声をかける。『食事です』と言っているようだ。そのまま進んで、男の前に置こうとするのだが、すでに二枚のトレーで場所が埋まっている。

「音量、上げます」

『――こちら、召し上がられないのですか』

おちついた女の声がした。

「あの彼女は？」

「応援に頼みました、救難隊の副操縦士だそうです。雪見佳子二尉。身上調査は――」

「ああ、いい」モニタを睨《にら》む中央の人物は、手を振って若い公安刑事を黙らせた。「か細いが、度胸は据わっているようだな」

「一応、パイロットですから。今までの事務の婦人自衛官みたいに、泣いて嫌がったりはしないでしょう」

「そう願いたいな」

「こういう役目は、公安の女性捜査員を使えばいいんです。そうすればこんな手間は――」

「それは出来ない」中年の捜査官が否定する。「分かって言っているのか？　あの男に捜査員の顔を覚えられたら、国内の他の尾行捜査に支障を来《きた》しかねん」

「あの男は、工作員じゃないんでしょう」

「それは分からん。あの男の顔とデータは、我々公安と外事警察のファイルには無かったが――陸幕の持つファイルとも突き合わせないと、確かなことは言えん。全く陸幕調査部が手持ちデータを渡さないから、こんな余計な手間をかけねばならん」

「だから陸幕を、追い出さなきゃよかったんです。捜査に参加させないで、データだけ渡せと言ったって」

「何を言うか。今回のような重要案件を、自衛隊みたいな二流官庁なんかに任せておけるか。我々公安警察が、全て取りしきるのだ」

「いいから。ちょっと静かにしろ」

恰幅のいい五十代の男は、言い合う公安捜査員たちを制した。

『召し上がられないようなら、処分しますけど』

画面の中で、女が言う。

『――――』

男は、腕組みをして無言。

「ずっと、ああなんですよ。当坊室長」若い刑事が画面を指さす。「事情聴取の合間に食事を出して、それとなく雑談をするようにしむけても、何もしゃべりません。我々の聴取に対しても、一貫して言うことは同じで――」

「しっ」

『じゃ、こちらは捨てますけど』

画面で、雪見佳子がハンバーガーの載ったトレーを取り上げ、代わりに持って来た握り飯のトレーを置く。

すると男の目が、鋭くその手を睨んだ。

『――捨てる……？』

「おっ、反応したぞ」

「静かに」

『捨てる、と言ったか』

『はい』

『なぜ捨てる』

男の声は低く、おちついていたが『なぜ捨てる』という言葉には怒気《どき》が含まれていた。

『だって、古くなるし……』画面でこちらに背を向けた雪見佳子は、手にしたハンバーガーの包みを指さした。『これを作っているお店では、作って十分以内に売れないと、捨ててしまうのよ』

その言葉に、

『――――』

男は、顔を上げて目を剝《む》いた。

『十分……？　中尉。それは冗談か』

真面目な声で、男は訊く。

「達者な日本語だな」

「母親が帰国者だと供述しています」

「在日帰国者の息子という出身成分で、空軍の士官になれるのか？」

「本人の努力だと言っていますが――どっちにしろ、かなりの頑固者です」

小声で囁《ささや》き合う男たちの前で、三つのモニタ画面は聴取室の様子を映し続ける。

『いいえ。お店のマニュアルで決まっているわ』

『店の、マニュアル――？』

『そう。わたしも高校時代にアルバイトをしたことがあるけれど、作って十分経ったハンバーガーは従業員にも持って帰らせないで、全て廃棄《はいき》するように決められているわ』画面の雪見佳子は、初対面の男にも臆《おく》せず会話を続けた。『もっとも、わたしは痩せたかったから、あげると言われても食べなかったけど』

『――――』

男は、捨てると言われたハンバーガーの包みを、横目で睨みつけた。

『――そんなことを』

『え』

『そんなことをやっているから、お前たちは堕落《だらく》するのだ』

画面の中で、男は唸った。

「ひさしぶりだな。風谷三尉」

風谷が四階フロアの奥へ通されると、捜査員で固められた休憩室で恰幅のいい五十男が迎えた。立ち並ぶこわばった顔つきの男たちを従え、室内なのにソフト帽を被って、ソファにかけている。昔の映画に出て来る、シカゴのマフィアの幹部みたいだった。

そのいでたちに、見覚えがあった。

「あなたは――」

「私は当坊八十八郎。お陰様でか、まだ内閣安全保障室の室長をしている。昨年の原発空襲事件以来だな」

　当坊は、右手を差し出した。

「元気そうで何よりだ。三尉」

「――どうも」

　ぎこちなく握手をしながら、風谷は会釈した。

　目の前の人物――五十代のソフト帽の男と会うのは、確かに言われた通り二回目だ。一年前の、〈亜細亜のあけぼの〉による原発空襲事件の後で、空戦の経過について風谷は事情聴取を受けた。『空襲はなかったことにする』と宣告したのも、この人物だ。まさか、もう一度顔を見る機会が生じるとは思っていなかったが……。

「君をここへ呼び出したのは、私だ。ご足労願ったのは用件があるからだ。それは分かるだろ」

「は……はい」

「そう警戒するな」

　マフィア幹部のような内閣安全保障室長――出自《しゅつじ》は警察庁キャリアだろう――は、懐《ふところ》から煙草を取り出した。さすがに葉巻ではなかった。

「やるかね?」

「いえ」

「そうか」

当坊は一人で火をつけた。

「実はな」

「……はい」

「先日、例のミグで亡命して来た北朝鮮の搭乗員二人――このうち片方の一人が、今ちょっと問題になっていてね」

「はぁ」

「我々当局としても、手を焼いているのだ」

「あの、ピストルを持っていた……」

「いや」当坊は、煙を吐きながら頭を振る。「雪の中へ飛び降りた際に拳銃を振り回し、発砲した男――ミグの後席に乗っていた常卒然《ジョウソッツエン》という三十六歳の士官だが、そいつには全く問題はない」

「――?」

風谷は、五十代の警察官僚の顔を見た。禿《は》げ頭の円い顔が、困ったように笑う。

「意外かも知れんが――問題になっているのは、君が助けた方だ。ミグの前席に搭乗していたパイロットだよ。供述では名を洪虎変《ホンコヘン》と名乗った。二十八歳の士官だ。こいつが、問題なんだ」

府中・総隊司令部

「結局、あのミグは亡命だったんですかね」

静かにざわめく中央指揮所の管制席で、主任管制官がコーヒーをすすりながら言った。

「あの晩、監理部長の主張したことが結局は正しかったなんて……何か悔しいですね」

「分かるもんか」

葵一彦は、飲み干した紙コップを手のひらで握り潰した。数滴残っていたしずくが、管制卓の上に置いた新聞の面にぱらぱらっ、と散った。

「まだ、分かるもんか」


葵の率いる要撃管制班は、先ほど深夜勤務の班と交代して中央指揮所の当直を引き継ぎ、空域監視業務についたところだった。

「先任。でも、発表では……」

主任管制官は、新聞の一面に目をやって言うが、

「政府の対応方針が、いっこうに出て来ないじゃないか」葵は指摘する。「空幕の情報部も陸幕調査部も追い出して、公安警察と安全保障室が小松を占拠して搭乗員二名を取り調

べているらしいが、もう四日目になるのに搭乗員については『亡命を希望している』という最初の発表だけだ。二名をアメリカに引き渡すのなら引き渡す、北朝鮮の要求通り送還するなら送還するで、そろそろ何らかの〈対応方針〉が政府から出てもおかしくないだろう」

「それは、そうですが……」

「事情は、もっと複雑なのかも知れん。ミグは複座の訓練型ＵＢだったとか、操縦は意外に巧かったとか、周辺の噂《うわさ》なら漏《も》れ聞こえて来る。だが搭乗員がどんな奴でどんな発言をしているのかは、全然我々には知らされない」

「そう言えば、ＴＶで『ミグは公海上を飛行していたところを、悪天候と計器の故障で日本領空へ迷い込んで来ただけだ』って、発言している政治家がいましたね。だから機体と搭乗員は、北朝鮮へ返せって――」

「小松基地の連中が搭乗員の言葉が分からなくて、『亡命したい』と言っているに決まっている、と早合点したって説か。そんな説が出るってことは、あのミグのパイロットが日本語を話せることを、世間では知らないらしいな」

「先任。実は、ちょっと聞いたんですけど……。ミグの搭乗員二人は仲たがいしていて、小松に降りるなりピストルで決闘して、二人とももう死んでいるっていう噂もあるんです」

「本当かよ、それは」

「噂ですよ。どうなんですかねぇ……」

想像するだけでは、事態は見当もつかない。

二人は何となく、ため息をついた。

小松基地

「それで、私は」

聴取室の前まで案内されてから、風谷は連れ添って来た捜査員の男に念を押した。

「本当に、一緒に飯を食うだけでいいんですね」

「そうだが」若い公安刑事は、ぶしつけに命じるように言った。「当坊室長の指示されたことにも、沿えるよう最大限努力するように」

「指示ではなくて、依頼だったでしょう――？」

「君は公僕だろう。内閣府のキャリアが頼んだことだ。それを指示と受け取らなくてどうする」

「――――」

「さ、行け。昼飯はまだだろう。国のために飯を食って来い」

公安の刑事はそれだけ言うと、風谷の背をドアの前に押して、下がった。

「――――」

風谷は立ったまま、目の前のドアを見た。

防音のドアだった。

ドアの両横には、私服捜査員が歩哨《ほしょう》のように立って固めている。ここは司令部四階フロアの最も奥まった一角で、確か一年前の空襲事件の後も、この部屋で事情聴取をされた記憶がある。あまり印象のよい場所ではない。

亡命するように説得してくれ。

風谷は、つい数分前に安全保障室長の当坊から言い渡された〈依頼〉を、胸の中で反芻《はんすう》した。

まったく、何ていうことを頼むんだ。あの人は――

「え――!?」

風谷は、休憩室の真ん中に立たされたまま、当坊の言葉を聞き返した。

「ど――どういうことです」

「だから」

当坊は、風谷にもう一度依頼を繰り返した。

「具体的には、ただ一緒に飯を食うだけでいい。あの男――ミグのパイロット洪虎変は、あの晩エスコートをした君に感謝しており、助けられた礼を述べたいと言っている。君のお陰で大事な機体を捨てずに済んだと、感謝している。我々以上に礼儀を重んじる民族だからな。君となら話をしたいと言っている。君が勧めれば、飯も食うだろう。

だから、そのついでに何だが。一緒に飯を食ってやって、雑談でもして気持ちをほぐし、出来れば――出来ればでいいのだが、ひとつアメリカへ亡命するように説得してくれないか」

「説得？」

「そうだ」

「アメリカへ亡命するように、説得――って、あの二人はもともと亡命をするために飛んで来たんじゃないんですか？」

「亡命を希望しているのは、実は後席に乗っていた常卒然だけだ。前席で操縦していた洪虎変は、常の部下で、夜間飛行訓練中に突然後席から拳銃で脅され、やむなく日本へ機首を向けたのだと供述している」

「――――」

「つまりだ。上官による、空軍訓練機のハイジャックだ。洪は巻き添えを食った被害者だと言うわけだ。国へ帰りたがっている」

「――――」

風谷は頭を振って、当坊の言葉を打ち切った。

防音ドアに手を掛けた。ロックは解除されていた。米国政府からは『北朝鮮の首都防空の最前線を担うパイロットの身柄確保』を要請されている。軍事的に有用な情報源というわけだ。だから日本政府としては、ミグの搭乗員の片方を亡命させ片方を母国へ帰す、ということはしたくない。機体も出来れば手に入れて米国へ渡したい――当坊の話を総合すると、そういうことらしかった。

国へ帰りたがっているそのパイロットを、たとえ強制的に米国へ連れて行こうとしても、出国までにどこかで日本の国会議員たちに接触されてしまう。それは防ぎようがない。北朝鮮と親しい議員もいる。そういう議員と接触された時『自分は米国へ拉致《らち》されようとしている』などと口走られたら、どうなるか。北朝鮮との関係が、国交正常化交渉での莫大な賠償金要求でこじれかけている矢先だ――是非とも本人が納得の上で、米本土行きの輸送機に乗ってもらわなくてはならない。

当坊は、出来るか出来ないか分からないが、スクランブルの時に命を助けた信頼関係を利用して風谷にミグのパイロットを説得しろというのだった。

（参ったな……）

風谷は心の中で舌打ちしながら、ドアを押した。

西日本海ＴＶ

「どうも変なんだよな」

沢渡有里香が久しぶりに西日本海ＴＶを訪れると、報道オフィスで三十代の顔の長い男が唸った。

報道制作主任の鰐塚《わにづか》と顔を合わせるのは、一年ぶりだった。

「どこがですか。鰐塚さん」

昨夜、八巻の指示で東京から着いたばかりの有里香は、資料の山と煙草の吸い殻が積み上がった机の横に立って、不精髭《ぶしょうひげ》の長い顔を覗き込んだ。

小松市の地元ＵＨＦ局の本社三階フロアは、有里香が半年間勤務したかつての仕事場だったが、現在の大八洲ＴＶの報道部に比べたら、眠っているようにのんびりした雰囲気だった。

壁にはキー局である大八洲ＴＶの番組宣伝ポスターが、べたべた張られている。鰐塚はかつて有里香がこの局の契約社員の記者だった頃、上司だった男だ。有里香は、かつての人脈と土地勘を頼りに、ミグ亡命事件の真相を探るように命じられていた。今回は単独の取材だ。

「亡命して来た、あのミグの搭乗員——二人いるらしいが、小松基地の中に軟禁されて、取り調べられているわけだろう。いずれアメリカへ引き渡すにしても、手続きってものはある。航空自衛隊や政府機関だって情報は取りたい。拘束して事情聴取するのは、それは当然だ。しかしな、基地内の俺の知り合いにいくら探りを入れても、搭乗員たちの様子が全然伝わって来ないんだ」

「全然、伝わって来ない——？」

「そうだ」鰐塚はうなずいた。「基地は昨日から、報道が立入禁止にされた。発表は県警記者クラブ経由のみだという。それでは何も分からない。中の様子は、内部の人間に聞くしかない。俺だってこの土地は長いから、麻雀で知り合った幹部や下士官の一人や二人はいる。それとなく聞けば、支障のない範囲で話はしてくれる」

「はい」

「生《なま》の情報を取ろうとして、俺は色々聞いて回った。ところが、二人の搭乗員がどんな飯を食ったとか、トイレに行く姿を見たとか、そんな断片情報すら伝わって来ない。本当に姿を見ないのだと言う。聞けば、どうやら公安警察と内閣安全保障室が防衛省を上から

——内局から押さえ込んでしまったらしい。小松基地の司令部の奥を占拠して、空自の人間を中へ入れずに、自分たちだけで極秘に何かごそごそやっているらしい。だから基地内の隊員や幹部にいくら探りを入れても、彼らは何も知らないんだ。見られないんだからな」

「そんなことって、出来るんですか」

「聞いた話だが。防衛省の上層部の背広組は、ほとんど警察庁からの出向者らしい。クーデターを防ぐためという名目で、平時から警察は自衛隊の頭を押さえているのさ」

「警察と自衛隊がひどく仲が悪いっていうことは、わたしも実感として知っていますけど——」

有里香はボブヘアの頭を掻いた。

公安は、報道も何もかもシャットアウトして、内部で極秘に取り調べをしているのか。どうりで……。県警記者クラブに足を運んでも、新しいことは何も分からないはずだ。

「昨夜は、県警の方にも一応行ってはみたんですけど。どうもあそこではわたしは、テロリスト扱いで。顔バレする前に逃げて来ました」

「一年前の事件は、大変だったからな」

鰐塚は笑った。この三十男は、西日本海TV報道部で一番気難しい難物だったが、一年前の空襲事件の時に県警幹部のスキャンダルを有里香がスクープしてから、笑ってくれるようになった。

「ところで、どうなんだ沢渡。スカウトされたキー局の報道部は。忙しいか」

「――ええ」

有里香は、だが上の空で相槌《あいづち》を打つ。何かふいにアイディアが浮かんで、考えている顔だ。

「ねぇ、鰐塚さん」

「ん」

「小松基地の人たちは――隊員とか幹部のみなさんは、押しかけて来た中央の警察の人たちをどう思っているんでしょうね。奥を占拠して搭乗員を隠すってことは、大勢であの基地の中にいるってことですよね。トイレなんか、一緒に使うわけですよね」

「そりゃ、頭に来ているさ」鰐塚は肩をすくめた。「最初の頃は、基地内の食堂で食事も提供していたらしいが、余りに連中の態度がでかいので、食堂でしょっちゅう喧嘩が起きる。そういう経緯で、昨日から飯を出すのはやめにしてしまった。今では百何十人かいる中央の警察関係の連中は、自分たちで市内の業者に弁当を注文しているのだそうだ」

「ははぁ……」

有里香は、視線を天井へ向けながら、こくこくとうなずいた。

「そうですか」

「おい沢渡」

「ええと——百何十人かいる警察の人たちが、三度の食事をお弁当でですか……。市内でそれだけ大量に仕出しが出来て、基地に出入り許可のお弁当屋さんか惣菜《そうざい》屋さんといったら……仲通り商店街の〈勢無手楠《せむてくす》商店〉かしら。前に惣菜特集の取材で、お世話になったわ」

「おい」

鰐塚が机から見上げるが、有里香は視線を上へ向けながら眉間《みけん》にしわをよせ、急に浮かんだ考えをまとめるようにつぶやいた。

「ふうん……なるほど。それじゃ〈勢無手楠商店〉さん、今さっと忙しいだろうな」

「おい沢渡。お前またそんな顔して、何か企《たくら》んでいるんじゃないだろうな？」

「うーん……」

その有里香の後ろで、壁に並べられたモニタの一つが、他局の昼のニュースを流している。

『——次のニュースです。北朝鮮中央委員会は、今朝中国政府を通して、亡命のために飛来したとされるミグ戦闘機の乗員と機体を返還するよう、我が国政府に対して再度強く申し入れました。これを受けて、平和世界党の千畳敷かた子党首は先ほど国会内で会見し、北朝鮮から飛来した戦闘機の乗員二名と機体を早急に本国へ返すよう、党を上げて政府に働きかけていくと述べました。国会から中山記者です』
『はい。国会です。つい先ほど行われた平和世界党中央執行委員会の会見によりますと、飛来したミグは亡命ではなく、実は悪天候によりコースをそれたものが航空自衛隊機によって強制的に着陸させられたものであって、乗員がアメリカへの亡命を希望しているという発表は与党自由資本党によるでっちあげであるとの〈見解〉が示されました。平和世界党としては、ミグの乗員本人たちとの接見を政府に要請していますがいまだに許可されず、そういった事情が、会見で言われた〈見解〉に繋がったものと見られています。
これに対して自由資本党執行部はたった今、平和世界党の言う主張は根拠の全くない憶《おく》測《そく》であるとのコメントを――』

小松基地

風谷がその部屋へ入って行くと、中央に一つだけ置かれたテーブルから、男が立ち上がって敬礼をした。

「――風谷少尉か」

男は風谷を見た。茶褐色の飛行服に身を包み、風谷よりもわずかに上背があった。年齢も少し上だろうか。二の腕の階級章は一本線に星が三つ。筋肉質で彫りが深く、顎のしっかりした顔――という印象だ。

これがあの男か……と風谷は思った。あの晩、雪の中は暗くて、組み敷かれて撃たれる寸前の男の顔はよく見えなかった。そうか、この男があのミグのパイロットか。

「会えて光栄だ、風谷少尉」

風谷が入室することは、あらかじめ知らされていたらしい。男は風谷の顔をしっかりと見て、名を呼んだ。

「自分は人民空軍第七戦闘機師団・第一一防空戦闘機大隊所属、洪虎変上尉だ。今回の貴官の助力には、感謝したい」

敬礼しながら自己紹介した。

「あ――どうも。風谷三尉です」

風谷も敬礼を返した。挙手の礼をして、男が先に敬礼を解くのを待ったが、解こうとしない。

「――あの、あなたが上官です」

「貴官は命の恩人だ。先に礼を解かれよ」

「はぁ。どうも」

聴取室には窓があったが、ブラインドが完全に下ろされていた。曇り空では日も入らない。二重窓のようだから、外の滑走路の爆音も聞こえない。部屋の隅に簡易ベッドが運び込まれていたが、毛布はセットされたままの状態で、使われたようには見えない。天井灯は白熱灯。妙に黄色っぽく明るいのは、どこかから隠しカメラで撮影するためだろう。

こんなところで、飯も食わずにまる二日以上、座っていたのか……。風谷は遠慮がちに室内を見回す数秒間で、そう思った。大した忍耐力っていうか――神経だな。

――『駄目だ。万難を排して着陸する』

あの晩、ヘルメット・イヤフォン越しに聞こえた重みのある声――あの声と、目の前で風谷の名を呼んだ男の声は、確かに同じものだった。

あのファルクラム――どんな頑固者が乗っているのかと思えば……。そうか。こういう男だったのか。

風谷は、洪虎変という北朝鮮パイロットのがっしりした顎と、鋭い目を見ながら思った。確かにこいつとは、あまり空戦はしたくない。雰囲気からして、冷静さと忍耐力の塊《かたまり》のような男だ。絶対に機体を捨てないという、この男の執念のようなものに、あの晩は押し切られた形だった。

「風谷少尉。貴官の編隊長としての判断で、自分は偉大なる首領様からお預かりした貴重な最新鋭機を海へ沈めずに済んだ。命まで助けてもらい、感謝の言葉もない」

洪と名乗った男は、敬礼を解くと、頭まで下げた。男の言葉の最後の『命まで助けてもらい』というのは、小松の滑走路に着陸した後で、同乗者に銃で撃たれる寸前を助けたことについて言っているのだろう。

「あぁ――それは、いいけど」

風谷は、あのファルクラムのパイロットに会うことがあったら言ってやろう、訊いてやろうと思っていたことがあった。それを頭の中で反芻していると、部屋の入口ドアが開いて、一人の女性幹部がトレーを手に入って来た。

「風谷三尉。あなたの分のお握りです。一緒に召し上がって下さい」

「あ、どうも」

「どうぞ、お座り下さい。本当は缶ビールでも差し入れてあげたいのだけど。ちょっとね」

白い顔の女性幹部――救難隊のハンガーに居るのを見かけたことがある――は、微笑すると二人の間に茶の入った茶碗を置いた。雪見二尉といったかな、この人……。

洪虎変が、会話をする姿勢になっているのに安心したのだろう、女性幹部は洪にも微笑して「平壌は、もう春ですか」と訊いた。

「うむ。もう春だ」

「そうですか」

トレーを手にした女性幹部が下がってしまうと、風谷は室内で洪虎変と二人きりにされた。

「あの、あなたは――」

テーブルに座って、口を開きかけた風谷を、だが洪は手を上げて制した。

「待ってくれ。対等でよいだろう、風谷。ここは日本だが、貴官だけは違う。我々は友人になれると思う。どうか自分のことは、洪《ホン》と呼んでくれ」

監視室

「しゃべるなぁ」

「しゃべるじゃないか」

モニタ画面を注視していた男たちが、感心したように唸った。

画面では、洪虎変の方が、緊張する風谷三尉にリラックスするよう促《うなが》しているくらいだった。

「あの男が、こんなに話をするようになるとは……正直驚きです」若い刑事が脱帽したように言った。「あの空白のパイロットを呼ばれたのは、正解でしたね。室長」

「彼らは、上空で一度刃《やいば》を交えた同士だからな」

当坊がうなずいた。

「私にはよく分からんが。上空で闘ったパイロット同士というのは、闘う必要がなくなり地上に降りると、親友になるらしい。もっと早く、あの風谷一尉を連れて来ればよかったのではないか」

「いや、お恥ずかしい」中年の捜査官が、汗を拭いた。「『礼を言いたいから、あの晩要撃に出た空自の編隊長に会わせろ』という要望は、実は前から聞いてはいたのですが……。供述を取るのを優先したものですから。ありがとうございます当坊室長」

「急がば回れ、ということもあるさ。ただ、話をするようにはなったが、これでアメリカへ行く気になってくれるかどうかは分からん。やっこさん、だいぶ頑固そうだ」

「いいえ。何とか説得します」

若い刑事が、鼻から息を噴いた。

「ここまで来たら、あの自衛隊パイロットを使って、何としてでも亡命を決意させます。見ていて下さい、必ずやらせます」

「訊きたいことは、色々あるんだけど……。とりあえず食べないか」風谷は北朝鮮の男に言った。「洪。君はまる二日以上も食べていないそうだ。食べなければ、倒れてしまう」

「まる二日食わないくらい、何だ」

洪虎変は、こともなげに言う。

「別にやせ我慢で、食事を拒否していたのではない。三日くらい食わなくたって、精神力でどうにでもなる。だが風谷、貴官が勧めるのなら、ありがたく頂こう」

「ありがとう」

風谷はほっとして、自分も目の前の皿に置かれた握り飯を取り上げ、かじった。海苔《のり》で巻かれたお握りは、塩味がした。

ふと目を上げると、北朝鮮の男は握り飯を手にはしているのだが、かぶりつくことはしない。姿勢を正したまま、ほんの数粒ずつの米を指先でつまんでは、口に運んでいる。

妙な食べ方だな——と見ていると、

「白米というのは、薬だ」洪は言った。「いっぺんに呑み込んではいけない。一度に口に入れてよい白米は十粒までだ。それ以上にがっつくのは、〈日本喰《ぐ》い〉といって、品のない食べ方だ」

「……そうなのか」

「そうだ。一粒一粒、農民に感謝しながら味わって食べろ。この握り飯は、なかなか旨《うま》いぞ」


「洪」

「うむ。何だ」

「君は、日本語が出来るんだな」

「うむ。自分の母親は、日本からの帰国者だ」

「帰国者？」

「うむ」洪はうなずいた。「祖父母が戦時中に、強制徴用《ちょうよう》で日本に連れて行かれ、そのまま終戦を迎えた。母は日本の九州地方で生まれ、一九六〇年代に共和国へ船で帰国した。以後、結婚して平壌の近郊に住んでいる。自分の日本語は、母親譲りだ」

「そうなのか」

「母は確かに在日帰国者だが、共和国の国づくりのために必死で働いた。だから出身成分はよいとは言えないが、ちゃんと国に働きを認められ、地域の労働副委員長に就任している」

「そうか」

「自分も、出身成分はよいとは言えない。日本生まれの母の子だからな。だから出世するためにはよりいっそう国に尽くさなければならない。努力しなくてはならない。自分は小さい頃から、昼は学校の後で農園の畑を耕し、夜と明け方に勉強した。その努力が認められ、現在はこうして、栄誉ある共和国防衛の戦闘機搭乗員となることが出来た。厳しいが慈悲深い、偉大なる首領様の導きのお陰だ」

「……そうか」

口数の少なそうな男が、何故かしきりに強調するのは『出身成分はこうだが努力している』というところだった。風谷は、出身成分という言葉もあまり聞いたことがないし、男がなぜそう強調したがるのかもよく分からなかった。

話題を変えることにした。訊きたい、と思っていたことについて質問をした。

「洪。ところで君は俺に『助けてくれた』と礼を言うけれど……。あの晩は、正直危ないところだった。俺はもう少しで君を撃墜するところだった。なぜ最初の警告に答えなかった」

風谷は、三〇〇〇〇フィートの高空から降下中に、雲中でアンノン——洪のミグを追尾しながら呼びかけた時のことを思い出して訊いた。

「最初の俺の領空退去の警告に、すぐに応答して事情を説明してくれれば、あんなに切羽《せっぱ》詰《つ》まった事態にはならなかった。なぜぎりぎりまで答えなかった？」

「うむ……」

「あっちで聞いたんだが――君は、後席から上官にピストルを突きつけられて脅されていたというのは、本当なのか」

「うむ。本当だ」洪はうなずいた。「あの晩のことを説明すると、長くなるが――いいか」

「ああ」

「あの日の夕方のことだ。自分は夜間飛行訓練のため、元山《ウオンサン》の基地を発進した。訓練は、首都保衛軍団防空ミサイル部隊の訓練標的となる任務も兼ねていた。東海方向から低空で我が首都へ襲って来る、敵の航空機をミサイルで照準する訓練の標的役だ。そのため後席には、指導計測士官として自分の直属上司である大隊副隊長の常卒然が乗り込んだ」

洪虎変は、握り飯を置き、両手を膝に置いた。

その晩の事件に至る経過を、話し始めた。

「常という奴は、父親が党幹部という、出身成分のよい士官だ。三十六歳で大隊副隊長と、出世も速い。だが考えてみれば、普段から同僚に小さな借金をしては返さないような、不誠実なところがあった。それでも別の党幹部の娘と結婚して子供を二人もうけており、その関係で将来は約束されていると見られていた。国を裏切るようなことをする人でなしとは、思えなかった。

普段の訓練では一時間分しか燃料を積まないのに、発進前に胴体内タンクまで満杯にしろと命じられた時には、自分も少しおかしいと思った。しかしミサイル部隊の標的機となるには、山地の稜線《りょうせん》の下まで潜《もぐ》るような低空飛行を繰り返さなくてはならない。そのために多めに燃料を積むのだろうと理解した。あとは通常通りに準備して離陸した。だが、中央山地の上空へ進出し、急降下して山陰に入った時。奴は本性を現わした。後席から操縦している自分に拳銃を突きつけると、このまま低空で一八〇度回頭し、東海へ出ろと強要したのだ」

「――――」

「どうするつもりか、と詰問《きつもん》すると、常は日本へ向かうのだと言った。日本経由で米国へ亡命するのだと言う。自分は驚いた。だがすでに機は山の稜線の下へ潜っていたから、我が空軍の防空レーダーは、自分たちが反対方向へ進んで行くのを探知するのが遅れた。自軍無線をモニタしていたが、いつまでたっても標的機がやって来ないと、防空ミサイル部隊に指摘されて初めて気がつく有様だった。その間に、不本意にも自分の操縦する機は超低空飛行で東海洋上へ進出していた」

「しかし――洪、君のファルクラムの性能はよく知らないが、増槽もなしで低空のままでは日本海を渡れないだろう」

「その通りだ、風谷。だが常の奴は、ミグ29の機体内燃料だけで東海を渡り切るプランを計算していた。わが空軍の沿岸防空レーダー覆域を脱すると、奴は上昇を命じた。東海の真ん中あたりで高度をいったん一二〇〇〇メートル近くまで上げ、消費燃料を少なくするために操縦席の与圧を切った」

「与圧を――切った？」

「そうだ。与圧も空調も切り、エンジンのブリード・エアを少なくして燃料消費を極端に絞った。そうして高高度巡航で日本へと向かった。与圧・空調なしの操縦席で、一〇〇〇〇メートル以上の高度を酸素マスクの酸素だけで飛行させられた。そのため数分で、操縦席の温度は外気温のマイナス五〇度近くまで下がった。奴だけは厚着をして懐炉《かいろ》を持参し、拳銃を持つ手を保温していた。自分はやむを得ず、精神力で耐えながら操縦した」

「…………」

「風谷。君も知っての通り、複座の操縦席で後席から銃を突きつけられたら、前席の人間は全く反撃というものが出来ない。自分は恥ずかしながら、言うことを聞くしかなかった。聞かなければ、奴は自分を射殺し、後席で一人で操縦して日本へ向かっただろう。しかし前席の人間を撃ち殺してしまったら、到着してから申し開きが面倒になる。だから奴は自分を殺さなかった。殺して一人で亡命するのが、面倒くさかったに過ぎない。自分はやむを得ず、奴の命じることに従いながら反撃出来る機会を待った」

「…………」

洪は語り続けた。

「日本へ向かう飛行中、奴は後席から『このまま二人で亡命し、アメリカへ逃れよう』としきりに勧めた。だが自分は絶対に応じなかった。自分は、この世で最低の人でなしの一人には、なりたくはなかった」

「……人でなし?」

風谷が訊き返すと、

「そうだ」

洪は強くうなずいた。

「いま共和国では、祖国建国の厳しい労働に耐え切れず、アメリカ資本主義の浸透作戦の甘い汁に誘惑されて使命を投げ出し、国を出る者が少なからずいる。そんな根性なしのうつけ者どもは、一族引き連れて出て行くならば自分は止めはしない。国を出たいなら勝手にするがいい。だが自分が絶対に許せないのは、戦闘機で亡命をする搭乗員だ」

洪虎変は、膝の上で拳を握り締めた。力強い顎を、ぎゅっと嚙み締めた。「戦闘機で亡命をする搭乗員は、人でなしだ」と繰り返した。

「どうしてだ。国家資産を持って逃げるからか」

「いいや、違う」洪は頭を振った。「そんなことではない。考えてもみろ、もしも搭乗員が任務中に脱走して亡命したりすれば、後に残された妻や子はどうなる。脱走した搭乗員の妻、子供、その他家族や親戚ら全員は、偉大なる首領様のお怒りに触れ、一人残らず逮捕される。そして収容所へ入れられてしまうのだ。国を裏切った脱走兵の家族として国にお詫《わ》びするため、一生強制労働をさせられるのだ。それが分かっていて、おのれだけが資本主義の腐った世界で甘い汁が吸えればいいと亡命する搭乗員——そんな奴が人でなしでなくて、何だ⁉　そんな奴らは、人間のクズだっ」

どんっ、とテーブルを叩いた。

「………」

「いや。すまない」

洪虎変は、激昂《げっこう》した自分自身を恥じるように、風谷から目をそらしてテーブルの茶を飲んだ。

「すまない。思い出して、つい感情的になった」

「ああ、いいんだ」

風谷は、茶をがぶりと呑む男から視線を外し、どこかでこの部屋の会話を監視しているはずの、公安警察や安全保障室の官僚のことを思った。当坊という人物は、この洪虎変をアメリカへ亡命させたいと言う。

風谷に説得をしろと言う。

この男を――？

そんなことって……出来るのか。

戸惑う風谷の前で、北朝鮮の男は、空中での経過に戻って話をした。

「風谷。君の領空退去の警告は、実は自分には聞こえていた。だが応えることが出来なかった」

「応えることが、出来なかった――？」

「そうだ」

「どうしてだ。脅されて応えられなかったのか」

「いいや」洪は頭を振った。「自分は返答しようとした。しかし操縦席のあまりの寒さのため、手の指はなかなか動こうとせず、やっとの思いで無線の送信ボタンを押しても、今度は酸素マスクの内蔵マイクが呼吸の息の水蒸気で凍りつき、声を拾わなかった。自分は君の警告には、応えようとしていたのだ。すまない」

「…………」

マイナス五〇度のコクピット――？　風谷は唾を呑み込んだ。いったいどんな環境だったのだろう。想像がつかない。そのうえ彼らが着ていたのは防寒耐水服でもなく、通常の飛行服だ。

洪は続けた。

「高空に上がって二十分は飛んだか。与圧を切って節約しても、そのうちついに燃料は尽きかけてきた。アイドル・パワーに絞って、後は日本の陸岸に届くのを願って緩降下に入った。自分もそんなところで死にたくはなかった。身体中凍りついている状態で海面へ脱出などしたら、おそらくたちまち溺《おぼ》れるだろう。偉大なる首領様からお預かりした戦闘機を、海へ沈めるわけにも行かない。自分は何とかして、陸地に着陸しなくてはならなかった。君たちの小松基地のある方角へ、アイドリングで機を降下させた。それでも燃料は足りなかった。常の計算がいい加減だったのだ。やむを得ず、降下しながらいったんエンジンを切った」

「それで……」

「その頃には、高度が下がったことで操縦席の温度も少しずつ上がり、無線のマイクが使えるようになっていた。追尾して来る君たちに、着陸を要請した。後は風谷、君の覚えている通りだ」

「洪。しかし君は、滑走路への最終進入中に再び無線に応えなくなった。最後は操縦が乱れた。俺は見ていて肝《きも》を冷やしたんだ。そのうえ――」

風谷は、どう訊いたものかと、唇を嘗《な》めた。

「そのうえ、降りた途端、あの銃を持った同乗者が君を殺そうとした」

「そうだ」

「君は、おとなしく従って飛んで来たんだろう。なぜあの後席の男は、君を殺そうとしたんだ」

「自分が、反撃しようとしたからだ」

「反撃の機会を、待っていたと言ったけど――」

「待っていた」

「だが、あそこまで来てしまえば、どうせ降りたら二人とも自衛隊に拘束される。最後までおとなしく、操縦していた方がよかったんじゃないのか」

「そうだ。実は、自分もそう思う」

「じゃ、なぜ」

「許せなかったからだ」

「――？」

「常卒然――あの裏切り者が、滑走路を目の前にした時にあることを自分に言った。あることを口にした。自分は、その言葉がどうしても許せなかった。平静を保って操縦し続けることが、もう出来なくなった」

「許せなかった――？」

「風谷。君の言う通りだ。あそこまで来てしまったら、自分の機を乗っ取った裏切り者にいまさら挑みかかっても意味がない。だが自分は」

洪は言葉を切った。

「――?」

「だが自分は――どうしても許せなかったのだ。滑走路への着陸直前に、奴の漏らした一言が」

独身幹部宿舎

「――」

風谷は、宿舎の一人の個室へ戻ると、またどさりとベッドに仰向けになって天井を見た。

今、何時だろう。

ブラインドの影が、シーツの上に斜めに伸びている。曇り空の切れ間から夕日がのぞいていた。手首をかざし、時刻を見た。

「もう、こんな時間か」風谷はつぶやいた。「あいつと――二時間くらい話をしていたのか」

飛行停止中だったから、解放され部屋に戻っても、することはなかった。仰向けのまま緊張した肩を回し、ため息をついた。

「…………」

目を閉じた。

——『この世にただ一人』

あの男の顔が、浮かんだ。

声が脳裏に蘇った。

顎のしっかりした顔の輪郭と、鋭い目。重たい声。あの洪虎変という男の印象は、いったん脳裏に焼きついたら消えるものではない。

——『この世にただ一人、かけがえのない女がいるんだ』

「……参ったな」

風谷は、気持ちが重くなるのを感じた。

気持ちを重たくさせていたのは、あの男——洪虎変の言った言葉だった。

——『どうしても許せなかった』

風谷は、その言葉を頭の中で反芻した。

聴取室でのさっきまでの会話を、思い出した。

「許せない一言って――何だ」

風谷が訊くと、洪虎変はゆっくりと視線を上げて、こちらを見て来た。

「風谷」

「？」

「君には、好きな女はいるか」

「え」

「自分には、一人だけいる。器用な方ではないからな。これまでに好きになった女は、一人だ」

「…………」

「話を戻そう。あの晩、小松基地の照明された滑走路が前方に見えて、着陸出来ることが分かった時。奴――常平然は後席で嬉しそうな声を出した。『成功だ。これで俺は自由だ』そんなことを口走った」

「…………」

「自分はそれまで、無駄な抵抗はせずに、なるべく冷静に操縦を続けていた。このまま日本へ降りることとなっても、自分だけは機体と共に帰国することを主張して、帰ればいいのだと考えた。一度は亡命に荷担した形となっても、機体を無事に持って帰れば、偉大なる首領様はきっと分かって下さると信じていた。だが奴の嬉しそうな浮かれた声を聞いて、さすがの自分もかちんと来た。おい、いい加減にしろと後席に言った。

こんなことをして、お前の親はどうなるのかと訊いた。我々の国は儒教《じゅきょう》の社会だから、何よりも親を大切にする。党の要職にある常の親は、いや常の親族はみな、これで地位を剝奪《はくだつ》され収容所へ送られるだろう。だが常は言った。『もう親の後ろ盾はいらないから大丈夫だ。この新鋭機を手土産《てみやげ》にアメリカへ渡れば、十分にいい暮らしが出来る。あの親はもう必要ない』そう言った」

「――――」

「それだけでも許されざる発言だが、そのくらいで自分が激昂するようなことはなかった。まだ我慢をしていた。ところが次に、奴は自分がどうしても許せないことを口にした」

「許せないこと、か」

「そうだ。次に自分は奴に、それでは妻はどうなるか考えてみろとただした。お前の妻も収容所へ送られるのだぞ。妻を失うことになるぞと詰問した。すると奴は簡単に『それも問題ない』と答えた」

「問題ない――？」

「そうだ。奴は言った。『全然問題ない。俺は困らない。妻はまたもらえばいい』こうも言った。『洪。お前もアメリカで、新鮮なのをもらえばいい。今のはもう飽きただろう』そう言って奴は笑った」

「――」

「自分は――それが許せなかった。どうしても、銃で脅されていても、その言葉だけは聞き捨てることが出来なかった。自分は着陸直前に、咄嗟《とっさ》に前後席同時ベイルアウトを起動させようとした。奴は銃を突きつけるためにショルダーハーネスを締めていなかった。射出すれば死ぬだろう。機体は地面に激突することになるが、もう構わないと思った。それくらい自分の怒りは強かった」

「…………」

「奴は気づいて、後席から発砲した。脱出レバーを吹き飛ばした。自分の首筋に銃を押しつけ、着陸脚を下ろせと強要した。自分は仕方なく、脚を下ろしてそのまま着陸した」

洪虎変は、それまで鋭かった眼差《まなざ》しを、初めて哀しそうにした。

「着陸した後は、見た通りだ」

風谷は、ため息をついた。

「――」

ベッドから仰ぎ見る天井は、ただ白いだけだった。遠くから帰還する機体の爆音が聞こえた。

　洪との会話の続きを、思い出した。


「風谷」

　洪は視線を上げた。

「風谷。自分にはこの世にただ一人、かけがえのない女がいるんだ」

「……かけがえのない？」

「そうだ。その女でなければ、自分は駄目だ」

「…………」

「不器用な自分に、ただ一人の女だ。十四の時から、どの夏も、どの冬も共に歩いた。ずっと一緒だった。自分にはその女以外との人生など、考えられない」

「…………」

「その女は今、自分の伴侶《はんりよ》だ。長い道のりを歩いてたどり着いた。二年前に家庭を持つことが出来た。向こうの父親は中央の党員だったから初めは難色を示されたが、空軍の士官となった自分の努力を認めて、結婚を許してくれた。現在では元山の家に、小さな娘がいる。自分の宝だ」

洪虎変は、飲みほした茶碗を手に取って、見つめながらつぶやいた。

「この世でたった一人、かけがえのない女と娘を護るために、自分は飛んでいるようなものだ」

「…………」

「風谷」

「あ、ああ」

「自分は帰るぞ」

洪は風谷をまっすぐに見ると、決意を示すように言った。

「自分は妻と子のために、祖国へ帰る。君は自分に『アメリカへ亡命しろ』などと言うな。上から何か指示されて来ているのは分かる。だが君だけはみずからのレベルを下げるな。取り調べに来た外事警察官の連中のように、アメリカの暮らしはいいぞとか女は抱き放題だとか、下劣な誘い文句を口にするな」


参ったな……。

風谷は仰向けになったまま、頭を振った。

参った。

今の気分をなおさら重くさせているのは、聴取室での会話が終わった後の、警察の人間の物言いだった。あの公安の若い刑事だ。

若い刑事は、聴取室に入る前のあまり当てにもしていないという態度から、何故かがらりと変わっていた。意気ごんだように、まるで風谷を使用人か道具のように扱った。「おい お前、何をやっているか」と風谷を詰問した。

「あんな調子では全然成果が上がらないぞ風谷三尉。もっと強く亡命を勧めろ。アメリカは天国だと言え」

「そんなこと――」

「お前、明日も来て説得しろ。必ず説得しろ」

「彼を亡命させるなんて――無理だと思うけど」

「何だと」

「無理だと思いますよ」

「お前は判断するんじゃない。お前はやればいいんだ。分かってるのか、あの男がまともに会話をするのは、お前だけなんだぞ。お前が説得出来なくてどうする。国の方針はあくまで『搭乗員二人そろっての亡命』だ。もっと真剣にやれ」

「お前、お前って。俺はあなたの部下じゃない」

「生意気なことを言うなっ。警察が命令しているんだ。高卒の自衛隊員のくせに」

「何だって」

「口答えをするな。お前が俺に口答えするのは、日能研全国一〇〇〇番以下のやつが、現役灘高生に向かって対等に口をきこうとするようなものだっ。お前はただ、言われた通りにすればいいんだ」

どうやら若い刑事は、警察庁のキャリアらしかった。風谷には訳の分からない台詞《せりふ》を、興奮してまくしたてた。キャリアの先輩である当坊がとりなしてくれなかったら、いつまでも解放されなかっただろう。

「風谷三尉。すまないが、国のためだ。明日も同じようにして昼飯を食ってくれ。また時間になったら呼び出す」

やれやれ……。

明日も、同じようにやらされるのか。

（あの洪虎変としゃべるのは、別に嫌じゃないけど……。別の場所で知り合いになりたかったな。出来れば、あいつとは――）

そう思った時。

部屋の電話のブザーが鳴った。

また呼び出しか――？

風谷は寝たまま手を伸ばし、赤いランプのついた構内電話の受話器を取った。

「――はい」

『風谷か』

声は、火浦だった。

「あ。隊長――」どうも、と言いかけると、電話の向こうのベテランパイロットは呼吸を速くした声で『見ているか』と訊いた。

「え」

『夕方のニュースだ。TVだ。見てるか風谷』

「いいえ」

『ならいい。それも含めて、今ちょっと大変なことになっている。すぐに飛行隊へ来てくれ』

大変なこと。何だろう。

「飛行隊へ、ですか」

『そうだ。急げ』

小松市内
惣菜屋〈勢無手楠商店〉

「いやそれがねぇ」

白い作業着で出来上がったばかりの弁当を木箱に並べながら、店のおばさんが言った。

「昨夜からねぇ、何か知らないけど『弁当運びのアルバイトに雇ってくれ』って、押しかけて来たのよ。ＴＶに出てるアナウンサーみたいな、ミニスカートはいたそりゃきれいな子が何人もね。あたしゃ全部断ったけどね」

「はぁ」

夕方の配達を前に、忙しそうな弁当屋の店先で、有里香は『そうか――しまった』と思った。

各社の報道記者で、似たようなことを考えるやつは他に何人もいたのだ。さすがにキー局同士の報道合戦の現場は凄い。土地勘《かん》もないのに、基地が立入禁止になるや、弁当納入業者を素早くつきとめて押しかけたやつがいる。それも、何人も――

「あのう、それじゃわたしも、お弁当運びに雇ってもらうわけには行かないでしょうか」

「勘弁してよぉ、沢渡さん」

おばさんは忙しそうに手を振った。詰められたばかりで湯気を上げる弁当が百個以上も、次々に箱詰めされてワンボックスのバンに載せられて行く。小松基地を占拠している公安警察が注文した夕食用だろう。立って粘ろうとする有里香の後ろを「ごめんよっ。つっ立ってんじゃないよっ」と威勢よく声をかけておじさんの台車が通る。

「だってねぇ。そんな東京弁をしゃべるＴＶに出ているような背の高いきれいな子がね、作業着着て弁当を運んだんじゃ、おかしいじゃないのよ。すぐばれるじゃないの。うちはね、長年の信用で基地に弁当を納めているのよ」

「はぁ」

「困るのよ。マスコミの人が、中へ紛れ込むのなんかに使われたら」

「そうですか……」

有里香は、しょんぼりとうつむいた。店先に平積みで並べられた、販売用の弁当が目に入った。白黒ぶちの牛と目鼻があるなすびの、見覚えあるラベルだった。

「だめですか……」

「ま」おばさんが、ぽつりと言った。「しょうがないかねぇ。うちの新製品の〈牛肉なすびそぼろ弁当〉、去年あんたが番組で紹介してくれて、今やヒット商品だものねぇ」

「え」

「どこの馬の骨か分からない人間じゃ駄目だけれど――沢渡さんじゃ、断れないかね。実際手も足りないし」

「お、おばさん。いいんですか?」

有里香は顔を上げた。

「しょうがないね」店主のおばさんは、白い作業着の腰に手を置いた。「その代わり、ちゃんと運んでもらうよ。仕事はしてもらうよ。百三十人前だからね。時給は五〇〇円だよ」

「あ、ありがとうございますっ」

「ま。あんたはそんな垢抜けた背高美人でもないし、ばれないだろ」

「…………」

「ほらさっさと作業着に着替えておいで。すぐに配達に出るよ。分かってると思うけど髪は結ぶんだよ。化粧は車の中でおとすんだよ」

「は、はいっ」

小松市内

すぐに〈勢無手楠商店〉の配達バンは、小松基地へ向けて店を出発した。

『——大スクープです』

ところが、満載のバンに飛び乗って市街地を走り始めた直後。後席で一生懸命化粧をおとす作業着姿の有里香は、耳に飛びこんで来た音声に「え——!?」と手を止めた。

『これは、TV中央の入手した極秘映像です』

目を上げると、運転席と助手席の間に取りつけられたカーナビの画面が、夕方のニュースを映し出している。配達用のカーナビなのだろうが、基地へは目をつぶってでも行けるから、TVの受信にしているのだろう。ちらつく画面は、夕方五時半からの全国ネットニュースだ。

見覚えのあるキャスターが、視聴者に向けて真面目そうな顔で説明している。有里香の大八洲TVではないが、他局の東京スタジオのようだ。

『私たちTV中央の取材班は、このたび極秘ルートを通じて、小松基地司令部内の映像を入手しました。これをご覧下さい』

有里香は、耳を疑った。

今、何と言った。基地司令部内の映像――？

思わず有里香は身を乗り出す。

画面が切り替わる。

現われた映像は、粒子の粗い動画だ。前方に長い廊下が映る。カメラは奥へと進んで行く。私服の警察官だろうか、屈強そうな男たちが廊下を途中で固めている。『このように、小松基地の司令部の奥は、現在公安警察が占拠して厳重に固めています』キャスターの声がかぶさる。『飛来したミグ戦闘機の搭乗員はこの奥に軟禁されている模様です。内部には、自衛隊小松基地の幹部ですら立ち入りを許されません。しかし今回、カメラは極秘にこの奥へ潜入し、取り調べを受ける搭乗員の生の姿を捉えました』

また画面が切り替わる。

どこか、部屋の空間の隅に置かれたカメラだ。やや見上げるアングル。映し出された室内はがらんとしていて、中央にテーブルと二脚の椅子が見えるだけだ。窓にはブラインド。二人の男のシルエットが、テーブルに向き合って座っている。

生の音声らしい、くぐもった怒声が響いた。

『おいっ、どうしても亡命しないというのかっ。お前は、どうしてあんな国へ帰りたいんだ！』

テーブルを叩き、ワイシャツの背中を見せた若い男が、かん高い声で詰問している。

〈搭乗員を取り調べる公安警察官〉というテロップが重なる。

『なぁおい、アメリカはいいぞ。アメリカへ行け。食い物は食い放題、女は抱き放題で天国だぞ。お前だって好きだろう。洪、亡命しろ。やせ我慢しないで亡命するんだ！』

おそらく超小型のマイクなのだろう、声がくぐもるので、二人のシルエットの下に発言と同じ内容のテロップが出る。

『――自分は、亡命などしない』

こちらに横顔を見せ、椅子で腕組みをする男は、姿勢を微動だにさせず頭を振る。

低い声で男は言う。日本語だ。

『先ほどから、説明している通りだ。自分には亡命の意志はない。後席から裏切り者の上官に銃で脅され、日本まで機を操縦して来ただけだ。あの人でなしは、亡命すればいい。

だが自分は、祖国を愛している。国を捨てることなど考えてもいない。機体と共に、国へ帰してくれ』

亡命の意志はない、国へ帰してくれ、の二つの部分では、強調するようにテロップ文字が赤く変わった。

何なんだ――この映像。

有里香は息を呑んだ。

(これは……ひょっとして聴取室の隠し撮り?)

どこの局だ。有里香はあらためて画面の隅のロゴを見た。まさか!　TV中央だって――?　やられた。いったいどうやってこれを撮ったんだ。

有里香自身の驚きもだったが、東京の大八洲TV報道センターで見ているだろう八巻チーフの驚きは――いやそれ以上に、隠し撮りされた当の公安の人々の驚愕《きょうがく》は、どんなだろうか。

やられた……。有里香は片手で弁当の山が崩れないように押さえながら、バンの後席で唇を噛んだ。こともあろうに、TV中央に大スクープを抜かれるなんて!　いや、それも悔しいけど、これを撮ったやつは、いったいどうやったんだ。どうやってあんな警備厳重な基地の中枢部に入り込んで、カメラを仕掛けたんだ……!?

川崎市内

『さらに、これをご覧下さい』

スタジオのキャスターが言った。

『この映像は、今日の昼間、取り調べの合間に行われたミグ搭乗員と小松基地所属の航空自衛隊パイロットとの接見の模様です』

「――――」

月夜野瞳は、キーボードに向かう手を止めて、TVの画面を振り向いて見た。

その目が、見開かれた。

黒い瞳に画面が映り込むと、唇が動いた。

「――風谷君……？」


アパートの部屋の床には、瞳が新しく請け負った仕事の図面が、たくさん広げて置かれている。テーブルに載り切らなくて、床に広げたのだった。

今度はプラントの設計図のデータ化の仕事だ。明日からはこの新しい仕事に向けて、現地の見学にも行かねばならない。今朝から準備で忙しく、床に足の踏み場もないくらい図面を広げなくてはならなかった。海のように図面を敷きつめた向こうに、写真立てを置いた棚があり、ＴＶの画面がニュースを映している。

『――この自衛隊パイロットは、風谷修・三等空尉。ミグが飛来した夜にスクランブルし、降りしきる雪の中を命がけで滑走路まで誘導した、とされています。そのためミグ搭乗員の洪虎変上尉からは、信頼されている模様です』

画面が、トリミングされて人物のクローズアップになる。二人の男の横顔が向き合っている。顎のがっしりした、意志の強そうな顔と、戦闘機パイロットというイメージではない色白の優しげな顔。

『風谷』

ミグの搭乗員の男が言った。

『風谷。自分にはこの世にただ一人、かけがえのない女がいるんだ』

『……かけがえのない？』

優しげな横顔が応える。確かに、風谷の声だ。

「――」瞳は画面を見つめた。

東京・台場
大八洲TV報道センター

「いったい、どうやって撮ったんだっ」

八巻貴司は、手にした打ち合わせ台本を床にばしっ、と叩きつけた。報道センターでは明日の特集に備えて、〈ドラマティック・ハイヌーン〉のスタッフ打ち合わせが行われている最中だった。

「TV中央の連中は、いったいどうやってあれを撮ったんだ⁉」

各局のニュースを流す十数台のモニタの一つで、粗い映像の中のシルエットが会話している。テーブルに向き合った、二人の男。画面下のテロップは〈洪虎変上尉〉、〈風谷修三尉〉と人物を表示している。

「あれを見ろ」八巻は指さした。「搭乗員の名前と階級まで、はっきり出しているぞ。まだ政府発表もされていないのに！」

「どうやったのか、分かりません。八巻さん」

サブ・チーフが、呆然《ぼうぜん》とモニタを見上げた。その周囲で、他の報道スタッフたちもみな『訳が分からない』という表情で口を開けている。

「八巻さん。TV中央の連中は、公安の誰かを買収でもしたんでしょうか――？」

「馬鹿な」八巻は拳を握りしめる。

画面では二人の男が会話している。

『風谷』

『あ、ああ』

『自分は帰るぞ』

小松市内

揺れるバンの後席で、作業着姿の有里香は息を呑み、カーナビの小さな液晶画面を見つめた。

「――風谷さん……」

確かに画面の横顔は、風谷だった。

「……どうして」

有里香がその顔を目にするのは、一年ぶりだった。しかし映像の中の若い戦闘機パイロットは、疲労して、憔悴《しょうすい》しているように見える。

どうしたのだろう。

このニュースが本当だとすれば――多分本当なのだろうが、あの亡命ミグ29に対してスクランブル発進をしたのは、風谷の編隊だったということになる。あの晩、悪大候の上空で、領空へ侵入しようとするミグと渡り合ったというのだろうか。

どんな状況だったのだろう。思わず取材者意識を脇に置き、有里香は心配になった。ひょっとして風谷はひどい目に遭《あ》ったのではないだろうか。大丈夫だったのか——？　だってどう見ても、相手のミグのパイロットの方が、強そうに見える。

『自分は帰るぞ』

『…………』

北朝鮮パイロットの重々しい声を、風谷は黙って受け止めているようだった。

声もなく見返す風谷に、男は繰り返した。

『自分は妻と子のために、祖国へ帰る。君は自分に「アメリカへ亡命しろ」などと言うな。上から何か指示されて来ているのは分かる。だが君だけはみずからのレベルを下げるな。取り調べに来た外事警察官の連中のように——』

大八洲TV

『取り調べに来た外事警察官の連中のように、アメリカの暮らしはいいぞとか女は抱き放題だとか、下劣な誘い文句を口にするな』

モニタの中で、北朝鮮の男は言い切った。

『風谷。自分は家族のために帰るのだ』

「くそっ。最高に美味《おい》しい台詞じゃねえか……」

八巻は歯嚙みした。

これは……このスクープでTV中央の連中は、いったい何パーセント取るんだ？

そこへ、

「八巻チーフ！」

会議テーブルで電話を取った女性スタッフが、立ちつくす八巻を呼んだ。

「大変です。警察庁記者クラブから報告です。現在政府当局と公安警察に対して、ニュースを見た国民から電話で非難が殺到している模様です」

第四章　異形の刺客

日本海・某所

「作戦は、極めて順調に進行している」

三日後。

日本海に浮かぶ孤島の地下要塞《ようさい》。

〈亜細亜《アジア》のあけぼの〉秘密基地である。

その要塞の底——海面下五〇メートルの地底大空洞では、白然鍾乳洞《しょうにゅうどう》を拡張した地底湖の黒い水面が、軍港施設の照明を反射して光っている。

湖岸に面した岩壁の中に、〈亜細亜のあけぼの〉特別作戦室がある。前回の原発空襲作戦の時に空洞の岩壁をうがって通信設備を埋《う》めこみ、造られた空間だ。

この日は一年ぶりに、特別作戦室の通信指揮システムはフル稼働をしていた。天井の低い空間には、壁にずらりと並んだ通信コンソールにオペレーターたちが不動の姿勢で向かっている。中央の作戦テーブルは赤い照明に照らされ、軍服に飾緒をつけた中年の高級将校が上座に着き、集まった幹部一同を睨《にら》み渡している。

テーブルの上は、日本の北陸沿岸から朝鮮半島までを範囲に入れた、二メートル四方の巨大な作戦図だ。

「現地に潜入中の秘密工作員から、次々に報告が入っている」飾緒をつけた高級将校は、首都の放送局のアナウンサーがニュースを読む時のような、大仰《おおぎょう》に威厳を込めた声で言った。「すべて『計画』通り、順調な推移を示している。作戦統括官としては喜ばしい限りである」

「三日前の夕方の、日本のTV放送のニュースを傍受《ぼうじゅ》しましたが、あれは痛快でありました」

飾緒の高級将校の横で、副官らしい将校が満面の笑顔で言う。この三十代の副官でさえ、軍服の肩につけられている階級章は、普段の島の指揮官である〈大佐〉よりも上だった。

「全くですな」

「痛快でしたな」

取り巻いた幕僚《ばくりょう》らしい将校たちが、口々に言う。

「統括官。実にすばらしい作戦です」

「うむ」

中央の高級将校が満足げにうなずくと、それを合図に、テーブルの全員がぱちぱちと拍手を始めた。

ぱちぱちぱち
ぱちぱちぱちぱち
「統括官、これならば必ずや作戦は大成功です」

「おめでとうございます統括官」

「こら。おめでとうは終わってからにせぬか」

「いやぁ、これは一本取られましたな」

はっはっは、と高級将校を囲む一団が笑った。

「――――」

そのグループと向き合うように、大きなテーブルの下手には〈大佐〉が座っている。いつも羽織《はお》っている紫のマントはなく、長い髪も後ろで纏《まと》めて威儀《いぎ》を正している。

〈大佐〉の両横には、この要塞の幹部たち――〈亜細亜のあけぼの〉航空作戦担当士官、通信士官、整備担当士官などが並ぶ。幕僚の将校らにつき合って笑ってはいるが、みなひきつった顔だ。黒いサングラスを掛けた飛行服の男の姿もある。無表情だ。女特務将校

──玲蜂も飛行服姿だが、テーブルよりもさらに後方の窓際に、警備員を兼ねて立たされた形だ。この女も無言で、緊張した顔だ。

女の背後の細い窓に、漆《うるし》を流したような黒い水面が光っている。水銀灯の照明で、荷上げ用港湾設備がシルエットになっている。水面に浮かんでいる鯨《くじら》のような影は、キロ級通常動力潜水艦──旧式のディーゼル動力攻撃型潜水艦だ。地底湖は底部のトンネルで外海と繋《つな》がっており、中型潜水艦の通行が出来る。古いキロ級は、飾緒の高級将校一行を彼らの本国から乗せて来た艦だった。


「──統括官」

さざめく笑い声の中で、〈大佐〉が軽く咳払《せきばら》いすると手を上げた。

「何だ」

高級将校が一転不機嫌そうな顔になり、〈大佐〉を睨むと、サァッと室内の空気が冷えた。高級将校を取り巻く幕僚の一団が、テーブル越しに〈大佐〉を睨みつけた。

「何だ。発言したいのか。〈山猫大佐〉」

「は」〈大佐〉は、硬い空気の中で遠慮深い態度を表明しながら、下手から発言した。「今回の、〈三匹の虎〉作戦についてでありますが」

「何だ」

「本当に、このような作戦を、実行するのでしょうか？　本作戦をもし実行すれば――」

「何を言うか。すでに実行されている」

「いえ。最終段階のことを、申しあげております。作戦の最終段階を遂行するのは、私の部下のパイロットです。ですがもしこれを遂行すれば――」

「遂行すれば、何だ」

「最終段階を遂行すれば、罪も無き同胞《どうほう》の一般市民から、多数の死傷者が出ます。これは」

「これは、何だ」

高級将校――作戦統括官として幕僚たちを引き連れ、三日前にこの島へ潜水艦で乗りこんで来た中央の党幹部だ――は、島の若い指揮官を睨みつけた。

「立て。〈山猫大佐〉」

「は」

長い髪の長身の男は、椅子から立ち上がって不動の姿勢をした。

「何か不服か？　〈山猫大佐〉」

「は。は――」

「その顔は、何だ」

中年の作戦統括官は、左右に居並ぶ幕僚たちと共に〈大佐〉を睨みつけて言った。

「〈山猫大佐〉。お前は、まさかこう申すのか？　我が首都の一般市民に死傷者が出るからこの作戦は良くないとか。一般市民に死傷者が出ない方が良いとか申すつもりかっ」

「は、は」

「馬鹿なことを」統括官は、問題にならないとでも言うように頭《かぶり》を振った。「今度の作戦は、同胞一般市民に死傷者が出るからこそ効果があるのだ。おとし種とはいえ、貴様とて党高級幹部の子。その程度のことが分からぬわけではあるまい」

「は。ですが」

「〈山猫大佐〉。共和国国民の義務とは何か」

「は、それは国のために生命を捧《ささ》げることです」

「その通りだ。国のために生命を捧げるのは国民の義務である。したがって国のために死ねるのは幸せである。今回犠牲となる市民たちも、喜んで死んで行くべきである」

そうだ、そうだと同意するように、左右の幕僚たちがある一定のリズムでうなずいた。

「しかし」〈大佐〉は食い下がろうとする。「しかし――いかに憎き日本を陥《おとしい》れるためとはいえ、同胞を撃つというのはいかがなものでしょうか」

それを作戦統括官は「分かっておらぬのか」と諫《いさ》めた。

「分かっておらぬか、〈山猫大佐〉。お前たち〈亜細亜のあけぼの〉は、今回の作戦においては数ある実働部隊の一つに過ぎぬ。手足の指の一本に過ぎぬのだ。指の一本が、頭のすることに異議を唱えてどうする。身の程を知れ」

「しかし――」

「貴様」作戦統括官は一喝《いっかつ》した。「世話になった幹部の息子であるから発言は許したが、それ以上異議を唱えることは許さぬぞ。いったい貴様は、この作戦がどなたの命によるものか分かっておるのかっ」

「は。いえ……」

「ならば教えてやる。そもそもこの〈三匹の虎〉という作戦名は、恐れ多くも」

すると突然、だだっと床を鳴らしてその場の全員が踵《かかと》をつけ、背筋を伸ばして威儀を正した。その動作を待つように一呼吸置いてから、統括官は続けた。

「恐れ多くも、我らが偉大なる首領様のご命名によるものである。それに異議を唱えるとは何ごとかっ」

地底格納庫

「ま。あんたにしちゃ、食い下がった方だ」

水銀灯に照らされた格納庫の空間で、機体を見上げながら〈牙〉が言った。

「同胞を撃つというのはいかがなものか――か」

新しい機体は、組立作業を終えようとしている。最終の塗装工程が仕上がろうとするところだ。技術者たちの手によって機体表面に塗料が吹きつけられている。機首側面の国籍マーク部分だけが円《まる》い形にマスキングされ、地の色の淡いグレーが全体に塗られていく。

「別に私は、共和国国民の義務を忘れたわけではない」〈大佐〉は腕組みをして、〈牙〉の隣で言った。「しかし党の幹部連中は、密《ひそ》かに自分たちの家族・親族だけは首都から避難させている。作戦で攻撃を予定している目標街区は決まってはいるが、空からの攻撃だ。流れ弾はどこへ飛んで行くか分からない」

「――――」

「〈牙〉。実はな」

〈大佐〉は、背後へちらと目をやった。機体の塗装作業を見上げる二人のやや後ろで、飛行服姿の玲蜂が周囲を監視するように立っている。

「私が統括官に食い下がった理由は――あいつだ」

「――?」

「あいつの、母親なのだ」

「どういうことだ」

「あいつは知らないが――実はあいつの母親が、攻撃目標街区のすぐ外側に住んでいる」

「あんたの母親ではないのか?」

「父には愛人が何人もいた。私の……」言いかけて〈大佐〉は頭を振った。「私とは腹違いだが、妹に親殺しはさせたくない」

「では、乗せなければいい」

「そうは行かん。お前には、まだ監視をつけねばならない。この機の後席には、またあいつを乗せる」

「〈大佐〉」

男の黒いレイバンの表面に、組み上がる機体の双発・双尾翼のシルエットが歪《ゆが》んで映り込む。

「聞いたところでは、作戦の遂行後、国外へ発信する画像には大掛かりな補整をするのだろう」

「そうだ」

「ならば――」

「ならば初めからこんな手のこんだ真似をすることはない、か――?」〈大佐〉は、長い髪の横顔でため息をついた。「そうも行かんのだ、〈牙〉」

「なぜだ」

「〈画像〉さえ立派なら目的が果たせるわけではない。確かに偵察局では、日本人の優秀なCG技術者を確保している。作戦の後のポスト・プロダクション——すなわち発表用記録画像の補整も、完璧にやれる態勢だ。しかし一方、今や我が共和国は世界百数十か国との国交があり、首都中心部には外国人も大勢いる。友好的な外国マスコミには支局も開設させている。彼らに生の惨劇《さんげき》を『目撃』させ報道させなければならぬというのが、作戦の主旨だ」

「——」

「それによって、次の段階に我が国が実行する〈報復攻撃〉についても、初めて国際社会の理解が得られるのだ。我々の日本に対する戦略目的を達するには、国際社会の支持は不可欠だ」

「——」

〈牙〉は、ただ皮肉そうに唇を歪めた。

「——人間の命を消費して、大芝居か……。いったいこれは戦争なのか？〈大佐〉」

「分からん」〈大佐〉は頭を振った。「戦争ではなく、日本という国を相手取った詐欺《さぎ》——あるいは大掛かりな強盗かも知れんな」

「ク——」

クク、と〈牙〉は笑った。しかしそれはこれまでの作戦の前に示した楽しそうな笑いではなく、皮肉な微笑だった。

「それで——最終段階の遂行は、いつになる」

「日本国内の動きによる」

〈大佐〉は、岩盤《がんばん》とその上に横たわる大洋を見透かすように、背後の頭上を見やった。玲蜂が、何を見ているのだ——？　という顔をした。〈大佐〉は妹とは目を合わせなかった。

「日本国内では現在、秘密工作員たちが最後の詰めの工作を急いでいる。日本の報道を見ていれば知れるが——最終段階遂行は、早ければ明日だ」

東京・台場
大八洲ＴＶ

その夕方。

大八洲ＴＶ八階の報道センター。

『——平和世界党の国会議員で構成する議員団が、今日の午後航空自衛隊小松基地において、朝鮮民主主義人民共和国空軍のパイロット・洪虎変上尉と接見しました』

他局のニュースをモニタする画面の一つで、小松基地の正面ゲートに次々と入って行く黒塗りの車がアップになっている。その映像に重なって、ニュース原稿が読み上げられる。

『団長の千畳敷かた子党首と、副団長・塩河原清美《しおがわらきよみ》議員は、接見の後の記者団との会見で

「共和国空軍機が間違って日本へ飛来したことは明らかであり、機体と洪虎変上尉はただ

ちに本国へ返すべきだ」と述べました。またさきの国交正常化準備交渉で朝鮮民主主義人民共和国から求められた賠償金《ばいしょうきん》についても、日本政府として早急に支払いの検討に入るべきと強調しました』

「ふん」モニタを見上げながら、八巻は腕組みをした。「さすがのTV中央も、今日はゲート前で撮った画《え》だけだな」

八巻の横で、若いサブ・チーフも見上げる。

「そうですね。例の隠し撮り報道の直後から、マスコミは基地へは『絶対出入禁止』にされましたからね。飛行場の反対側の、民間航空ターミナルからですら撮影は禁止です。柵にはずらりと機動隊が並んでいるし——」

「公安、相当頭に来てるんだろうな」

「それ以上に、国民世論の非難が痛いでしょう。今やあのミグのパイロット——洪虎変ですか、ちょっとした時の人ですよ」

「北朝鮮のイメージを変えた、とか評価されているな」八巻はため息をついた。「TV報道の〈映像の力〉っていうものは……。かかわっている俺も、時々怖くなるよ」

「小松へ送りこんだ沢渡からは、その後何か」

「いいや。現地の仕出し業者に紛《まぎ》れ込んで、毎日三回基地へ弁当の配達に通っているが、司令部の建物には弁当屋も立ち入らせないらしい。粘りながら、何か動きが見えるのを待つしかない」

　そこへ、

「八巻チーフ」

　コードレス電話を握ったままで、報道部の女性スタッフが駆けて来た。

「チーフ、大変――大変です。ＴＶ中央の報道局長が、先ほど亡くなりました」

「何だと」

「病死らしいです。つい二時間ほど前、会議中に突然倒れて――救急車で病院へ担ぎ込まれた時にはすでに」

「死因は」

「まだ分かりません」

「ＴＶ中央の報道局長って言ったら、八巻さん」

「…………」

　絶句する八巻に、

「チーフ」もう一人のスタッフが、報道部デスクの電話を手にしたまま叫んだ。「国会記者会館から報告です。どうやら日本政府は、あのミグ戦闘機とパイロットを北へ返す模様です！」

小松基地

「くそっ。別件でパクろうとしてた矢先ですよ」

司令部四階・奥の休憩室。

中年の捜査官が、拳《こぶし》を手のひらに叩《たた》き付けた。

東京の公安本部からの『TV中央報道局長病死』の知らせは、司令部四階フロアの奥を占拠《せんきょ》した公安警察捜査官たちに、あっと言う間に広まった。

「TV中央は〈報道の自由〉を盾《たて》に、隠し撮り映像のニュース・ソースを明らかにしなかった。局内を探ると、驚くことにあの画像の出所をはっきり知っている者がいない。ようやくただ一人、撮影者に接触したらしいという人間にたどり着いたところだったのです」

「その報道局長か」

「ええ。全共闘最後の生き残りです。七〇年安保では安田講堂で逮捕されています。これから捕まえて、締め上げてやろうという時に――」

「あの世へ逃げられたたな」

当坊が、ため息をついた。

休憩室の隅に置かれた小型TVからは、夕方のニュースが流れている。北朝鮮のミグの話題は、このところ毎晩の定番メニューだ。『ひどい取り調べ』の映像も、さんざん繰り返して使われた。

「例のカメラの分析は？」

当坊は話題を変えて訊《き》いた。内閣安全保障室は、総理大臣の名代《みょうだい》としてこのフロアを仕切っていたが、守秘やセキュリティーに関することは公安警察の責任だった。

「聴取室のベッドの毛布の中にあったカメラですか。現在うちの技術陣が調べていますが……」捜査官は言葉を濁《にご》した。「カメラ付き携帯電話のパーツを流用したもので、パーツ自体はどこででも手に入れられる物のようです。仕掛けられた時期に関しては、いつやられたのかは特定出来ていません。内部に記録機能はなく、画像は送信されていました。しかしどこで受信されていたのかは、まだ……」

「そうか」

当坊はコーヒーをぐいと呑《の》んだ。

「内部の人間の仕業《しわざ》かな」

「なんとも言えません」

その横で、小型ＴＶが次のニュースを映し出す。国会記者会館からの中継のようだ。

「おう」当坊は画面を見て、うなずいた。「例の決定事項について、どうやら記者発表されたようだな」

「私は見たくありません」中年捜査官は唸《うな》った。

『──はい、国会記者会館です。たった今、政府から発表がありました』

『柄本《えもと》さん、それはミグ機のパイロットの帰国についての発表ですね』

『はい、そうです。鰻谷《りなぎだに》総理、木谷外相などを初めとする内閣安全保障会議は、本日午後に協議を行い、北朝鮮から飛来したミグ戦闘機とその搭乗員一名を、明日にも帰国させることに決定しました。ただし──』画面の中の記者は、確認するように手にしたメモに目をおとした。『ただし、当初は機体と乗員を貨物船に積み込んで送り返す方針でしたが、先ほど当該戦闘機を飛行させて帰国させることに、変更されました』

「何だと──?」

当坊は、驚いて画面を注視した。

「聞いておらんぞ。そんなことは」

中継の画面にも、キャスターの声が重なる。

『柄本さん。スタジオですが、確認します。そうすると北朝鮮のミグ戦闘機は、小松基地から明日にも飛び立って、本国へ直接向かう、ということですか?』

『その通りです』画面の中で記者がうなずく。『小松から本国まで飛行して帰りたいというのは、ミグ搭乗員・洪虎変上尉から出されていた希望でした。政府は、ミグ機から武装の弾薬を取り下ろすこと、また北朝鮮領空の手前までは自衛隊機が護衛として付き添い帰国を見届ける、ということを条件に、上尉の希望を認めた形です。ですが、この決定に至るまでには、平和世界党からの強い働きかけがあったものと見られています。以上、国会記者会館前からお伝えしました』

「――飛ばして帰すなんて、私は聞いていないぞ。おい、TV中央に替えてみてくれ」

「は、はい」

捜査官がチャンネルを替える。

『――たった今、すばらしい決定がなされました』替えられた局のスタジオで、女性キャスターが笑顔で言った。『朝鮮民主主義人民共和国空軍の洪虎変上尉は、搭乗機のミグ29戦闘機をみずから操縦して、明日にも本国へ帰還することを認められました。また洪上尉が無事に帰還出来るよう、日本政府は航空自衛隊の戦闘機二機を途中まで護衛として付き添わせる、ということを決定しました。すばらしいことに、この自衛隊護衛機には、洪上尉機を雪の中で命がけで誘導した小松基地の風谷修・矢島明士の両三尉が操縦の任に就《つ》くこととなる見込みです。護衛機への両三尉の選任は、洪上尉が特に強く希望したことで、これが日朝友情の懸《か》け橋《はし》として今後――』

府中・総隊司令部

「いったいどういうことなんだ。E2Cをつけないって――!?」

総隊司令部の廊下を早足で歩きながら、葵は隣の和響に訊いた。ちょうど中央指揮所の当直業務が済んで、和響と交代するところだった。葵は和響から、司令部の緊急会議で申し渡された事項について聞かされ、憤然《ふんぜん》としていた。

「十分な監視の目もなしで、ミグを帰すのか」

「上の決定――というか政治判断さ。仕方がない」和響も歩きながら頭を振った。「明日帰国するミグの護衛ミッションには、F15を二機つける。もちろん『護衛』というのは名目で、やつが飛び立った直後に最寄りの原発へでも突っ込まれたりしたらかなわんからだ。そのための備えに、二機で挟んで監視する。本来ならば、小松第六航空団の精鋭である〈特別飛行班〉に護衛任務をやらせたいのだが――」

「『護衛』に飛ぶのは、あの晩積乱雲《せきらんうん》に突っ込んだ二人組だって?」

「そうだ。あの晩指揮所の指示に反して、ミグを小松へ着陸させたスクランブルの編隊長と、その後輩の僚機《りょうき》だ。『日朝友情の懸け橋』とかマスコミが言って、あの二人を全国的にもてはやしたから仕方がない。先ほど二人の処分を取り消し、フライトに復帰させる裁定が出た」

「マスコミ世論には、自衛隊はかなわんというやつだな」葵は苦笑いした。「まぁ俺としては、それはいい。あの晩、俺は『現場編隊長の判断を尊重すべき』と主張したが、保身しか考えていないトップダイアスの連中に寄ってたかって潰《つぶ》された。編隊長と僚機パイロットの処分についても、不当だと思っていたところだ。だが」

葵は唇を噛《か》み締めた。

「だが明日の護衛任務にもE2Cを随伴《ずいはん》させないと言うのは、気に食わん。どうして早期警戒機をついて行かせないんだ。外側防空識別圏の、さらに外側まで進出するんだろう。高度が下がれば沿岸レーダーには映らないし、下手をすれば通信だってままならないぞ」

「だからさ」和響は言った。「予定では護衛機は、あのミグが北朝鮮領空内へ入るのを見届けてから、Uターンして戻ることになっている。ところがE2Cがついて行くと、一時的にも北朝鮮の内陸部までをレーダー・カバレッジに入れてしまう。見送るのにかこつけて、他人の家の中を覗《のぞ》くような真似は出来ないとさ」

「参ったな。ミグの出発は明日の昼前なんだろ」

「ああ」

「明日の日中は、また俺が指揮所の当直シフトだ。下手《へた》なことが、起きなければいいが――」

小松基地

翌朝。
風谷は矢島を伴ってひさしぶりに飛行隊へ出勤すると、これまでいつもしていたように
まずロッカールームで靴を磨いた。それから飛行服姿で、二人そろって飛行隊長の火浦の
オフィスへ出頭した。
昨夜風谷は、火浦から〈F転〉処分の取り消しと、急な特別任務につくよう指示が出て
いるむねの連絡を受けた。その際、翌日は飛行隊オペレーションルームではなく、直接オ
フィスへ出頭するように言われた。任務の概要は、飛行隊長室で風谷・矢島の二人にのみ
直接説明されると言う。
廊下ですれ違う同僚――先輩や後輩たちがみな「復帰か」「よかったですね」と声をか
けてくれた。しかし大げさに喜び合う雰囲気ではない。頭の上の司令部四階は公安警察に
占拠されたままだったし、あの北朝鮮のパイロット二名もまだ居る。北朝鮮領空の手前ま
でミグを監視して飛ぶというのも大変な緊張を伴う仕事になると、みんなが知っていた。
大声を出す雰囲気ではなかった。
「ご苦労。本日の特別任務の概要はこうだ」

飛行隊長のオフィスには、デスクに座った火浦のほかに、飛行班長の月刀もいた。やはり風谷の〈F転〉取り消しを祝う雰囲気ではなく、とにかくこの大仕事を済ませてからでないと喜ぶに喜べないという気分が、二人の職制パイロットの顔つきから見て取れた。

別にいいさ——風谷はデスクに広げられた航空図を見下ろしながら、思った。

とにかく今日は飛べる。

あきらめかけていたのが、また飛べるのだ。

どうやらヘリコプターへ配転させられることは、なくなったらしい。イーグルにまた乗れるのならどんな仕事だって『やれ』と言われればやるさ……。

「飛行コースは、この図の通りだ」火浦は説明した。「見た通り、日本と北朝鮮の間には航空路がない。したがって小松を飛び上がったら針路を磁方位三一〇度にセットしてただ一直線、洋上を小松から三六〇マイル離れたポイントまで進出する」

火浦は、日本海を拡大した航空図の端から端までを、斜めに指さして飛行コースを示した。行きも帰りも同じ一直線、全行程が何もない海の上だ。

「——」

風谷は航空図を見た。かなり長い行程だった。

「飛行方式は、あのファルクラムを真ん中に挟んだ『斜め二機編隊』を組む。一番機ポジションでエスコートするのが風谷。矢島は後方三番機の位置で、バックアップと監視だ。」

離陸したらこの形態を保って、洋上三六〇マイルのポイントまで進め」火浦は、エスコートしたミグを解放するポイントを指でさした。日本海をほぼ斜めに横断し、北緯三八度線を洋上で越え、朝鮮半島の付根の真横――元山の沖約一〇〇マイルの位置だ。「ファルクラムを解放したら、その場で旋回に入って上空待機。あいつが北朝鮮領空へ入って行くのを見届けて、Uターンして戻れ。この解放ポイントの位置は、日本の外側《アウター》防空識別圏《ADIZ》のさらにやや外側になる。このポイントより西へは行くな。向こうの領空へ近づけば、今度はこっちがスクランブルをかけられる」

「そんな頼まれても、近づきませんよ」

矢島が言った。いつもの矢島らしくなく、冗談を言う声に緊張が混じっている。

「――随分《ずいぶん》遠くまで、連れて行くんですね」

風谷は感想を言った。

「その通りだ。理由は分かるだろう」火浦は、二人の顔を見回して言った。「単純に言えば、あのファルクラムに日本の陸岸へ戻って来れる燃料があるうちは、監視を解くなということだ。本土の原発や市街地に突っ込まれる可能性が百に一つもあるうちは、監視を解くわけにはいかない。幸いにして、あのミグは増槽を持っていない。日本海を三分の二以上渡ってしまえば、もう何か悪さをしようとしても戻っては来れない。そこまでは見送るのだ。お前たちの機体には、もちろん帰途《きと》の分の燃料を増槽で積んで行く。まぁそれでも、このポイントまでの往復はきつきつだがな」

「燃料の算定について説明しよう」月刀が隣から図表を広げた。「この表を見てくれ」

風谷は、矢島と共に広げられたフライトプランを覗き込んだ。

月刀が説明する。

「『護衛飛行』の行程は往復七二〇マイル。解放ポイントで、ミグが北朝鮮領空へ入るのを見届けるのに一五分間滞空すると想定する。高度三五〇〇〇フィートを経済巡航速度の四八〇ノットで飛ぶと、往復に九〇分。燃料消費は離陸上昇だけで二〇〇〇ポンド、巡航に一時間当たり五〇〇〇ポンドだから往復で七五〇〇ポンド。向こうでの滞空に一三〇〇ポンド、緊急時の対処のために五〇〇〇ポンド。それから小松へ帰投した時の予備燃料一五〇〇〇ポンドを含めて、必要燃料量は一七三〇〇ポンドとなる。機内燃料タンク満タン、六〇〇〇ガロン増槽一本できつきつだな」

「緊急時の対処用の五〇〇〇ポンドとは？」

風谷は訊いた。

「空戦用ですか」

「はっきり言いたくはないが、そうだ。あいつが何かしでかそうとした時の、戦闘用だ」

「しかし空戦用に五〇〇〇ポンドだけとは、少な過ぎませんか。アフターバーナーを全開すれば、一分間で一二〇〇ポンドは食うし——それに機内燃料満載の重量では、運動荷重も七Ｇに押さえられます。二重の意味で不利です」

「僕が後ろで見張りますよ」矢島が言った。「何かあれば、後ろからフォックス・ツーをお見舞いします。あの北朝鮮パイロットが万一変な気を起こしても、格闘戦には持ち込ませませんよ」

「いや。それがな、実は」

月刀が言いにくそうに説明した。

「お前たちは、ミサイルを積んで行かないんだ」

「ミサイルを──サイドワインダーを積まない？」矢島が月刀を見返した。「どうしてです」

「見送りの戦闘機の主翼の下にミサイルがあると、『北朝鮮を刺激しかねない』というのが上からの御達しだ。建前上は友好的な見送りだから、なるべく重武装はするなと言う。サイドワインダーが重武装に当たるのかと、俺も火浦さんも抗議したんだが、容《い》れられなかった。だからお前たちの機体にミサイルは搭載出来ない。積めるのは二〇ミリ弾六三〇発だけだ」

「そんな」

「やむを得ないんだ。万一の事態に備えてお前たちをミグの『護衛』にはつけるが、万一の事態が起きた時の対処は、機関砲のみで行うことになる。それが上層部の決定だ」

「そりゃ、ひどい。ひどいですよ」

「すまん」

火浦もすまなそうに言った。

「政府がそう決定したんだ。どうしようもない」

「ひどいじゃないですか。あの洪虎変っていうパイロットが、もし突然機首をひるがえして原発へ向かったら、追いかけて機関砲で撃墜するんですか。間に合わなかったらどうするんですか。また僕たちの責任ですかっ」

「すまん」

「無茶苦茶ですよ。毎回現場にばっかり面倒を押しつけて――」

「…………」

風谷は抗議する矢島の横で、唇を噛んだ。なぜだか矢島と一緒になって、文句を言う気力が出なかった。

またか……またこれだ。

ため息が出るだけだった。

救命装具室

風谷は、隊長室を辞すと、次に気象隊に立ち寄って今日の気象状況についてブリーフィングを受けた。この間の晩とは違って、天気図はまともだった。高度三八〇〇〇フィート付近に中心軸を持つジェット気流が一本、日本海を横切っているだけだ。気象に特に問題がないことを確かめると、矢島と共に救命装具室へ移動した。

フライトに備えて、個人装具類を身に着けた。

Gスーツに締めつけられるのは久しぶりだと感じた。身につけ終わると、いつもの習慣で携帯電話を取り出してスイッチを切ろうとした。だが液晶画面は暗いままだった。そう言えばここ数日、電源は切ったたままだ。あの晩のアラート待機の前に切ったまま、放っておいたことに気づいた。

ベンチに腰かけ、風谷はスイッチを入れてみた。すぐに溜まっていたらしいメールが何通か、受信された。

「――――」

メールの受信画面を見た風谷は、スイッチを切り替えて、登録された電話番号の一つを選んだ。ボタンを押して〈発信〉にしようとすると、背中から「風谷さん」と矢島が呼んだ。

「風谷さん。僕はですね、今決めたんですけど」

「ん」

「僕はやっぱり、このフライトを自衛隊での最後にすることにします。帰投したら火浦さんに話して除隊させてもらいます。空幕から民間への斡旋《あっせん》をしてもらえるかなんて、この際どうでもいい。とにかくこんなところで、これ以上は飛べませんよ」

「そうか」

「斡旋をもらえなければアルバイトでもして一年冷やして、それから民間エアラインに自分で就職します。だってもしこんな理不尽な任務で戦死しても、僕たちは生命保険にも入れないし、国から出る殉職《じゅんしょく》見舞金がたったの九〇〇万ですよ。こんなじゃ家族を持ったって、養えませんよ」

「……そうか」

「風谷さんは、イーグルが好きかも知れないけど、将来一緒になる彼女のこととか、考えたことありますか。いつ死んでしまうか分からない僕たちは――」矢島は憤然と言いかけて、言葉がうまく出て来なくて歯噛《はが》みした。「――とにかく、僕はもう今日で最後です」

「分かった」風谷はうなずいた。「とりあえず今日は、帰投するまではバックアップをしっかり頼む」

「それは当然です。やめる瞬間までは、仕事はちゃんとやります」

矢島はヘルメットを抱えると、「先にエプロンへ出てます」と装具室を出て行った。

風谷は、その後姿を見送ると、ヘルメットを横に置いたベンチで携帯を発信にした。

短く呼び出し音が鳴って、遠くで相手が出た。

『――はい。月夜野です』

「あ」

風谷は、少したためらってから声を出した。

「あの、俺だけど」

『――風谷君?』

「ああ。メール、今見たんだ。ありがとう」

『忙しいのね』

「色々と、あったんだ」

『色々と?』

「うん」

『見たよ』

「何を」

『何をって、ニュースに決まってるでしょう』

電話の向こうで、瞳は笑った。

『北朝鮮の戦闘機を、助けたんだってね。風谷君、上の命令に逆らってまで助けたって
——ワイドショーでほめてたよ』

「——ああ」

『また、助けたんだね』

「——」

『風谷君らしいね』

司令部前エプロン

月夜野瞳と携帯越しに交わした会話は、装具をつけヘルメットを下げてエプロンへ出た後も、風谷の意識の中にリフレインしていた。

「月夜野、忙しいのか」

風谷は、自分が本当に言いたいことを何故か口に出すことが出来ず、ただ電話の向こうの瞳に「忙しいのか」と訊いていた。

『うん。わたしも色々と』

「そうか」

『今日もこれからね、出かけるの』

「出かける？」

『うん。家でする仕事なんだけれど、今度任されるのは橋や道路じゃないの。パソコンで電子化する図面、プラントの設計図だから。やっぱり現地を見ておかないとイメージもわかないし、うまく出来ないだろうって。仕事をくれる事務所の人が引率してくれて、今日もこれから見学なの』

「そうか」

『凄《すご》いのよ。川崎の石油コンビナートの中にある、化学プラントの建て替えなの。凄く広いから、三日がかりで見て回ってるの。もう服が石油くさくなっちゃった』

「脚——」

『え』

「脚、大丈夫なのか。そんなに歩き回って」

『正直言うと、ちょっと辛《つら》いけど。でもこれから裁判が始まってお金もかかるし、あの子が戻って来れば、またもっとお金かかるし』

「そうか」

『頑張るの』

「――そうか」

「風谷三尉?」

言われて、風谷は我に返った。

目の前で機付き整備長の一曹が、整備ログを手にしたまま風谷の顔を見ている。

「どうしました」

「あ。いえ、何でもありません。お願いします」

頭の上には、淡いグレーの機首が朝日を浴びている。染めぬかれた赤い日の丸と、跳ね上げられた風防のキャノピーが光っている。

風谷は「お願いします」と頭を下げ、歳かさの一曹に今日の搭乗機の整備状況について説明をしてもらった。偶然だろうが、今朝風谷に割り振られた機体は、あの晩にスクランブルに出たのと同じ機首ナンバーのイーグル926号機だった。

「右エンジンのバリアブル・ステーター・ベーンは部品をコンポーネントごと交換して、すっかり調子が良くなっています。上空でどんなふうに引き回しても、もうストールはしませんよ。他にもキャリーオーバー・スクォークはありません」

歳かさの一曹は、機体の搭乗ラダーの下に置いた可動テーブルで、整備状況の説明をすると風谷にサインを求めた。風谷は「ありがとうございます」と礼を言って、受領サインをした。

いけない。

風谷は、飛行服の胸ポケットにボールペンをしまいながら頭を振った。

今日はひさしぶりのフライトなのだ。それも、訓練飛行ではない。フライトに関係のない余計なことは、考えないようにしないと……。

しかし、

――『独りでも闘うの』

電話で耳にした瞳の声は、意識の中で響き続けた。風谷は、電話などしなければよかったと思った。どうして装具室で掛けてしまったのだろう。東京で再会して電話番号を教えられてから、すぐにあの晩のミグ騒動となって、ずっと掛けられずにいたことは確かだが……。今日の任務が済んで帰投してから、ゆっくり掛ければよかったんだ。

だが風谷は、自分のヘルメットを抱えて機体を見上げながら、瞳との会話を思わずにいられなかった。

眩《まぶ》しさに目をすがめながら、会話を思い出した。数分前、救命装具室のベンチに腰掛けて電話で話した内容は、瞳の娘のことだった。

川崎のアパートを訪れた時に知らされた、小さな娘を取り戻す係争のことについて話した。

「裁判とか、大変だろう。月夜野」

風谷が言うと、

『ううん。大変だけど――』

電話の中で瞳の声は言った。

『あの子のためだもの。わたし独りでも闘うの』

「月夜野」

『ん』

「あの、俺――いや……裁判って、いつなんだ」

『来月。最初の公判が、神戸の家裁であるの』

「そうか」

『うん』

「月夜野」

『なに』

「あの――」

――『家族を持ったって、養えませんよ』

風谷はその時、Gスーツを腰に巻いてベンチに座った格好のまま、固まってしまった。握り締めた携帯の中のかつての同級生に、思っていることを言うことが出来なかった。

「――あの、そうか。頑張れよ」

『うん』

「じゃ、俺フライトだから」

『うん』

「じゃ」

『風谷君』

「ん」

『風谷君、頑張ってね』

「――――」

風谷は頭を振り、唇を噛んで搭乗ラダーに足をかけた。その時、

「風谷少尉」

背中から声をかける者があった。低く、重々しい声だ。

振り向くと、茶色の飛行服に身を包んだがっしりした長身が、両脇を警備小隊の武装隊員に護《まも》られて立っていた。

「――洪」

「出発前に、礼を言いたくてな」

洪虎変は、右手を差し出した。

握り返すと、手はがっしりと力強かった。

「風谷。お前のお陰だ。お陰で自分は祖国へ帰ることが出来る。妻と子の顔を再び見ることが出来るのだ。礼を言う」

「いや……」

風谷は、顎《あご》のしっかりした北朝鮮パイロットの顔を見上げた。

「洪。無事に着くといいな」

「着くさ。自分の機体も、お陰で十分に整備され燃料も入れてもらった。外部電源のリセプタクルの形状が合わないのを、小松基地の整備技術陣が徹夜で合うように造り直してくれた。電圧も違うので変圧器を入れてもらった。今朝エンジンの始動テストをしたら、快調に回った。心から礼を言いたい」

洪虎変は、そばに待機する機付き整備長にも、深々と礼をした。茶色い飛行服の長身の向こうには、F15の並ぶ飛行列線の外れに、茶褐色の迷彩塗装の機体が駐機している。イーグルをやや小ぶりにしたような姿。複座型コクピットのキャノピーが跳ね上がっている。小型の電源車がそばについていて、黒いケーブルを機首下面に繋《つな》いでいる。

機関砲弾を取り下ろされ、武装を解除されたミグ29ファルクラムUBだ。

「なぁ。洪」

「何だ」

風谷は、聴取室でこのパイロットと三時間も話して、思ったことを話せる親しさになっていた。ふと考えたことを、話した。

「今回は、君は帰るわけだけど――いずれ国を出るつもりはないのか。家族を連れて」

「何だと?」

「いや。怒らないで聞いて欲しいんだ。君が強硬に主張して、機を飛ばして国へ帰るのは、君の奥さんや子供のためなんだろう。なら――」

「風谷」北朝鮮の男は、真面目《まじめ》な顔で風谷を睨みつけた。「風谷。お前はまさか、自分に『家族を連れて国を出ろ』とでも勧めるのか?」

「ああ」風谷は、唇を嘗《な》めた。「つまり、そういうことなんだけど……。どうなのかな。悪く思わないで欲しいが、聞けば君の国では、食べるのも大変なんだろう」

「どこが大変なのだ。飢えずにみな食っている」

「ああ。でも――」

洪虎変は、Ｆ15の機体の下で風谷と向き合い、真剣な顔で言った。

「風谷。お前はアメリカや日本や韓国の方が、食い物が豊富だから幸せだとでも言うのか」

「それだけじゃないけど。政治体制とか」

「どこが悪い。世界の国連加盟国のうち八割は王制か独裁制だ。人間の自然な姿だ」

「だけど」

「地球上のあまたある国々のうち、飢えていない国がいくつある。一握りだ。なぜなら資本主義の大国が食い物を独り占めしているからだ。だが我が共和国は屈せずに、大量の餓《が》死者《しや》も病人も出していない。アフリカ諸国などに比べれば遥《はる》かに進んだ文明国だ。誇るべきことだ」

「…………」

「いいか風谷。認識を改めろ。食い物は、なくて当たり前だ」

「なくて当たり前──？」

「その通りだ。食い物はないのが当たり前だ。アメリカや日本のように食い物があふれているのはどこかおかしいのだ。お前はこんな国に住んでいるから、おかしいことに気づかないのだ。人類は四〇〇万年飢えてきた。今も地球上で大部分の人間は飢えている。作ったハンバーガーを十分で捨てる方が狂っている。お前は自分たちが狂っていると——おかしいと、気づかないのか」

「…………」

「いいか。子供が飢え死にせず、病気でも死なず、大人に成長出来ればそれで十分に幸せだ。人間にそれ以上の幸せなどない。国の体制がどうだとか、贅沢《ぜいたく》が出来るかとか思想がどうだとか人間性がどうとか、言いたいことが言えるかどうかなんてことは、どうでもいいことだ。そんなことは食い物に困っていない、地球上でごく一部の贅沢な恵まれた連中だけが口にするたわごとだ。

いいか風谷。自分は帰る。祖国へ帰る。愛する妻と子が待つ祖国へ帰るのだ。そしてまた明日も生きるために闘う」

「……分かったよ」

言い返すことも出来ないまま、出発の予定時刻が迫って、風谷は洪虎変と機体の横で別れた。

北朝鮮の男は、幅広い背中を見せて、自分の乗機へ歩いて行った。

時間になり、風谷も926号機の機首に掛けられた梯子《はしご》を上って、コクピットに搭乗した。

「なかなか、大した男じゃないかね。あいつは」

　続いて梯子を上がって来た機付き整備長が、射出座席に納まった風谷のショルダーハーネス装着を手助けしてくれながら、言った。

「――班長」

　風谷は操縦席を調整しながら言った。

「俺、どうも情けないいんですけど」

「何がだね」

「いえ――実はこの頃、色々な人の言うことが、聞いているといちいちもっともだなと思えてきてしまうんです。あの洪の言うこともですが、その反対のことも」

「うん。いいんじゃないかね」

　歳かさの一曹はうなずいた。

「人の話に耳を傾けられる男は、成長するよ」

「そうでしょうか。俺は自分がないのかなって、時々思います。もっと自分の主張とか、我を通すようなところが、あった方がいいのかなって」

「風谷三尉。あんた空自へ来てイーグルに乗ってて、ここまで我を通しておそらく親の意見も学校の教師の意見も聞かずに来たくせに、そんなこと言うもんじゃないよ」

「はぁ……」

「自分の我の強さに、気づいていないだけさ。あんたたちパイロットは、みんなそうだよ」

一曹は、パンと風谷の肩を叩いた。

「さぁ出来た。いいぞ」

「あの、班長」

準備の出来たコクピットから離れようとする整備長に、風谷は思い付いてもう一つ訊いた。

「あいつの――洪の機体の、操縦席の射出レバーですけど。修理はしてやりましたか」

「ん」一曹は、けげんな顔をした。「あのファルクラムの射出レバーかね」

「はい。コクピットの射出座席の起動レバーです。洪に聞いたんですが、雪の晩に着陸する時、後席の上官に撃たれて壊れたって」

「そりゃ、初耳だな」

「は？」

「あのファルクラムは初期生産型で、確かに前後席とも射出座席はヘッドレスト脇のリングを引くことで起動するから、後席から拳銃で壊すことは可能だが……。ちゃんとしてたぞ。点検では」

「え――？」

「壊れてなど、いなかった」

「それは本当ですか――？」

だがそれ以上問いただす時間の余裕はなく、整備長は「では気をつけてな」とコクピット脇から降りて行った。

「――――」

管制塔

「出て行きますよ」

パノラミック・ウインドーから基地のフィールドを双眼鏡で見下ろして、月刀が言った。

管制塔から見下ろすエプロンでは、風谷のF15、洪虎変の操るミグ29、そして矢島のF15の順で三機がエンジンを始動し、ゆっくりと走り出す。一列縦隊で誘導路へ出て行く。

「天気も問題ないし――無事におっぱなして、帰って来てくれればいいんですが」

「そうだな」

火浦が隣でうなずく。

「あの二人には、酷な任務になったが……」

「こういう形で、あいつらを出すのは不本意です。本来なら、私と火浦さんとで請け負うべき任務ですよ」

「仕方がない。自衛隊は、政治にもマスコミにも勝てない、というやつさ」

火浦はきびすを返すと、月刀に「ちょっとここは頼む」と任せて管制塔の階段へ向かった。

「どこへ行くんです、火浦さん。あいつらの離陸まで見届けないんですか」

「ちょっと救難隊ランプへ行く」

「救難隊――?」

「亡命機の騒ぎで、ペンディングになってる仕事がたくさんあるんだよ」

火浦は背中で言った。

「亡命騒ぎばかりにつき合っていられないんだ。新型アムラームの運用実験、あれに使う観測ヘリのテスト飛行がある。計測システムについても知っておきたいしな。ちょっと立ち会って来る」

「立ち会うって――行っちゃうんですか?」

「ああ」火浦は振り向いて、月刀の顔を見た。「これから駿河《するが》湾まで飛んで、飛行開発実験団の支援を受けて計測システムのテストだ。悪いが月刀、お前留守を頼むぞ」

総隊司令部・中央指揮所

「エスコート編隊、小松を離陸しました」

中部セクター担当の識別管制官が、管制卓の表示を見て報告した。

同時に、指揮所の前面スクリーンの北陸沿岸に、緑色の三角形が三つ重なって現われた。

「よし。順調に上昇しているな」

葵は、先任指令官席からスクリーンを仰いだ。

緑の三角形の横には、レーダーで測定された高度／速度の値がデジタル数字で連続的に表示されている。見渡すと今のところ、何も異常は示されていない。日本海のどこにも。

「このまま無事に行ってくれよ」

「ですが、Ｅ２Ｃがついていませんからね」

隣で、主任管制官が言う。

「不安ですよ。これから向かう、小松から三六〇マイルの解放ポイントは、沿岸レーダーの覆域を外れているんですから」

「隠岐島のレーダーでは見えるんだろう。そういうことを考慮して、経路を選定したはずだ」

「三五〇〇〇フィートの高度をキープしていてくれれば、引っかかりますが——少しでも降下されたら駄目です。レーダーから消えるどころか、UHF無線も通じなくなります。ま、そういうことに関しては、事前にパイロットによくブリーフィングしてあるはずですが……」

「連中が高度を下げるようなことは、ないだろう」

葵は、ゆっくりと隊列を組んで日本海を斜め左上——北西方向へ進み始めた三つの三角形を注視した。

「巡航高度を下げたら、燃料がもたなくなるんだ。ミグは増槽がないんだからな。何か突発的な事態でも起きない限り——」

小松基地・ゲート前

ミグの本国への出発が昼前だったので、有里香は風谷たちの離陸するところを見ることが出来なかった。ここ数日続けて来た通り、〈勢無手楠商店〉のバンの後席に乗って、有里香は基地へ弁当の配達にやって来た。

「あのミグ戦闘機が帰るっていうから、警察の人たちももう解散かね」運転席で店の主人のおじさんが言った。「百三十食を一日三回っていう儲け話も、今日で最後かな。もっとも忙しすぎて、これ以上続いたら身がもたんけどねぇ。ねぇ有里香ちゃん」

「ええ――そうですね」

有里香は、窓に流れる基地のフェンスを眺めてうなずいた。白い作業着のポケットには、動画も撮影出来るカメラ付き携帯電話を忍ばせている。ここ一番というチャンスに使うつもりでいたが、どうやらスクープ映像を大八洲TV報道センターへ送信することは、ないままで終わりそうだ。

「亡命するって言った方の一人は、今日にも米軍が引き取ってアメリカへ連れて行くらしいじゃないか。しかし帰るって言い張った方は、枠狂《すいきょう》だねぇ。暮らしは保証されて、新しい女房までもらえるんなら、あたしなんか両手《もろて》をあげて亡命希望するけどね」はっはっは、とおじさんは笑った。

「おばさんに聞かれたら、張り倒されますよ」

「はっはっは」

有里香を乗せた弁当屋のバンは、基地の正面ゲートをいつものようにくぐった。左右を芝生に囲まれたきれいな構内道路を進むと、頭上から風が吹いてタービンエンジンの爆音がした。

「――？」

見上げると、救難隊ランプの方から姿を現わしたヘリコプターが一機、有里香の頭の上を飛び越して背後へ消えて行く。白い機体の胴体に日の丸。後部に〈海上自衛隊〉の文字が見えた。

総隊司令部・司令官室

「――分かった」

司令官室の執務デスクで、江守幸士郎は握った受話器にうなずいた。

「万一の場合は、そのように頼む。取られた処置の事後の責任は、全て私が負おう」空将の制服を着た江守は、低い声で電話の相手に念を押した。「そうだ、総隊司令官の私が責任を持つ。だから気にすることは無い。よろしく頼む」

話し終わった外線の受話器を置くと、江守はデスクに肘《ひじ》をついて「ふう」と息をついた。卓上のマグカップを取り上げて一口すすった。三十分前に自分でいれたモカは、冷たくなっていた。

「こんな私の心配が――無駄になってくれれば良いが……」

つぶやいていると、インターフォンが鳴った。

『総隊司令。ただ今、エスコート編隊が出発しました。指揮所でフライトをご覧になりますか』

葵一彦の声だった。

「ああ」江守はうなずいた。「すぐに降りる」

日本海・某所

「――――」

孤島の地底格納庫。

男は、無言でその機体の横に立っていた。黒い革つなぎの飛行服。旧ソ連仕様の灰色のヘルメットを片手に下げ、長身の腰にはGスーツを装着している。

男はこれから搭乗する機体――双発・双尾翼の戦闘機の機首側面に、三桁のナンバーがペイントされていく作業を見上げていた。角ばった書体の、黒い三つの数字が、艶《つや》やかなレイバンの表面に歪んで映り込む。

「どうだね。〈牙〉」

〈赤鮫〉技術少佐が、いつもの赤いつなぎ姿で歩み寄って来ると、隣で機体を見上げた。

「つい先ほど、現地の秘密工作員から報告された機首ナンバーだ。見覚えはあるかね」

「――いや」男は、頭を振った。「俺の在籍していた頃には、なかった数字だ」

「そうか。ま、塗装はすぐに仕上がる。機首ナンバーを描き込んだら、この機体は完成だ」

「今度は機関砲は、大丈夫なんだろうな」

「心配するな。君は中国製は嫌いらしいが、こいつのＧＳｈ３０１・三〇ミリ機関砲は旧ソ連製の純正品だ。作動試験もちゃんと済ませてある。ちょっと心配と言えば、ミサイルの方だがな」

「ミサイル？」

「見ての通り、主翼下ハードポイントには赤外線誘導の短距離ミサイルＲ60を四発搭載した。だが上からの指示で、弾頭炸薬《さくやく》量は半分に減らしてある。これについての飛翔実験はしていない。まぁ誘導性能に大きな影響はないと思うが――」

「――今、何と言った」

男は技術者を見返した。

「ミサイルに何をした」

「だから、弾頭の炸薬量を半分にしたんだ」

「炸薬を減らした？　聞いていないぞ」男は〈赤鮫〉を締め上げるように問い質《ただ》した。

「どういうことだ」

「そういうことだ、〈牙〉」

　白髪の整備技術者に代わって、背後からの声が答えた。

「特殊作戦機のＲ60ミサイルの弾頭炸薬は、命令で半分に減らされた」

　男が振り向くと、紫色のマントを羽織った髪の長い指揮官が、格納庫の入口から歩いて来るところだった。横に飛行服姿の玲蜂がつき従っている。女特務将校は飛行服の上にＧスーツを着け、ほっそりした腕にヘルメットを抱えている。

「どういうことだ、〈大佐〉」

　男は黒いサングラスで指揮官を睨んだ。

「そう睨むな、〈牙〉。昨夜急に、統括官から命令が出たのだ。『〈標的〉の残骸《さんがい》がきれいに残る必要があるので、ミサイルの炸薬を減らせ』ということだ」

「馬鹿な」

「仕方がないのだ。〈牙〉」

「俺は聞いていないぞ」

「では、今聞いてくれ」

〈大佐〉は、出撃準備の進められる機体の横で、移動テーブルに作戦図を広げて最後の打ち合わせを行なった。彼らが〈三匹の虎〉と呼称する作戦の、最終段階が始まろうとしていた。

「〈牙〉。確認するが、今回の作戦エリアはここだ。この図上の四つのポイントで囲まれる内側の空域だ」

作戦図は、日本海北西部の洋上を拡大していた。日本海の西半分、日本の北陸沿岸よりもだいぶ朝鮮半島寄りだ。〈大佐〉はその洋上の、いびつな四角形で囲まれたエリアを指さした。

「エリアの広さは、四つの点で囲まれる約一〇〇キロ四方。これら四つのポイントは、機の慣性航法装置にあらかじめ打ち込んであるから、自分がエリアの内側にいるかどうかはたやすく確認が出来る。この内側では、高度三〇〇〇フィート未満に居れば日本の隠岐島のレーダー捜索電波に引っかからないことが確かめられている。レーダーの電波に引っかからないということは、同時に戦闘機の装備するUHF無線機の電波も日本側には届かないということを意味する。つまり」

〈大佐〉は無言で図を見下ろす〈牙〉と、横に控える玲蜂の顔を交互に見た。

「つまりお前たちは、この四角形の作戦エリアの内側、高度三〇〇〇フィート未満の三次元空間にとどまる限り、日本側からは全く見えない、聞こえない環境下で好きに〈標的〉に襲いかかって料理出来るということだ。分かるか」

「ふん」

男は、今更言われるまでもない、と言う風情《ふぜい》で鼻を鳴らした。

「好きに〈標的〉を料理させてくれるのなら、なぜミサイルの炸薬を減らす？」

「あの作戦統括官から、昨夜になって急に指示が出たのだ」〈大佐〉は指揮棒で、四角い作戦エリアをなぞってコンコン叩いた。「この作戦エリア内側の海面には、すでに特命を受けた偵察局所属のイカ釣り漁船四十隻とキロ級潜水艦四隻、それに特殊潜水輸送艦が展開し、〈標的〉の残骸回収に備えて待機している。ところがお前に撃墜された〈標的〉の残骸が原形を留めていなかったり、破片が細かく広範囲の海面に散らばったりすれば、回収に手間取って作戦に支障を来《きた》す。残骸の輸送に時間がかかってはならない。『首都郊外での自衛隊機の残骸発見』が万一大幅に遅れると、たちまち国際社会の疑いを招く。作戦後に我が共和国が実行する予定の〈報復攻撃〉に対しても、支持が得られなくなってしまう」

「────」

「同様に統括官命令が出ているが、〈標的〉に搭乗している敵・自衛隊パイロットの遺骸《いがい》についても、なるべく原形を留めた形で『発見』されることが望ましいから、そうなるように配慮して撃墜しろ」

「馬鹿なことを言うな」

男は唸《うな》った。

「音速機同士の空戦だぞ。そんな気のきいた手加減が出来るか」

「しかし、『軍国主義復活を目指す日本自衛隊の一部勢力によるテロ』が証明されなければ、何も知らずに死んで行く首都の市民たちは浮かばれない。報復への国際社会の支持も得られない。すでに〈報復攻撃〉用の銀河2号は、本国の地下基地で燃料注入を始めているのだ。お前ならば要求に応《こた》えられると、上からは期待されている。上はお前の能力を買っているのだ、〈牙〉」

「――――」

男は、唇を歪めた。

「――冗談ではない」

「ほら見ろ、だから言っただろう」〈大佐〉は腕組みして男を見た。「だから一年前、イージス艦なんか撃沈しなければよかったのだ」

「うるさい」

そこへ、〈亜細亜のあけぼの〉通信士官の一人が、連絡メモを手に駆け込んで来た。

「〈大佐〉。予定通りに〈標的〉一行の編隊がやって来ます。最終段階、間もなく発動です。特別作戦室へお戻り下さい」

その報告に髪の長い指揮官はうなずき、マントをひるがえした。「では頼むぞ。〈牙〉」

「――――」

〈大佐〉が行ってしまうと、〈牙〉は黙って発進準備の整った機体を見上げた。

真新しい、淡いグレーに全体を塗られたその戦闘機は、世界中に一機しか存在しない特殊な改造機だった。原型となったミグ29UBよりもやや大きい。双発のエンジン、双尾翼に複座のコクピット。主翼下のパイロンには、四発の赤外線誘導短距離ミサイルR60――NATO名AA8エイフィドを装備している。そして機首側面に描かれた国籍マークは……。

黒いレイバンに覆《おお》われた男の横顔が、その機首を見上げてほんの微《かす》かに表情を動かしたが、そばに立つ玲蜂にも気づかれはしなかった。

「では、特殊作戦機を海面の〈幻の滑走路〉へ上げる。油圧エレベーターへ牽引《けんいん》するぞ」

〈赤鮫〉少佐が声をかけた。

「二人とも、早く搭乗してくれ」

「――どうした。〈牙〉」

ヘルメットを抱えた玲蜂が、後席の搭乗梯子に脚を掛け、男の横顔を見上げた。

「乗りたくないのか？」

「――」ク、と男は唇を歪めた。「そんなことはない。やつらの要求通りに、こいつで〈標的〉を叩きおとしてやる。乗れ」

男は玲蜂に後席へ上がるよう促《うなが》すと、自分も前席用搭乗梯子に長い脚を掛けた。

日本海・上空

(―――――)

小松を飛び立ってから、三十分の間は何事も起きなかった。

アフターバーナーは点火せずに小松の滑走路を離陸して、三五〇〇〇フィートまで上昇、三機は揃って編隊を組み巡航に入った。針路は北西。洋上飛行だ。視界の邪魔になる高層雲もない。

眩しいばかりの広大な蒼《あお》さが、先頭を行く風谷のF15Jの風防の向こうに広がっていた。静かなクルーズが続いていた。オートパイロットを高度／針路保持モードに入れたコクピットは怠惰《たいだ》な空間になった。風谷は、ここ数日の間に起きた出来事を、胸の中で反芻していた。

(――俺は)

風谷は、自分は本当に戦闘機パイロットとしてやって行けるのだろうか――と考えた。

矢島は、もう戦闘機を降りると言う。まともな生活をしたいから、民間へ転職すると言う。空自での生活を『まともでない』とはあからさまに口にはしないが、要するにそういうことだろう。はっきりとものを言う。自分の意思を、通している。

あのミグの男――洪もそうだ。自分はこうだ、とはっきりしている。意思を通して、とうとう帰国を実現させてしまった。

俺はどうだろう……。

風谷は思った。俺は、自分がどうしていいのか、はっきりしているだろうか。

戦闘機には乗り続けたいと思う。

でも自信はない。

矢島に家庭なんか持てない、と言われればグラグラしてしまう。

出発前に瞳に電話した時、『来月の裁判に付き添ってやる』と言おうとして、言えなかった。

俺は、どうしてこう、全てにかけてざこちないのだろう。思ったことの十のうち二つも、言葉に出来ないのは何故だろう。自分のような人間は、やはり戦闘機パイロットの器ではないのかも知れない……。

『向かい風が強いですね』

ヘルメット・イヤフォンに矢島の声が入り、風谷は我に返った。

「――そうだな」

風谷は、機の慣性航法装置のディスプレーを見やって応えた。現在、機が受けている上層風の値が、デジタルの数字で表示されている。風向／風速は二九〇度から一三〇ノット。強い向かい風だ。編隊の針路は三一〇度だから、ほぼ真正面から風を受けていることになる。出発前に気象隊のオフィスで見た、上層の偏西風——高度三八〇〇〇付近に中心を持つジェット気流だろう。外気温は？　とエアデータの表示を見る。マイナス五六度。成層圏だ。かなり冷たい。

「予定の解放ポイントへの到達が、少し遅れそうだ。中央指揮所へ報告しておくかな」

『大丈夫でしょう。我々の位置は、レーダーで見えているはずです』

「それもそうだな」

風谷は計器パネルの燃料計を見た。現在、機内タンクと増槽を合わせて一〇三〇〇ポンド。飛行計画よりも食い込んでいる。帰路が追い風となるはずだから、トータルでは足りるはずだが。

ミグはどうだろうか——？　洪のファルクラムは、機内燃料タンクしかないのだ。

「洪」

風谷は操縦席で目を上げると、バックミラーの中に浮いているファルクラムに訊いた。

「洪。燃料はどうだ。元山まで足りそうか？」

『——今のところ、まだ大丈夫だ』

洪虎変のマスク越しの低い声が、応えた。

『今回は初めから高高度を飛べたから、何とか間に合う――いや。ちょっと待ってくれ』

何か気づいたように、洪は『待ってくれ、風谷』とくぐもった声で言った。

「どうした」

風谷は振り向くと、自分のF15の双尾翼のやや左横に浮いているファルクラムの機体を見た。

「何かトラブルか。洪」

すると、F15と同じく二枚の尾翼を持つ洪の機体は、小さく上下に揺れた。コクピットで洪虎変が、計器パネルにかがみ込んで何かチェックしているのだろう。

『風谷。どうやら燃料系統に不具合発生だ』

「燃料系統――？」

『〈燃料圧力低下〉の警告灯が、左右のエンジンとも点灯している。タンクからエンジンに供給する配管で、燃料フィルターが詰まり始めたらしい』

「何だって」

『待ってくれ――駄目だ。急激に燃料圧力が下がり始めた。質の違う燃料のせいかも知れない』

「洪。大丈夫か」

風谷の頭に、瞬時に起きたことの重大性がかすめた。左右のエンジンへの燃料配管が両方とも詰まったら――両エンジンが停止してしまう。ここは海の上だ。朝鮮半島はまだ大分先だ。

総隊司令部・中央指揮所

「ミグ、燃料系統に異常発生の模様です」

洋上での交信をモニタしていた担当管制官が振り向いて報告すると、中央指揮所の空間は音もなくざわっとざわめいた。

「どうした」

「ミグのパイロットが、無線でエスコート・リーダーにエンジン推力の低下を訴えています。燃料流量が急激に低下、『間もなく両エンジンが停止する』と」

「何――!?」

葵は、先任指令官席から思わず立ち上がると、前面スクリーンを仰いだ。

小松を出てから、ここまで三十分あまりのフライトは、順調だった。だが――

スクリーン上で、北西へ尖端《せんたん》を向ける三つの緑の三角形。ミグを間に挟んだエスコート編隊だ。じりじりと動きながら、すでに日本海の半ばを越えた。コースも予定通りだが――計画された解放ポイントまでは、まだ五〇マイルある。朝鮮半島の東岸は、さらにその一〇〇マイル先だ。

「両エンジンが停止――って」葵はつぶやいた。「滑空では、陸地には到底届かないぞ」

「あっ」担当管制官が、自分のヘッドセットを押さえた。「今、右エンジンがフレームアウト――停止したと言っています。左エンジンも」

「スピーカーに出せ！」

日本海・上空

「洪！」

ファルクラムの機影が、フッと沈んで見えなくなった。そのずっと後方に矢島機が小さく浮いているだけになった。風谷は振り向いたまま叫んだ。

「洪、大丈夫かっ」

『高度が維持できない。滑空降下する』

低い声はくぐもっているが、まだ冷静だ。

「分かった」

風谷は操縦席に向き直ると操縦桿のリリース・スイッチでオートパイロットを外し、機首をぐいと下げた。「矢島、そこにいてくれ」バックアップの矢島に指示し、マイナスG

で身体が浮き上がるのをこらえながら左手でスロットルを絞る。エンジンをアイドルパワーへ。沈降を開始したミグを追って、機を降下に入れた。

「洪、どこだ」

機首の下に隠れているのか。洪の機の姿が見えない。自分の足の下かもしれない。

『まっすぐ沈降している』ミグの男は、呼吸音をさせながら応えた。『現在風圧でエンジンは空転している。油圧と電力は得られる。これより燃料ブースト・ポンプのサーキットをリセットして、再始動を試みる。それで駄目ならばやむを得ない。このまま降下し着水する』

「分かった。追いついて随走《ずいそう》する」

風谷はさらに機首を下げた。ぐうっ、と視界全部が青黒い海面になる。陽光を反射して白く光る部分を背景に、ようやくファルクラムの姿が小さいシルエットになって発見出来た。もうあんなに沈降したのか……。いやに降下率が速いな、と思いながら左の親指でスピードブレーキのスイッチをクリック。機体背面で途端に抵抗板が立つ。ぐん、とこちらも降下率が増す。

もしも洪が着水することになったら、位置を見定めて救助を呼ばねばならない。小松の救難隊に来てもらうしかないのか。北朝鮮側に救助を要請するにしても、外交ルートを通じて連絡しなければならないだろう。それでは手間がかかりすぎる。

晴れた昼間の海面だ……。半日漂流しても、命に影響はないだろうが――

『風谷さん、僕はどうしますか』

「そのまま上で見ていてくれ。矢島」

風谷は、ちらと後方を振り返った。急角度で下降するコクピットから振り返ると、背後のずっと上方に矢島のF15の機体下面が小さく見え、自分の降下に連れてさらに小さくなる。

「そこで旋回待機、中央指揮所との連絡を中継してくれ」

『了解』

・

総隊司令部

「ミグおよびエスコート・リーダー、共に降下します。レーダーから消えます」

「くそ」

葵は立ったまま拳を握りしめる。振り仰ぐ前面スクリーンで、先を行く二つの緑の三角形がフッと消えた。一つだけがぽつんと残った。位置は――朝鮮半島東岸の手前、約一五〇マイル。

洋上での交信をスピーカーに切り替えさせたが、すでにミグとエスコート編隊一番機の

F15は、巡航高度から降下してしまい、しているだろう会話が聞こえて来ない。

「エスコート・ツーは?」

「三五〇〇〇フィートにとどまり、旋回を開始。上方からの監視と、連絡中継を受け持つ模様」

葵は「むう」と唸った。エスコート編隊の現在位置を、改めてスクリーン上で確認する。遠い。日本海を三分の二も渡った洋上では、高度を下げられたら隠岐島レーダーでも見えない。

「くそっ……」

「葵二佐」

後方から呼ばれた。振り向くと、トップダイアスの中央で江守がこちらを見下ろしていた。ずらりと居並ぶ幕僚たちも、固唾《かたず》を呑むようにスクリーンを見上げている。

「葵二佐。ただちに小松基地救難隊に出動命令。当該海面へ向け、ヘリを出せ」

「──はっ」

そうだった。ミグの搭乗員の脱出ということになれば、ヘリが要《い》る。

「分かりました。ただちにヘリを出します」

日本海・某所

「〈標的〉誘導機、降下を開始しました！」交信を傍受していた通信士官が、特別作戦室の空間を振り向いて叫んだ。「誘導機に連れられ、続いて〈標的1〉も降下を開始。二機は作戦エリア内に入りましたっ」

その声に、作戦テーブルの高級将校や幕僚たちが「おう」「おお」と色めき立った。

「統括官。全て予定通りです。ついに〈三匹の虎〉作戦の最終段階、発動です！　おめでとうございます」

副官が顔を赤くして、テーブル中央の作戦統括官に一礼した。

「うむ」統括官はうなずいて「〈山猫大佐〉」とテーブルの向こうを呼んだ。

「〈山猫大佐〉。我が方の特殊作戦機は――あの〈牙〉という男は出撃したか」

「は」〈大佐〉は立ち上がると報告した。「ただ今、海面の〈幻の滑走路〉より発進しました。これより上昇して〈標的〉を二機とも撃墜、作戦エリア海面で待機する残骸回収部隊の頭上におとした後――」

〈大佐〉はやや口をためらわせたが、続けた。

「特殊作戦機は低空にて我が首都へ向かい、住民の住む市街地を機関砲で掃射《そうしゃ》します」

「うむ。諸君」統括官は、作戦テーブルの一同を見回して言った。「聞いての通りだ。間もなく、我が首都に対して『日本自衛隊機による卑劣なテロ攻撃』が行われる。罪も無き一般市民が多数、機関砲による無差別射撃で理不尽にも殺傷《さっしょう》されるのだ。首都に駐在する多くの外国マスコミが、実際に日の丸をつけた戦闘機が市民を殺戮《さつりく》するひどい有様を『目撃』するだろう。我が共和国は、ただちに『日本自衛隊によるテロ攻撃』が行われたと宣言、これに対する〈報復攻撃〉を実行する。日本へ向け銀河2号ミサイル三〇基を発射する！」

一同は、しんと静まって統括官に注目した。

「〈報復〉ミサイルの発射目標については、色々と議論があったが、やはり当初の計画通り東京近郊の石油コンビナートへ集中することに決まった。弾道ミサイル三〇発を叩きこまれたコンビナートは火の海と化し、日本国民に最大の恐怖を与えるだろう。日本政府はなす術《すべ》もなく震え上がり、許して下さいとひれ伏して我が共和国の要求する賠償金一五〇兆円を差し出すであろう」

統括官は、作戦への責任でほとんど寝ていないのか、血走った眼で一同を睨み渡した。

「諸君には、この作戦に対するアメリカの干渉を心配する者が居るかも知れぬ。しかしそれは杞憂《きゆう》に過ぎぬ。そのような心配は必要ない。アメリカは我々に対し文句を言えない。なぜならば、今回我々が実行するこの作戦は、過去にアメリカが日本に対してやったことと基本的にほとんど同じだからである！」

「すばらしい」

沈黙を破り、副官が顔を赤くして拍手した。

「実にすばらしい作戦です」

小松基地

管制塔から基地のフィールドを見ていた月刀は、救難隊ランプから一機のＵＨ60Ｊが離陸して行くのを眼にした。白い胴体にオレンジの帯を引いた救難ヘリは、洋上へ機首を向けると慌ただしく飛び去って行く。

「おい。今のＵＨは何だ」

「はい。中央指揮所からの出動要請です」主任管制官が応える。「洋上への出動です」

「中央指揮所から──？」

月刀は双眼鏡を手に取り、ヘリの消えて行く沖合を見やったが、何も見えるはずはなかった。

遥かな洋上で、何か起きたのだろうか。

「──風谷……」

総隊司令部

「ん――？」前面スクリーンを見上げていた葵は、けげんな顔をした。「おい、エスコート・ツーのシンボルが消えたぞ。どうしたんだ」

「は？」

担当管制官が、言われて顔を上げる。

「あ、本当ですね」

「二番機は降下するとか、何か言ってきたか？」

「いえ。別に何も」

「呼んでみろ」

「はい」

エスコート編隊の二番機――つい今まで前面スクリーンの左上の方に、ぽつんと留まっていたF15を示す緑の三角形は、ちょっと目を離した隙《すき》に姿が消えていた。

どうしたのだろう？　葵は首をひねった。不意に消えてしまった。

「エスコート・ツー。こちらCCP」

静かにざわめく中央指揮所の空間で、担当管制官がエスコート・ツーを呼び出す声が繰り返された。

「エスコート・ツー。ハウ・ドゥ・ユー・リード。こちらCCP、応答せよ」おかしいですね、と若い管制官は顔を上げる。

「どうした」

「呼んでも、二番機が出ません」

「降下したのかな」

「分かりません」

日本海・上空

ほとんど急降下で一〇〇〇〇フィート近くも高度をおとした後、風谷のコクピットの風防の中で、沈降するファルクラムの姿は不意に大きくなった。降下率が緩んだのだ。

「――う!?」

ファルクラムは急激に膨《ふく》れるように大きくなった。風谷は親指でスピードブレーキを畳むと、急いで操縦桿を引いた。ぶつかる寸前という感じで、接近が止んだ。視界の左前方にミグ29の後姿は浮き上がるように止まり、小刻みに上下した。

風谷のF15は、洪虎変の機体の斜め後ろに並ぶようにして、編隊を組む形となった。緩い降下は続いていたが、ほとんど水平飛行に近かった。

「どうした。洪」

降下がほぼ止まっている。エンジン再始動に成功したのだろうか。推力は出せるのだろうか。

『――すまない』

左前方に浮かぶ双尾翼の機体から、洪が言った。風谷には、イーグルと似た縦長のキャノピーを通して、洪のヘルメットの後頭部しか見えない。

『すまない。風谷』

「どうした。エンジンは大丈夫か、洪」周囲には、編隊を組むのに障害となる雲はなかった。眼下は一面の海原だ。正午を過ぎた太陽を反射して、白く光っている。風谷は眩しさに目をすがめながらミグの機体を見やった。「上昇は出来るか。早く巡航高度へ戻らないと――」

その時。風谷は背後の遥か頭上でドンッ、という衝撃音を聞いた気がした。「――?」思わず会話を中断しコクピットの中で振り仰いだ。何だ。爆発のような音だった……。しかし真上は太陽で眩しいだけだった。蒼空《そうくう》だけが広がり、何も見えない。気のせいだろうか？　あきらめて視線をファルクラムに戻す。

「洪。とにかくここは低い。巡航高度からだいぶ下へ降りてしまった。早く戻らないと燃料がもたないぞ」

『風谷――』だが洪虎変の低い声は、少し呼吸を早めて言った。『――実は、エンジンは止まっていない』

「何だって?」

北朝鮮の男の言う意味は、分からなかった。

両エンジンが停止したからと、滑空降下に入ったのではなかったか。洪のやつは、何を言うのだろう……? 眉をひそめる風谷の目の上のバックミラーに、グレーの小さな点が映った。後ろ上方からF15のシルエットが接近して来る。それに気づいた風谷は、舌打ちしたい気持ちでミラーの中の機影に呼びかけた。

「おい矢島」こんな時にあいつ、面倒をかけるんじゃない――と思った。「上にいろって言っただろう。指揮所との交信が出来なくなる」

『――』

機影は応えない。ミラーの中で、グレーのシルエットが次第に大きくなる。

「おい、矢島」

『風谷少尉』代わりに洪の声がした。『風谷すまない。お前には、黙って死んでもらうつもりだったが』

「何を言っている。ちょっと待っててくれ。おい矢島、上の高度へ戻れ。ここは俺だけでいい」

だが、

『風谷。矢島少尉はすでに死んでいる』

「しゃべり過ぎるな──あの男」

特殊作戦機のコクピットで、〈牙〉が言った。

「死んで行く〈標的〉相手に何を話す」

「もともと、彼は工作員ではない」後席から玲蜂が言った。「洪虎変上尉は、作戦遂行を命じられたただの軍人だ」

「ふん。この場所まで〈標的〉二機を引っ張って来れただけ、上出来か」

〈牙〉は唇を歪める。顔に下ろした黒いヴァイザーに、ヘッドアップ・ディスプレーとその中で大きくなる二機のシルエットが映り込む。オリジナルサイズのミグ29と空自のF15は、斜め編隊を組む形で前下方に浮いている。みるみる接近する。

「上出来でないのは、貴様の方だ。〈牙〉」

「何だと？」

「今の撃墜のやり方は何だ」女特務将校は、後席から〈牙〉を叱咤《しった》した。「今の〈標的2〉は、貴様のミサイルの直撃で粉微塵《こなみじん》になってしまった。あれでは細か過ぎて、残骸が役に立たない」

「分からないか。〈玲蜂〉」だが〈牙〉は冷たい声で跳ねつける。「やつは無線の通じる高度にいた。悲鳴を上げる暇も与えず殺さなくては、日本側に〈作戦〉がばれる」

「だからといって、ミサイル二発を同時に――」

「お前たちの組織が炸薬を半分にするからだ。真後ろから一本まとめてぶち込まなければ、確実性がない」

「とにかく今度は、粉微塵は無用だ」

「分かっている。あそこに浮いている〈標的1〉は、十分近づいてから機関砲でやる」


「――え？」風谷は左前方のファルクラムを見返して、訊き返した。「どういう意味だ。洪」

『矢島少尉は、多分もう死んでいる』洪の低い声は、息継ぎをして続けた。『先ほど自分が降下を開始した時点で、〈作戦〉の最終段階は発動されている。特殊作戦機が来る』

「〈作戦〉――？　何のことだ」

『風谷。お前はこれから、死ぬ。だがお前の死体はここの海に沈むのではない』

「何を言っている？」

『お前の機の残骸と、お前の死体は、いずれ対空砲火に撃墜された形で、平壌郊外で〈発見〉されるだろう。お前はいいやつだが、仕方ない。恨まないでくれ』

「何だって!?」

訊き返す暇もなく、左前方に浮いていたミグ29が突然機首を上げた。機体を垂直に立てるような動きをしたと思った瞬間、その姿がシュッ！　とかき消すようになくなった。

「――！」

『さらばだ。風谷』

おい、洪――!?　と叫んで振り向こうとした時。バックミラーの中で機首を立てて遠ざかるファルクラムと入れ替わるように、グレーのシルエットが迫って来た。後方から近づくF15だ。

「おい矢島、お前ぶつける気――」言いかけて、風谷は絶句した。「――何だ、こいつは……」

バックミラーに大きくなる機体。双発、双尾翼。淡いグレーは空自の塗装色だ。しかしこいつは何だ？　矢島の機ではないのか。

何だ――？　その機の正面形が、近づくに連れてはっきりする。遠くからはイーグルそのものに見えたが……しかしインテークがずいぶん下の方にある。二枚の垂直尾翼が微かに外側へ開いている。それにF15は機首の横に、あんなストレーキがあったか……？　似ているが――これは。

何かが意識の底で教えた。

これは違う。

「――はっ」

風谷が操縦桿を力任せに左へ倒すのと、ミラーの中の機影が閃光《せんこう》を放つのはほぼ同時だった。白くハレーションを起こすような水平線がブンッ、と音を立てるように回転し、間《かん》髪《はつ》を入れず足の下をドドンッ！　と何かが衝撃波を叩き付けて通り抜けた。

「――うわっ」

イーグルは風谷の操作で左ロールに入りかけ、挙動の途中で何かに跳ね飛ばされた。

衝撃で身体が浮いた。ハーネスが肩に食い込む。ゆさゆさっと風谷の操舵以上に機体はあおられて左方向へもんどりうった。ロールに入ろうとしたF15の腹の下数メートルを、三〇ミリ機関砲弾数発が超音速で擦過《さっか》したのだ。しかし風谷にそんな詳しいことは分からない。あおりを食らって機体はたちまち背面へ。

「ぐ――」

なぜだか知らないが、背後から撃たれた――それだけかろうじて分かった。機関砲というものを食らったのは初めてではない。背後に何かがいる。とてつもない危険がある――それだけは分かった。『この場を離脱しなくては危ない』と勘が教えた。離脱だ。ちょうど背面になった。操縦桿を引け、スプリットSだ。逃れるのだ。

逃げろ。

背後から撃たれた時の感覚――一年前の記憶が、千分の一秒で脳裏にフラッシュバックした。

とにかく逃げろ。

「くそっ」

風谷は己《おのれ》の生存本能にせっつかれるように右腕に力を込め、機体が背面になる瞬間を見定めて操縦桿を手前へ引きつけた。下方へ逃げろ。後ろのやつが何者かなんて、考えるのはそれからだ。逃げろ――！　F15はフライバイワイヤではない。油圧駆動の操縦桿を思いきり手前へ引いた。ズシンッ、と音を立てるようにGがかかり、浮き上がりかけた身体が今度は射出座席に叩き付けられた。「ぐっ」マスクの中で舌を噛んだ。顔をしかめながら操縦桿をさらに力一杯引いた。視界の上から下に向かって逆さまの海面が猛烈な勢いで流れ、日が陰った。

イーグルは二四〇〇〇フィートの高度からスプリットS機動に入り、最大Gで下向きに宙返りの後半部分を描いて急降下、一八〇度向きを変えると軋《きし》みながら引き起こしに移った。

「――うっ」

腕の力は抜くわけに行かない。海面が近い。

目がくらんだ。逆さまになって流れていた海面が視界から消え失せた。風谷はこれまで、そんな高Gで機体を機動させたことがなかった。だが『撃たれた』という認識が、腕に渾《こん》身《しん》の力を込めさせていた。離脱だ。逃げなくては。ヘッドアップ・ディスプレーのG表示など目に入るわけもなかったが九Gに達していた。次の瞬間、目の前が真っ暗になった。何も見えなくなった。

ブォオオオオッ

何だ、何も見えない。どうしたんだ――!?　風防に激しい風切り音がするだけだ。風谷は見回そうとしたが、Gで首も動かない。引き起こしが済んだと判断して操縦桿の力を緩めると、身体を座席に押しつけるGも緩んだ。身体がふわりと浮く。その感覚がかえって上下の判断を難しくした。目の前の景色が戻らない。真っ暗のままだ。頭を振った。瞬《まばた》きをした。駄目だ――見えない。眼球から血液がなくなったみたいだ。ブタ勘で水平に戻したつもりだが、大丈夫か？　どこへ向かって飛んでいるのか、機首が水平線より上を向いているのか下に向いてしまっているのか、自分の姿勢が順面なのか背面なのかも分からない。のぼせたように頭がくらくらし、上下の感覚がない。

これは……しまった――！

「ク――」

〈牙〉は、九〇度バンクで水平旋回する特殊作戦機のコクピットから眼下を見下ろし、唇を歪めた。苦笑だった。すんでのところで機関砲の直撃をかわしたイーグルは、そのままスプリットS機動で後下方へと逃れて行ったが、海面を目前にした引き起こしの過程で、急にふらつき始めた。

「こうも狙い通りに動いてくれるとはな……」

「どういうことだ、〈牙〉」

「見ていろ。あいつはGのかけ過ぎでブラック・アウトに入った。自分の姿勢も分からないまま、海面へ突っ込むぞ」

「何だって」

「恐怖心が、自分に耐えられる以上のGをかけさせる。こうなることを狙って、わざと射線をわずかに外したのだ。これで無傷の〈残骸〉が手に入るぞ。喜べ」〈牙〉は風防越しに、海面近くの高度でふらついて再び背面になりかけるイーグルを目で追った。目で追いながら、もう一度苦笑した。「――しかしこうも見事に策にはまるとは……あいつは、相当なお人好しだ』

「う」風谷は頭を振った。くらくらとひどく気持ちが悪い。まだ前は見えない。くそ、俺はどんな姿勢で飛んでいるんだ。いったい何が起きたんだ。分からない。だがスプリット

Sをやった。高度はかなり損失したはずだ。海面はどっちだ……。

下手《へた》に操縦桿を動かせない。水平の感覚もない。ロールしているような気もする。自分が上を向いて飛んでいるのか下を向いているのか、全く分からない。

すると微かに、ぼうっとした視野の中に左右に伸びる斜めの線が一本、見え始めた。あれは水平線なのか……？　風谷は顔をしかめた。視野がまるでネガのようだ。あの斜めの線は、傾いた水平線か。それとも網膜のただの模様か。上はどっちだ。頭の上と足の下、どっちが海面なのだ？　早く機体を水平にしてリカバリーしなければ。後ろ上方からあの――さっきのあの〈にせイーグル〉がまた襲って来るかも知れない。

（畜生――いったい何が起きているんだ……！）

風谷には、何が起きているのか分からなかった。ただ危険を感知した生存本能が『逃げろ』『逃げろ』とだけ背中を叩いていた。機体が緩いロールでまた背面になりつつあるのにも気づかなかった。水平線らしきものの動きがつかめない。スプリットSで身体にかかった過度のGが、脳や視神経の血液をみな顎の下まで押し下げてしまっていた。ブラック・アウトと呼ばれる現象――目の前が真っ暗になり何も見えなくなる症状から、なかなか回復することが出来なかった。

ヘッドアップ・ディスプレーとおぼしきものが、ぼうっと目の前にある。それだけは分かる。右端のスケールがくるくる動いている。高度表示らしい。だが高度は減ってるのか増えてるのか。畜生、分からない……！

風谷はシュッ、とマスクを鳴らしながら歯噛みした。畜生、俺はどっちへ向かっている……？

実際には、高度表示は五〇〇〇フィートを切ってぐんぐん減っていた。降下率、毎分一〇〇〇〇フィート。イーグルは緩い背面から、続いて急速に機首を海面へ向けようとしていた。機首が真っ逆さまに下がって行く。降下率がさらに急増する。海面へ突き刺さるような姿勢になって行く。しかしコクピットに座る風谷には、それを知覚することが出来ない。

「くそっ」目をしばたいた。必死に姿勢を見ようとした。手の中の操縦桿を、どの方向へ動かせばいいのか——駄目だ、分からない。早く離脱しないと——一刻も早くこの場を離脱して、指揮所へ事態を報告しなければならないのに……。

東京・溜池
TV中央本社

「午後のワイドショーは〈緊急報道特番〉に差し替えだ。約一時間後に、平壌支局から緊急生中継が入る！」

役員フロアから降りて来た目の鋭い編成本部長が号令すると、TV中央本社五階の報道センターは最終レースが出走する直前の場外馬券売り場のように、色めき立った。

「緊急生特番だ！　ただちに準備しろっ」

異例の役員みずからの号令に、どっと立ち上がったスタッフ全員がそれぞれの持ち場へ走った。だがこのＴＶ中央も民放キー局の例に漏れず、正社員はプロデューサーやアナウンサーや記者など少数で、技術スタッフの大部分は外部からの派遣職員だった。若い派遣スタッフには就職出来ればどこでもいいという者が多く、この局の〈社の方針〉など理解してはいなかった。

「いいかっ。今日これから起きる事件の生中継は、アジアの平和の歴史を塗り替える一大イベントとなる。全員この報道に関《かか》われることを感謝しろ！」

五十代後半の編成本部長は、枯木のように痩せた身体から眼光だけをらんらんとさせ、報道フロアを睨み渡した。その視線に追われるように、スタッフ全員が衛星中継受け入れの準備に走った。

しかし、報道スタジオの副調整室へ足を踏み入れた本部長が映像担当ディレクターの前に一本の録画テープを置くと、派遣職員の技術ディレクターはけげんな顔をした。

「本部長。これは何でしょうか」

「黙って聞け。これは今から一時間後に平壌から流される予定の、生中継の映像のテープだ」

「は――？」若い技術ディレクターは、さらにけげんな顔をした。「一時間後の生中継の映像素材が、どうしてもう出来上がっているのですか」

「うるさい」

本部長は小声で叱咤し、若いディレクターを睨みつけた。

「このテープに収録されている内容は、誰が何と言おうと『生中継の映像』なのだ。文句をつけることは許さん。他言することも許さん」

「え」

「お前は今、俺の言葉を聞いたな。聞いた以上、言われた通りにするのだ。特番がスタートしたらこのテープを『平壌からの中継映像』としてオンエアしろ」

「は？」

「いいか。ＴＶで〈生中継〉として放映された映像は、事実となるのだ。いったん放映されたものは事実なのだ。誰にも文句は言わせん。お前が逆らうことも許さん」

「ど……どういうことですか」

「それ以上の質問も口答えもするな」本部長は、大昔にセクトの裏切り者を袋だたきにした時と同じ目つきで、ディレクターを睨みつけた。「言うことを聞かなかったり、おじけづいて他言しようとすれば、お前も前任の報道局長のように病気で死ぬことになるぞ」

「…………」

絶句する若いディレクターの肩をポンと叩くと、五十代後半の編成本部長は副調整室の報道プロデューサーや番組ディレクターらに向き直って、拳を振り上げた。

「諸君。今こそ我がTV中央が平和の使命を果たす時がやって来た。我々が歴史を変えるのだ」

総隊司令部

「エスコート・ツー、エスコート・ツー。応答せよ。どうした。何があった」

必死にヘッドセットのマイクに呼びかける担当管制官の肩ごしに、葵は前面スクリーンを見上げた。

「いったい、何が起きたんだ……」

スクリーンの日本海西部には、現在一つの飛行物体シンボルも表示されていない。そこはただの黒い無だ。隠岐島を含め、日本の全ての防空レーダーが、その空域――日本海を三分の二渡った向こうの高度三五〇〇〇フィート未満の空間の様子を、探れないのだ。

「あそこで何が起きているんだ。くそっ、小松の救難ヘリは――？」

「急行していますが……エスコート編隊がスクリーンから消えた空域まで、二時間半です」

「二時間半……」葵はつぶやくと、背後のトップダイアスを振り仰いだ。「司令。何か緊急事態かも知れません。ここは小松第六航空団の〈特別飛行班〉を、応援に急行させるべきと考えます」

「待て。葵二佐」

江守が応える前に、横から監理部長が遮《さえぎ》った。

「君はまた勇み足をするつもりか。ただ編隊が高度を下げただけだ。ミグはエンジントラブルを訴えたのだろう。ならばエスコートの二機は、低空へ随行して支援しているところと考えるのが順当だ。用心に救難ヘリを差し向けるのはよいが、なぜ武装した〈特別飛行班〉を出さねばならん」

「し、しかし。もしあそこで、我々の考えの及ばない何らかのトラブルが――」

「いい加減にしたまえ。君はまた考え過ぎで事態をこんがらがらせるつもりか」監理部長は席から立ち上がると、葵を怒鳴りつけた。「先日のミグ飛来の時も、原発空襲などと騒ぎ立てて、結局私の言う通り〈亡命〉だったではないか。被害妄想《もうそう》もいい加減にしたまえ！　だいたい政府がなぜエスコート機にミサイルを持たせなかったか、考えてみたことがあるのか。君は必要もないのに〈特別飛行班〉など出動させて、政府の外交的配慮を台なしにするつもりかっ」

「う――」

日本海・上空

風谷は、機の姿勢が分からないまま何の操縦操作も出来ず、ただ視力が回復するのを待つしかなかった。

「――？」

ぼうっとした視界が、次第に色彩を帯びて来る。もう何十分も何も見えない状態でいるような気がしたが、実際はスプリットSで離脱してから一分と経っていない。あの〈にせイーグル〉が追いかけて来るとしたら、そろそろ後上方から襲われてもおかしくないタイミングだ。しかし見えない自分には何も出来ない。焦《あせ》って前方へ目を凝らす。すると何か、壁のようなものが見え始めた。

何だ――

青黒い壁。変だ、空の上に壁なんてあるのか。

その時。風谷の足の下から唐突に、ががが、という震動が突き上げて来た。

「――な、何だっ」

激しい震動は、コクピットを突き上げ、次の瞬間バシッ、という衝撃音を残して唐突に止んだ。機体が突き上げられた反動で、浮き上がる感じがした。

それは制限を超えるGをかけたために、胴体下のパイロンに装着した六〇〇ガロン増槽タンクが荷重に耐え切れず、ついにシャ・アウトして吹っ飛んだ衝撃だった。風谷には何が起きたのか分からなかったが、増槽が吹っ飛んだ影響でイーグルは胴体下面の抵抗が減ってアップ・トリム状態となり、自然に機首を上げ始めた。真っ逆さまに海面に突っ込む姿勢から、頭をもたげた。

「うっ――――!」

その時、風谷の視力が不意に戻った。その瞬間に目の前に迫ったのは青黒い〈壁〉だった。

海面――!? 背筋がぞっとした。反射的に操縦桿を引いた。また思い切り引きつけた。青黒い壁が迫りながらザァーッ、と音を立てる勢いで下方へ流れ、凄《すさ》まじい下向きGが襲った。

「ぐっ」

しかしすぐ目の前に水平線が現われた。明るい白昼の空がその上にあった。詰めた息を吐きながら右腕の力を抜く。マイナスGでぐんと身体が浮いた。足の下へ猛烈なスピードで波濤《はとう》が吸い込まれ、水平線が風防の向こうで上下にぶれるが、何とか水平に戻った。引き起こしに成功したのだ。視野の左右の端まで海面の色だが、まだ空中に浮いている。

イーグルは、海面上五〇フィートという超低空で機首を完全に引き起こし、白い波濤を蹴るようにして水平飛行に戻っていた。風谷には分からなかったが、増槽タンクの脱落で機首が上がり始めていなかったら、間に合わないところだった。

「はぁっ、はぁっ――――！」

超低空で海面を這《は》い進むF15のコクピットで、風谷は肩を上下させて激しく息をした。

何が起きたのか、まだ訳が分からない。

まるで訳が分からない。なぜ自分たちは狙われたのか。あの〈にせイーグル〉は何者なのか。何をするつもりなのか。だがはっきりしていることは、戦闘が始まったということだ。洪はどこへ行ったのだろう。あいつの言葉が正しいなら、矢島はあの奇妙な敵機――〈にせイーグル〉によって後方から不意打ちされ、すでに撃墜されているというのか……。

「はぁっ、はぁっ。くそ、あのイーグルもどきはどこだ。奴は、何をするつもりなんだ……!?」


「ふん――お人好しだが、運はいいようだ」

遥か後上方・一〇〇〇〇フィートの宙空から、〈牙〉は空白のイーグルが海面突入をかわして身を立て直すのを見ていた。

「〈牙〉。海に突っ込まないじゃないか」

「増槽の脱落で、機首が上がった。あいつの腕ではない。見えなかったか？」

「どうでもいい。早く始末して首都へ向かわなくては、予定の中継時刻に〈空襲〉が出来ない」

「――」〈牙〉は、一瞬だが口をつぐんだ。「――玲蜂。お前は、本当にこの最終段階を遂行したいのか」

「当然だ。国のためにやる。わたしをここまで育てて下さったのは、国家と偉大なる首領様だ」

「そうか――そういうふうに育ったなら、文句は言うまい」〈牙〉は黒いヴァイザーで覆った顔を上げた。遥か下の海面を見た。「これよりあいつを始末して、入れ替わる。行くぞ」

日本海・某所

「特殊作戦機、海面上の〈標的1〉に襲いかかります！」

特別作戦室。

上空の機体からのデータリンクで、ミグ29を改造した特殊作戦機の位置は情況表示スクリーンに投影されていた。日本の自衛隊のものほど立派ではないが、作戦テーブルの横に黒板のようにスクリーンが立てられ、作戦統括官を筆頭に幕僚たちが威儀を正して上空の様子を観覧していた。

「うむ。日本自衛隊の戦闘機と入れ替わった後、特殊作戦機は我が首都へ進撃するわけだが――」作戦統括官は、テーブルの上で指をぱちりと鳴らした。「情報参謀、あれを持て」

「はっ」

幕僚の一人が立ち上がり、作戦テーブルの上にビデオ・プロジェクターが用意された。テープがセットされ、三色の光源が瞬いて、もう一方の壁に録画映像を映写し始めた。

「見よ。この映像は、特殊作戦機の首都空襲に合わせ、全世界に配信される〈生中継映像〉だ。先ほど出来上がって届いた」

作戦テーブルの幕僚ら全員が、注目する。

統括官が説明する。

「〈作戦〉最終段階では、日の丸をつけた特殊作戦機が我が首都に襲いかかって機関砲で掃射し、一般市民を虐殺《ぎゃくさつ》するわけだが、それは首都に駐在する諸外国の外交官などに実際に見せるためだ。特殊作戦機は自衛隊F15にそっくりとは言え、肉眼で頭上を飛び去るところを目撃するくらいならよいが、撮影されて詳しく調べられたらミグ改造と知れてしまう。だから世界のマスコミ配信用には、こちらの〈CG合成スペクタクル映像〉を使用する。実写とCGを組み合わせて作った」

プロジェクターが映し出す光景は、彼らの首都だった。低層のビルが規則的に立ち並ぶ都会の並木通りだ。実写とCGを組み合わせた映像だと説明されたが、どこまで実景でどこがCGなのか、判別出来る者は幕僚の中にはいなかった。情報参謀から「歩道を歩いている無数の市民一つ一つは全てCGです」と解説されると、居並ぶ将校たちは口々に「おう」「これが特撮か」と驚いた。

やがて画面の右手奥から低空で迫る機影が現われると、その機首から閃光が瞬き、次いで並木道の舗装をほじくり返すように爆煙がバババババッ、と画面を右から左へなぎ払った。猛烈な爆風が撮影しているカメラの方へ押し寄せ、土煙で何も見えなくなったかと思うと、次の瞬間悲鳴を上げながら逃げ惑う市民、血まみれになって倒れた無数の市民の上を、日の丸を機首につけたF15イーグルがまるで悪魔の鳥のように低空でぐぉおおっ、と通過する。戦闘機はCGのはずだが、本物が眼の前を通り抜けたようにしか見えない。逃げ惑う大勢の群衆が、風圧に叩き伏せられるようにばたばた倒される。泣き叫ぶ子供、爆風で服が裂けたのか半裸で逃げ惑う若い娘もいる。

「おお」

「おう」

「見たか。諸君」統括官は、幕僚たちの感嘆する顔を眺め渡し、うなずいた。「このスペクタクル映像は、一人の日本人の優秀なCGクリエーターを我が国家保衛部偵察局が密かに『招待』し、首都近郊の招待所にて酒池肉林の接待を施しながら、半年がかりで制作させた作品だ。聞けば日本では、このような高度な作品を創るクリエーターを『オタク』と呼び、ドイツにおけるマイスターと同じように民衆は尊敬しているという。この完成した映像を一目ご覧になった時、恐れ多くも」

だだっ

「恐れ多くも偉大なる首領様は、『アメリカ映画の〈パール・ハーバー〉より凄い』というお褒《ほ》めの言葉を賜わられたそうだ」

「す、すばらしい」

「すばらしい」

ぱちぱちぱちぱち

ぱちぱちぱち

幕僚の中には、逃げ惑う群衆の様子に一瞬けげんな顔をする者もいたが、最高指導者が褒めたと聞かされたので周囲に合わせて一生懸命拍手した。

ぱちぱちぱちぱち

幕僚たちの拍手をうなずきながら手で押さえると、作戦統括官は情報参謀に「ではこの後の〈作戦〉最終段階の進行を述べよ」と命じた。情報参謀は「はっ」と情況表示スクリーンの横へ進み出て、指揮棒で解説をした。

「ただいまより特殊作戦機は、海面近くをうろうろしている〈標的1〉を撃墜、これを海面に叩き伏せて待機中の〈残骸回収部隊〉に渡したのち、一路低空で我が首都へ侵攻します」情報参謀は、スクリーンに引かれた予定の針路を棒で指した。「特殊作戦機の搭乗員は、過去にイージス艦を単機で撃沈した実績のある優秀な飛行士です。必ずや今の映像と同じ首都の〈目標街区〉を、機関砲で正確に掃射するでしょう。それを待って我が国は〈スペクタクル映像〉を各国マスコミへ配信すると同時に、日本へ向けて〈テロに対する報復攻撃〉を実行。日本人がテポドンと呼んで震え上がる銀河2号弾道ミサイル三〇基を、東京近郊の石油コンビナートへ集中して撃ち込みます。さらに、〈残骸回収部隊〉が海面から引き揚げた〈標的1〉の残骸と搭乗員の死体は迅速《じんそく》に輸送され、首都近郊の山中で我が対空砲火に撃墜された形を装って『発見』されます。我が共和国が、日本自衛隊の卑劣な軍事テロの被害に遭った証拠として、全世界に公開されます」

「うむ」統括官はうなずいた。「聞いての通りだ。諸君、日本政府の外務大臣は『もし万一自衛隊が共和国に軍事テロを働いたら一五〇兆円支払う』とはっきり約束している。これで賠償金は、要求通りに我が共和国のものだ！」

「すばらしい」

「すばらしい」

日本海・上空

態勢を立て直した風谷がまず一番に考えたのは、『高度を上げなくてはならない』ということだった。

「とにかく、上昇しなくては――」

日本海を三分の二も渡ったこんな遠い洋上では、三五〇〇〇フィートの高空まで昇らなければ隠岐島のレーダーにさえ映らない。それは同時に、隠岐島のリモート・サイトを中継した中央指揮所との無線も通じないということだった。UHFの電波は、水平線を越えられない。

風谷は自分が生き残って帰還することと同時に、この訳の分からない緊急事態を通報しなくてはならないと思った。レーダー警戒装置の表示をちらりと見てから、左手でスロットル・レバーを前方へ進めてミリタリー・パワーへ。背中で双発エンジンの唸りが高まるのを感じながら操縦桿を引いた。海面と水平線が機首の下へ隠れ、機は上昇を開始した。ジェットエンジンは、低空では加速度的に燃料を浪費する。その意味でも早く上がらなくてはならない。

機首上げ姿勢三〇度へ。目の前が空だけになる。しかしアフターバーナーを使うのはためられた。燃料計の表示は六五〇〇ポンド。さっきの洪虎変を追っての降下に、引き続くスプリットS機動、超低空引き起こしと、燃料を食う飛び方をした上に増槽まで失った。これから巡航高度の三五〇〇〇フィートへ昇るのに二〇〇〇ポンド、その高度で追い風を利用しても日本の沿岸までさらに三五〇〇ポンド必要だ。それも滑走路へ辿り着いた瞬間にエンジンが止まるという前提でだった。

あの〈にせイーグル〉がどこかで自分を狙っているだろう――と背後は気になったが、アフターバーナーを使えばたちまち一分間で一二〇〇ポンドを消費する。一歩間違えば帰れなくなる。風谷はロックオン警報を出してくれるレーダー警戒装置に頻繁《ひんぱん》に目を配りながら、ミリタリー・パワーのまま慎重に上昇を続けた。

しかし、

「ん――?」

風谷は、燃料計のデジタル表示が瞬くようにして六五〇〇から六三七〇へ減るのを見つけ、眉《まゆ》をひそめた。おかしい。アフターバーナーなしの上昇にしては、いくら低高度とはいえ消費率が大き過ぎる……。はっ、と気づいてバックミラーに視線を上げた。吃立《きつりつ》する二枚の垂直尾翼の間から、半透明の蒸気のような白煙が細長く後方へ伸びていた。

「しまった……！　増槽の脱落した傷口かっ」

燃料が漏れている。胴体タンクの燃料が――いや、左右の主翼タンクと胴体タンクは供給配管で繋《つな》がっているから、機内タンク全ての燃料が増槽の付いていたパイロン付根部分から漏れて、細長く噴出し始めているのだ。

風谷は、かぁっと頭が熱くなるのを感じた。

まずい。どのくらいのレートで漏れているんだ。このままでは、胴体タンクはじきに空になってしまう。それはやむを得ないとしても、せめて左右の主翼内タンクの二四〇〇ポンドずつ、合計四八〇〇ポンドを救う方法はないのか？　風谷は思考を巡らせた。そうだ。確か主翼タンクと胴体タンクを隔離するための、整備用バルブのサーキット・ブレーカーがあったはずだ。どこだ。自分の座席の右の下を見る。射出座席とコクピット壁面の狭い隙間に、サーキット・ブレーカーのパネルがある。数十個の円《まる》い回路遮断《しゃだん》スイッチが並んでいる。昔勉強したマニュアルを思い出せ。このどれかを抜けば、電磁ソレノイドの働きで整備作業用の燃料隔離バルブがクローズするはずだ。どれだ……。

風谷は、上昇を続けるコクピットから周囲の空と、レーダー警戒装置の表示をもう一度見回して確認した。高度は一〇〇〇〇フィートを超える。あの〈にせイーグル〉は姿が見えない。レーダーでこちらを捉《とら》えてもいない。よし、と風谷は座席の右下へ上体をかがみ込ませた。素早く処置しなければ。燃料隔離バルブのサーキットは、どれだ――

だがその時。

『――クク』

ヘルメット・イヤフォンに聞こえた冷笑が、かがもうとした風谷を凍りつかせた。

(――!)

耳の迷いか。いや……。

『ククク。死ね』

「なぜ、わざわざ教えてやる?」

〈牙〉の操る特殊作戦機の赤外線探査追跡システム《IRST》が、前をのろのろと上昇して行くF15の排気熱を捉えていた。この特殊作戦機――〈にせイーグル〉の機体は、ミグ29をベースにしていた。戦闘に使うシステムもファルクラムと同じものを装備している。レーダーの捜索電波を出さず、相手の排気熱を捉えて追跡・照準出来るIRSTもその一つだ。

「なぜ撃墜されることを知らせてやるのだ」

後席から玲蜂が訊いた。男がわざわざ無線の送信ボタンを押して冷笑してみせたことを、責めているのだ。

「――ふん」

男は鼻を鳴らした。

「考えの甘い奴が目の前にいると、パニックに陥れてやりたくなる。見ていろ」

〈牙〉の操る特殊作戦機は、発見されぬよう一度急降下で海面近くまで潜《もぐ》り込んでから、上昇するＦ15の後尾についたのだった。そのままシックス・オクロック・ロー――後尾下方の位置を保って追いつき、忍び寄っていた。こうして後尾一〇〇メートルに近寄るまでの間、前を行く空自の若いパイロットに気づかれる気配は無かった。

「あいつは――いったいどこを見て飛んでいる」

ヘッドアップ・ディスプレーの中で、双尾翼と双発のシルエットが無防備な腹を見せながら大きくなる。

「たまに背面にして、真下を見ようという考えも浮かばないか」〈牙〉は古打ちした。未熟者め……。短い期間だが空自で飛行教導隊教官を務めたこの男には、撃墜前に相手パイロットを評価し点数をつけるという癖があった。「落第だな。あいつは」

戦闘機パイロットの落第とは、すなわち死だ。

とうに機関砲の射程内だが、獲物の身体になるべく傷をつけずに済むよう、〈牙〉は最少の弾数で撃墜するためさらにイーグルの後尾に間を詰めた。

と、無線で自分の冷たい嘲笑《ちょうしょう》を耳にしたのか、目の前のＦ15は急に姿勢を乱してグワッと左側へロールしようとした。

「遅い」

機動の切れも悪い。〈牙〉はたやすくＦ15の後尾をキープして追従旋回に入った。四Ｇ。

小手調べ程度だ。中国航空工廠《こうしよう》が改造したこの戦闘機は、極限まで機体を使う空戦は想定していない。しかしギシッとも言わずに左ロールに入った。それは外側から見れば、ほとんどそっくりの二機の戦闘機が戯《たわむ》れにダンスを踊っているように映ったかも知れない。

「ク——死ね」

〈牙〉はヘッドアップ・ディスプレーどころか、前面風防の窓枠から相手の両翼がはみ出すくらいにかぶりついて、機関砲のトリガーに指をかけた。距離三〇メートル。外しようもない。一発で大穴が開き、こいつは海面に向かってきりきり舞いするだろう。残骸をきれいに遺《のこ》す必要がある。出す砲弾はせいぜい二発だ——射撃に先立ち、トリガーにかかる指の力を微妙に調節する。

イーグルの尾部は真正面。一五メートル。逃げられないでいる。これでは、虫を踏み潰すようなものだ。

「あの世へ行け」

息を殺しトリガーを絞る。

だがその時。

バシャッ——！

突然、風防が雨の中の自動車のようになり、目の前のF15の姿がぶわっ、と歪んで見えなくなった。機関砲が入れ違いに発射したが軸線がわずかにぶれた。

「な——何だっ」

跳ね飛ばされるような衝撃が再びドンッ、と機体をあおった。風防の向こうで空と海がひっくり返る。

「うわぁっ」

何だ。突然やられた。やられたのか——!?　いや、直撃の嫌なショックはない。撃たれたが今のは至近弾だ。機関砲を後尾からまともに食らえば、金属ハンマーで背中を叩かれるような衝撃がある。逃げろ。とりあえずこのままロールして逃げるんだ！

風谷は驚愕《きょうがく》に見開いた両目をしばたき、衝撃で手を離しかけていた操縦桿を握り直した。左ロールに入れながらミラーに目を上げる。撃って来た相手は映っていない。いつの間に忍び寄られた。分からない。後方からまた撃たれた——そのことしか分からない。自分の胴体下面から漏れていた燃料が相手のコクピットに降りかかったため、間一髪で助かったことも知らなかった。

「く——くそっ」

せっかく高度を稼いだのに、降下するのは嫌だが仕方がない。アフターバーリーを焚《た》かずに加速して離脱するには、機首を下げるしかなかった。酸素マスクの中で激しく呼吸をくり返しながら、風谷は頭の上にやって来た海面を目がけ、操縦桿を突っ込んだ。いつの間にか頭の上が海になっていた。「はぁっ、はぁっ」とエアをむさぼりながら『今のは何だ——!?』と反芻した。ゼロG背面から急激に機首を下げてプラスG状態となり、F15は真っ逆さまに降下を開始した。

後方は気をつけていたつもりだった。しかし見ていなかった。六時方向の腹の下に忍び寄られ、いきなり撃たれるとは……。なんてことだ。気づかないなんて、間が抜けてるにも程がある。いやそれよりも——あれは〈奴〉なのか。あの〈にせイーグル〉を操っているのは、一年前の……。

あの冷笑。

『ク——運のいいやつだ』

また聞こえた。

ゾクッ、背筋に冷たいものが走った。風谷は酸素マスクの中で「うっ」と喉《のど》を詰まらせた。背後からか——? 振り返るが、どこにいるのか分からない。死角を保っているのか。

だが確かにあの声だ。

あの〈死神〉だ。この一年間、悪い夢の中でいつも自分を脅《おびや》かし、寝汗をかかせて来た冷笑だった。

馬鹿な……。

風谷は急降下するコクピットで「馬鹿な」とくり返した。どうしてまた、空の上であの

〈死神〉とかち合って闘わなくてはならない――!?　それもたった独り、日本を遠く離れて僚機《りょうき》もなく孤立無援で――おまけに燃料までない。

「ち――畜生っ」

「くそっ。前が見えん」

〈牙〉は、F15の胴体下面から漏れている燃料の帯に突っ込んだことをすぐに理解した。残骸をきれいに遺そうと、そちらに注意を集中した結果だった。

「貴様らしくもないっ」

後席から玲蜂が怒鳴った。

「うるさい。すぐに撃墜するから待っていろ」

男は、自分らしくないミスに舌打ちして見せながら、風防の電熱ヒーターを最大にした。高度一〇〇〇〇フィートの冷たい外気中に放出されたケロシン・ジェット燃料は、前面風防一面に広がってゼリーのように付着し、視界を分厚い半透明の涙ガラスのように歪ませていた。ヒーターは風防を加熱したが、付着した半透明のネバネバを風防全体に薄く広げることにしかならなかった。

「〈標的〉が逃げる。急降下して逃げられるぞ」

「慌てるな。ミサイルでやる」

「粉々は駄目だ」

「一発だけなら粉微塵にはならん」

〈牙〉は操縦桿を押して〈標的〉を追いながら、レーダーに似たＩＲＳＴの円型スコープ上で遁走《とんそう》するＦ15をロックオンしようとした。射撃管制モードを〈短距離ミサイル〉へ。だが機首コクピット前に装備されているＩＲＳＴのセンサーボールは、常時窒素で極度に冷却されているため、さっき浴びせられた燃料がまるで冷凍庫に入れたバターのように真っ白く固まって表面を覆い、索敵《さくてき》精度がおちていた。

「これで当たるのか、〈牙〉」

「構わん」

燃料には余裕がある。アフターバーナー点火。軽いマックジャンプと共に、ファルクラム改造の〈にせイーグル〉は降下しつつ音速を超える。眼下を逃げて行く小さな点のようなＦ15が、滲《にじ》みながら上下して大きくなる。たちまち追いついていく。

「――発射」

満足な赤外線捕捉《ほそく》トーンは得られなかった。しかし男は操縦桿のリリース・スイッチを押した。ズシンッ、とショックがあって右翼のＲ60が発射。涙で潤《うる》んだような前面風防の向こうへ、白色の軌跡《きせき》が伸びて行く。海面を背にして低空で逃げるＦ15に迫って行く。小さくなる。吸い込まれる。見えなくなる。爆発。だが海面だ。水柱が立ち上がる。たまたまそばにいたらしい残骸回収任務の小型漁船があおりを食ってひっくり返るのがちらりと見えるが、たちまち足の下へ追い越す。水煙の向こうに機影が現われる。ダメージを与えられたか不明だ。

ふらつきながらイーグルが逃げる。

「弾道が浮く」舌打ちする。「炸薬を減らしたりするからだ」

男は左翼に残った一発を、手早くアームする。

操縦桿で軽く方位修正。今度もセンサー・トーンはジィイイッと耳に響くが、良好なロックオンとは言い難い。だが構わずに男はリリース・スイッチを押す。

「発射」

「うわぁーっ!」

風谷は逃げていた。五〇フィートという超低空に追い込まれていた。目の前で水平線がガクガクと上下にぶれた。操縦桿を握る腕に力が入り過ぎているためだ。波濤が猛烈な勢いで足元へ吸い込まれる。海面との間隔を保つのも精一杯だというのに、後上方から襲って来るミサイルが右の真横の海面に着弾して水柱を上げた。爆風にあおられてひっくり返る寸前、危うく態勢を立て直した。だがそこへ今度は左前方の海面に着弾。近い。真っ白い壁のような水柱。F15は爆発の衝撃にあおられ、右へひっくり返りそうになる。

「くっ」一瞬、滝の中へ突っ込んだみたいになる。何も見えない。まだ飛んでいるのか。飛んでいるのが不思議だ。水膜を突き抜ける。水平線が見える。右へあおられている。操縦桿を左へ。駄目だ傾け過ぎだ、左翼が波に突っ込みかける。機首が下がる。操縦桿を引く。爆発による大波の盛り上がりが目の前に。もっと引く。腹で波を擦《こす》るようにして飛び越える。

「うぉっ」

くそっ。これが実戦か——！

風谷は激しく呼吸する。後方を振り向くことも出来ない。操縦で精一杯だ。レーダー警戒装置は役に立たない。奴は——あの〈にせイーグル〉はＩＲＳＴを使って狙って来る。いつロックオンされたか分からないうちにミサイルが飛んで来る。自分は逃げ回ることしか出来ない。これが実戦なのか。普段の訓練では、空中戦は必ず対向位置から開始されるから気をつけていれば相手を見失うことはない。だが奴は常に自分の死角へ回り込み、見えない位置から襲って来る。腕と腕の対決ではない。不意打ちと騙《だま》し打ちだ。これが実戦か。

奴は——俺を殺すつもりだ。風谷はマスクの中で激しく呼吸しながら考えた。前回は——一年前の事件では、何か都合があって奴は自分から引き揚げた。しかし今度は、俺を殺すつもりだ。洪虎変が『死んでもらう』と言った。このことを言ったのだ。奴は、どういう企みがあるのか知らないが、あの〈にせイーグル〉で俺たちを殺しに来た。矢島はすでに死んだ……。

「はぁっ、はぁっ」

バックミラーに目を上げた。「うっ」と逆光に目をすがめる。こんな時でも奴は太陽を背にしている。逆光線の中、背後の上方から異形《いぎょう》のシルエットが大きくなる。迫って来る。

追って来る。奴は見逃すつもりはない。

「どうするんだ……」激しい呼吸に、酸素系統のレギュレータがプシッと悲鳴を上げる。

「どうするんだ。奴と闘うのか？　本気か。あんなのと、どう闘えばいいんだ……!?」

日本海・某所
〈亜細亜のあけぼの〉特別作戦室

「統括官。海面の〈残骸回収部隊〉からまた入電。『撃墜まだか』と矢の催促です」

通信参謀が、電文のメモを手に報告した。

「回収部隊のイカ釣り漁船団は、上空の様子を見上げながら右往左往させられています」

作戦テーブル横の情況表示スクリーンでは、特殊作戦機が〈標的〉を追って低空へ向かう様子が映し出されていた。肝心の〈標的1〉の撃墜報告は、まだない。

「〈大佐〉。あの男は信頼出来るのだろうな」

作戦統括官が問うと、テーブルの反対側の下手から髪の長い指揮官が立ち上がった。

「統括官。〈牙〉は優秀なパイロットです。しかし中国で改造した戦闘機が十分な性能を示さなければ、撃墜に手間取ることも有り得ます」

「何を言うかね」横の方から、〈赤鮫〉が立ち上がった。「確かに飛行性能エンベロープの隅々まで検証したわけではないが、要求性能は――」

「よい、黙れ」統括官は手で制した。「言い訳を聞いている暇はない。情報参謀。首都空襲の全世界〈生中継〉予定時刻まで、あとどれくらいだ」

「は。あとちょうど――五一分であります」

「こちらの作戦進行状況により、〈生中継〉を遅らせることは可能か」

「残念ながら、それは難しいです」

「なぜだ」

「は」情報参謀は緊張した顔で立ち上がり、説明した。「現在、〈作戦〉にかかわる全ての組織が統一タイムテーブルで動いております。さらに問題は、一部の外国マスコミです」

「外国マスコミ――？」

「は。詳しく申し上げますと、特殊作戦機による空襲を行えば首都が一時的に停電する危険性があり、衛星中継が途切れる心配がありました。そのため我が国に友好的な一部外国マスコミには、すでに前もってスペクタクル映像のテープを届け、予定時刻に合わせて

〈生中継〉として放映するよう指示しています。今からでは、変更の連絡が行き届くとは思えません」

「では、あと何分以内に〈標的〉を撃墜しなければならないか」

「作戦機が、首都へ向かう時間を考慮しますと──あと三分以内に撃墜しなければ駄目です」

「三分だと⁉」

「統括官」横から副官が言った。「付近の空域に、洪虎変上尉機をまだ待機させております。いざとなれば、特殊作戦機はこのまま首都へ向かわせ、洪の機に〈標的〉をやらせましょう」

「だが洪上尉の機体には、武器がないのだろう」

「武器がなくても、命があります」

「しかし新鋭機ミグ29の搭乗員となれば、高級幹部の息子が多い。あとが面倒だ」

「いえ統括官。もともと洪虎変という男、この作戦に就《つ》かせるために出身成分を無視して首都防空飛行隊へ抜擢《ばってき》したのです。本来ならば、ミグ29の飛行隊に入れる身分ではありません」

「本当か」

「は。こちらに身上書が」

日本海・上空

「はぁっ、はぁっ」

海面すれすれの超低空を逃げる風谷のバックミラーに、上方から異形のシルエットが迫った。あと数秒で機関砲の射程に入るだろう。

どうするんだ。闘うのか。あの〈死神〉と――？　風谷は呆然と肩を上下させた。闘うって――勝てるのか。俺は奴に一度撃墜されている。あの冷たい嘲笑……。

――『ククク、死ね』

一年前のエアバス撃墜事件で、あの笑いが背後から聞こえ、次の瞬間機関砲の直撃を食らった。ベイルアウトするのが一瞬遅かったら死んでいた。そうだ、瞳の乗ったエアバスを奴は――

うっ、と風谷は呼吸を止める。

瞳……。

だが勘が死の危険を知らせる。

はっ、と目を上げる。バックミラーのシルエットが大きくなる。イーグルと同じ淡いグレーの塗装。何か別の機体を改造したのだろうが、機首の形状もそっくりだ。その機首の横から白い閃光が瞬く。

「――くそっ」

風谷は瞬間的に操縦桿を左へ。ラダーも左。九〇度バンク。操縦桿を引く。左の翼端で波を切りそうになりながら超低空急旋回。一瞬遅れてミラーの視界に機関砲着弾のしぶきがバババババッ、と連続する。

ミラーのしぶきの背後に、機影が現われる。こちらへ旋回する。執拗《しつよう》に追って来る。奴は俺を殺す気だ。本気だ。

「くそ」

風谷は左手に握ったスロットル・レバーを見た。こうなれば二、三日海水浴したって、死ぬわけではない。

「ええい、行けっ」風谷は両のスロットルを思い切り前方へ押し進めた。ガチン、とメカニカル・ストップに当たると同時に背中でドンッ、と点火の衝撃。アフターバーナー全開。同時にバンクを戻し操縦桿を引く。水平線が水平に戻る。そのまま背後から迫る敵機にぶつけてもいい気持ちで、思い切り引き起こした。

ぐううっ、と水平線と海面が機首の下へ吹っ飛ぶように消え、目の前が蒼空だけになる。

さらに機首を引き起こし続ける。雲の筋が流れる。インメルマン・ターンだ。背面になり掛ける時、頭の上数十メートルのところを何かグレーのくさび型の物体がグォッ！　とすれ違った。

「すれ違ったかっ」

歯を食いしばり、背面になっていた機をぐるりと水平に戻すと、もう一度操縦桿を引いて機首を起こす。もう一度インメルマン・ターン。どのみちもう逃げられはしない。このまま一八〇度向きを変え、すれ違ったあの〈死神〉の後尾につくのだ。

「あいつは向かって来るぞ」

後席から後ろを振り向いて、玲蜂が叫んだ。

「どうするんだ、〈牙〉」

「慌てることはない。あいつにミサイルはない」

「そういうことじゃない、あと二分半で撃墜して首都へ向かわなければ、〈作戦〉が成立しない。巴戦《ともえせん》に持ちこまれたら〈生中継〉に間に合わない！」

女特務将校は、男が負けることは考えていないが、撃墜に時間がかかることを心配しているのだった。

だが、

「巴戦になど持ちこまん」男は前席で頭を振る。

「どうするんだ」

「見ていろ」〈牙〉は、操縦桿の無線送信スイッチを握った。バックミラーに視線を上げ、後上方から追いすがって来るF15に呼びかけた。「航空自衛隊、風谷修三尉。聞こえるか」

「――？」

「何をしている」

「いいから見ていろ」


『風谷三尉。エスコート・リーダーのお前の名は、出撃前に知らされた』

ヘルメット・イヤフォンで、冷たい声が言った。まさか名前を呼ばれるとは想像もしていなかった風谷は「うっ」と喉を詰まらせ、ヘッドアップ・ディスプレーに入った〈にせイーグル〉の背中を睨みながら、すぐには返事が出来なかった。

こいつは――!?

『驚くことはない、風谷三尉。お前たちの情報は我々に筒抜けだ』

風谷は目を見開いた。

何だって――!?

『これからお前が何をするのか、教えてやろう』

「――な、なんのことだ」

風谷はようやく声が出て、酸素マスクのマイクに訊き返した。激しい呼吸の連続でマスクの中が蒸《む》れたようになっている。自分の声がくぐもる。

「貴様は誰だっ」

「何をしゃべる気だ」

玲蜂が後方を振り返りながら叫んだ。

「背中を晒《さら》すな。あいつがシックスにつくぞ！」

「いいんだ」男は意に介さず、直線飛行を続けながら無線の送信ボタンを握る。「風谷三尉。お前はこれから、平壌を空襲するのだ」

「何だって――!?」

『風谷三尉』冷たい声がくり返した。『お前の９２６号機は、これから低空で朝鮮半島へ侵入し、平壌市街に襲いかかって罪もない一般市民を機関砲掃射で虐殺する。その様子は世界に〈生中継〉で公開されるだろう。もっとも実行するのはお前のではなく、俺の９２６号機だがな』

「――?」

風谷は、一瞬何を言われたのか分からない。

コクピットはびりびりと震える。アフターバーナーは点火したままだ。イーグルは急速に速度エネルギーを取り戻しながら〈死神〉の機体に追いすがって行く。前方一マイル半、グレーの背中が見える。直線飛行をしている。シルエットが大きくなる。

何だ……あれは。

風谷は、その姿を見て息を呑んだ。それはまさしく〈にせイーグル〉――日の丸を機首側面に描き込んだ双発・双尾翼の戦闘機だ。目を凝らすと、日の丸の前方に『926』という機体ナンバーまで見える。

「926……」

何のつもりだ、こいつは。

『お前の機体のナンバーは、今朝秘密工作員が知らせて来た。これよりお前を撃墜し、俺が第六航空団の926号機に成り代わらせてもらう。お前個人に恨みがあるわけではない。悪く思うな』

「……な、何だとっ」

『お前に〈空襲〉された共和国は、ただちに日本へ向けて〈報復攻撃〉を実行する。東京近郊の石油コンビナート地帯へ弾道ミサイル三〇発を撃ち込むそうだ。カワサキ市は火の海になり何万人も死ぬだろう』

「──ふ」一瞬、絶句して言葉が出ない。奴はいったい何を言うのだ。「──ふざけるなっ！」

『ククク。日本人はみな、火の海で焼け死ぬがいい。滅びるがいい。アメリカの妾《めかけ》に成り下がり、これまで亜細亜の人民を搾取《さくしゅ》し続けて来た報いだ』

「黙れっ」

「追いつかれるぞっ」

玲蜂が怒鳴った。

「やられるつもりか、〈牙〉！」

「おちつけ。一番時間をかけずにあいつを叩きおとす方法だ。あの若いパイロットは嵌《は》め易い」

「何だと」

「風谷三尉」男は、バックミラーに迫ったF15の機影を呼んだ。男の黒いヴァイザーの表面に、ミラーとその中に嵌め込まれたイーグルの小さな姿が映り込んだ。「阻止したいか。ならば俺を撃墜してみろ」

『俺を撃墜して、阻止してみろ。お前に出来るかな──クク』

ククク、という冷笑が〈にせイーグル〉の背中に重なって風谷の耳に響いた。

「く——くそ」罠《わな》かも知れない、などという考えは風谷の意識に浮かびもしなかった。自分と同じ機体ナンバーが描き込まれた異形の刺客。あれがこれから自分を殺し、成り代わってこともあろうに平壌を襲うのだと言う。冗談ではない。「——冗談はやめろっ、この野郎！」

風谷は操縦桿で〈にせイーグル〉の後姿をヘッドアップ・ディスプレーの真ん中に据《す》える。

アフターバーナー全開。さらに接近する。左手の親指で火器管制システムを〈機関砲モード〉。ヘッドアップ・ディスプレーに円型の照準レティクルが現われる。右の人差し指でAPG63をスーパー・サーチモードへ。奴は目の前だ。レーダーが瞬時にロックオン。〈にせイーグル〉の背中が四角いコンテナで囲まれ、十字のシュート・キューが表示される。こいつは、スホーイ27にしては平面型が小さい。ミグ29を改造して機首を長くしたのか……？　空自イーグルの振りをして平壌を襲うだと？　馬鹿な。俺は夢を見ているんじゃないのか。また独身幹部宿舎の個室で悪い夢を見ているんじゃないのか。しかし身体に感じるびりびりというアフターバーナーの震動はリアルだ。これは現実なのか——

（夢でも現実でもいい。こいつをやらなければ）

そうだ——風谷は思った。ここでこいつをやらなければ。こいつを倒さなくては、俺はまたずっと悪い夢を見続けなくてはならない。

(もうたくさんだ)


「かかった」

〈牙〉は、ミラーの中でこちらへ突進して来るイーグルを見て「ク——」と唇を歪めた。

「撃たれるぞ、〈牙〉!」

「心配はいらん。一瞬で片をつけてやる」

わざと直線飛行を続けていた〈牙〉は、空自の戦闘機が機関砲の射撃に入る標準的な間合いを待ち構えた。あいつはまだ新米だ、撃ち始めは早いだろう。ミラーの中でイーグルが軸線に乗る。まだだ。技を仕掛けるタイミングは、撃たれる瞬間の二分の一秒前だ。

お前は罠に嵌った。来い、風谷修。ガンを撃つ位置まで近づいて来い。ミラーで間合いを測る。三〇〇〇フィート。二〇〇〇フィート。一〇〇〇。今だ……! 男は操縦桿を強く瞬間的に引く。グワッ、と機首が立ち上がり瞬時に天を指す。

特殊作戦機は、直進を保ったまま高度は変えず、そのままの位置で機首を垂直まで立ち上げた。

コクピットがゼロG状態になり身体が浮いた。次いで機体を垂直に立てた猛烈な抵抗が、凄まじい急減速をもたらした。ズザァアアッ、という風切り音と共に身体ごと持ち上げられるようなマイナスG。髪の毛も胃の内容物も血液も根こそぎ頭上へ引っ張り上げられる。後席で玲蜂が「うぐっ」とうめく。

ザァアアアアッ！

垂直姿勢キープを二秒。〈牙〉のコクピットのすぐ左横を、グレーの機影が追い越した。一瞬のことだ。

「これで――終わりだ」

F15はたちまち前方へオーバーシュートした。間抜けな後姿が撃って下さいと言わんばかりに前方へつんのめり出た。男はひどい不快感に顔をしかめながら、コブラ機動から回復のため操縦桿を前へ押す。

「う――うわっ」

風谷は叫びを上げるしかなかった。ヘッドアップ・ディスプレーの中で急に大きくなったグレーのシルエットが、突然機首で天を指すように立ち上がると、シュッと右側の視界の外へ消え失せたのだ。

「しまった――コブラ機動かっ」

機関砲のトリガーに指を掛け、狙うことに集中していた風谷には、ミグ29の改造機なら当然その技も使えるはずだと考えを巡らせる余裕がなかった。慌てて振り向いた時には、自分の二枚の垂直尾翼の間で、〈にせイーグル〉が垂直姿勢から機首をこちらへ向けて下げるところだった。

『クク——死ね』

やられる……！

あの時と同じだ。こちらへ機首を下げるグレーの機体が、蒼白い鮫《さめ》のようなフランカーと重なった。同じだ。一年前の原発沖空中戦と、全く同じ罠に嵌まってしまった。気づかなかった。なんて俺は馬鹿なんだ。これが俺の限界か——！

風谷は目を見開いたままのけぞった。至近距離から撃たれる。これで俺も死ぬのか……。

だが次の瞬間。

信じられないことが目の前で起きた。

機首を高く上げたコブラ機動から水平に戻ろうとする〈にせイーグル〉が、突如釣り針に引っかけられた魚のように跳ねてのたうつと、腹を見せてひっくり返った。

（——!?）

日本海・某所
〈亜細亜のあけぼの〉特別作戦室

「特殊作戦機、データリンク途絶！」

通信コンソールから通信士官が振り向いて叫んだ。

その叫びを耳にしても、作戦テーブルの面々は最初、あまり気にした素振りは見せなかった。軍の指揮通信系統が時々故障で途切れるのは、彼らの組織では当たり前のトラブルだった。しかし情況表示画面から特殊作戦機を表わす三角形のシンボルが消え、通信士官が「『操縦不能、脱出する』という通信を最後に、応答ありません」と報告すると、数日間寝ていないらしい作戦統括官の顔から血の気が引き始めた。

「ど――どういうことだっ」

かん高い声で、五十代の高級将校は通信参謀と情報参謀を怒鳴りつけた。

「特殊作戦機は、どうなったっ」

日本海・上空

何だ――!?

風谷は固まって息を呑むだけだった。

至近距離からこちらへ向けて機関砲が放たれようとしたその瞬間――〈にせイーグル〉の機体は突然ひっくり返って腹を見せると、機首を下へ向けて機軸回りにグルッと回転したのだ。続いてまるで人間の操縦でないような目茶苦茶な縦軸回りの回転運動を始め、たちまち視界から落下して消えてしまった。

「な――」

息を呑む間の出来事だった。

風谷は振り向いてただ見ているだけだった。何も出来なかった。何が起きたのか訳も分からず、何も出来ないうちにことは終わってしまった。腹を見せて逆さまになったグレーの機体が、機首を真下へ向けきりきり舞いしながらおちて行くのを、呆然と見送った。

何が――起こったんだ……?

「いったい奴は、どうしたんだ」肩で息をした。「どうしたんだ。勝手におちて行った……」

「――〈牙〉っ!」

凄まじい回転運動に陥った特殊作戦機は、頭の上に海面を見ながらスピンをくり返した。青黒い壁のような海面が、頭上から迫って来る。いやこの機体が、機首を真っ逆さまにして石ころのように回転しながら落下しているのだ。

「クッ、やはりそうか――」前席で男は、旋転《せんてん》と逆方向のラダーペダルを踏み込みながら舌打ちした。通常の錐揉《きりも》み回復法では機体の回転運動は止まらない。「やはりコブラは無理だったか」

　コブラ機動から機首を下げ、リカバリーする一瞬だった。長く伸ばして改造した機首の後流に垂直尾翼が入り込んだ途端、機体のヨー・コントロールが失われた。〈にせイーグル〉はたちまち機首を振って背面にひっくり返ると制御不能のフラット・スピンに陥り、さらに激しく発散運動をしながら落下を続けた。この男の操縦技術を以《もっ》てしても、回復は出来なかった。

「――特別作戦室。こちら特殊作戦機」男は無線の送信ボタンを握り、冷静な声で通報した。「機体がディパーチャーした。操縦不能だ。やむを得ん、脱出する」

「き、〈牙〉。待てっ。何とか回復させろ。〈作戦〉を遂行するんだ！」

　後席から回転Gに逆らって女が叫ぶ。

「共和国の運命をかけた作戦だぞっ」

「馬鹿やろう。死にたいのか、玲蜂」

「墜落するなら、わたしはこのまま死ぬ。国家と偉大なる首領様に申し訳が立たない！」

「この大馬鹿やろう」

〈牙〉は射出座席の脱出モードを『前後席同時』に選択すると、射出レバーに手を掛けた。凄まじいGと共に全てが回転している。青黒い〈壁〉が、今にも全てを吸い込むように頭上に迫る。

「――舌を噛むぞ。歯を食いしばれっ」

総隊司令部

中央指揮所の前面スクリーンに、不意に緑の三角形が戻って来たのは、エスコート編隊が通信を絶ってから十八分後のことだった。

ざわざわっ、と気づいた要撃管制官たちが、みな持ち場の席から立ち上がった。

「エ、エスコート・リーダー」

緑色の三角形は一つだけだった。そのデジタル表示を見た担当管制官が、マイクに呼んだ。再び現われたシンボルは、エスコート編隊の編隊長機のものだった。

「エスコート・リーダー。こちらCCP。聞こえるか」

『――――』

天井スピーカーに返答はない。だが、日本海の中ほどにぽつりと現われた緑の三角形は、ゆっくりとスクリーン右下へ――南東方向へと進み始める。デジタルの高度表示は三八〇〇〇。速度は追い風が強いのか、六三〇ノット出ている。

「エスコート・リーダー」担当管制官は呼び続ける。「エスコート・リーダー、情況を報告せよ。洪上尉のミグは。エスコート・ツーはどうした？」

「聞こえていないのか」葵は担当管制官の席に歩み寄ると、スクリーンを見上げた。緑色の三角形は、ようやく日本海の半ばを渡ってこちらへ戻る途中だ。「いったい何があったんだ……」

「分かりません。しかしIFFの自動応答は返って来るんです。こちらの声は、届いているはずです」

「………」

葵は、トップダイアスを振り仰いだ。中央の総隊司令官席で、江守幸士郎が無言のまま腕組みをしてスクリーンを見上げている。

日本海・上空

〈にせイーグル〉との空戦が唐突《とうとつ》に終わって、十分余りが過ぎた。

すでに風谷は戦いのあった空域を逃れ、高々度へ上昇して日本本土の方角へ向け飛行していた。敵機が追って来る気配は、今のところなかった。

追い風を最大限に利用するため、風谷は高層天気図で見たジェット気流の中心軸――三八〇〇〇フィートの高度まで上昇した。予報が正しければ一五〇ノットの追い風が得られるはずだった。胴体下面からの燃料流出を止めるため、主翼内燃料タンクと胴体タンクを繋ぐ整備用バルブのサーキット・ブレーカーを抜いた。それでも巡航高度へ辿り着いた時、手持ちの燃料は全て合わせて二七〇〇ポンドしかなかった。北陸沿岸へ到達するには通常の計算では三五〇〇ポンド必要だった。

エネルギーを節約するため、余分な機器のサーキット・ブレーカーを次々に抜いて電力消費を抑えた。外部灯火は昼だから要《い》らない。ＵＨＦ航法装置も切った。慣性航法装置と磁気コンパスだけあればいいと思った。レーダー警戒装置だけ残し、ＡＰＧ63レーダー火器管制システムも殺した。ヘッドアップ・ディスプレーも消した。アナログ計器表示だけで十分に飛べる。無線も二チャンネルのうち片方は切った。中央指揮所との無線チャンネルと、敵味方識別装置だけを生かした。

電力の節約だけでは不十分だった。風谷は洪虎変が日本へ渡って来た時と同じように、しまいにはコクピットの与圧と空調を切らねばならなかった。コクピットを与圧するエアは、エンジンのコンプレッサーの圧縮空気を、燃焼室の上流から抽出している。これを遮断すれば、燃料消費は二から三パーセントは減るはずだった。

シューッ、シューッと酸素マスクを吸い込む音だけが、成層圏をたった一人で飛ぶコクピットに響いた。

「あとどのくらいだ……」

風谷は下を見た。天候は珍しく良い。遥か足の下に午後の日本海の海面が光っている。

前方へ目をやると、ヘッドアップ・ディスプレーを消した前面風防の向こうは、遠い水平線だけだ。陸地はまだ見えて来ない。

燃料の残量は……？　表示は一七〇〇ポンド。これだけ節約しても二十五分がいいところだ。後は追い風がどれだけ機体を運んでくれるかだが、いよいよになればエンジンを止めて滑空に入らなくてはならない。出来る限り陸地に近づいて、届かなければ着水して脱出するしかない……。

シューッ、と酸素を吸って風谷は射出座席にもたれた。寒い。外気温度は、マイナス六〇度にもなっていた。ジェット気流は『温度風』だから、風速の強い中心軸ではことさらに空気は冷たい。ラム圧で若干昇温しても、コクピット内の温度はマイナス四〇度を下回っていた。

『エスコート・リーダー、聞こえるか。情況を報告せよ』

中央指揮所からの声が入った。風谷はただ聞いていた。初めのうちは、応答して報告しようとした。だが酸素マスクの内蔵マイクが、あまりの寒さに凍りついてしまっていた。洪の言った通りだった。戦闘中、自分の吐く息と汗でマイクは湿っていた。いくら声を出しても、振動子についた水分が凍って音声を拾わなかった。仕方がない。降下して温度が上がったら報告しよう。後でいいだろう。あの〈にせイーグル〉は海面へおちていった。この926号機が平壌を襲うということは、もうないはずだ……。

座席で動かずにいると、まるで冬山で遭難《そうなん》する登山家の気分が分かる気がした。高山の頂上まで登ったくらいに、肉体も疲労していた。眠ってしまっては駄目だ、と思った。どこかにガムかキャンディーでもないかと、飛行服のポケットをあちこち叩くと、手に薄型の携帯電話が触れた。

「――」

風谷は自分の携帯を取り出すと、スイッチを入れて見た。液晶を振った。微かに字が出て来る。ここから掛けられたらいいのに――と思った。ボタンを押して、今朝出発の前に月夜野瞳から受け取ったメールを出して見た。

短い文面を読んだ。

――TVで見ました。いろいろ大変でしょうけど、お仕事頑張って下さい。瞳

「……瞳」風谷は小さくつぶやいた。「俺、もう少しで君に言うべきことも言えずに、死ぬところだった」

風谷は水平線を見た。

瞳――

心の中でつぶやきかけた時。

『エスコート・リーダー。風谷三尉』

「……？」指揮所の声に、風谷は我に返った。管制官の声の感じが、さっきより切迫している。

『風谷三尉、聞こえているか。後方に注意せよ。後ろ下方から、アンノンが上昇しつつ接近中』

その声に重なって、

『――風谷少尉』

低く重々しい声が、イヤフォンに響いた。

この声は――？

『風谷少尉。お前を帰すわけには行かない』

どこから聞こえて来るんだ。

「洪か」しかしマスクにつぶやいても、無線に声は載らない。もたれていたシートから風谷は身を起こす。指揮所は今何と言った。アンノン？　下から何か来るって――？

風谷は操縦桿を握り、機体をロールさせて背面にしようとした。だが腕が寒さで痺《しび》れたようになり、感覚が鈍くてなかなか動かない。やばい。凍傷《とうしょう》にでもなったらことだ……。唇を嚙み締め、やっとのことで操縦桿を左へ倒して機をロールさせる。遠い水平線が回転する。頭の上が海面になった――と思った瞬間、何かキラッと光る小さなものが、下方から突き上げるように迫って来た。

「う――?」

複座のミグ29は、最後の燃料をアフターバーナーに注ぎ込みながら急上昇していた。蒼空の遥かな高みに、機のF15が下腹を見せて巡航していた。地上からのアドバイスで気づいたのか、F15は水平飛行のままくるりと背面になり、きらりと光るコクピットの風防がこちらを向いた。

「風谷少尉」ファルクラムの操縦桿を握る北朝鮮の男は、その風防の中にいるはずの空自パイロットに呼びかけた。「風谷。すまんが一緒に死んでくれ。お前を生かして帰すわけには行かない」

「何だって――!?」

だが風谷が聞き返す余裕もなく、小さく見えた光るものは急速に膨れ上がって形を取った。ミグ29だ――迷彩の色に見覚えがある。光ったのは複座の風防だ。アフターバーナーを焚いているのか黒い排気を曳《ひ》きながら、こちらへ突き上げるようにまっすぐ迫って来る。

「洪。今、何と言った。君は国へ帰ったんじゃないのか」

『――』

「洪」

ファルクラムのシルエットがさらに大きくなり、迫る。風谷の背筋に冷たいものが走った。まさか……。

背面のまま、風谷はとっさに操縦桿を引いた。機首が真下の海面を向く。突き上げて来るミグと真っ正面から対向する形となる。ファルクラムの姿がぶわっ、と凄まじく大きくなるのを見ながら操縦桿を右へ倒し右フダーを踏んだ。下向きでロールに入った瞬間、左脇をすれ違った。

ズドンッ！

衝撃波でロールしかけていた機体は跳ね飛ばされ、前方の海面が激しく回転した。

「う――うわっ」

すれ違った衝撃は、機関砲弾の比ではなかった。風谷はもみくちゃになるのに耐え、感覚の鈍い腕を動かした。操縦桿を左へ当て、ようやくロールを止めると、そのまま降下した。

「はぁっ、はぁっ。な、何のつもりだ……!?」

馬鹿な。あいつは、何をするつもりだ。

振り向くと、すれ違って高みへ昇ったファルクラムは、上昇を止めるように背面になり、こちらの動きを見定めたのかそのまま宙返りのように機首を下げ、急降下して来た。追って来る。

「洪——！」

呼びかけるが、マスクのマイクが凍ったままだ。風谷は舌打ちする。手も腕も脚も寒さで痺れ、もどかしいはど動きが鈍い。まずい。あいつは、まさかぶつけるつもりなのか？ 聞き間違いでなければ『一緒に死んでくれ』とか言った。問い質《ただ》したいが、空調を回復させなければマイクも生き返らない。身体も思うように動かせない。

だが——しまった。風谷は舌打ちする。与圧系統もレーダー火器管制装置も、サーキット・ブレーカーを抜くことで殺してある。回復させるには座席の右下へかがんで手を伸ばし、ブレーカーを押し入れねばならない。

「く——くそ」

風谷はそのまま、機を降下させるしかなかった。とりあえず洪虎変のファルクラムから逃げた。加速して逃げるには降下しかなかった。せめて機首を日本へ近づく方向へ向けるのが精一杯だ。

日本海をようやく半分渡り終えたところだ。高度を下げれば、また沿岸のレーダーから消えることになる。無線も不通になるだろう。だが仕方がない。今アフターバーナーなど点火したら、一分半でエンジンが止まる。

高度一〇〇〇〇フィート近くまで、まっすぐに降下した。コクピットの気温が上がってきた。マイナス一〇度くらいだろうか。身体が動くようになってきた。「洪」とマスクのマイクに呼ぶと、ザッというノイズの後でイヤフォンに返答が入った。

『——風谷。自分は命令を受けて戻った』

背後から洪虎変の声は言った。

「命令？」

『〈作戦〉の秘密を見たお前を、自分は殺さなければならない。生かして帰してはならないのだ。お前を殺せなければ、自分の妻や子や親や親戚たちがみな収容所に入れられてしまう。風谷、妻と娘のために一緒に死んでくれ』

「じょ、冗談じゃないっ」風谷は振り向いて怒鳴った。「洪、君だけでも日本へ逃げろ。今度こそ亡命すればいい」

『そんなことは出来ないっ』

「死んで何になるんだ」

『お前を殺して死ねば、妻と娘と親戚は助かる』

「お、俺だって——」風谷は後方から迫って来るファルクラムを睨んで言った。「俺にだって、帰って逢いたい人がいる。こんな海の上で、死ぬわけには行かない」

『そこを何とか、死んでくれ』

「洪。俺が君の助けになる。亡命しろ！」風谷は叫んだ。「俺たちは、友人じゃなかったのか。君は友情の証《あかし》とか言って俺を護衛に指名したんだろう？　本当に友達になればいい」

『お前を指名したのは、空自で一番弱そうなパイロットを護衛につけさせろと命じられていたからだ。自分は命令の通りにしただけだっ』

「何だって」

『死んでくれ、風谷っ！』

アフターバーナー全開の黒煙を背負って、迷彩のファルクラムが背後頭上に迫った。シルエットが歪む。超音速を出している。洪はぶつけるつもりだ。

「――くそっ」

風谷はバックミラーを睨みながら操縦桿を左手で保持、座席の右下へ右手を伸ばした。FCSのサーキットはどれだ。分からない。まだ指先の感覚が鈍い。片っ端から抜いてあるサーキットの円型ボタンを押し込んだ。右手を操縦桿に戻し、背後に迫ったファルクラムがミラーからはみ出す寸前に思い切り機首を引き上げた。

「うぐっ」

腹を殴るようなGをこらえ、操縦桿を左へ倒し左ラダーを蹴り、左手親指でスピードブレーキを展張。目の前で水平線が捻るようにグルッと一回転した。

上方へ跳ね上がってスナップ・ロールをかけたイーグルの真下数メートルを、ファルクラムが超音速で急降下しながら追い越した。ドカンッ、という凄まじい衝撃波が周囲の空気を円錐形《えんすいけい》に歪ませながら広がり、避けたイーグルを下方からまともに打撃した。

「ぐわっ」

弾き飛ばされるように機体が上方へ跳ね、また背面になる。風谷は柔道で投げられ叩き付けられたような衝撃に、一瞬上も下も分からなくなった。だが腕の感覚はようやく戻った。逆らわず機体を一回転させて水平に戻す。

「洪――！」

脚の下を前方へ追い抜いて行く迷彩茶褐色のシルエットを、風谷は見逃さなかった。左の親指でスピードブレーキを畳む。操縦桿を押す。機首を下げて追う。

前方のファルクラムは、ぶつけられず追い越したのに気づいてアフターバーナーを切った。排気口の火焔《かえん》がフッと消える。

俺は――ここで死ぬわけには行かない。風谷はスロットルを前方へ叩きこみアフターバーナーを全開にしながら思った。ドンッ、と背中を叩かれる。残りわずかの燃料でイーグルは加速。目の前でヘッドアップ・ディスプレーが息をついて回復する。スロットル・レバーの兵装選択スイッチは〈機関砲〉に入ったままだ。

レーダーはまだ目を覚まさない。だがロックオンは必要ない。直接照準だ。

「洪っ」

小さくなりかけたファルクラムの後姿が、前面風防に大きくなる。風谷は操縦桿のトリガーに右の人差し指をかけ、叫んだ。

「洪。機関砲で君を狙っている。もうやめるんだ。あきらめて降伏するんだ！　亡命するなら手助けする」

「――――」

洪虎変は、イーグルに直前で避けられるのは計算済みだった。いったん追い越してしまうのは予定の行動だった。あの気の優しい空自のパイロットが、後方から追いすがって自分を機関砲の射撃軸線に入れるのを待っていた。それが洪の狙いだった。射撃軸線に乗るということは、二機が空間上で前後一直線に並ぶということだった。

『洪。亡命するんだ』

北朝鮮の男は、風谷の声には応えず、バックミラーを見やって息を吸いこんだ。背後にイーグルが近づく。後方一〇〇メートルを切る。操縦桿の右手に、左手を添えた。

「美姫、貴姫……さらばだ」

ミラーの中でイーグルが軸線に乗る。それを見定め、男の手が気合いを込めて操縦桿を引く。

「えやっ」

ファルクラムは進行方向はそのままに、機首を鋭く立ち上げた。毒蛇コブラが鎌首を持ち上げるように、瞬間的に空間に立ち上がった。ぶわっ、と翼端から水蒸気を曳きながら凄まじい急減速。

「うわぁっ」

風谷は悲鳴を上げた。前面風防の向こうで急激に立ち上がった機体は、膨れ上がりながら眼前に迫った。コブラ機動を使ってぶつける気か。避けられない――！

「洪――馬鹿野郎っ！」

思わずトリガーを引き絞った。ヴォオオッ！　と風谷の右肩から二〇ミリ砲弾の奔流《ほんりゅう》が放たれ、一瞬で数十発が眼前のファルクラムの背中へ吸い込まれた。

殺到した数十発の二〇ミリ砲弾は、ファルクラムの左主翼に次々着弾すると、凄まじい打撃力で立ち上がった機体を縦軸回りに押しやった。射撃軸線は完全に合ってはいなかった。ファルクラムは左翼を破砕《はさい》されながら縦軸回りに半回転し、後方へ横腹を向けたところへイーグルが追いついた。F15の右の主翼端がミグ29の機体の背に接触、引っ掻きながら切り裂く形で通り抜けた。わずか一秒と半分の間の出来事だ。

ガガガガッ！　というこれまでに経験したこともない衝撃で、風谷はヘルメットの頭を計器盤のグレアシールドと天井の風防に交互にぶつけ、胸をショルダーハーネスに押しつぶされかけた。激しく揺さぶられて「うぐっ」とうめき、二、三秒の間は何も見えなかった。

だが衝撃が止み、頭を振りながら目を開けると、機体は緩やかに右へロールをしながらまだ空を飛んでいた。水平線がゆっくり回転している。本能的に、操縦桿でロールを止めようとして激しい痛みに顔をしかめた。

「ぐ――！」

右腕が、電気が走るように痛い。まるで肘を間違って何かにぶつけた時のようだ。痛い……！

操縦桿がほとんど握れないのを、左手でアシストしてつかみ、何とか機の傾きを止める。

「はぁっ、はぁっ。俺は――助かったのか……」

顔をしかめて左手で痛む右腕を押さえる。右の目がしみる。手で押さえると指先にべっとりと血がついた。額から出血しているのか……。肩を回し、右の後方を振り向くと、ファルクラムの姿はどこにもない。代わりに、右の主翼を翼端から三〇センチほど持って行かれたことに気づいた。

（よく飛んでいる……）

バランスが崩れて右へ傾こうとするが、修正可能だった。操縦桿を左手で動かしてみると、右の補助翼は動かない。おそらく油圧駆動のエルロン・アクチュエータをやられたのだろう。だが左翼が働いてくれれば飛行は続けられる。他にダメージは――コクピットを見回した。油圧が一系統、完全に漏れてなくなっていた。だが油圧ならあと二系統ある。操縦にさしつかえはない。火災の警報も鳴っていない。雪の中であれだけてこすられた右エンジンは、無傷で回っている。奇跡的にファルクラムの機体の破片を吸い込まずに済んだのだ。

燃料は――あと五〇〇ポンド。使ってしまった。この高度では五分がいいところだろう。額から流れ出る血液が右目に入った。こするが、視界が赤くぼうっとする。頭が熱い。どの程度の出血なのだろう。着水して泳いでも、生きていられるのだろうか……？

「CCP、こちらエスコート・リーダー」

無線に応答はない。低高度では、まだUHF波が届かないのだ。こちらの位置も、地上レーダーでは捉えられていないだろう。

風谷は操縦桿を引いた。機首を上げ、上昇に移った。なるべく高度を上げて、燃料が切れたら滑空し、少しでも日本へ近づこうと思った。「く――」痛みをこらえ、操縦桿を両膝で保持して、使える左手で三角巾を捜した。額からの出血を少しでも抑えようとした。下を向いて捜していると、くらっ、と眩暈《めまい》がした。

迷彩塗装のファルクラムは、海面へ落下する直前で奇跡的に姿勢を回復した。左主翼は大穴が開いてほとんど翼の体《てい》をなしていなかった。しかしエンジンはまだ回っていた。双発エンジンの推力と一杯に取った右翼の補助翼のコントロールで強引に水平へ戻し、機首を立て直した。胴体でも揚力を発生するミグ29でなければ成し得ないことだった。それでも左翼の桁構造は今にも崩壊しようとしており、飛んでいられるのはあと十数秒だった。だがコクピットで歯を食いしばる男には、十秒あれば十分だった。

「ううっ――！」

洪虎変は顔面の出血でほとんど見えない両目をカッと見開き、頭上を逃れて行こうとする日の丸のついたF15の腹を睨んだ。震える腕でスロットル・レバーを押し込み、ほとんど残っていない燃料を全てアフターバーナーへぶち込んだ。機首を上げた。

男の執念を現わすような黒煙の筋を曳き、ミグ29は上方のF15へ後下方の死角から襲いかかって行った。

「うぉおおおっ！」

下を向いて三角巾を捜していた風谷がふと顔を上げると、イーグルの機体はまた右へ傾いて背面になろうとしていた。水平線が変に傾いている。操縦桿を膝で保持していたつもりが、左右の揚力バランスが崩れていて少しずつロールしていたのだ。だが左手で姿勢を直そうとした時、右の下方から何かが近づくのが、視野の片隅に映った。

「──何だ……!?」

まさか──

だが風谷は次の瞬間、信じられない──理解出来ないものを目撃した。黒煙を曳きながら執拗に迫って来ようとした迷彩塗装の機体が、突然横方向から飛来した猛烈に疾《はや》い小物体によって直線状に貫かれ、爆砕されたのだ。

オレンジ色の閃光。風谷は思わず手で顔を覆った。空中に火球が膨れ上がった。衝撃音。激しく揺さぶられ、コクピットの隅々までオレンジ色の照り返しで染まったが、機体は無事だった。

「な、何だ──今のは」


「──ふむ」

風谷修のイーグルの位置から、一五マイルほど北陸沿岸に近づいた洋上。

海面すれすれの低空を、一機のＳＨ60Ｊ対潜ヘリコプターがホヴァリングしていた。戦術航空士席のコンソールを取っ払い、代わりに電子計測機材を詰め込んだ後部デッキで、細い目の三十代の男がつぶやいた。

「見事命中だ。密かに開発しておいた赤外線誘導中距離ミサイル──〈アムラーム改〉が役に立ちましたな」

計測コンソールの画面には、標的追跡レーダーが記録したミサイルの飛翔軌跡が、立体グラフとして描き出されている。それは十数秒前に、このヘリが側面ポッドから発射したものだった。

細い目の男は、得られたデータを見やって満足げにうなずいた。

「ホヴァリング中のヘリから赤外線誘導ミサイルを発射するというのは、もともとは一年前の〈亜細亜のあけぼの〉の戦法にヒントを得て、技術研究本部が開発していた運用法ですが……。こんなこともあろうかと、密かにここまで進出して監視に当たった甲斐《かい》がありました」

「礼を言いますよ。真田さん」デッキの壁につかまりながら、サングラスの火浦が言った。「お陰で私の部下のパイロットが、死なずに済みました」

追跡レーダーの画面には、今は風谷三尉のF15一機の姿だけがぽつりと映っていた。風谷と北朝鮮パイロットの交わした最後の会話も、ここでは全てモニタされ、記録されていた。

「礼なら、総隊司令部の江守空将におっしゃって下さい」技術研究本部の男は応えた。「あの方が命じて下さったのです。洋上へ進出し、必要と思われる支援をせよとおっしゃった。今回の我々の行動には、全責任を持つと保証して下さった。それがなければこのヘリは飛べませんでしたよ」

「技師長」コンソールに向かったレーダー計測員が言った。「エスコート・リーダーは高度を下げ始めています。燃料が切れた模様です」

「それはまずいな」真田と呼ばれた男は眉をひそめた。「我々がここにいることは秘密だ。パイロットを救助して帰るわけには行かない」

「いや、小松の救難ヘリが近くまで来ています」火浦が言った。「着水すれば、自動救難信号が発信される。彼らが風谷三尉を拾ってくれるでしょう」

空中停止する白い対潜ヘリコプターは、ＩＲＳＴのセンサーボールを機首へ突き出させていた。その前部コクピットでは、左右の操縦席に座った二人の操縦士が顔を見合わせていた。

「機長。俺たちって本当は、駿河湾にいるはずなんでしょう？　こんなところでミサイルなんかぶっ放してて、いいんですか」

「分からんが――何も言うな。自分の身が可愛《かわい》ければ、余計なことは口にせず黙っているんだ」

東京・溜池
ＴＶ中央報道センター

「何だと。中止だとっ？」

編成本部長の携帯電話に、日本国内の工作員から『作戦中止』の連絡が入ったのは、〈生中継〉の特番が開始されようとする二分前のことだった。

「ふざけるなっ。ここまで準備して、今さらやめられるか」五十代後半のキー局役員は、携帯の向こうの工作員に逆に怒鳴り返した。「我がTV中央が独力でも、日本政府を追い込んでやる！ 〈生中継〉は予定通りオンエアするぞっ」

「本部長――？」

報道部プロデューサーが、不安そうな顔で歩み寄るが、編成本部長は青筋を立て「特番は予定通り放送敢行だっ」と怒鳴った。

「TVの力を、甘く見るんじゃない。〈生放送〉としてオンエアされた映像は、真実なのだ。実際に空襲があろうがなかろうが関係ない。真実として報道すればそれは真実だ。悪い自衛隊は共和国へ軍事テロを働くのだ。我々はそれを報道する。『起こった事実』にしてしまえばいいのだ！」

編成本部長は、フロアのスタッフ全員に〈緊急生特番〉の開始を命令した。


しかし〈生放送〉のスペクタクル映像が電波に載せられ、放送された直後。TV中央の苦情受付窓口に、全国の視聴者から電話が殺到し始めた。

「編成本部長。大変です。オンエアした〈生中継〉に対して、視聴者から抗議が殺到しています。『ふざけた映像を見せるな』と」

「どこがふざけた映像なのだ！　凄まじい惨劇《さんげき》ではないか。これは真実だと言い切れ」

「いえ、それが――」抗議電話のメモの束を手にしたディレクターが、寄せられたばかりの視聴者の苦情を突き出して見せた。「これを、ご覧下さい」

編成本部長は「ええい」とメモをわしづかみにすると、一瞥《いちべつ》して険しい目になった。

「何だ、この苦情は」

「そこに書いてある通りです」

「意味が分からん」

「そこにある通りです」

「何のことだ。『逃げ惑う市民の中にラムちゃんがいる』とは、いったいどういう意味だっ？」

「セーラームーンもいるそうです。平壌に、日本のアニメのコスプレをしている市民がいるとは、考えられません。おまけによく見ると、群衆の中をテンちゃんまで飛んでいるそうです」

「う――う」編成本部長は、共和国の工作員から聞かされていた〈スペクタクル映像の制作過程〉を思い出し、歯ぎしりして唸った。苦情の束をバシッと床に叩き付けた。「日本のオタクめっ」

＊　＊　＊

この日の夕方。

海面から救助されたエスコート編隊の風谷三尉が、小松基地へ帰り着いた救難ヘリのデッキから降ろされる場面を、粗い映像ながら大八洲ＴＶだけがスクープした。

エピローグ

神戸市
家庭裁判所前

「俺、ここで待っているよ」

日本海での事件が終息してから、二週間が過ぎたある日。

風谷は月夜野瞳に付き添って、娘の親権をめぐる調停のために神戸へ来ていた。

神戸市の家庭裁判所は、港に近い荒田町という下町の一角にあった。遠くに汽笛が聞こえた。

風谷は裁判所の正面玄関へ続く石段を見上げ、瞳に「ここにいるから」と言った。審理のスケジュールは詰まっているらしく、瞳の案件は今日の午後の最後に回されていた。時計は四時半を回っている。

「来てよ」

瞳は言うが、風谷は頭《かぶり》を振る。

「中の待合室で、弁護士の人と会うんだろう? 離婚して半年もたたないうちにもう次の男を作った——みたいに見られたら不利だよ」

すると瞳は、きゅっと唇の端を結ぶような微笑をした。その目の端にも、苦難をくぐり抜けた証《あかし》のような笑いじわがあった。

「気が回るのね」

「勉強したんだ、俺」風谷は港の方から吹いて来る風に前髪をなぶられ、うなずいた。

「世の中のことなんか、まだ何も分かっちゃいないけど——少しだけ」

「——」

「俺には、自信なんかこれっぽっちもないけど」

風谷は目をしばたいた。

「でも……応援するよ。頑張れよ」

「ありがとう」

瞳は微笑すると、ピンク色のスーツの背中を見せて、石段を登って行った。

風が吹いた。

「——」瞳は段の途中で立ち止まると、振り向いて港の方を見やった。「——ねぇ風谷君」

「ん」

「また、夕日だね」

日本海・某所

孤島の地底の〈亜細亜《アジア》のあけぼの〉秘密基地では、早くも日本を襲撃するための〈次の作戦〉の準備が、急ピッチで進められていた。

「〈牙〉」

地底の格納庫。

男は二週間前、高Gで振り回される特殊作戦機から脱出する際に重傷を負ったが、驚異的な回復力を見せていた。それは、この男の〈執念〉かも知れなかった。〈亜細亜のあけぼの〉の軍医が驚くようなペースで全身を復調し、つい先ほど島の医療施設を出て来ていた。

「――――」

組立中の次なる新型戦闘機を見上げている男の横に、髪の長い指揮官が歩み寄って並んだ。

「〈牙〉。身体はもういいのか」

「当然だ。いつでも出撃出来る」

男は黒いサングラスの横顔でうなずいた。

「〈牙〉」〈大佐〉は軽く咳払《せきばら》いすると、言った。「この間のことについては、礼を言う」

「――何のことだ」

〈牙〉は視線を頭上の機体へ向けたまま、素《そ》っ気《け》なく訊《き》き返した。

「失敗した俺に、なぜ礼など言う。〈大佐〉」

「お前、あの時わざとやっただろう」

「何をだ」

「あのイーグルもどきでコブラなどやれば、ああなることをお前は知っていたはずだ。あの機体は機首を伸ばして改造していた。高迎角姿勢の制御を助けるヴォルテックス・ジェネレータは、機首から撤去されていた」

「―――」だが男は、うつむくとフンと鼻を鳴らした。「違う。俺の操縦技術が、ただ不十分だっただけだ」

「何でもいい。とにかくお前のお陰で、首都の多くの市民が死なずに助かった。妹にも、親殺しをさせずに済んだ。あいつはまだベッドから出られないが――よく一緒に脱出させてくれた」

「関係ない」〈牙〉は頭を振る。「それより〈大佐〉。次の作戦の準備を急いでくれ。次は負けない。必ず日本を――憎きあの国を滅ぼしてやる」

（本作品はフィクションであり、実在の個人・団体などとは一切関係がありません）

この作品は2003年8月徳間書店より刊行された『僕はイーグル　哀しみの亡命機』を改題しました。

徳間文庫をお楽しみいただけましたでしょうか。どうぞご意見・ご感想をお寄せ下さい。
宛先は、〒105－8055　東京都港区芝大門2－2－1　㈱徳間書店「文庫読者係」です。

徳間文庫

スクランブル
亡《ぼう》命《めい》機《き》ミグ29

2009年6月15日 初刷
2013年6月10日 4刷

著者 夏《なつ》見《み》正《まさ》隆《たか》
発行者 岩渕徹
東京都港区芝大門二―二―二 〒105―8055
発行所 株式会社徳間書店
電話 編集〇三(五四〇三)四三四九
販売〇四八(四五一)五九六〇
振替 〇〇一四〇―〇―四四三九二
印刷 本郷印刷株式会社
製本 東京美術紙工協業組合

ISBN978-4-19-892991-6 (乱丁、落丁本はお取りかえいたします)